怪物

東山彰良

怪物

目錄

第一部

第二部

第三部

在你閱讀這個故事之前，我想先亮出我的底牌。這是身為推理作家的我針對這個故事採取的戰略。

這個故事是我的夢境。

如果你覺得這麼說過於誇大，那我換個說法。在這個故事中，無論是現實中發生的事，或是不曾發生的事，但凡重要的事都受到夢境的引力影響。沒有人能夠同時過兩個人生。有時候，夢境就是我們在現實中沒有選擇的道路，或是指示不同結局的路標。我做的夢侵蝕並支配現實，與我的小說環環相扣，並像隻聰明的鳥兒，叼著在小說裡捕獲的真相重返現實。我所做的事，不過是將夢中抓到的現實寫進這個故事裡而已。

我懂，辛辛苦苦讀完一部長篇故事，結果竟然只是某人的夢境，實在是欺人太甚。不過，哎，這也要看作者如何呈現這個故事。夢結局之所以令人氣憤，是因為作者總是把這張王牌當成暗器，保留到最後關頭才亮出來。既然如此，我從一開始就把底牌攤在桌面上，這樣至少事後不會被人指控出老千。

好了，如今我說出了祕密，心情可說是大為舒暢。這種感覺就像是在閱讀推理小說的人耳邊大叫犯人的名字一樣。

這樣你還是要繼續閱讀下文嗎？如果是，那就是你自己的責任了。接下來，你要閱讀的是已經破哏的故事。

又或是這樣的小說已經沒有一讀的價值了？

第一部

1 二舅是否射殺了怪物？

一九六二年，怪物死於鹿康平的槍下——我是這樣替《怪物》這部小說起頭的。

鹿康平是我創作的虛構人物，他的原型是我母親的第二個弟弟王康平。由於搭乘的偵察機在廣東省上空被擊落，我的二舅從一九五九年到六二年之間都受困於中國大陸。

老實說，二舅是否真的射殺了怪物，沒人知道。不過，要是沒有幹出什麼驚天動地的事，要逃離大陸是不可能的；再說二舅是軍人，應該有開槍殺過人，所以可信度還挺高的。而如果二舅真的射殺了怪物，事情只可能是發生在一九六二年。

當我們纏著二舅追問當時的情況時，沉默寡言的二舅透露了「餓死者」、「人民公社」及「民兵」等字眼。我和表哥王誠毅打破砂鍋問到底。

「什麼是『人民公社』啊？爸。」

「很多老百姓一起工作的地方。」
「『很多』是多少人啊？二舅。」
「這個嘛……大概兩、三萬吧！」
「這麼多！那『民兵』又是什麼？」
「大陸的老百姓自己組成的軍隊。」
「可以這樣喔？」
「為了活命，沒辦法。」
「臺灣和中國當時還在打仗吧？」
「對。」
「那共匪的民兵頭頭就是蘇打水囉？二舅就是開槍打死他才逃出來的，對吧？」
怪物的名字發音和「蘇打」一樣，所以我和誠毅都是這樣胡叫一通。我們不敢直接提起「蘇大方」這個名字。
對我們而言，「蘇打水」是踩在屍橫遍野的餓死者之上的痴肥君王，和毛澤東一樣有著一張咧到耳朵的血盆大口和參差不齊的利牙，是個會生吃小孩的怪物。對於當時的臺灣小孩而言，各種妖怪在中國大陸橫行並不是什麼不可思議的事。因為我們臺灣是正義的一方，對岸當然會有一堆為非作歹的邪惡怪物。
一旦提起名字，怪物就會找上門來。要是不小心脫口而出，就要立刻朝著石頭吐口水，並把石頭扔得遠遠的。石頭是饅頭的替代品，用它引開貪吃鬼「蘇打水」

的注意力，我們就可以逃過一劫。

在六歲那年被父母接到日本生活之前，我和妹妹都是寄住在臺北的祖父母家。那是個大家庭，除了祖父母以外，還有曾祖母、湘娜阿姨和她的老公、我和妹妹，以及二舅與表哥王誠毅，全都住在同一個屋簷底下。我的母親是這個家的長女，和父親一起在東京大學留學。每逢夏天和冬天，雙親帶著一堆伴手禮從日本回來，祖父母的家就會像塞滿了果肉的甘甜釋迦一樣，幾乎快擠爆了。

我們是俗稱的外省人，祖父是國民黨的陸軍中將。政府對於從大陸隨行而來的軍眷提供了住處，我們住的是位於廣州街的一個名叫愛國新村的眷村，而祖父分配到的是日治時代的老舊日本民宅。

鄰居幾乎都是軍方相關人士。比方說，村子裡有兩個軍醫，一個姓劉，一個姓張。個子較高的劉醫師家裡有一個從大陸帶來的下人，叫做老陳，這個鰥夫的鼻子旁邊有顆很大的痣，對著鄰居的小孩大吼大叫是他人生最大的樂趣。個子較矮的張醫師家有道漂亮的杜鵑花圍籬，還有一隻名叫小熊的大杜賓犬，一雙眼睛總是緊盯著想吸杜鵑花蜜的小孩。我三歲的時候，就被那隻畜生咬過屁股。

客廳裡有一座骨董柱鐘，以及兩幅裱了框的大遺照，一幅是英年早逝的大舅，祖父只說他是「死於戰爭」，實情應該也是如此吧！只不過，根據二舅的說法，他似乎不是壯烈成仁。白淨瘦弱的王季平是個喜歡拿畫筆描繪山林景色更勝於開槍打陌生人的青年，性格文靜，常在自己的畫作題上蘇軾或晏殊的感傷詩詞，獨自陶醉嘆息。他早就料到國民黨會打敗仗了。

「那時候我就說：『大哥，你沒事幹麼講這種觸霉頭的話啊？』」有一次二舅這麼跟我說。「結果你知道你大舅做了什麼事嗎？他竟然摘了朵路邊的花，把花瓣一片一片地拔下來占卜：會贏，會輸，會贏，會輸！」

大舅是死於手榴彈爆炸。那一天的白天發生了一場激烈的戰鬥，大舅同時失去了兩名同袍，是在戰場上也會一起談論詩畫的死黨。到了晚上，他衝出了充滿傷病兵呻吟聲、打鼾聲和搖骰子賭博聲的塹壕，右手和左手各拿著兩顆手榴彈，當著目瞪口呆的同袍面前，開始用這四顆手榴彈玩起拋接雜耍。也不知道他是什麼時候練習的，四顆手榴彈就像是爆米花一樣在他的手中躍動。將手榴彈一顆接一顆地拋到空中又接住的大舅動作十分流暢，宛若長了四條手臂。住手，季平！同袍們大呼小叫。你在想什麼？共匪就在一百公尺前方啊！敵軍彷彿聽到了他們的喧譁聲，也開始開火，子彈咻咻咻地飛過來。然而，大舅並未停手，豈止如此，他甚至放聲大笑，手榴彈越扔越高……

另一幅是曾祖父。他一臉福相，繼承了父母的好幾百畝（一畝約等於六．七公畝）土地，是個不知人間疾苦的大地主。根據祖父的說法，他在庭院裡擺了張桌子，一年到頭都在和佃農打麻將。庭院裡有棵桃樹，花開的時候，從枝葉間灑下的淡桃紅色陽光便會在麻將桌上閃動。有時會有琉璃色的小鳥飛來，以整個村子都聽得見的清亮歌聲唱歌。家裡有一匹漂亮的白馬，祖父可以不用馬鞍就直接騎乘。年輕時的祖父是個美男子，騎著白馬的模樣英挺瀟灑，再加上有副足以比擬京劇主角的好歌喉，村子裡的每個姑娘都被他迷得神魂顛倒。祖父十五歲時離開了湖南省，前往南京的黃埔軍校就學，從此之後就不曾再見過曾祖父了。因為第一次國共內戰與中日戰爭接連爆發，當他忙著轉戰各地時，曾祖父被殺害了，理由不明，只知道下手的是平時常和曾祖父打麻將的佃農之一，而那個佃農為了逃避法律制裁，加入了共產黨軍。

臺灣的家有棵桂花樹，每到秋天都會開出許多黃澄澄的花朵，並散發濃郁的香氣。環繞庭院的磚牆上插著防盜用的彩色玻璃碎片，而門鈴是安裝在紅色雙開大門的高處，小孩搆不著，因此外出玩耍回家時，必須把門踢得咚咚作響，等家人來開門。有一次我玩過了頭，對著大門使出飛踢，結果被祖母拿雞毛撢子打了一頓。

二舅偶爾會吹噓從前的英勇事蹟，而我最愛聽的就是「蘇打水」的故事。

當時在我幼小的心靈中，「蘇打水」就和《聊齋志異》裡出現的妖怪差不多。赴京趕考的書生在殘破寺院裡遇見的幽魂、從耳朵裡跑出來的耳中人，以及其他妖魔鬼怪。不過，每次提到這個話題，二舅便會三緘其口，撫摸鐵絲般的鬍碴，重新戴好粗布狩獵帽，撇開顏色變淡的眼珠，望向遠方。如果是在植物園散步時提到這個話題，二舅就會尋找樹梢上的松鼠，或是慢吞吞地摘野草，有時還會拖著瘸了的左腳摘一堆艾草和魚腥草帶回家給祖母。

我不認為當時年幼的我能夠正確理解二舅所說的話，二舅所說的「民兵」定義嚴格來說也不太正確。中華人民共和國的民兵是地方政府管理的準軍事組織，這種組織絕不可能由「蘇打水」這樣的一介廚師來領導，因此將二舅所說的「民兵」解釋為地痞流氓集團，反而要來得合理許多。小時候，我的理解是「很久很久以前，人民公社的壞蛋搶奪老百姓的食物，害得中國大陸有許多人餓死」；長大以後，我依然如此認為；而當了作家之後，就我調查所知，雖然與史實有些出入，但還不算是錯得離譜。

當時，也就是一九五八年到六二年之間，中國正處於死亡的大躍進政策期間。毛澤東為了與蘇聯的赫魯雪夫較勁，訂立了「十五年內超越英國」的愚蠢國家目標，導致四、五千萬人餓死或死於非命。

二舅的故事並非無憑無據。身為中華民國空軍第八大隊第三十四中隊——俗稱黑蝙蝠中隊——隊員的二舅自新竹空軍基地起飛的日期是有留下紀錄的。

一九五〇年代初期創設的黑蝙蝠中隊長年以來一直帶有神祕的色彩，即使在一九七三年解散之後依舊是罕為人知，直到二〇一〇年國防部解除機密，它的存在才跟著曝光。相較於同時代活躍的黑貓中隊——空軍第三十五中隊——是以最新銳的U－2高空偵察機從高度兩萬公尺上空偵察大陸的氫彈設施，黑蝙蝠中隊則是以低空飛行偵察或擾亂。黑蝙蝠中隊使用的是在第二次世界大戰中倖存的轟炸機與運輸機的改造機，和在卡斯楚政權底下的古巴滿街跑的，那些五顏六色的老爺車，可說是半斤八兩；為了減輕重量，所有武器都被拆除了。就連滑翔於平流層的黑貓中隊U－2在兩百二十次的任務中，都被中國人民解放軍的地對空飛彈擊落了五架，不難想像幾乎是貼著地面飛行的黑蝙蝠中隊會是什麼命運。在超過八百次的偵察飛行中，總計因擊落或事故而折損了十五架飛機，一百四十八人殉職。

一九五九年五月二十九日，包含二舅在內的十四名空軍隊員一如平時瀟灑地坐上了美軍提供的B－17，俗稱飛行要塞，擁有平滑的流線型機體與四顆引擎的大型戰略轟炸機。這種轟炸機在第二次世界大戰中丟了一堆炸彈轟炸德國，而終戰後幾乎都成了廢鐵，被送往臺灣的是僅存的碩果。

當時是最適合黑蝙蝠出任務的黑夜，兩架B－17改造轟炸機依照管制塔的指示，先後從新竹基地起飛，一架飛往大陸東方，另一架掉頭飛往西方，執行各自的偵察任務。

二舅搭乘的飛往西方的偵察機，目的地是橫跨雲南省與貴州省的雲貴高原。雖然飛行距離比較長，但好處是沿途地形複雜，只要低速低空飛行，被敵機發現的機率很低。該機在地勢險峻且濃霧瀰漫的虎跳峽之間穿梭飛行，溪谷底部是灰色的金沙江，風一吹，瀑布的飛沫就會濺到機身上。

不過，二舅的事暫且按下不提，先來談談飛往東方的飛機吧（重頭戲留到後頭）。這架飛機在平坦的廣東省東部一帶偵察飛行，一進入目的地上空，飛行員便將操縱桿往前推，讓高度降到三百公尺，以便拍攝地形及撒傳單。放眼望去，黑暗籠罩著大地，風聲蕭蕭，燈火稀疏，星星看來近在咫尺，彷彿觸手可及。視野良好，代表敵軍的高射炮隨時可能開火。

如此這般，敵機先一步偵測到了我方的偵察機。雷達員大聲報告的不祥光點是中國的米格17戰鬥機。B－17外殼很厚，光靠二十毫米機槍難以擊落；然而，米格17配備了三十七毫米機關炮。我軍同時也攔截了敵軍的無線電。

〈目視標的，目視標的〉

他媽的。有人嘀咕道。這下子我們總算也可以說自己經歷過空戰了。彷彿聽見了這句話一般，白熱的炮彈爭先恐後地飛來。我方的偵察機被敵機一路追逐，挨了一堆機關炮彈。黑暗之中，米格機的炮口焰閃閃爍爍，看起來好似引導船隻的燈塔光線，只不過指引的目的地不是港口，而是十八層地獄。我方為了減輕重量，毫無武裝，只能專攻逃跑。飛行員一面咒罵掠過機身的炮彈，一面上下左右地擺動機身。機身宛若掉進氣穴似地倏然下沉，隊員們東倒西歪，怨聲連連。阿彌陀佛，共匪的飛機不是木頭做成的嗎!?

九死一生。

然而，不知道是因為操縱技術高超，還是老天爺保佑，雖然遭受敵襲，這架偵察機還是完成了任務（完成任務？反正都要死了，就把帶來的傳單全部撒光嗎？），平安返回臺灣，說來也真是令人難以置信。

反觀人民解放軍的米格機，則是因為未能擊落臺灣飛來的偵察機而意志消沉地組成V字編隊結群飛行。那些飛行員想必個個都是提心吊膽吧！會不會因此被扣上反革命的帽子？在當時的中國，嫌某人礙眼，或是想要某人的性命，只要把對方打成四類分子（地主、富農、反革命、壞分子）就行了。沒有人知道會在什麼時候、什麼地方遭罪。為孕吐所苦的孕婦因為工作請假而被指為反革命分子；只要偷挖一顆田裡的番薯，就算是飢腸轆轆的五歲小孩也會成為被唾棄的壞分子。他們會被五花大綁，脖子掛上寫有罪狀的牌子遊街示眾，並像蟑螂一樣被打死。只要被舉發為四類分子，就是死路一條。

就在這時候，惴惴不安的飛行員們的耳機傳來了希望之聲。

「發現敵機，發現敵機！」

面對挽回名譽的大好機會，他們瞪大了滿布血絲的眼睛，使勁將操縱桿往旁邊推，以免落在隊長機後頭。米格機就這麼維持V字編隊，猶如整齊劃一的團體操一般壯麗地轉換方向，在地上雷達的引導之下，一面發出駭人的爆音，一面追擊另一架在較為安全的西方飛行的B－17。即使閃爍的編隊燈已然消失於黑暗之中，戰鬥機的引擎聲依舊如遠雷一般震撼夜空，久久不散。

好了，終於輪到二舅他們了。

逃回臺灣的偵察機遇上的事，也在二舅的偵察機身上重演了。雷達員的絕望呻吟聲，攔截到的敵軍無線電揭露的我方座標，以及沒有人笑得出來的冷笑話。當時二舅二十四歲，已經有論及婚嫁的女友了。

米格機散開包圍獵物，從四面八方開火。尾翼的方向舵被炸掉之後，顯示迴旋方向的迴旋計指針開始瘋狂擺動；機身蜿蜒蛇行，好幾個人因此把胃裡的東西全都吐出來。根據我手邊的資料顯示，飛往西方的B－17是在二十三點十分被敵軍發現，並在二十分鐘後被擊落。

尾翼冒火，機身多出了幾排彈孔的B－17，冒著黑煙墜落在廣東省中南部的恩平市與沿海地帶的陽江市交界處。報告書上說機上人員全數殉職，被當地的好心農民安葬，但事實並非如此。

二舅比其他人命大。究竟發生了什麼事，已經無從得知，不過二舅並未因為這次的擊落而被抓去見閻羅王。他的確身負重傷，不但臉孔燒傷潰爛，側腦嚴重割傷，側腹還被鐵棒刺穿。由於他摔斷了雙腿，只能靠著雙肘爬行，逃離搜山獵捕的敵軍。混濁的黑血就像轉開的水龍頭一樣從傷口汩汩流出。

傷到肝臟了。二舅如此說道。「肝臟是肚子裡最大的器官，而且裡頭有很多血，所以一受傷就會引起大出血。」

我和表哥王誠毅緊張地吞了口口水，當二舅給我們觀看肚子的傷痕時，我們都瞪大了眼睛，拚命忍住淚水。

換作一般人，受了那樣的傷早就死了，但是二舅並沒有死。幸好二舅沒死，要是二舅那時候死了，王誠毅就不會出生，我這輩子和這個最要好的表哥就無緣了。

我想到的可能性只有一個，就是二舅說謊，故意加油添醋，因為這樣故事聽起來比較精采，大人都會這麼做。被米格機擊落應該是真的，要不然他失蹤的三年間是跑到什麼地方溜躂了？不過，他的傷勢應該沒有他說的那麼嚴重。事實上，二舅的臉上根本沒有燒傷的痕跡。

「我像隻蛞蝓一樣在山裡爬來爬去，肚子還一直流血。」二舅說得天花亂墜。「我不知道我爬過什麼地方，不過事後聽說，我爬過的痕跡正好形成大大的血字，看到的大陸老百姓覺得我雖然是敵人卻令人敬佩，所以才救我的。」

「血字？什麼字？」

「中華民國萬歲！」

當然，這些話不能照單全收。如今二舅已經不在人世，真相如何，無人知曉。就連他在世的時候，說的話也是顛三倒四，一下子說他是開槍打死「蘇打水」以後逃跑的，一下子說是偷了「蘇打水」的機車逃跑的，一下子又說是「蘇打水」家的掛軸裡跑出了一個仙人，放他逃走的。

別的不說，我和王誠毅為什麼把蘇大方的名字記成蘇大方，也是個疑問。或許是有個姓「蘇」又很「大方」的男人，而年幼的我們以為他的名字就叫「蘇大方」。

老實說，在大陸的三年間，二舅究竟發生了什麼事，我們幾乎一無所知。他搭乘的飛機被擊落，傷痕累累地在鬧飢荒的大陸徘徊，被流氓民兵抓住，逃離蘇大方的魔掌，從廣東省游到英領香港，在美國大使館的保護之下回到了臺灣——這就是一九五九年至六二年間發生在二舅身上的事。在這段期間內，他應該也做過無顏面對家人、必須保密一輩子的錯事吧！身處極限狀態，難免做出殘虐的行為，而有四千萬人餓死的狀態確實堪稱極限。

千辛萬苦返回家鄉，等著二舅的是家人的溫暖擁抱與特務冷冰冰的懷疑目光。沒錯，他被懷疑是共產主義者。

二舅因為共諜嫌疑而被帶走，關在西寧南路的警備總司令部保安處。這個地方在日治時代是臺灣淨土真宗的東本願寺，戰後被國民黨接收，成了拷問政治犯與共諜的特務大本營。我家從祖父那一代起就一直支持國民黨，但是國民黨曾有不人道的白色恐怖時代是不爭的史實。被特務審問的半年間，二舅的左腳受了無法復原的傷害。

生前的二舅不願提起在大陸發生的事，說來也是情有可原。大陸的記憶直接與拷問的記憶連結，他為了國家賣命出任務，卻被國家嚴刑拷打。即使如此，我和王誠毅還是忍不住追問。

「墜機以後，爸就被共匪抓住了？」

「不是共匪，是普通老百姓。」

「可是，為什麼？他們怎麼知道二舅是臺灣人？」

「看衣服。那邊的人很窮，沒有衣服可以穿，一家只有一條褲子，被外出的人穿走了，其他人就只能光著身子在家裡等。」

「咦？露雞雞嗎？」

「對。」

我們格格笑了起來。

「我爸說過，在大陸，不能擁有自己的東西。」誠毅畢竟是二舅的獨生子，知道的比我更多。「不管是房子、碗盤還是工廠，都是大家的。聽說還有人擔心自己的老婆會不會也變成大家的。」

「真慘。」

「就連大便也不是自己的，因為要拿去做肥料。」

我略微思考過後，說道：「這沒差吧？」

「對岸是計畫經濟。」誠毅得意洋洋地說道：「就算要大便，也要有黨的許可才行。」

2 藤卷琴里的來信

二〇一六年早春，我經由出版社收到了一封信。寄件人是神奈川縣一名叫做藤卷琴里的女性，除了以纖細卻強而有力的筆跡寫下的書信以外，還附上了一張褪了色的黑白照片。

那是一群男人在巨大的飛機機翼底下的合照，他們都穿著毛皮衣襟的飛行夾克，有些人沒戴帽子，有些人戴著空軍的船形帽。仔細一看，帽子上繡著青天白日黨徽；更仔細一看，站在後排右端的就是我的二舅，王康平。

翻過照片一看，背面以信中的筆跡寫著「一九五八年十二月二十四日，新竹，空軍第三十四中隊」。照片似乎不是正本，而是影本。我再次仔細端詳照片。戴著船形帽的、年輕時的二舅五官精悍，和我心中二舅的面貌相比，除了頭髮變得稀疏了些以外，幾乎沒有什麼改變。髮量豐匀的王康平鼻梁高挺，眼中同時帶著笑意與虛無。照片中的他把手插在飛行夾克的口袋裡，微微抬起下巴。

根據淡紅色信紙上的優美文字所言，蹲在隨信附上的照片前排，由左邊數過來的第二個男人就是藤卷琴里的祖父，藤卷徹治。

〈柏山老師——〉藤卷琴里如此寫道：〈——是否和王康平先生有淵源？〉

照片中的藤卷徹治梳著油頭，擁有一雙大眼，長得頗有人緣，嘴巴卻是癟起來的，彷彿在說：我到底造了什麼孽，才落得跟這些傢伙拍紀念照的下場？

我從沒聽二舅說過他們的偵察機有日本人搭乘。不，這個叫做藤卷徹治的男人絕不會是黑蝙蝠中隊的人——我如此斷定。大概是隊員的朋友，碰巧來新竹的空軍基地玩，又碰巧一起合照留念吧！一定是的。

然而，我內心深處也知道這是不可能的。因為當時黑蝙蝠中隊的存在屬於機密事項——

突然寄上這封信，請原諒我的冒昧。我的名字叫做藤卷琴里，就讀於都內的大學，現在正在為了取得博士學位而寫論文。

之所以寄上這封信，是因為我的祖父再三要求之故。恕我失禮直接詢問，柏山老師是否和王康平先生有淵源？

如果不是，我道歉。不過，祖父拜讀老師的《怪物》之後，說書中的鹿康平鐵定就是自己認識的王康平……畢竟祖父今年已經邁入九十歲高齡，過去的記憶變得不太牢靠，如果是我們弄錯了，也不好意思要老師浪費寶貴的時間去閱讀這封又臭又長的信，所以到這裡打住就行，不必再看下去了。
不過，如果祖父沒有弄錯，希望老師能夠撥出一點時間，把這封信讀完。

我從頭開始說明。

祖父藤卷徹治是在一九二六年出生於臺北縣烏來。如您所知，當時的臺灣處於日本的統治之下，戰爭結束時，約有四十萬日本人在臺灣各地生活。祖父的父親，也就是我的曾祖父是農業技師，在臺灣總督府殖產局擔任要職，聽說曾經和剛到臺灣赴任的八田與一（日本的水利技師，一八八六年生，一九四二年歿，建設了烏山頭水庫）一起工作。

祖父和曾祖父素來不合，十四歲就離家出走，謊報年齡，加入了陸軍。他被派遣到陸軍宜蘭基地，編入了陸軍航空隊，在沒有受到完善訓練的狀態之下出擊了好幾次。當年的時局十分混亂，戰局也岌岌可危，因此有許多事情都是便宜行事。祖父視力很好，擅長使用槍械，還曾在射擊比賽中奪冠，隊友都用中文稱呼他為「神槍手」。小時候，我曾聽祖父說他可以「用步槍射熄三百公尺遠的燭火」，不過我個人對此抱持懷疑的態度。

後來，敗戰色彩變得越來越濃厚，臺灣也組織了特別攻擊隊。祖父被分發到「誠忠隊」，有許多隊友駕駛戰鬥機去撞擊敵艦。即將赴死的隊友舉杯道別的光景，他看過了無數次。他說當時他既不寂寞，也不悲傷，只想早點了結對死去隊友們的責任，而出擊是唯一的方法。

幸好在輪到祖父出擊之前，戰爭就結束了。祖父百思不得其解，變得失魂落魄。莫非戰爭是有意志的，會以某種基準選擇誰死誰活？若是如此，我活下來的意義是什麼？這個問題他思考了好幾十年。

戰爭結束以後，祖父隨著父母一起撤往內地，當時他剛滿十九歲。曾祖父試圖東山再起，但是一直找不到好工作。祖父的姊姊都搬出去各自獨立生活了，只剩下身為老么的祖父還留在家裡照顧父母。說歸說，祖父能做的事也只有耕種芝麻綠豆大的田地而已。曾祖父是長野人，在故鄉有一小塊土地。他們的生活十分貧困，每天連要吃飽飯都有問題。這樣的家庭當然沒有女人肯嫁進來，祖父好幾年都是孤家寡人，靠著種萵苣和白菜維生。

素未謀面的男人是在昭和三十二年來訪的，也就是一九五七年。

當時正值盛夏，天氣炎熱，那個男人卻穿了一身的白西裝，撐著黑色蝙蝠傘遮陽。他長得溫文儒雅，沒有留鬍子。他從熱氣蒸騰的田間小路走來，劈頭就呼喚祖父的名字。正在種田的祖父打直腰桿，面向男人。你就是宜蘭基地的藤卷徹治吧？男人如此說道。祖父以手遮陽，凝視男人。他對這個男人毫無印象。

如何？神槍手。男人落落大方地以白色手帕擦拭滑落臉頰的汗水，向祖父提出了一個方案。願不願意為了我們重回臺灣？

直到很久以後，祖父才告訴我那個男人名叫小笠原清。當時，小笠原清從事的工作是接洽舊帝國軍人，送他們到臺灣為蔣介石效力。

一九四九年至六八年的二十年間，臺灣曾經存在由舊帝國軍人組成的祕密軍事顧問團，這件事您知道嗎？團長是前陸軍少將富田直亮，他的中國名字叫白鴻亮，所以這個顧問團被稱為「白團」。

國共內戰戰敗的蔣介石雖然撤退至臺灣，但是他並沒有放棄收復失土，而是虎視眈眈地等待反攻的機會。為此，他必須先強化自家軍隊的戰力，而最重要的就是意識改革。祖父告訴我，國民黨的士兵連在戰場上都要吃熱騰騰的食物，不然無法維持士氣，甚至還有午睡的習慣。

如您所知，包含蔣介石本人在內，國民革命軍有許多曾經留學日本的將校。日本雖然戰敗，但是在當時的亞洲，卻是擁有最先進的軍事技術與知識的國家。蔣介石追求的正是這個，他想把日本的軍事技術與知識移植到自己的軍隊上。

招聘舊帝國軍人當教官的計畫八成在戰爭結束前就已經存在了。戰爭結束時，蔣介石之所以堅決反對將支那派遣軍總司令官岡村寧次視為戰犯，正是因為當時他就已經打算要利用岡村的人脈來組織軍事顧問團了。

蔣介石預先埋下了伏筆。他搶在一九四五年八月十五日的玉音廣播（註1）之前，於重慶發表了知名的「以德報怨」演說。日本戰敗之後，不可報復日本人——對於如此告誡自己國民的蔣介石，許許多多的帝國軍人都大為感動，並醉心於昔日的敵將。昔任陸軍北支那方面軍司令官的根本博中將，也因為感念蔣介石的恩德，而與同袍們一起從宮崎縣偷渡至臺灣，協助國民黨軍打擊共產黨。

一九四九年五月當時，國共內戰的大勢已定，無論如何掙扎，都無法改變國民黨敗北的命運。即使如此，根本還是只對家人留下一句「我去釣魚」，便投身於必敗之戰中。經過了一波三折，他來到臺灣，成了湯恩伯將軍的個人顧問，在古寧頭戰役中替連戰連敗的國民黨帶來了勝利。就在根本抵達臺灣不久後的十月二十五日黎明，共產黨軍開始實行金門島古寧頭海岸登陸作戰，國民黨軍聽從根本的建議，避開正面衝突，於高臺上埋伏，擊破了敵軍。

這對於國民黨而言是睽違已久的大勝。當時金門若是被共產黨占領，臺灣必然步上赤化一途。說歸說，這終究只是根本本人的說法，或許可信度略嫌不足就是了。無論如何，根本偷渡臺灣的問題在同年十一月的參議院本會議中被提出質詢，媒體也報導了「臺灣義勇軍」的傳聞。祖父常說，蔣介石的那場演說便是如此大大

註1 在一九四四年八月十四日由昭和天皇親自宣讀並錄音，隔日由日本放送協會第一放送對外廣播。這是日本天皇的聲音首次向公眾播出，此詔書的廣播又稱「玉音廣播」。

地振奮了日本人的心。

根本博的偷渡並不是組織性的，只是根本個人對蔣介石的報恩行為。換句話說，與白團的活動完全無關。在根本的破天荒行動鬧得全國上下沸沸揚揚之際，岡村寧次在背地裡悄悄地招募舊帝國軍人送往臺灣，而替他辦事的人就是小笠原清。

關於白團的創設背景，我就點到為止，不再贅述了。如果柏山老師和王康平先生毫無關係，這樣的話題只是徒增無聊而已。關於白團的書籍很多，閱讀這些書籍，應該可以得到更詳細的資訊。

不過，有件事我必須事先聲明，就是祖父的名字並未出現在白團的歷史中。白團的主要工作是再教育國民黨將校，而祖父並未參與軍事教育，或許就是出於這個緣故。在總計八十三人的成員之中，沒有藤卷徹治的名字。不過，小笠原清遵守和祖父的約定，每個月都會送生活費給祖父留在長野的父母，而在祖父回到臺灣以後，他也支付了相當的薪水給祖父。祖父當時被指派的，是完全不同的任務。

也就是諜報活動。

3 青鳥在我心

我並沒有立即聯絡藤卷琴里，因為在閱讀她的來信的兩天後，我就要回臺灣參加臺北國際書展了。配合我的書在臺灣翻譯出版，我將在會場舉辦演講會與簽名會。

在冷得快結凍的二月中旬早上，我搭乘飛機從羽田機場飛往臺北松山機場。抵達時已經過了下午兩點，彷彿與東京相連的陰鬱天空籠罩著街頭。我穿過入境審查櫃檯，在轉盤上取回託運的行李，將防水外套掛在肩膀上，搭上了計程車。我料想這裡不比日本寒冷，特別買了件薄外套，誰知並沒有我所期待的那麼溫暖。

從計程車的窗戶可以望見起降的客機。飛機抬起沉重的機身起飛，融入灰色的雲層之中。青天白日旗在旗桿頂端虛弱地翻飛著。松山飛行場建造於日治時代，戰時成了日本海軍的跨海轟炸基地。我從側肩包裡拿出平板電腦搜尋，得知一九三八年國民革命軍與蘇聯義勇飛行隊曾經轟炸這座飛行場。網站上寫著：「就某種意義而言，這是日本第一次經歷的空襲。」

原來如此，要將臺灣遭受的打擊視為日本遭受的打擊，必須加上**就某種意義而言**的前提才行啊！當時的臺灣確實是日本的一部分，可是日本人並未將臺灣視為「本土」。無論臺灣挨了多少顆炸彈，感覺大概就和別墅起火差不多。回顧一九三八年，正是第二次國共合作尚未破局，國民黨與共產黨不情不願地在中國大陸攜手對抗日本的年代。松山機場在戰爭末期也遭到美國的攻擊，實在是座可憐的機場。

不到二十分鐘，便抵達了位於中山北路的國賓大飯店。

辦完入住手續，在客房裡安頓好之後，我本來打算小睡片刻，誰知精神太好，根本睡不著。午睡是我在四十歲過後養成的習慣。整個上午全用來寫作，吃完午飯後稍微打個盹兒，接著在附近散步一小時，之後再繼續寫作，傍晚七點停工，晚上一面播放唱片一面讀書，是我這幾年來養成的習慣。

一躺下來閉上眼睛，性愛片段便一股腦兒地湧了上來。這種情況時常發生。我無法不去思考曾有過肌膚之親的每個女人的各種舉動、媚態、側臉的陰影及不經意的隻字片語背後究竟帶有什麼意義。每當我回顧往日的戀情，便會忍不住懷疑各種大小事全是破局的前奏曲。或許就連最幸福的時光之中，也有分手的前兆像暗號一樣潛藏著。話說回來，每次旅行總是情欲高漲，又是什麼緣故？或許是因為性愛和旅行一樣都是非日常的事物，互相呼應之故吧！這麼一提，做完愛後，我總是會想去遠方旅行。

假。

我初識性行為，是在偶然撞見舅舅夫婦親熱的時候。當時我正好回到臺灣過暑假。

臺北的舊家有後院，和浴室相通。我有時候是在二樓和祖母一起睡覺，有時候則是在一樓和曾祖母一起睡。

當天，我和曾祖母一起睡覺，到了半夜，不知何故肚子餓得很厲害，醒了過來。我搖醒曾祖母，說我肚子餓，而她一如平時，拿冷飯加開水給我吃。小時候我最喜歡半夜爬起來討東西吃，或許是想確認大人的愛吧！

雖然生在那個年代，而且嫁給了大地主，但曾祖母卻是個大腳婆；換句話說，她沒有纏足，這在當時是很罕見的特例。這並不是因為她的母親思想開明之故。女兒一滿三歲，母親就立刻拿布條牢牢地裹住那雙小腳丫，而曾祖母大發脾氣，扯掉了布條。想當然耳，她因此挨了揍，但是她就像驢子一樣頑固，無論再怎麼挨打受罵，始終不改「我的腳由我做主」的姿態，最後是父母先認輸了。這孩子有三個髮旋。父親咕噥。就算天打雷劈也不會醒悟。隨妳去！母親嚷嚷。我是想替妳裹金蓮，妳卻不知好歹，以後變成大腳婆，踩得滿腳狗屎再來後悔！如此這般，年滿七歲的曾祖母得以以健康的雙腳元氣十足地跑遍山野，即使踩到狗屎一樣笑得樂不可支。大腳婆又怎麼樣？我才不想成為飛不起來的鳥兒呢！幸好曾祖母沒有纏足，要不然她就無法逃離戰火，從湖南長沙跋涉八百公里前往廣州與祖父的部隊會合，一起搭船逃來臺灣了。

我在曾祖母的陪伴之下吃完了花瓜、扒完了湯飯以後，便跑去上廁所。當我如廁時，突然聽見舅舅夫婦的房間傳來痛苦的呻吟聲。那個房間同樣面向後院，而且由於當時是悶熱的盛夏夜，窗戶沒有關上。在好奇心的驅使之下，我悄悄地走到後院。接下來的片刻，我聽見了各種魚水交歡的聲音。圍牆彼端的街燈閃閃爍爍，脖子就像是長出了水蜜桃絨毛一樣刺刺癢癢的。就連夜間空氣的味道都參雜著汗水味和野獸味。當時的我是小學五年級生……

房裡的電話響了，我放棄午睡，拿起話筒。

來電的是責任編輯植草，說他剛入住同一家飯店。這是他頭一次來臺灣出差，因此非常興奮，像機關槍一樣劈里啪啦地說明明天的行程。上電視、上廣播，以及和高層人士聚餐。

「所以啊！」他好像連換氣的時間都捨不得花。「要吃本地美食，只剩今晚有機會了。咦？真的可以請柏山老師安排嗎？」

一旦來到臺北，就不愁吃喝了。如果耶穌是臺灣人，鐵定不會瘦成那副模樣。我看著床頭櫃上的時鐘，提議傍晚六點在大廳集合。

接下來的一小時，我用來回覆郵件。先前採訪我的雜誌寄了兩封信請我確認原稿，我大略地挑了些錯字，並指示需要修正之處。另一間出版社的編輯要約我討論，我回信告知現在人在臺灣，等回到日本以後再聯絡他。忙著忙著，約定時間到了，我用手臂掛著外套，走出了房間。

植草和國際版權事業部的女性已經在大廳裡等候了。在植草的介紹之下，我接過了她的名片。她的名字叫做椎葉莉莎，曾在澳洲留學三年，當時的室友是臺灣人，因此中文說得也頗為流利。

「明天的所有行程都是由椎葉安排的。」

她的相貌普普通通，穿著窄裙，屁股十分誘人。我想像她的裸體，而她看起來不像是在想像我的裸體，光看眼神就知道了。椎葉莉莎那雙不算大的眼睛雖然給人一股親近感，但是並沒有任何逾越職務禮儀的成分存在。年紀大了的壞處之一，就是我對女性的要求標準越來越寬鬆，但是女性對我的要求標準卻越來越嚴苛。身為男人的價值一路下跌。剪裁精良的西裝和高級手錶，正象徵這種男人的可悲本質。就在我露出悲哀的微笑時，她說話了。

「麥金托什的外套和您很搭。」

我就像是迎來驟雨的熱帶花朵一樣起死回生。妳仔細看，我的手錶也是沛納海的！

我帶著他們前往長安東路。距離不遠，正適合從我們的飯店散步過去。見了林立的熱炒店霓虹燈招牌，兩人發出了歡呼聲，拿起智慧型手機一張接一張地拍照，並用手指滑動畫面。店裡容納不下的香氣和喧鬧聲外溢到馬路上，互相推擠。這就是臺北的夜晚。

我選了一家店門口擺滿海鮮、看起來會有好兆頭的店。鋪滿冰塊的陳列臺上擺放著各式各樣的魚類，橡膠水管朝著裝有蝦子、蛤蜊和螃蟹的魚箱不斷地注水。店內人聲鼎沸，充滿活力，人們大聲吆喝、歡笑，用力乾杯，盡情喝酒。我撇下雙眼閃閃發光的椎葉莉莎，向女店員點了牡蠣與螃蟹，並要求分別用豆豉及辣椒拌炒。廚房的師傅用湯勺把炒鍋敲得鏗鏗作響，火柱猛烈竄起。

在店家的帶位（說歸說，只是用下巴指了指空位而已）之下入座後，我在菜單兼點餐單上勾選了幾道菜餚，遞給某個男店員。那是個頭髮染成了藍色的年輕人。鹽酥龍珠、宮保皮蛋、海鮮炒麵、炒羊肉，還有鵝肉一盤。在這種熱炒店，事事都要自己來。

「真的假的！那白飯也是自己盛嗎？」

我替人地生疏的他們去冰箱拿了啤酒過來。

我們一面吃吃喝喝，為了不輸給周圍的吆喝聲，幾乎是以互相怒吼的方式確認明天的行程。與臺灣作家對談、簽名會、電視專訪等等，椎葉莉莎一面翻閱記事本，一面俐落地唸誦必要事項。需要口譯嗎？簽名會可以拍照嗎？簽名時要落款嗎？如果有不能問的問題，請事先告訴我。

「政治和宗教相關的問題不行。」

「了解。」她點了點頭，寫進記事本裡。「日本的那一套對這裡的媒體不管用，如果出現這類問題，由我來處理。」

「她很厲害。之前——」

植草談到了某個在日本家喻戶曉的中堅作家。他的書在中國翻譯出版時，有記者在上海召開的記者會上提出了無禮的問題。那個記者截取作品的片段，逼問這是不是在肯定軍國主義。

日本人從那場戰爭中沒有學到任何教訓嗎？我也讀過那本書，別說是肯定軍國主義了，那簡直就像是托馬斯・品欽（註2）一面嗑搖腳丸一面寫下的小說一樣支離破碎，卻宣稱是後現代主義，自我陶醉，實在蠢得可以。我連三分之一都沒看完就把書摔到牆上了。

「椎葉就反問那個記者：『這麼說來，您已經看完這麼難懂的小說了？』」植草將魷魚嘴囊放進嘴裡，樂不可支地笑道：「『那請您一定要來替我們的藝文雜誌寫書評。』妳是這麼說的吧？『我花了一個月，連三頁都看不完。』……全場都笑翻了！」

椎葉莉莎那張因為喝了酒而泛紅的臉微微地抬了起來。她是在克制自己的笑意，站在她的立場，這是理所當然的禮節。一來不該在背後取笑不在場的作家，二來搞不好我和那個作家其實是好朋友。然而，無處宣洩的愉悅卻從她的雙眸迸發出來了。

註2　美國後現代主義文學代表作家，著有《V.》、《拍賣第四十九批》、《萬有引力之虹》、《葡萄園》等作品。一九七四年因《萬有引力之虹》被授予美國全國圖書獎。

直到此時，我才察覺椎葉莉莎的眼皮刷上了一層薄薄的金粉。她喝了口啤酒，拿起筷子夾菜，並用舌頭舔去嘴角的醬汁。啊！男人總是會在那自由奔放的舌頭上看到根本不存在的約定！或是挑戰。說來可悲，我也看到了。我必須繃緊神經，絕不能飛蛾撲火。

然而，在這種狀況之下，要保持平常心難如登天，尤其是在火自己撲過來的情況下。

就在植草去上廁所的時候，椎葉莉莎突然劈頭就是一句「我很喜歡老師」，嚇得我慌了手腳；然而，聽了下文之後，我鬆了口氣，同時也大失所望。

「……的書。」她繼續說道：「這次能和老師一起在臺灣工作，是我的榮幸。」

妳就不能一口氣說完嗎？

「可以在臺灣讀老師的書，實在是種奢侈的享受。」

我嚴肅地點了點頭，以免難堪之情流露在臉上。

「就這樣？我是真的……真的很喜歡老師的小說。」

「那我順便問問，妳喜歡哪一本？」

她立即回答《怪物》。

「確實，這部作品的筆法還有點生澀，視角人物也不安定，但是卻洋溢著老師的……該怎麼形容呢？赤裸裸又桀驁不馴的活力。這股活力與其說是來自於故事情節，倒不如說是來自於老師那種率性的敘事方式。這一點真的、真的很厲害，這種率性是獨一無二的。就像閱讀布考斯基（註3）的書一樣，讓我覺得：『啊！原來我並不孤單，我只要做自己就好了。』」

我不知道該如何回答，只能傻笑。十年前《怪物》出版時，根本無人聞問；可是一被翻譯成英文，並入圍IRC（國際讀者選擇獎）決選之後，每個人都豎起大拇指，誇讚它是傑作。這種感覺就像是原以為已經成了無用垃圾的舊作突然像廉價的霓虹燈一樣開始發光，迷惑大眾的心智。再說，查理·布考斯基的詩就跟用尿壺醃製的醬菜沒兩樣，我一點也不認為年輕女孩會喜歡閱讀這種玩意。

「同時，我也感到很難過。我的資質雖然還過得去，但終究只是個普通人，絕對無法達到這種災難性的率性境地……比起只要想得出情節，任何人都能寫的作品，我更喜歡雖然情節老套，但是只有那個作家寫得出來的故事。」

我毫不掩飾地坦承自己從來沒有意識過這些，只是埋頭苦寫而已。

「那當然！」她一臉開心地高聲說道：「那不是可以刻意寫出來的東西。不過，好書都是有理由的，而老師的書就是好在不知變通的率性。沒有刻意去寫卻能寫出來，正是老師的過人之處。」

不知變通的率性？她到底在說什麼？我越發不安了，啤酒一口接著一口下肚。

註3　德裔美國詩人，小說家和短篇小說家。特點是側重於描寫生活處於社會邊緣地位的貧困美國人、女人、性、賽馬、寫作與酒精。時代雜誌譽為美國底層人生的桂冠詩人。

見狀，椎葉莉莎也沉默下來，一臉尷尬地喝酒掩飾。看來她也陷入話說太多以後的那種短暫寧靜的虛無之中了。

「妳也有在寫作嗎？」

「以後有機會的話想試試看。」

隔壁桌突然大聲歡呼，一群男人站起來用力乾杯。他們豪邁地喝光了酒，互相出示杯底以證明自己沒有作假，並讚揚彼此的氣魄。

在熱鬧夜晚的一角，我們就像小兔子一樣繃緊神經，抽動鼻子，試著嗅出陷阱的氣味。我確定她就要開綠燈了，但我的確定在大多時候都是錯誤的。她說了聲對不起，而我則是露出模稜兩可的笑容，繼續喝酒。植草那小子怎麼這麼慢？是在拉屎嗎？

我不得不承認，她在不知不覺間已經脫離了普普通通。她的手法實在太過高明，幾乎快把我對她的第一印象變成壞人了。對作家而言，讚美自己著作的女性總是比平時美上五成。又或許是酒精和異國情調使我意亂情迷也說不定，一定是這樣沒錯。終歸一句，是這一夜應該還有後續的預感讓我變成這樣的。

「說說話嘛！老師。」

她要我說話，我便說了。「老是把『以後有機會的話想試試看』掛在嘴邊的人，就算以後真的試了，也只會寫出只要想得出情節、誰都能寫的作品。」

椎葉莉莎瞪大了眼睛，嘴唇顫抖，活像是被打了一巴掌。

「每個作家都認為自己是獨一無二的，可是，真正獨一無二的作家早就死光了。」我說道：「任何作品都是了無新意。存在於二十一世紀的全是舊時代作家的亡靈。」

「老師是獨一無二的。」

「我不是。」

「您是。」

「總有一天，會有人來到我的面前，指責我是**冒牌貨**，說我寫的東西早就有人寫過了。一直以來，我都是一邊設法瞞騙妳這樣的人，一邊寫作的。」

這番話中的預言色彩令我大為洩氣。**總有一天，會有人來到我的面前，指責我是冒牌貨**。或許我雖然一直滿懷恐懼，卻又巴不得這一刻快點到來，就像站在行刑隊面前的革命家一樣。

「天啊……」椎葉莉莎溼了眼眶，緩緩地握住我的手。「天啊！怎麼辦？」

這時候，我發現她右手背的皮膚是緊繃的，那看起來像是燙傷的舊疤，一路變色到指尖。

「怎麼辦？我真的……您知道嗎？老師，您不知道自己剛才說的話有多棒吧？」

我說我知道。我當然知道，她喝醉了，再不然就是我的預感是正確的。

「您一定不知道！」她用力甩動我的手。「您根本不知道，對吧？老師。」

在這一瞬間，預感化成了確信。我逐漸沉入甜美的夢鄉。今夜，所有肯定，還有那條放肆的舌頭都將歸我所有。

見我變了臉色，她的視線開始游移。或許椎葉莉莎以為我不會站上擂臺，或許她只是待在隨時可以安全撤退的位置捉弄作家而已。這樣的人其實很多（「我沒有讀過老師的書，不過我永遠替老師加油。」）。沒錯，就像是在動物園捉弄大猩猩一樣。若是如此，那我可真的是被瞧扁了。我牽起她的手，直視她的眼睛，說道：

「待會兒要不要去我的房間小酌片刻？」

她大吃一驚，笑著說不行。當然不行，鐵定不行。面對這種狀況不能一口答應，是身為女性的矜持。椎葉莉莎回握我的手，而我則是開始吟詠布考斯基的詩。

在我心裡有隻青鳥
牠想飛出去
然而，我對牠而言太過難纏
我說
留下來，難道你想毀滅我嗎？

我唸完詩，嚴肅地告知房號。「**以後**永遠不會到來。來吧！**現在**就解放妳心中的青鳥。」

「不行。」她裝模作樣地垂下眼，指尖一面撫摸我的手。「我不能這麼做。要是事情曝光了，我會被炒魷魚的……不行，不可能的。」

「妳幾歲？」

她有些遲疑地回答「二十九」。

「所以是年齡上不行？」

「怎麼會！老師還很年輕，夠年輕了。」

「所以是有男朋友囉？」

她的眼睛閃過一抹淘氣的光芒，清楚地告知男友的存在與否並非事情的本質所在。世界是如此遼闊，充滿新的可能性。辭掉工作去餐廳洗碗的男人也有可能入圍國際性文學獎決選。我已經四十七歲，不年輕了，不過我應該已經證明自己的可能性足以讓她賭上一把。

說歸說，凡事都得按部就班，而這一晚已經來到了只等她簽名的階段。椎葉莉莎只是在享受簽署合約之前的短暫甜美時光而已。

「我沒有男朋友。」她說道：「但是有老公。」

原來如此！

我揉了揉眼睛。她將杯子送到口邊的左手無名指上彷彿像是施了魔法一般，突然出現了結婚戒指。有男朋友和有老公的情況大不相同。雖然兩者都是妥協的結果，但後者卻是有社會性制裁當後盾的妥協。我想像被八卦雜誌記者追著跑的自己。您知道S小姐已經有家室了嗎？請說句話，柏山老師！

膽怯散發著惡臭。哦，這樣啊！嗯，妳是幾歲的時候結婚的？我說這些話來緩和氣氛，但亡羊補牢，為時已晚。她只是一臉悲傷地微笑著。

我和她的合約倏然迸裂，煙消雲散了。

我不禁失笑。一切又成了幻想。我們到底要失敗幾次才會學到教訓？有些人可以輕易地跨越結婚這道障礙，或許椎葉莉莎也希望我這麼做。她的露骨令我動搖，而這個事實在在證明了我這個人有多麼渺小。

我將視線移向空中，看見了無情飛走的青鳥身影。一片青色羽毛飄落眼前。青鳥與我之間，終究是青鳥比較難纏。這種掃興的鳥兒還是留在我的心裡就好。老天保佑，這時候植草回來了。

要是再晚個一分鐘，我大概會放聲大叫，衝出熱炒店。

之後我們沒聊什麼有營養的話題。如果可以，我只想抱住膝蓋，不想說話，但是我當然不能這麼做，只好聊聊九層塔。

這不是我頭一次陷入這種局面，八成也不是最後一次；再說，我受到的打擊也沒有強烈到從此一蹶不振的地步。待時光流逝，日後不再有人打擊我的時候，這就會成為令我懷念的一幕了。我轉換心情，謹守作家的本分，規規矩矩地暢談九層塔在臺灣料理中扮演的角色。待植草結完帳以後，我們再次散步回飯店。

椎葉莉莎並不亢奮，也不消沉；敲定隔天到大廳集合的時間時，她也是若無其事，公事公辦。我們互道晚安之後，便各自回房了。

先說結論。椎葉莉莎跑來我的房間了。

含蓄的敲門聲響起，我開門一看，她就站在門外。

這種時候，女性五味雜陳的表情，以及勉強以尊嚴繫住欲望的無助模樣，總是令我無比愛憐。

男人的欲望必須大得足以完全吞沒女人的欲望才行，否則女人無法保有尊嚴；而若是無法保有尊嚴，她們就不可能解放欲望。

我們喝著迷你吧檯的威士忌和琴酒，完全不談論愛情或承諾，而是暢談自由，暢談書籍、旅行與音樂。

她專注地傾聽我的話語，彷彿想聽出隨後而來的悲哀宿命的腳步聲。之後，我們褪去衣衫上了床。

「這道傷是怎麼來的？」

我牽起她的手。燙傷的疤痕看起來活像書寫體字母。椎葉莉莎沒有回答，而是給了我一吻。

她回應我的索求。

她深深地接納了我，手上依然戴著結婚戒指。就為了追求一時的心蕩神迷，我們溫暖地墜入了所有痛苦誕生的深淵。這樣的交易實在稱不上明智，但我和她都輕蔑這個充滿明智之人的世界。

我把手放在她的手上，感受著結婚戒指的硬度。

它就像遺照，從前確實存在過，如今已然失去，卻又無法忘懷。人可以同時與許多人共享痛苦與愛，而不背叛任何一個人——賈西亞・馬奎斯（註4）說的一點也沒錯。

註4　哥倫比亞文學家、記者和社會活動家，拉丁美洲魔幻現實主義文學的代表人物，世界文學史上最偉大的西班牙語作家之一，也是二十世紀最有影響力的作家之一，一九八二年諾貝爾文學獎得主，《百年孤寂》的作者。

4 當然純屬虛構

臺北世界貿易中心的書展在盛況空前的狀態之下閉了幕。

這兩天裡，我簽了六百多本書，與當地的作家們對談，接受新聞採訪，也上了廣播電臺的節目。我的書在臺灣迅速走紅。

媒體拿我的出身大作文章，他們都想知道我的筆名的由來。我們知道柏山康平的柏是來自於您的本名柏立仁，那麼康平呢？

「是我二舅的名字。」我如此回答。「當我決定要取個日本筆名時，頭一個想到的就是他的名字。康平這個名字在日本也很常見。」

每個人都視我為成功的作家，不管走到哪裡，我都被奉為座上賓。這樣的感覺固然很好，但我根本不是什麼成功的作家。我在日本的初版冊數頂多只有五千本，想再版要指望奇蹟出現。就算一年出三本書，收入也只有三百萬日圓左右。

《怪物》雖然遠遠不足以稱為傑作，卻是目前降臨在我身上的唯一一個奇蹟。

對於以日文創作的作家而言，自己的作品被翻譯成英文可說是終生的宿願，人人都夢想著能在英語圈出書，深信只要在英語圈出了書，前途就會一片光明。實際上，也確實有作家贏得了這樣的美好未來。我們如此吶喊：世界啊！我就在這裡，快發現我吧！然而，我們只是世界忽略的無數事物之一，就連塑膠垃圾都比我們顯眼多了。由此看來，平時總是遊手好閒的植草一時心血來潮請人翻譯《怪物》第一章，並在法蘭克福的書展上使出三寸不爛之舌，成功地將這本書推銷給英國的出版社，本身就已經是一種奇蹟了。

我至今仍然不敢相信。莫非是翻譯家的潤色能力太過強大之故？再不然就是把我所寫的故事超譯得面目全非，卻歪打正著，搞出了一番名堂。把書銷到海外去的方法有很多。植草若無其事地說道。其中一個就是拉攏知名書探，因為那邊的出版社會買下信任的書探推薦的書。若是如此，那確實是植草這個萬人迷的看家本領。拿著公司的錢出國飲酒作樂，順便賣書，多棒啊！無論是柏山康平、**Kohei Kashiyama** 還是柏立仁，都一樣是我可以自由運用的銀行戶頭。

「《怪物》沒有得獎雖然令人遺憾，不過能夠入圍ＩＲＣ決選，已經是亞洲人的創舉了。這件事對您日後的寫作活動有任何影響嗎？」

留著短髮的可愛採訪員手腕上有個小刺青。

沒有影響。我回答。「我本來就不是為了得文學獎而寫作的，以後我一樣會想寫什麼就寫什麼。」

寫作是福音。我不會說自己的書賣不出去也無妨、只要有人懂我就夠了之類的漂亮話。我當然也想成為暢銷作家，如果做不到，至少也要寫出能夠自我救贖的故事。

「您立志成為作家的契機是？」

「我住在臺灣的表哥有在寫作，不過他並不是想當作家，只是把心中無法處理的情感寫成文章宣洩出來而已。我看了以後，也動起了寫作的念頭。」

「是有什麼具體的壓力嗎？」

「具體的壓力啊……從前臺灣人在日本生活和現在不一樣，不是種很愉快的經驗。我們現在外出的時候還是必須隨身攜帶居留證。大學畢業，去廣告公司上班的時候，在所有同期員工裡，只有我一個人因為國籍的緣故不能成為正式員工，只能當約聘人員。這些小事長時間累積下來，久而久之，就成了寫作的動力。換句話說，並不是有什麼決定性的理由。」

「也就是壓力的昇華？」

「應該是。還有自卑情結。」

「您現在成了成功作家，對於這件事，您的表哥有什麼感想？」

「我不知道我算不算成功，不過他很替我開心。嗯，非常替我開心。」

「那麼，可以請老師介紹一下《怪物》嗎？」

「這本書在日本是十年前出版的，當時幾乎沒有人關注。去年，雖然被翻譯成英文，並入圍ＩＲＣ決選，不過如您所知，並沒有獲獎。《怪物》是我二舅，也就是我媽的弟弟的故事。這本書描述的是當過飛行員的二舅因為戰爭而受到精神上的創傷，但還是為了家人努力活下去的故事。」

「所以怪物是戰爭的隱喻囉？」

「追根究柢的話，或許是吧！其實這個二舅就是我剛才提過的表哥的父親。」

「書裡有多少情節是真實發生過的？比如說，主角鹿康平殺了兩百個農民，他告訴自己這麼做是為了活著回臺灣，就算自己沒有下手，也會有別人下手，在荒野中央用炸彈殺了農民——這樣的經歷逐漸吞噬他的心靈，最後將他逼上了自殺之路。」

「當然是虛構的。鹿康平用炸彈炸死了兩百個無辜的人，但我的二舅絕沒有做過這樣的事，這部分完全是我的創作。不過，也有根據真實故事改編的情節。只不過，為了我自己，也為了讀者，在這裡我不能透露是哪些部分。」

採訪員一面點頭，一面筆記，一臉誠懇地皺起眉頭，轉移到下一個話題。

「老師的小說的看頭就在於愛情與自由的較勁，而最後是自由獲得了勝利。」

「因為談論自由要來得輕鬆多了。」

「為什麼？」

「要描寫愛情，起碼要讓兩個人登場才行，但是自由可以把其中一人代換成吉他或機車。」

她笑了，令我放鬆了戒心。就像邊走路邊哼歌的蠢蛋一腳踩進陷阱一樣，等我察覺時，已經陷入了棘手的局面。

「您對現在的臺灣和中國的關係有什麼看法？」採訪員彷彿在嘲笑我的動搖一般，繼續提出充滿火藥味的問題。「對於一國兩制的看法是？」

我咬緊牙關。我太大意了。誠懇正是騙徒最大的武器啊！

「對不起。」制止她的是侍立於我身後的椎葉莉莎。「柏山老師不談政治和宗教。」

一直把她當成花瓶的採訪員吃了一驚。「妳會說國語？」

「一點點。」

一點點嗎？我不禁沉默下來。生澀的語調往往讓人顯得稚氣許多，而當一個人突然露出稚氣的一面時，我們總是會忍不住心跳加速。

「我們的時間到了。」有別於看手錶時的嚴肅表情，椎葉莉莎以咬字不清的可愛中文說道：「您還有什麼問題想問柏山老師嗎？」

採訪員聳了聳肩，敷衍地提出了最後的問題。「那麼最後再請教一個問題。對於老師而言，寫小說的意義是？」

瞧，果然來了。這類問題有個具備多種涵義且理想的答案。

「為了生活。」

聽了我含蓄卻又斬釘截鐵的答案，採訪員的眼中流露出共鳴之色。不光是她，椎葉莉莎也以水汪汪的眼睛凝視著我，彷彿觸及了某種深遠的真理似的。

作家貶低寫作的用意，在於暗示自己了解人生的多重性。我不是只會讀書的文學宅，我和你們一樣腳踏實地，我的字句就是挫折生活的吶喊。

「我是第一次聽到作家這麼說。」

我得意洋洋地對椎葉莉莎微微一笑，而她也露出共犯的笑容。

接著，我和女性採訪員互相誇獎了一番，握手結束了採訪。

最後一晚，和臺灣出版社的聚餐順利結束之後，一坐上計程車，植草便吵著說機會難得，要去喝酒。

「你已經喝很多了吧？」

「有什麼關係！」他從副駕駛座上回過頭來叫道：「現在還不到十點耶！椎葉小姐也想去喝一杯吧？」

椎葉莉莎點了點頭。

我鞭笞疲憊的身軀，帶著他們前往華山一九一四文創園區。在計程車裡，我和椎葉莉莎各自把臉轉向不同的方向，小指頭卻在座位上交纏。廣播播放著中文歌曲，充滿魄力的紅月高懸在高樓大廈的上空。

「我曾經被人拿獵槍指著。」植草兀自聒噪不休。「當時我還是個菜鳥編輯，去鹿兒島和某個作家見面。說歸說，不是已經出道的作家，而是投稿新人獎的外行人就是了。當時他大約五十歲左右，雖然沒有得獎，可是該怎麼說呢？字裡行間充滿情感，可以感覺出他的才華，所以我就大老遠跑到鹿兒島去了。去了一看，原來是個一臉懦弱的大叔，而且剛和老婆離婚。他住的地方真的很偏僻，連間飯店都沒有，所以我就留在他家過夜了，然後，哎，難免會喝點酒嘛！畢竟那裡有在關東喝不到的珍貴燒酒。後來喝到半夜一點左右……我們兩個都喝了很多，他去上廁所，回來的時候，手上居然多了把獵槍！他用槍口緊緊抵著我的臉，說：『為啥篩掉俺的作品？』還用那雙喝茫了的眼睛瞪著我，說：『你曉得俺花了多少心血才寫出來的嗎？』」

「然後呢？」我問道：「你怎麼做？」

「我哪能做什麼！再說，我也不太記得了。」

椎葉莉莎微微地嗤之以鼻。「作家的心血和作品的好壞又沒有關係。」

植草繼續說道：「總之，等我回過神來，又和他繼續喝起酒來了……獵槍就立在牆邊。哎呀，那實在是個很詭異的夜晚！隔天，是他開著小貨車送我到機場的。」

「後來那個人出道了嗎？」

「那種人出不出道不重要啦！」

疾馳於高架道路上的計程車就像是在空中飛行一樣。我突然起了一陣輕微的耳鳴，將注意力轉向廣播。正在播放的是猶如於耳邊呢喃的饒舌歌。副駕駛座上的植草擺頭打著節拍。

耳鳴變得越來越大，幾乎到了令我難以忍受的地步。突然，「MSA（最低安全高度）」這個字眼刺入了耳朵，彷彿只有這個部分的耳鳴被銳利的刀子割開一樣。歌詞真的是這樣嗎？還是我聽錯了？我不明白。無論如何，這個字眼讓我的意識飛到了二舅搭乘的B－17戰略轟炸機之上。

耳鳴化作了飛機的金屬質引擎聲。

「MSA，MSA！」

領航員的聲音響徹機內，飛行員立刻拉動操縱桿。

機身抬起的感覺侵襲了眾人的胯下。

雨滴流過窗外，亂流在放電的雨雲之間渦漩，就像是洗衣機裡的硬幣一樣攪拌著偵察機。機翼弓起，彷彿隨時都會折斷。飛行員一面咒罵惡劣的天候，一面與操縱桿格鬥。快點提升高度，你這個膿包！咒罵聲此起彼落。想死啊!?

偵察機就像是在水中尋求空氣的人一樣突破雲層的天花板，而擴展於眼前的是死亡般的寂靜。連聲音都死絕了，只有皎潔的月光照耀著四周。薰衣草的香氣隱約傳來，泛紫色的大氣薄膜描繪出天空的輪廓。

機組員全都不發一語，有的挪動屁股重新坐好，有的則是無聲地感謝神佛，或無意義地窺探儀錶。姿態指引儀保持水平。現在飛到哪裡了？受不了沉默的人問道，而某人回以焦躁的聲音。問這個幹麼？你老婆託你買東西啊？沒有人笑出來。

「喂，王康平，你和她上床了沒？」

二舅回答還沒有。

「放屁！幹我們這一行，怎麼可能會有女人不肯上床？」

「是真的。」二舅耐著性子解釋。「她怕要是心願全了結了，老天爺就會放心帶走我。」

飛機在靜得嚇人的狀態下繼續航行。在明月照耀之下，機身的影子落在下方的雲朵上，帶著光環緊追而來。從特定角度看去，就像是條閃耀著七彩光芒的大魚。

二舅從飛行夾克的口袋裡拿出曾祖母要他帶著的石頭，放進嘴裡，家人的臉龐隨即逐一閃過了腦海。每逢有家人出遠門，曾祖母總是會拿顆故鄉的石頭給對方帶著。她說這樣在旅途中要是感到寂寞，只要舔舔石頭，就會想起家人。祖父從軍的時候、孫子們上戰場的時候，曾祖母都給了他們一顆洗乾淨的石頭；當然，我被接到日本定居的時候也有，是顆灰色的石頭，上頭散布著星塵般的石英。在我看來，不是因為舔了石頭才想起家人，而是想起家人、心裡難過的時候，才會舔石頭。

二舅把臉轉向窗外，在嘴裡滾動曾祖母的石頭。或許藤卷徹治也看到了這一幕。有道理。某人喃喃說道。如果我是老天爺，肯定先帶走做好準備的人。散發著綠色光芒的雷達上出現不祥光點，就是在這個時候。

「敵機來襲！敵機來襲！」

雷達員臉色大變，大聲呼喊，機組員紛紛把臉貼在窗戶上。出現在正面的米格

17編隊燈散發著與夜空中的無數繁星截然不同的光芒。機內揚聲器吐出了攔截到的敵人無線電通話聲。

〈你奶奶個熊，老子看你往哪兒跑！〉

五架米格機就像是花朵綻放一樣散開，編隊的兩翼倏然往左右下沉，打頭陣的米格機繼續衝刺，在錯身而過的同時發射機關炮。貫穿B－17機身的炮彈撕裂了二舅同袍的身體，炙熱的血肉灑滿了整面牆。這是第一波攻擊。

一陣強風吹來，敵方空軍撒出的勸降傳單漫天飛舞。〈如駕機投誠，即按照所駕機型給予左列獎金。〉

揚聲器傳來敵人哈哈大笑的聲音。根據傳單上的說法，如果和米格17一起歸順，就可以獲得兩千兩金子，但是第二波攻擊卻像是在嘲笑這番花言巧語似地從天而降。如獵鷹驟降的敵機破壞了尾翼，偵察機的機尾冒出火來，機身大大地傾斜，像陀螺一樣旋轉，好幾個人被摔到了地板上。幹，全是假的！某人怒吼。我也還有一堆沒完成的心願啊——

「……老師？」

椎葉莉莎的擔憂神情將我帶回了現實。戰鬥機的爆音、機關炮的聲音和二舅他們的鬼叫聲就像是海市蜃樓一樣逐漸遠去。廣播正在報導路況。臺北的氣溫是二十一度，明天北部的天氣將會變得不穩定。

「您沒事吧？老師。」

我眨了眨眼。或許我的緊張從互相接觸的指尖傳給了她，又或許是因為我一直沒有理會她。我原想開口說幾句話，卻不知道該說什麼。才剛逃離那道詢問的視線，隨即又在後照鏡裡被植草逮住了。他不著痕跡地撇開視線，不知是否察覺了在我和椎葉莉莎之間流動的微妙電流？

我似乎瞥見了新故事的尾巴。這才是真正要緊的事，其他的都不重要。只要我好好地寫，戰鬥機飛行員的故事應該可以成為很棒的《怪物》前傳吧！沒錯，一如往常。而到時候大概又是乏人問津，一如往常。

「對了，之前轉寄給柏山先生的讀者來信怎麼了？」植草彷彿看穿了我的心思一般，如此問道：「那封信特別厚。」

我隨口打發過去。或許身為編輯的他也嗅到了故事的氣息。問題是，我有足夠的覺悟去深入挖掘這個故事嗎？我到現在依然不明白二舅為何尋死。

我想起藤卷琴里的祖父望著鏡頭的那張不悅臉孔。白團是舊帝國軍人組成的蔣介石軍事顧問團，而藤卷琴里的祖父是這個長年保密的白團裡的祕密諜報員。一九五九年五月二十九日，B－17偵察機在廣東省恩平市上空被共產黨的米格機擊毀，藤卷徹治是否也坐在上頭？他和王康平一起墜入大陸的黑暗森林裡，傷重垂危，但是並未死亡，在相隔六十年後試圖對我訴說什麼。

不久後，計程車抵達了目的地，我們隨便找了間酒吧，召開小小的慶功宴。

幸虧寒流已經結束，雖然時值二月中旬，卻是個溫暖的夜晚。透過偌大的法式窗可望見矗立於夜空之下的大王椰子，悠閒的爵士樂聽來十分悅耳。華山1914在日治時代是造酒廠，而這一夜，在臺灣喝日本酒似乎別具意義。我用酒潤過了喉之後，開口宣布。

「我想在這邊多待幾天。」

植草和椎葉莉莎轉過頭來。

「你們可以按照原定計畫，明天自己先回國。難得來了，我想去拜訪一下親戚。」

「飯店要怎麼辦？」

「用不著擔心這個問題，這裡等於是我的家鄉，多的是可以借住的地方。」

植草點了點頭，椎葉莉莎則是凝視著我的臉。為了避免被植草察覺，我使用不同的說法再三強調我所說的**可以借住的地方**絕不是女人的家。

「我有個表哥，我回這邊的時候，都是借住他家。」

她微微一笑，倚著沙發，悠哉地滑起手機來了。從窄裙底下露出的美腿十分養眼。畫面的光線在她的臉上製造出冰冷的陰影。智慧型手機告訴我們一件事，那就是即使與別人共享同樣的時光，眼中所見的也不見得是同樣的風景。

反之亦然。用不著共享同樣的時光，也能將別人所見的風景重現眼底。若要說這只是會錯意，作家可就傷腦筋了。二舅的飛機被擊落的瞬間，我並未親眼目睹。

沒有人可以親眼目睹。不過，我確實清清楚楚地看見了B－17冒著黑煙往下墜落。

幹你媽的屄！在一切即將結束的那一瞬間，又或是一切正要開始的那一瞬間，不堪入耳的汙言穢語就像是正月的爆竹一樣，在火焰與煙霧籠罩的偵察機內交錯。而且我幹了兩次，你要叫我老爸！

一覺醒來，世界又恢復了原本面無表情的面貌。

我的書無法改變世界，女人依然沒把我放在眼裡。對我露出最燦爛的笑容的女性，是飯店的櫃檯人員。我一面從皮夾裡拿出信用卡，一面表明我想多住幾晚。

「很抱歉，今天已經沒有空房了。」

我點了點頭，辦完退房手續之後，便在大廳的沙發上坐下來，打電話給表哥王誠毅，卻只聽到沒完沒了的答鈴聲。我掛斷電話，眺望窗外下個不停的雨。渾身溼透的男人騎著機車飛馳而過。

臺北的雨總是溶入了這座城市最糟的部分，比如冷漠、失望和二氧化硫。我看了手錶一眼，時間剛過上午十一點。我想起了福克納（註5）的小說。無人關心的少女為了和心上人見面而離家出走，她明知即使光明正大地走出大門也沒有人會阻止

註5　美國小說家、詩人和劇作家，為美國文學歷史上最具影響力的作家之一，意識流文學在美國的代表人物。寫作手法複雜精湛，思想深沉，強烈影響了後世無數文學大師與思想家。

她，卻故意從窗戶偷溜出去。為了繼續相信自己也擁有可以為愛犧牲的事物，她只能這麼做；因為沒有犧牲與痛苦，是無法證明愛情的。

在臺灣的最後一夜，椎葉莉莎並沒有到我的房間來，我也沒有去她的房間找她。如果我們的自尊心都夠強大，或許就能以對方為重吧！然而，我們的自尊心太過渺小，不願為我們的關係付出任何犧牲，這樣當然找不到愛情。我們的愛——如果這能夠稱之為愛的話——一直都是後發制人的愛。妳要先愛我，我才會給妳相當的回報，如果不願意，就別在我身邊打轉。

我將行李寄放在飯店，豎起大衣的衣襟，走向下雨的街頭。

捷運中山站的地下街書店林立，我一間逛過一間，買了三本描寫黑蝙蝠中隊或黑貓中隊的書。店裡也有我的書，有個戴眼鏡的女孩站著看了一會兒以後，便把書扔下，去逛其他書架了。大眾總是將藝術代換成數字理解，比如得標價格、票房、入場人數、發行冊數等等。沒有人能夠擺脫經濟。無論是藝術或戰爭，無論戴眼鏡的臺灣少女買不買我的書，都需要經濟的認證。

我有的是時間，便從地下街一路漫步到臺北車站。走上樓梯來到外頭一看，雨勢已經變小了。

我走到重慶南路，窺探有書店街之稱的一角。在這裡，我也斬獲了兩本書，是關於國民黨白色恐怖時代的資料與手記。時間已經過了下午一點，我走進路邊的店，點了份豬腳飯和餛飩湯當午餐。就在我快吃完的時候，手機響了。我連忙把嘴裡的食物吞下肚子，接起電話。

「嗨！表弟，怎麼了？」表哥王誠毅笑道：「下個禮拜你要回臺灣吧？我會去簽名會幫你加油的。」

「昨天已經結束了。」

「什麼東西結束了？」

「書展。」

「……什麼？真的嗎？不是下個禮拜？媽的，我跟大家說是下個禮拜！」臺灣啊！請替這個男人哭泣吧！

「你生氣了嗎？表弟。」

「我沒有生氣，表哥。」

「真的？」

「嗯。」

「是啊！其實也沒什麼大不了的。」他的聲音聽起來太過無憂無慮，害我險些忘了他有在服用抗憂鬱劑。「雖然你現在是大作家了，但是對我來說，還是普通的柏立仁。」

他說他的工作在傍晚結束，因此我決定下午五點到他工作的小南門饅頭店去找他。

掛斷電話，看了手錶一眼，時間還不到兩點。我走到大馬路上叫了輛計程車，暫且回到飯店。

來到咖啡廳，女服務生安排我坐在窗邊的座位。中庭裡熱帶植物叢生，小巧的人工瀑布流水潺潺地落下。綠色的淡光從高達天花板的玻璃窗射了進來。

我坐在原住民風格的舒適咖啡廳裡，喝著熱度稍嫌不足的咖啡，翻開了剛買的書。

在黑蝙蝠中隊的各種華麗作戰之中，我最喜歡的就是「奇龍計畫」。英文名稱是「Heavy Tea」，作戰計畫的內容是在中國投下核爆測量器。

一九六四年十月十六日，中國透過新華社向全世界宣告核試爆成功。擁核是毛澤東的宿願。三年後，氫彈試爆也成功了。危機感上升的美國連忙著手蒐集中國開發核武的相關情報，而被利用來做這件事的就是中華民國空軍。

一九六九年五月十七日傍晚，施加了迷彩塗裝的兩架C－130E力士型運輸機從泰國的塔克利美國空軍基地起飛。其中一架為備用機，是正規機任務失敗時的保險。投下地點有兩處，一處是位於甘肅省、標高兩千五百八十三公尺的馬鬃山，另一處是內蒙古的巴丹吉林沙漠。

當時天候惡劣，吹著強風。在亂流之中，正規機將高度降到了三百公尺以下，一面盯著FLIR（前方監視型紅外線）和TFR（地形追蹤雷達）一面飛行，並於起飛約七小時後在空投區域投下了核爆測量器。測量器能夠自動感應地表的震動、捕捉原子塵、監控溫度及溼度的變化並傳送信號。換句話說，只要中國做了核試爆，就會立刻反映在數值之上並檢測出來。

巨大的測量器是裝在木箱裡，用降落傘空投的；一旦接觸地面，木箱就會自動打開，同時電流會沿著降落傘繩往上竄，引爆裝在傘體上的炸藥。降落傘被炸個粉碎，測量器則是在沙漠強風的吹襲之下被黃沙掩埋，之後便會持續發出信號，直到電池的電力耗盡為止。

二舅並未參與奇龍計畫。奇龍計畫是在二舅退伍好幾年後才執行的，計畫以成功收場，沒有人在任務中喪命。不過，二舅還在飛行的時候可不是這麼回事。二舅的任務沒有「奇龍計畫」或「獵狐計畫」這類令人雀躍的作戰名稱，只是單純的情報蒐集任務，和隊友們一起坐上偵察機，運氣好的話可以返回基地，運氣不好的話就會被敵機擊落。

吃過這種苦頭的不只二舅一個人。換句話說，還有其他的空軍隊員搭乘的飛機在大陸被擊落，雖然幸運保住小命，卻遲遲回不了臺灣。最有名的就是黑貓中隊的張立義，他操縱的U－2偵察機被人民解放軍的地對空飛彈擊落，等到他終於得以重返臺灣時，已經過了二十六年！

我將書蓋在桌上，眺望窗外的綠意，讓眼睛稍事休息。

人工配置的蘇鐵和芭蕉葉因為雨滴的重量而下垂。雖然雨已經停了，烏雲卻仍然殘留在街道上空。話說回來，黑貓我倒還能夠理解，黑蝙蝠是怎麼回事？我知道是想統一使用「黑」字，可是蝙蝠本來就是黑色的啊！

我看了手錶一眼，時間已經過了下午四點。我不想喝冷掉的咖啡，正想找女服務生重點一杯時，卻看見了一道熟悉的身影。

植草大搖大擺地走進咖啡廳，對上前接待的女服務生豎起兩根指頭。他身上穿的不是書展時的那套灰色西裝，而是亮色開襟襯衫加白色長褲，看起來十分休閒。

我大為混亂。植草今天早上應該已經回日本了啊！令我更加混亂的是隨後到來的椎葉莉莎。她穿著寬鬆的灰色洋裝，代替不諳中文的植草向女服務生說了幾句話。女服務生點了點頭，帶著他們走向這邊來了。我環顧四周，能夠躲藏的地方只有桌子底下。

植草的步調突然變亂了，臉孔可悲地僵硬起來，椎葉莉莎也瞪大了眼睛。也難怪他們露出這樣的反應，畢竟不該在這裡出現的人居然出現在這裡。不過，我們是彼此彼此。我豁出去了，露出生硬的笑容，揮了揮手，感覺就像是被流彈擊中。

「咦？柏山先生，為什麼？不，哎，不是啦！」植草結結巴巴地解釋。「不不不不，我只是想說難得有假，就多留在臺灣玩幾天，真的只是這樣而已。咦？可是，您不是說要去親戚家借住……」

我說我只是來拿行李的，植草乾笑了幾聲，冷汗從笑聲滑落。他鞠躬哈腰之後，才跟著女服務生離開。椎葉莉莎向我點頭致意，以不帶熱度的聲音說道：

「真是無巧不成書啊！」

無巧不成書？她的口氣活像是在說「沒趕上電車」或「餐點怎麼還沒送來」一樣！我聳了聳肩，目送她憂鬱的背影離去。

我合上書本，抓起帳單，站了起來。結完帳後，我前往櫃檯領取行李，坐上計程車，告知目的地，接著便開始望著剛被雨水清洗過的街頭發呆。

我不禁思考起張立義的處境。張立義和日後的妻子是在十六歲那年相識的，當時他是空軍幼校的學生，和朋友一起拜訪老師的時候，在海邊對她一見鍾情。這是她的初戀，兩人陷入了愛河，不久後便結為連理，並生下了三個孩子。一九六五年，張立義的U－2偵察機中彈失去行蹤之後，她服了八年的喪，之後與陸軍軍人再婚。在第二次結婚之前，她對即將成為新丈夫的男性如此說道：如果那個人回來，我會回到他的身邊，這樣你能接受嗎？

兩人終於重逢之時，張立義對她說：我在大陸沒有再婚，也沒有交女朋友。聞言，她哭了，並依照當初的宣言與第二任丈夫離婚，在相隔二十六年之後與張立義再續前緣。這是發生在一九九一年的事，之後兩人一直過著幸福美滿的生活，直到二〇〇三年她因為腎臟病而過世為止。

我在計程車裡打開書本，看著兩人年輕時的結婚照。開襟型軍服的胸口上別著勛章的張立義看起來英姿煥發，而戴著頭紗的太太則是位十分美麗的女性。我的眼眶不禁發熱。專一的男人總是會有專一的女人相伴。

很遺憾，我不是這樣的男人，所以頂多只能和椎葉莉莎這樣的女人逢場作戲。

5 某種感覺

在饅頭店門前抽菸發呆的表哥王誠毅一看見下了計程車的我，便露出了笑容。他從頭頂到腳趾都沾滿了麵粉。

「嗨！表弟。」

「嗨！表哥。」

他彈掉香菸，露出討喜的漏風牙而笑。我伸出手想和他握手，他卻嫌握手太過見外，一把抱住了我。我們彼此擁抱，拍打對方的背部。他的身體就像是散播花粉的杉樹一樣揚起了麵粉塵，我的新大衣也因此變成了白色。他似乎也感覺到我在擔心弄髒衣服了。

「哎呀，把你的衣服弄髒了。」誠毅惶恐地放開我，並打量我的全身。「這件大衣看起來不便宜啊！立仁。看來你混得很好嘛！」

「沒關係，不是什麼大不了的衣服。」

我含蓄地拍了拍大衣，露出難為情的笑容。我在臺灣生活已經是四十年前的事了，在這四十年間，許多事都改變了。從前居住的祖父母家因為都更而被拆除，現在成了停車場，而祖父母也早已駕鶴歸西。原以為會永遠屬於國民黨的天下如今是民進黨攤開雙手頂著。老店都倒閉了，街上滿是陌生的店鋪。從前聚在馬路上打棒球的野孩子，現在全都躲到網路背後了。逝者已矣，人事全非。從前常因為弄髒衣服而挨祖母揍的我，如今竟成了愛惜衣服的那一方。

「我可以借住個兩、三天嗎？誠毅。」

「你愛住多久就住多久。都回來臺灣了，竟然跑去住飯店……氣死我了。」

一如往常，他裝了一大袋的饅頭和燒餅給我帶走。我們一面談天說笑，一面走向他位於兩個街區外的公寓。一路上，他替我講解街景的變化，並糾正我的走路方式。

「喂，你這樣走路不好。」

我不解其意。

「走路的時候，腳跟要碰到地面。」

「我有碰到啊！」

「你這樣不行，要紮紮實實地踩著地面走路，不然……」說著，誠毅敲了敲自己的眉頭。「靈魂就會從這裡被吸走，變成短命鬼。我有個朋友走路就像你現在這樣輕飄飄的，結果因為一些無聊的小事和人家爭吵，被拿刀子刺死了。」

我嚇得立刻改正走路方式。

「你現在正好站在人生的轉捩點上，這種時候，更要腳踏實地。面向前方，好好走路，這樣靈魂才不會走偏。」

原來如此，或許真是這樣。突然受到社會大眾的矚目，我的靈魂走偏了，反映在走路方式之上。像誠毅這樣正直的人看到了，就會替我擔心：而像椎葉莉莎這種心術不正的女人則會被我吸引。不過，經他這麼一說，我實在沒把握自己是否真的改正了走路方式。

「你瞧，我才剛說完呢！」

我這個表哥的直爽似乎是唯一不變的事物。他就像是北極星一樣指引著我。打從孩提時代，他就是個打赤膊過夏天、冬天絕不穿襪子的人，而現在他依然如此。他已經五十好幾了，還是穿著褲管捲起的牛仔褲加夾腳拖，無論晴雨，每天老老實實地做饅頭和燒餅。每次只要吃了這些淡而無味的饅頭和燒餅，我就會想起自己的歸宿與真正的名字。

他的公寓是政府為了補償因為都更而被拆除的祖父母家而給予的，幾年前湘娜阿姨也住在一起，直到姨丈用退休金在花蓮買了房子以後，才變成自己一個人住。一樓是這年頭流行的咖啡廳。

爬上三樓，最後幾階樓梯被誠毅拿來放鞋子。說歸說，也只是脫下以後隨便擱著而已。樓梯當然是公用的，但是沒有人會為此抗議。隔壁的住戶也把鞋櫃和小孩的自行車擺放在樓梯間的平臺上。就我們臺灣人的感覺，公共空間是先占先贏；再說，在室外使用的物品當然是擺在外頭比較方便。鞋子、自行車、安全帽、購物車，大家都知道這類物品只是暫時擺放在那裡而已，即使這個**暫時**長達十年，也沒人在意。

走進雙重鐵門，左手邊有個小神龕。誠毅自行裝設在牆上的紫檀木架上，供奉著清水和水果，香爐兩側立了兩根紅色的電子蠟燭，中心是觀音菩薩像與死者的照片——坐在搖椅上休息的曾祖母、互相依偎於沙發上的祖父母、穿著筆挺軍服的大舅，以及坐在戰鬥機艙裡的二舅。二舅的笑容很僵硬，活像是在練習怎麼笑似的。在大陸戰死的大舅比二舅的遺照年輕許多，我每次看了，都覺得好奇妙。不過，這沒什麼好驚訝的。生者比死者長命，我自己也快追過二舅過世時的歲數了。

誠毅將電子蠟燭的插頭插進插座裡，用打火機點燃線香，與祖先們正面相對，誠心地呼喚死者，並將線香舉到胸前，拜了三次。這應該不是正式的祭禮，而是他自創的方式。

「表弟立仁回來探望大家了。」誠毅以瞻仰極樂淨土般的眼神報告。「這次他是回來參加書展的，聽說盛況空前，我這個當表哥的也與有榮焉。立仁雖然已經去了日本好幾十年，但他的心永遠與我們同在。」

他插好線香，把位置讓出來給我。我也如法炮製，燒香祭拜。

「大家在另一個世界過得好嗎？之前跟大家報告過，我在日本成了作家。去年我開始走運，以後要繼續寫小說應該不成問題。這都是多虧了大家保佑。我的生活還是老樣子，沒有變好也沒有變壞，我覺得這樣也不錯。」

向祖先問完安後，誠毅將供品棗子撤下來，拿給我吃。「祖先吃過的供品總是壞得比較快。」

供品壞得快，是因為沒放進冰箱裡的緣故，不過我喜歡臺灣人的這種看法，也對於喜歡這種看法的自己感到安慰。科學是萬人適用，但迷信不是。在我看來，小說比較接近迷信，而非科學。把腐爛的理由歸因於彼岸，要比歸因於溫度之上要來得合理多了。所謂的魔幻寫實主義即是迷信對於科學態度的叛逆。棗子多汁又甘甜，味道和蘋果、梨子沒兩樣。

「所以呢？」誠毅一面點菸，一面問道：「發生了什麼不愉快的事？」

「沒有發生什麼不愉快的事啊！」我充滿戒心地瞇起眼睛。「你幹麼這麼說？」

「別瞞我了，我一看到你的走路方式就知道了。怎麼了？被女人甩了啊？」

我險些停止呼吸。

「被我說中了吧？」誠毅面露賊笑。「別放在心上，表弟。你不是認真的吧？自己都不認真了，怎麼能夠要求對方認真呢？」

「你從我的走路方式可以看出這麼多!?」

「看你那麼無精打采的，也知道是怎麼回事。所以呢？甩了大作家的是個怎麼樣的女人？」

其實也沒什麼好隱瞞的。我搖了搖頭，乖乖招出了椎葉莉莎和我之間的事。誠毅默默地聽我說完之後，面露賊笑，抓住我的膝頭。

「該後悔的是那個騷貨，不是你。你現在又恢復了孤獨的優良傳統，只要把這種痛苦寫進小說裡就行了。」

我只能苦笑。

性愛同樣不是科學，一個人腳踏兩條船，根本沒有任何科學根據（雖然以還原論來加以解釋很容易）。我和椎葉莉莎只是一夜情，那是一場意外，不帶任何約定或展望；無論對我或對她而言，都不是足以改變人生的大事。一旦從一夜美夢醒來，我們的時間又會再次開始轉動。男人和女人總是一再重演這樣的歷史。性愛即是輪迴的諷刺仿作，我和她互不相欠。

窗邊擺放著許多多肉植物小盆栽，有些還開了花。裱了框掛在牆上的石版畫海報——一隻可怕的土狼撲向坐在黑色椅子上的面無表情男子——被太陽晒得有些泛黃。

「那不是土狼，是貓。這是大衛・霍克尼（註6）的畫，他很喜歡格林童話，這是替其中一篇故事『出外學習恐懼的男人』而畫的插畫。」

註6　二十世紀最重要的畫家之一，是一位全才藝術家。不僅是普普運動中最重要的一號人物，也是第二位獲得英國皇家榮譽勛章的大師，他積極探索藝術的深度與廣度、實驗創作的各種可能。

「這是真品嗎？」

「你以為這裡是什麼地方？」誠毅一面吞雲吐霧，一面說道：「我哪買得起真品？」

關於霍克尼，我只知道八〇年代在日本也很流行的泳池畫，所以忍不住端詳起來了。經誠毅一說，面對活像土狼一樣襲向自己的黑貓，這個出外學習恐懼的男人確實是絲毫不為所動。

「這個男人最後學會恐懼了嗎？」我指著海報上的男人問道。

學會了。誠毅回答：「他是個不怕鬼魂也不怕死人的男人，即使當上了國王，依然是天不怕、地不怕。後來有個聰明的侍女向王妃獻策，到了晚上，王妃拿著一桶裝滿小魚的水潑向正在睡覺的國王，國王嚇了一大跳，直到這時候，他才終於體會了毛骨悚然的感覺。」

「這個故事到底有什麼寓意？」

「誰曉得？不過，不管有沒有寓意，都很有意思，對吧？」

他隨手寫下的文章凌亂地擱在沙發桌上，沒有一張像樣的紙，大多是在傳單背面或廢紙上胡亂寫些簡短的文章而已。我拿起其中幾張，上頭寫著這樣的文字。

〈如果地獄指的是他人，那麼天國是否與孤獨同義？〉

〈我嘔心瀝血寫下並努力表達的事物，往往沒有人想看。〉

「我在採訪中有提到你。」我將廢紙整理好，放回桌上。「我說我是在表哥的影響之下開始寫小說的，而對方問我，你對於我成為一個成功的作家有什麼感想。」

「你怎麼回答？立仁。」

「我說你很替我開心。」

「那當然。」誠毅一臉滿意地點了點頭。「再也沒有比這更令人開心的事了。」

「你呢？還有在寫作嗎？」

「可以說有，也可以說沒有。如果我也和你一樣有才華就好了。每次寫長篇故事，總是變得又臭又長，寫了就碰壁，碰壁了又繼續寫，故事越寫越走樣，永遠看不到故事的脈絡。這幾年都是這樣。」

「你在寫什麼故事？」

「作家的故事。有個作家，他的作品雖然乏人問津，但是靠著父母的遺產，生活過得還算寬裕。他每天都無憂無慮，和你一樣，抱著玩票心態去招惹女編輯。後來因為一場意外，他開始懷疑自己只是某人寫的故事裡的登場人物。該怎麼說呢……他覺得自己所做的任何事都是別人事先安排好的。和女人在一起的時候，他總是感受到別人的視線。有的時候事情太過順利，而有的時候卻連簡單的事都會失敗。所以，他決定找出寫故事的人，而他最後終於找到了。」

誠毅打住話頭，從菸灰缸裡拿起香菸來抽。見他遲遲不說下文，我心急地追問。

「然後呢？」

「問題就在於然後。」誠毅吐出的煙裡夾雜著嘆息。「不管我重寫幾次，都只能寫到這裡。」

「這確實是個很難寫的故事。要是寫成那個作家其實險些死於意外，一切都是在生死交關之際看見的幻影，又太過老套了。」

「果然太過老套了嗎……其實我本來也是想這麼寫的。就創作故事的意義而言，作家就是神，對吧？主角原本以為他是君臨於自己作品之上的神，但是他後來確定還有個更加強大的神存在。只不過我不會寫神，所以才想寫成一切都是臨死前看到的幻影。不過，我覺得還是可以稍微影射一下神的存在。」

「為什麼要影射神的存在？」

「大概是因為我也有這種感覺吧！」

我點了點頭，建議他可以製造一些徵兆。

「徵兆？」

「比如在主角身邊發生了難以解釋的事，就是只有神或惡魔這類超自然靈體才能引發的現象，讓讀者先對神的存在產生預期心理。」

「原來如此。」

「有一件事絕對不能做，就是把夢結局當成王牌，隱藏到最後一刻。敏銳的讀者到了某個階段就會開始懷疑是不是夢結局，要是被他們猜中了，他們就會歡欣鼓舞地大肆詆毀你的作品。你要反其道而行，在故事早期就亮出王牌，製造出人意表的效果。讀者會認為王牌不可能這麼早就亮出來，這個作品一定帶有更深的含意。」

「真不愧是表弟。」

「欸，誠毅。」我探出身子。「你覺得自己只是某人寫的小說裡的登場人物嗎？」

「這個嘛……嗯，是有這種感覺。」

我突然萌生了一股衝動，想要詢問長年梗在心頭的問題。或許是椎葉莉莎踐踏我的感情，使我變得麻木不仁。傷心的人常有這種通病，以為自己在此時此刻已經理解人世間的所有悲傷，所以可以去挖別人的傷口。

「你覺得二舅為什麼自殺？」

誠毅默默地吐了口煙。

我立刻後悔了。漫長的沉默即是在懲罰我的愚蠢。我該等誠毅主動提起這件事的，無論如何，都該這麼做。如果誠毅永遠不想提起這件事，我也該尊重他。我感到無地自容，又咬了一口棗子。

「爸媽離婚的時候，我才三歲。」誠毅一臉懷念地說道，聲音之中帶有「一切都過去了，我已經沒有任何芥蒂」之色。「媽的新歡是陸軍將校，在國防部工作的時候認識的。」

我明明早已知情，卻心潮澎湃，有種想哭的感覺。

「某一天早上，我醒來以後，沒看見媽；這其實不是什麼反常的事，可是那天早上我就是覺得不太對勁。我不知道該怎麼說，好像太過安靜了，感覺起來空空蕩蕩的……我去客廳一看，曾奶奶就在那裡。我問她，媽媽去哪裡了？她沒有回答。曾奶奶當時在撕豌豆絲，我又問她，爸爸去哪裡了，她說：『哦，去買早餐了。』」

誠毅微微地露出了冷笑。我等了一陣子，後來又忍不住催促他說下去。

「就這樣。」他瞇起眼來吸了口菸，並吐出淡淡的白煙。「之後我再見到媽，是在爸的葬禮上。當時我十七歲，算起來將近十五年沒和她見過面。」

二舅自殺時，我是國中生。當時我們一家已經移居日本，參加葬禮的只有身為二舅姊姊的母親一個人而已，我只在照片上看過當時的誠毅。照片中的他為了表達深切的哀悼之意，穿著白色麻布袋製成的孝服，三跪九叩，並以無神的表情仰望著二舅的遺照。在多年以後，我才知道二舅在中國流浪的三年間，他的妻子認識了其他男人，而這段可恥的關係在二舅回到臺灣以後依然沒有斷絕。張立義和他言出必行的妻子那般堅定不移的感情並不常見。

二舅過世不久後，誠毅養成了離家到處流浪的習慣。起先是一晚，接著是一星期，最後甚至在街頭露宿了一個多月。說歸說，他並沒有避開自己的家。有好幾次，他都是在路上遊蕩時被鄰居發現，告知湘娜阿姨之後，才被帶回家。阿姨每次都會罵他一頓，叫他去洗澡，並帶他去理髮。在家時的誠毅並不會鬧事，只是拄著腮幫子發呆；而當家人察覺時，他又一溜煙地跑得不見人影了。

湘娜阿姨打國際電話向母親訴苦。那個蠢蛋又不見了。母親建議她帶誠毅去醫院。都變成這樣了，該請醫生開藥給他吃。妳說得倒簡單！炮彈般的聲音從話筒直衝而出。姊住在日本，出張嘴就行了，媽現在可是坐輪椅，而且我還有工作要做耶！

顧全大局的只有祖母一人，無論湘娜阿姨如何阻止，她都持續拿錢給誠毅花用。只要有錢，就不會去偷別人家的東西，也不會去吃臭掉的食物——這是祖母的主張。就是因為媽一直給錢，那個蠢蛋才會三天兩頭搞失蹤！阿姨抓著腦袋大呼小叫。總有一天會發生無法挽回的事，到時候媽有臉去見哥嗎？康平就有臉見我嗎？祖母嘆了口氣。男人一旦打定了主意，旁邊的人不管怎麼拉也拉不住的。他想死的話，妳再怎麼千方百計阻止，他還是會死。

「爸死了以後，我開始撞鬼。」

我驚訝得說不出話來。

「不是到處都有，不過家裡有一隻，穿著藏青色的粗糙人民服，戴著紅星人民帽，我覺得應該是農民，搞不好是爺爺或爸在戰爭的時候殺的人，一路跟到家裡來了。爸自殺之前，我什麼也沒看見，可是有一天就突然看見了。」

「這麼說來……是二舅的死讓你開了陰陽眼？」

所謂的陰陽眼，就是可以看見陰間事物的第三隻眼。一般是長在額頭上，但是旁人看不見。有些人天生就有陰陽眼，有些人則是因為某些緣故而開眼。在臺灣，這樣的情況並不算罕見，大概就和日本的鬼壓床差不多吧！

「應該不是。」誠毅說道：「因為我只看得見那一隻。不過，算命仙確實說我八字很輕。」

「八字？」

「你不知道嗎？」

我搖了搖頭。

「哎，你是在日本長大的，難怪不知道……八字就是從出生年月日和出生時間算出來的人類命數，八字重的人不容易被鬼附身，八字輕的人比較容易。」

「所以你是因為八字輕，才被鬼附身的——」

「我不知道被附身的是誰。或許祂是附在家裡的某個人身上，又或許是附在舊家所在的地方……總之，爸死了以後，我就突然**看得見**了。那隻鬼不會搗亂，只是一直……你知道舊家的客廳裡有張大理石椅面的老舊太師椅吧？祂就一直坐在上頭，什麼事也不做。可是我知道，祂是在等我發瘋，等上十年、幾十年都行，反正陰間沒有時間。我很害怕，所以才逃家，一整天都在街上遊蕩，累了就在路邊躺下來睡覺，餓了就拿奶奶給的錢去買東西填肚皮，渴了就去喝公園的自來水。有時候，也會有路人扔零錢給我。無論如何，總比待在家裡好。有一次，我在拉下了鐵捲門的商店前頭睡覺，半夜突然覺得不對勁，睜開眼睛一看，有個男人就站在旁邊，年紀看起來和我差不多，雙手高舉混凝土磚。我一和他四目相交，就知道他想做什麼了。我翻了個身，繼續睡覺。」

「真的假的？」我忍不住往前探出身子。「後來怎麼了？」

「什麼事也沒發生，過了一會兒以後，他就拖著腳走掉了。」誠毅在菸灰缸裡捺熄菸蒂，又點了根新的菸。「混凝土磚就放在我的腦袋旁邊。沒什麼好怕的，我知道只要沒牽扯到那隻鬼，就不會有事。」

「你現在還看得見嗎？」

這件事還有下文。誠毅說道：「我翻了身以後，那隻鬼的臉就出現在我的眼前。」

我的脖子整個發毛。

「距離很近，如果是活人，就可以往我臉上吹氣了。我們的鼻子幾乎貼在一塊。祂在笑，灰色的臉笑得很開心，後來就像被吹熄的燭火一樣突然消失了。我坐起身子，四下張望，看見鬼就跟在想殺我的男人身後，男人彎過轉角，鬼也跟著彎過轉角，後來我就沒看到祂了。」

「再也沒看過？」

「嗯，再也沒看過。不過，沒多久以後，我在電視上看到那個想殺我的男人。他闖進某間小學，殺了一個可憐的小孩。」

我不知該做何感想。我無意否定好兄弟的存在，但是我更擔心誠毅的精神狀態。和四十年前相比，醫學已經有了飛躍的進步，現在應該有更有效的藥物能夠治療他這種症狀才是。

「你幾歲了？立仁。」

我慎重地回答「四十七」。

「我五十一了。」他對我露出了鼓勵的笑容。「這個世界進步很多了，但這不代表另一個世界也進步了。最近流行在清明節燒紙紮的智慧型手機或車子給祖先，不過你能想像閻羅王拿著智慧型手機跟牛頭馬面說話嗎？喂，牛頭馬面，要是那個囉嗦的泰山王（決定轉世後的性別與壽命的十殿閻王之一）來了，跟祂說我不在！夜叉會替死人拍照上傳ＩＧ嗎？我知道鬼是迷信，可是迷信不就是為了導正人類而存在的嗎？做壞事會有報應，別靠近危險的地方。迷信會把這些道理烙印在心頭，而不是腦袋；而烙印在心頭的東西，就和髮色、五官一樣，和你這個人是一體的。家人在戰爭中或許做過慘無人道……泯滅人性的事，我們卻一直視而不見。

要是不這麼做，要怎麼繼續喜歡他們？戰爭的時候，有太多事都是無可奈何。你知道爺爺的部下吃過敵人的心臟嗎？爺爺的部隊在死鬥過後戰勝了共產黨，而他的部下用刀子挖出敵人的心臟生吃。我聽到這個故事的時候，不敢問爺爺是不是也有吃。哎，就算問了，他應該也不會告訴我吧！不管爺爺有沒有吃，他無法阻止他的部下，因為他知道部下為了這場勝利付出了多大的代價。爸也一樣，他在大陸發生過什麼事，如今已經不可考了；他之所以自殺，或許也是因為他做過什麼傷天害理的事。即使如此，有些事物是無法割捨的，而這種無法切割的事物或許就是那隻鬼的真面目。可是，我又能做什麼？活到這個歲數，大多事都變得無所謂了。什麼是真、什麼是假並不重要，只要每天好好吃飯，別給別人製造麻煩就行了。再說，我有個叫我表哥的大作家表弟，還有什麼好奢求的？」

或許誠毅知道自己可能不是二舅的親生兒子。

我還記得那一夜的父親和母親。當時我正在準備高中聯考，半夜想喝飲料，便離開了書桌。當時他們倆坐在緣廊上喝酒，晚秋的冷風從敞開的落地窗吹了進來。雖然她沒承認。母親說道。不過，我和湘娜都這麼想。我呆立在幽暗的走廊上，屏氣斂聲。漫長的沉默持續著。父親的菸斗冒出的煙融入夜晚的空氣之中，產生了一股導火線般的氣味。可是，這也不能怪她。父親的聲音傳來。再說，這是康平的決定。沒有人怪她。母親的聲音既不嚴厲也不帶刺，只是流露著倦怠感。既然康平把誠毅當成自己的孩子養大，我們也會和以往一樣，繼續保護那孩子。我躡手躡腳地返回房間，關掉收音機，烙印在耳朵裡的母親聲音在寂靜之中蠢動，感覺就像是某種生物的身體被切成兩半，已經是死路一條，卻還奮力掙扎一樣。我躺在床上，目不轉睛地仰望著天花板。

「你永遠都是我的表哥。」我激動地說道：「從以前到以後都是……你還記得嗎？小時候，我們不是一起離家出走？我記得一清二楚，當時你一心想保護我。你還記得吧？誠毅。」

他笑逐顏開，眼底迸出了往日的情景。

決定移居日本以後，我和誠毅一起離家出走。

當時我根本不想離開臺灣，而且我很害怕日本人。祖父不僅打過和共產黨的內戰，從前在中國大陸，他也和日本人打過仗，因此日本人的殘虐事蹟我可說是耳熟能詳。為了培養新兵的膽量，叫他們用刺刀刺殺抓來的百姓；在水井裡下毒、對婦孺施暴、拿嬰兒試日本刀、把已經無法工作的勞工丟進萬人坑裡活埋。而且你知道嗎？日本人吃魚是生吃的！湘娜阿姨的老公這麼嚇唬我。他們把活生生的魚切成薄～薄的肉片，魚的嘴巴還在一張一合的，大家就開始夾來吃了。我聽了當場昏倒。

而最大的理由是，我無法忍受自己被帶離祖父母家。祖父母家裡有許多大人，雖然有祖母這種暴躁易怒的大人，也有像曾祖母那樣無論發生什麼事都力挺小孩的大人；有鬱鬱寡歡的二舅，也有說起話來像機關槍一樣的湘娜阿姨；有容易得意忘形的姨丈，也有喜歡開著軍用吉普車看阿兵哥向他敬禮的祖父。每個大人都用他自己的方式教訓、哄騙與疼愛小孩。

我好怕去日本，不只是因為得在生吃魚肉的人們環繞之下生活，一想到以後家裡只剩兩個大人，我就毛骨悚然。挨父親揍的時候，母親會和曾祖母一樣挺身保護我嗎？挨母親揍的時候，父親會和姨丈一樣逗我開心嗎？

誠毅帶著我逃走，當時我六歲，他十歲。這樣的我們能逃多遠？最後只能躲在附近的植物園裡，一夜都還沒過，就被逮回家了。劉醫師的傭人老陳發現了我們，跑去打小報告，害得我們被狠狠地揍了一頓。現在回想起來，或許誠毅從那個時候就有流浪癖了。

離家出走的時候，他帶著水壺、麵粉和火柴。我們跨越禁止進入的柵欄，躲在從步道看不見的芭蕉葉底下，抱著膝蓋聆聽在大王椰子樹上嬉戲的松鼠和在池塘裡跳動的魚兒的聲音。喜歡外人的斑蚊熱烈地歡迎我們。

誠毅提議在太陽下山之前吃晚飯，因為天色變暗以後生火會被發現。他命令我去尋找扁平的石頭。聽好了，立仁，把石頭洗乾淨，別被人發現。

我小心翼翼地找到了合適的石頭。那是鋪在步道上的石頭的薄碎片，看起來就像碟子一樣薄。我用公共廁所的水把石片洗乾淨帶回來，而誠毅已經生起了小火；火的周圍是用石頭圍起來的，看起來活像牛仔電影裡的火堆。

你等著，表弟，我現在就烤好吃的麵包給你吃。誠毅把我撿來的石頭放在火堆上，並把水加進裝著麵粉的塑膠袋裡，開始搓揉。揉了一陣子以後，麵團成形了。誠毅拿出麵團繼續搓揉，由於他的手不乾淨，白色的麵團轉眼間就變得黑漆漆的了。

「穀粉加水搓揉再烤過以後，就會變成麵包。」誠毅一面把麵團攤在烤熱的石頭上，一面對我說明。「你知道我爸在大陸的森林裡是吃什麼活命的嗎？就是麵粉加水做成的粥。他不能用火，不然會被敵人發現。」

我目瞪口呆。原來飛機被擊落到回到臺灣的三年間，二舅都是吃這種玩意！

誠毅第一次烤的麵包，用含蓄一點的方式形容，實在不是人吃的東西。雖然有點鹹味，但那是因為他的手垢也被揉進去了。誠毅還順手偷來了湘娜阿姨珍藏的阿薩姆紅茶。從前日本人在日月潭栽培的高檔紅茶被他毫不吝惜地全倒進水壺裡，瘋狂搖晃。他叫我喝，我只好乖乖喝下，可是流進嘴裡的只有粗糙的茶葉，沒有半點味道。

卡在喉嚨裡的麵包充滿絕望的滋味，斑蚊像零式戰鬥機一樣到處飛舞。我越來越無助，忍不住嗚咽起來。

「別哭，立仁。」誠毅抱住我的肩膀。「這樣就哭，會被蘇大方發現的。」

「……蘇打水？」

「不是蘇打水，白痴，是**蘇大方**。」

這是我第一次聽到這個名字。為了激勵哭哭啼啼的表弟，誠毅壓低聲音，娓娓道來。

飛機墜落山裡以後，我爸以為自己死定了。從那麼高的地方掉下來，骨頭怎麼可能沒斷？可是，我爸沒有死，也不知道為什麼，搞不好他吃過三藏法師的肉。你知道吧？吃了三藏法師的肉，就會長生不老。總之，我爸慢慢地站了起來，往周圍一看，嚇得說不出話來。飛機墜落的那一帶，樹木都被掃倒了，變成一片空地。斷裂的機翼跟帆船的布帆一樣插在地面上，殘骸散落一地，歪七扭八的機身冒出了黑煙，爆炸了好幾次。我爸他們本來要撒的傳單都燒起來了，活像鬼火一樣飄來飄去。有個死掉的同袍掛在高高的枝頭上，也有人被燒得半邊都化成了炭。什麼也沒留下。只要一死，什麼也不剩，就連名字都燒成了灰。

總之，真的是一團亂。我爸不知道該怎麼辦，走來走去，結果在殘骸裡發現了一把手槍。那是戰爭的時候，鬼子用的南部十四年式手槍，我爸小時候看過，他說有日本人跑到村子裡來，用這種手槍打爆了村長的腦袋。

我爸撿起那把手槍檢查有沒有壞，背後突然有人說「那是我的」。他回頭一看，有個男人從樹蔭底下走出來，滿臉都是煤灰，斷掉的手臂晃啊晃的，腳好像也受傷了。那個人不是我爸他們第三十四中隊的隊員。我爸和他一起飛過幾次，而且他也會說中文，不過大家都說他是日本人。為什麼會和根本不是隊員的日本人一起出任務啊……我不知道，總之，那個人說手槍是他的，要我爸還給他。

我爸當然不肯還。飛機墜落在敵陣的正中央，可以防身的只有這樣東西，換作是你，你會怎麼做？那個人就像在說夢話一樣，一直嘀嘀咕咕的，完全聽不懂他在說什麼，可能是撞到頭了吧！他連站著都很勉強，全身上下插著各種東西。看到他的鼻子和耳朵都在流血，我爸心想這個人已經沒救了。而那個人也真的就倒了下來，一動也不動了。

我爸拿著手槍往東邊走，當時他的腳還沒瘸，所以走得很快。他完全不知道自己在什麼地方，不過他知道被擊落的時候，飛機正在廣東省上空飛行，只要往東走就能走到海邊。廣東省就在，哎，香港那一帶啦！離臺灣不是很遠。說不遠，其實還是挺遠的。我爸走了一陣子以後，突然猛省過來，用手捂住嘴巴。你知道是為什麼嗎？在米格機來襲之前，我爸把曾奶奶給他的小石頭放進嘴裡。那是曾奶奶的習慣，只要有家人出遠門，她就會拿顆石頭給他帶著，因為她認為這樣就不會寂寞了。含在嘴裡的石頭不見了，我爸說他吞下去了，不過大人最愛說謊，誰知道是不是真的？

總之，幸虧想起了石頭，我爸才變得冷靜了些。他發現自己的服裝有問題，連忙把身上的衣服脫掉。因為只要看到他穿的衣服，就知道他是外地人。當時是五、六月，並不會冷。靴子他也扔掉了，可是總不能連長褲也脫掉，對吧？所以我爸就穿著一件汗衫在森林裡遊蕩。說不定森林裡也有像那些百日紅一樣的淡桃紅色花朵呢！

不知道他走了多久，八成也跟現在的我們一樣，必須露宿野外吧！他一直沒吃沒喝，而且走太多路，腳又痠又痛，可是他還是繼續走下去。我爸說，我媽還在臺灣等他，所以無論再苦，他都走得下去。沒想到他居然被我媽拋棄了。我說的拋棄，就是離婚的意思啦！而離婚就是……哎，總之就是被我媽拋棄了。

我爸一直走、一直走，終於來到了一個小村子。他餓過了頭，腦袋一片空白。他只有西北風可喝。反正被敵人抓住殺掉和餓死也沒兩樣，他就乾脆進了那個村子。

我爸很快就發現情況不對勁。村子裡沒有半個人。他到處敲門，一面大聲詢問：「有人嗎？有人嗎？」一面在村子裡走動。別說人了，連條狗都沒有，空空蕩蕩的，所以我爸只能繼續往前走。後來才知道，當時大陸有種叫做人民公社的玩意，老百姓都必須在那裡工作。人民公社就是……大概跟當兵差不多吧！法律規定大家都必須加入。老百姓就在那裡打鐵、養豬，或是在工廠工作。

走了一陣子以後，我爸抵達了下一個村子。這個村子裡有人，可是大家都瘦成了皮包骨，倚著房屋的牆壁，嘴巴張得開開的。本來以為有小孩在路邊睡覺，仔細一看，原來是蒼蠅繞著打轉的屍體。屍體還很新，一看就知道是營養失調，腳是腫起來的。你知道嗎？那叫做飢餓浮腫。我爸愣愣地看著餓死的小孩，這時候，村民從四面八方湧上來，圍著我爸，伸出髒兮兮的手，說著：「可憐可憐我們吧！可憐可憐我們吧！」我爸嚇得立刻逃走。

說到五、六月，正是種稻的時期，對吧？可是田地都乾掉了，無論走到哪裡，都只有雜草叢生的田地，一路延伸到地平線。太陽下山以後，可以看到田野中有許多地方在燒火。那是打鐵用的手工爐。在大官的命令之下，老百姓不耕田，全都在打鐵。他們把鍋釜鐵屑全都扔進爐子裡熔掉，再鑄成鐵塊。所以食物不夠吃，大家都在餓肚子。畢竟鐵又不能吃，對吧？

我爸走走停停，時不時就休息一下，就這樣走了一整夜。他的側腹很痛，後來才知道是斷了好幾根肋骨，但他還是繼續走。大陸的夜晚和臺北的夜晚不一樣，烏漆抹黑的。我爸是在大陸出生的，可是他完全忘了夜晚有多黑。那種黑是黑到就算有人在你耳邊吹氣，你也看不到他。你可以想像一下這種夜晚，立仁，這樣你就知道打鐵的火光對我爸來說有多麼誘人了吧？

可是我爸絕不靠近火光，他認為那些火光是圈套。走在黑暗裡，他覺得自己就像是走在今生跟來世之間的中陰（註7），閻羅王一直睜大眼睛盯著他，決定他死後投胎轉世要變成什麼。那些火光就是閻羅王設下的圈套，如果貿然接近，來世就會變成牛馬之類的畜生。所以我爸避開火光，咬緊牙根走到早上，又看到另一個村子。我爸已經撐不下去了，再不吃東西，他真的會死，所以他就橫下心來走進那個村子裡。

這次的村子同樣很奇怪。狗仰天躺在地上，不過是在睡覺；牠的肚子鼓鼓的，看起來無憂無慮。村子裡的廣場擺了好幾張大桌子，桌上有很多沒吃完的雞鴨魚肉。我爸忍不住揉了揉眼睛。他懷疑自己是不是已經斷氣，飛到西方淨土了。

接著，他回過神來，趕跑了菜餚上的蒼蠅，能吃多少就吃多少。鄰村有人餓死，這個村子的食物卻多到吃不完，說起來也真的是很不可思議，可是我爸當時餓瘋了，沒心情思考這個問題。他像野蠻人一樣用手抓食物來吃，桌上有酒，所以他也拿酒來喝。他只顧著吃吃喝喝，沒發現背後有腳步聲接近。等他察覺的時候，已經被打倒在地了。

「當時打二舅的就是蘇大方嗎？」

註7 佛教用語。指死後、未轉世之前的生存型態。

「你怎麼知道這個名字？」
「是你自己剛才講的啊！」
我們在芭蕉葉底下互相依偎。
「不，不是。」說著，誠毅拍打停在臉上的蚊子。「抓住我爸的是蘇大方的手下。」
我點了點頭。
「蘇大方是民兵的頭目，他會去其他村子打劫，把食物帶回自己的地盤。」
「原來是這樣！」我忍不住高聲說道：「所以那個村子裡才會有一堆食物！」
誠毅把食指放在嘴脣上，我連忙用雙手摀住嘴巴。
總之。他尖銳地說道：「這就是我爸遇見蘇大方的經過。」
「這個名字好像蘇打水。」
「是啊！」
「什麼是民兵？」
「不是軍隊，卻做跟軍隊一樣的事的人。」
我想知道後續，誠毅便用姑婆芋做了一頂頭盔，戴在我的頭上，並裝模作樣地敬了個禮。
「是，長官，這就立刻帶您前往現場！」
下一瞬間，我們坐上了戰鬥機，飄浮在夜空中。

我高聲歡呼。臺北街頭的燈火美麗地擴展於眼底。戰鬥機是複座式的，誠毅坐在前方的駕駛座上，我則是坐在後座。

誠毅將操縱桿往前推，高度驟然下降，那些正在慌慌張張地尋找我們的大人映入了眼簾。

祖父正在斥責母親。

曾祖母跪在神龕前祈禱。

湘娜阿姨在家門前呼喚我們的名字，祖母在客廳裡哭泣。

二舅大聲呼喚兒子的名字，拖著瘸了的腳，在巷弄間奔跑。

我們格格笑了起來。這次的離家出走讓我和誠毅被狠狠修理了一頓。誠毅為了阻止我去日本，甚至拿出廚房的菜刀，所以被揍得更慘。原本就暴躁易怒的祖母自然不用說，就連無論發生什麼事都力挺小孩的曾祖母——即使在我們偷抽二舅的香菸時都願意挺身保護我們不受祖母的暴怒鞭子傷害——在這個時候也在一旁慫恿大人。「打死他！打死他！」

誠毅拉動操縱桿，飛機不斷上升。不盡人意的現實混在城市的燈火之間消失了，頭頂上的雲層就像天花板掉落一樣逐漸逼近。誠毅隔著肩膀叫道：「屏住呼吸，立仁！」

我們一頭衝進了雲層裡。雲朵有股不可思議的觸感，不像雲朵，更像是洋菜。我們的飛機被這種柔軟又富有彈性的雲朵包圍，變得黏答答的。狀似透明史萊姆的物體在覆蓋駕駛艙的座艙罩上流動，並開始放電，嚇得我縮起身子。我戰戰兢兢地抬頭仰望，只見有某種物體閃過了座艙罩表面。那種物體活像以染色液染色過後的細胞，一張一合地飄浮在雲層之間，看起來也有點像水母，讓我有種身在水族箱隧道中的感覺。

好不容易穿過了雲層，又有敵機從正面逼近。我和誠毅連喘口氣的時間都沒有，只能大聲尖叫。敵機不只一架。數架敵機接連衝來並穿透而過，彷彿我們只是一陣煙霧。

「是幽靈戰鬥機！」

誠毅說得沒錯。操縱老舊戰鬥機的是做京劇打扮的關羽、孫悟空，還有岳飛及楊家將兄弟。關羽的臉塗成了紅色，蓄著漂亮的黑鬚，背上插著四面旗子。他們似乎看不見我們。我立刻明白剛才的雲朵是什麼了。那不是雲，而是穿越時空的隧道！

「你看！」

幽靈戰鬥機的目標是二舅乘坐的B－17偵察機。

誠毅將機身轉向後方，偵察機裡的蒼白臉孔閃過了上下顛倒的視野。吐著及胸的長舌、身穿白衣與黑衣的黑白無常飄浮在隊員們的身後，一看就知道大家只有死路一條。雖然是戰爭，二舅畢竟殺了人，一定會下地獄，在血池裡被毒蟲啃食，或是被夜叉凌虐。

「不要！」誠毅的尖叫聲空虛地撼動夜空。「別攻擊我爸！」

大銅鑼和鐃鈸（京劇使用的銅鈸）鏗鏘作響。宛若在舞臺上演全武行一般，敵人的戰鬥機包圍了二舅他們，英勇地迴旋。關羽打了個手勢，其他戰鬥機的機槍同時開火。在震耳欲聾的樂器聲阻撓之下，幾乎聽不見爆音。二舅他們的偵察機無聲地爆炸，一面尾旋，一面朝著漆黑的大地墜落。

「別擔心！」我推開座艙罩大叫，一面用手壓住姑婆芋頭盔，以免被風吹走。「二舅並沒有因為這點小事而死掉！」

聽了這句話，誠毅似乎也振作起來了。他擦乾眼淚，握緊操縱桿，加速飛行。我牢牢地關上座艙罩，盯著沒有半點燈光的漆黑大地。二舅不會死，至少在這個時候不會。

之後，我們看見了許多東西。我們看見一大群麻雀在空中飛舞，看見人們像廟會時一樣敲打銅鑼與鍋釜，看見飢餓的狗在吃死掉的詩人的肉，看見小孩在田裡偷番薯，看見一個父親把搶來的鞋子拿給自己的孩子穿，看見可憐的寡婦正在替生產大隊長洗腳，看見襯衫、長褲和帽子在河裡漂流。

還看見二舅被關進牢裡。

不久後，二舅接受了蘇大方提出的交換條件——無論是什麼樣的交換條件——獲得了得以在荒涼的中國大陸生存的特權。在那幾年間，二舅都是屬於奧斯威辛集中營倖存者義大利作家普利摩・李維稱之為「灰色地帶」的特權階級。和奧斯威辛集中營一樣，他擁有的特權雖然微小，在飢荒的時代卻已足以決定生死了。換句話說，即是優先獲得食物的特權。二舅含羞忍辱，向蘇大方乞討糧食。當然，這是有代價的，二舅出賣了不可出賣的事物以換取糧食。當這種羞恥與罪惡的意識超出了二舅的容忍範圍之時，他便開槍射殺了蘇大方。而最後，他選擇了和普利摩・李維一樣的道路，自我了斷。

我和誠毅從上空看見了一切。

我們看見飛越斷壁頹垣的青鳥，看見行駛於金黃色小麥田之間的火車、熊熊燃燒的土高爐的魔幻火焰、低頭步行的勞工人龍。就像巴布・狄倫（註8）的歌曲一樣，各種風景接踵而至又飛逝而去。我們用右眼看著奄奄一息的饑民，用左眼看著飽食嘔吐的臃腫村民。接著，我們看見駛過荒野的三臺卡車，看見美麗的女孩被手槍指著，看見想游到英領香港卻溺死的難民屍體。後來，我們又看見蹲在姑婆芋葉子底下的孔雀、摘藥草的小女孩、沿著軌道轉動的蘇聯人工衛星，以及非常、非常、非常、非常劇烈的暴雨……

註8　創作歌手、作家、二〇一六年諾貝爾文學獎得主。二十世紀以降西方樂壇最受尊崇、影響力最大的創作歌手，觸發了西方流行樂的巨大變革。部分早期作品成為當時美國民權反戰運動的聖歌。

6 厄瓜多之鳥

我不否認藤卷琴里是美人，但是她給人的印象有點瘋癲，或許是因為那副深邃的五官與及腰的長髮所致吧！

她的歲數看起來像三十，也像四十。考量到她的祖父藤卷徹治已經九十歲，我的推測應該是雖不中亦不遠矣吧！她在信中提過她正在寫博士論文，可是她穿的紅色風衣與黃綠色寬褲給人的感覺並不像學者，反而有種吉普賽人的奔放感。細長的眼睛充滿知性，但是一想像和她的親密關係，腦中便會浮現利刃或律師的形象；就連她手上的優雅手拿包都像是在表述她有多麼強悍。

「我媽媽是厄瓜多人。」打完招呼之後，她似乎察覺了我的唐突視線，主動為我說明。「我爸爸是鳥類研究家，和媽媽是在首都基多相識的。厄瓜多是全世界最多鳥類棲息的地方。」

「哦！原來如此。」她的瘋癲印象立即消失，看起來顯得更加充滿知性美了。

「這麼說來，您的名字就是取自於**小鳥**（註9）？」

「是的。」

「怪不得……啊，不，不，您給我的印象不太像日本人。」

「日本人向來排外。」

「不，我沒有這個意思……再說，我也不是日本人。」

「我的奶奶也是中國人。」

我後悔不已。我剛從臺灣回來，低估了麥金托什外套與沛納海手錶的真正價值。雖然我還沒邋遢到像誠毅那樣穿著涼鞋和素未謀面的女性見面的地步，可是也不該以美國勞工的打扮前來帝國飯店。我戴著毛線帽，穿著格紋雙排釦厚呢大衣和褪色的牛仔褲，踩著磨損的慢跑鞋。帶她前往咖啡廳的我看起來不像護送女性的紳士，倒像是奉命開路的隨從。

唉！我就是這種人。即使有點文采，人生中的迷惘並不會因此全數消失。作家完全不懂人生，我們只是擅長用美麗的詞藻文飾自己不甚明白的事物而已。事到如今，我只能扮演一個不被外貌所惑、有自知之明的男人了。我問起論文的主題，她說是英國民謠。

「哦，像是賽門與葛芬柯的《史卡博羅市集》？」

註9　日語的小鳥與琴里同音。

「原來您也有研究。」

「我只知道那是美國鄉村音樂和民歌的原型。」

「您在寫作的時候總是會播放音樂，對吧？我在某篇專訪上看過。」

我們聊了一陣子的音樂和鳥類，她說在厄瓜多的某個保護區，二十四小時內觀察到的鳥類數量是全世界最多的。待送來飲料的女服務生離去以後，我切入正題。

「您的祖父和我的舅舅搭乘過同一架飛機？」

「對。」藤卷琴里回答，表情幾乎沒有變化。「除非是我爺爺記錯了。」

我招呼她喝咖啡。

「我在信中也提過，我爺爺是白團的非官方成員。」她基於禮貌啜了口咖啡，並用指尖抹去杯緣沾到的口紅。「我爺爺和臺灣的空軍一起飛過幾次中國，有時候是為了撒傳單，有時候是為了拍攝地形照片。」

這確實是黑蝙蝠中隊的任務。

「當時，空軍蒐集的情報全被美國人拿走了。我爺爺說，他們一抵達機場，在機場等候的美國大兵就把所有東西都帶走了。」

這應該也是事實。

一九五〇年一月，杜魯門聲明不介入臺灣海峽爭端；換句話說，即是做出了美國不干預中共侵臺的決定。因為這份聲明，判斷美國軍事介入東亞的可能性降低的金日成在六月攻打南韓，引發了韓戰。中國義勇軍與蘇聯空軍也加入了這場激戰，直到一九五三年七月休戰為止。杜魯門立即派遣第七艦隊前往臺灣海峽，宣布重啟軍事援助。道格拉斯．麥克阿瑟建議對中國投下原子彈，正是因為擔憂毛澤東會趁著朝鮮半島混亂之際侵略臺灣之故。

「當時……」我說道：「美國為了維持和蘇聯冷戰結構的平衡，沒有明著對中國出手……不過，中國當時急於開發核武是事實。」

「是啊！美國為了避免刺激蘇聯，就利用臺灣人來蒐集情報。他們也壓下了蔣介石的反攻計畫。一九五八年，中國炮擊臺灣的金門島，當時蔣介石原本想趁機反攻，卻被第七艦隊阻止了。美國立刻派遣杜勒斯國務卿前來臺灣，與蔣介石一同發表了放棄反攻中國的聯合公報。」

「您的祖父是替蔣介石的私設軍事顧問團工作的。」我將咖啡送到嘴邊。「換句話說，蔣介石其實背著美國計畫反攻大陸？」

「照常理推斷，這是不可能的。」

當然不可能。這樣的大事，美國豈會忽略？走錯一步，就會演變成東西方的全面核戰。

「不過，戰爭不能照常理推斷。」

這一點我沒有異議。

「白團不只是教育與訓練國民黨軍，還擬定了許多反攻計畫。」藤卷琴里說道：「我爺爺的任務就是蒐集擬訂計畫所需的情報。」

「背著美國？」

「當然。」

「假扮成臺灣人？」

「這樣事情曝光的時候就可以推卸責任。」藤卷琴里說起話來有條有理，卻又帶有精神科醫師那種受過訓練的謙虛。「站在蔣介石的立場，可以說是日本人自作主張；而我爺爺始終是以臺灣人的身分搭乘飛機，所以也不會造成日本的麻煩。白團本身就是與日本政府無關的義勇軍，而我爺爺更是這支義勇軍裡不為人知的存在。」

「我不認為美國沒發現這件事。」

「我也這麼想。不過，他們不能失去臺灣。要是臺灣落入中國手裡，蘇聯的艦隊就能輕易地經由臺灣海峽前往越南。」

「對菲律賓和沖繩的防衛也會產生影響。」

「我爺爺說過，軍隊這種玩意，打仗的時候比沒打仗的時候還要省心。軍人永遠需要敵人，外頭有敵人，自家的軍隊才會齊心同力。凝聚國民黨的，是在不遠的將來光復大陸的希望與熱情。」

我明白她的言下之意。這股希望與熱情一旦消失，國民黨或許會瓦解。考量到這個地區的戰略重要性，美國也不希望演變成這種局面；但若是助長這股希望與熱情，就得和蘇聯一戰。美國對於蔣介石的反攻計畫是採取睜一隻眼、閉一隻眼的態度；一方面放任國民黨作光復大陸的美夢，適度紓解他們的壓力，另一方面卻又阻撓他們實現美夢。

談話一中斷，咖啡廳的喧囂便又起死回生了。辦理入住手續的時間似乎到了，幾組觀光客離開了座位，到櫃檯前排隊。行李員紛紛著手搬運客人的行李。

看得出來藤卷琴里對於戰後的臺灣史相當有研究。她的祖父和二舅搭乘過同一架飛機，應該也是真的吧！與王誠毅的說法也不謀而合。B－17被擊落之後，二舅撿到的手槍或許就是藤卷徹治的。不過，我不認為她是為了告知這件事而大費周章地聯絡我。

「戰爭可以當作小說的主題嗎？」

我將視線移回她身上。藤卷琴里一面喝著冷掉的咖啡，一面等我回答。

「這個嘛……就我個人的意見，結論只有一種的事物不容易成為小說的主題。」

「結論只有一種……您是指反戰嗎？」

「我不認為這年頭還有人想看『戰爭是壞事』之類的訊息，這個道理大家早就懂了。不過，除此以外的戰爭小說，大概只剩下為了正當化自己的國家的所作所為而寫下的政治宣傳吧！」

「又或者是單純的娛樂作品。」

「結論只有一種，代表不管怎麼寫都是同一種套路，這樣簡直和國語課本沒兩樣。所以，戰爭或許可以拿來當作小說的題材，但是能不能當成主題來寫，我可就不明白了。不過，我認為戰爭這種題材該一直寫下去。」

「以免忘了戰爭。」

「而作家會將戰爭化為勇氣或受難的故事。戰爭只是用來測試人性的極限狀況，有時還能製造黑色幽默。其實要傳遞同樣的訊息，還有更加合適的舞臺設定。」

「比如說？」

「喪屍蔓延的世界。」

她的眼睛閃閃發光，嘴角露出了笑意。「您的意思是，可以以喪屍蔓延的世界為舞臺，寫出杜斯妥也夫斯基（註10）那種小說？」

我聳了聳肩。要問寫不寫得出來，答案當然是寫得出來，只不過前提是我擁有杜斯妥也夫斯基級的文筆。

「那愛呢？」她的興致似乎來了。

「愛有很多種解釋，當然可以成為小說的主題。也可以把根本不是愛的事物偽裝成愛。」

「這也是悖論式的愛情小說嗎？」

「比方說，有個有婦之夫和年輕女性搞外遇。」我即興地編出了一個老套的故

註10 俄國作家。作品極富社會性，擅長描寫社會底層人物生活，文筆深沉思辯，是俄國文學史上最偉大的作家之一。代表作品有《罪與罰》、《卡拉馬佐夫兄弟們》、《白痴》、《死屋手記》、《少年》等。

事。「他雖然深愛他的妻子，同時也被年輕女性的肉體強烈地吸引。他不想傷害妻子，也不想傷害外遇對象，所以他對雙方撒謊。面對妻子時，他扮演專情的男人；而面對外遇對象時，他擺出早已厭倦妻子的態度。哎，他就是這麼一個懦弱的男人。不過，我敢打賭，只要寫法得宜，就可以讓讀者相信這也是一種愛的形式。」

「要怎麼寫？」

「比方說，他的妻子得了不治之症，他悉心照料臥病在床的太太，但是在外遇對象面前卻完全沒有表露出來。」

藤卷琴里一臉佩服地點了點頭。

「他雖然做好了為妻子奉獻一切的覺悟，對於外遇對象卻沒有這種覺悟，所以他知道自己不能執著於她。既然無法像深愛妻子那樣深愛其他女人，就不該對其他女人產生執著。後來妻子死了，他哀痛萬分。於是，一個年紀已經老大不小的男人把外遇對象當成了他的救命稻草，可是外遇對象偏偏在這時候向他提分手。他幾乎快崩潰了，但還是對外遇對象隱瞞妻子過世的事。她是個溫柔的女人，如果說出來，或許她會回心轉意；可是，他什麼也沒說，只是面帶笑容，坦然接受分手。或許他還會付一筆錢給外遇對象，幫她重新出發，或是撒個粗暴卻溫柔的謊言，深深地打動讀者的心。」

她發出讚嘆的掌聲，又一臉認真地思索這個老套的故事。

「這不像愛的故事，反倒像是孤獨的故事。」

「愛也是孤獨的一種形式。」

她瞪大了眼睛。

我忍不住笑了出來，她也露出一副上當的表情，笑了起來。我坦承自己只是致敬卡繆（註11），而她笑得更厲害了。女人一笑，男人便獲得了肯定。我們邊笑邊搖頭，啜飲冷掉的咖啡。

「我在小說裡描寫的舅舅完全是個虛構角色。」我說道：「難免和您祖父所認識的他有不吻合之處。」

我終於放鬆下來了。我重新打量藤卷琴里並開始幻想，而利刃或律師的形象已經不再困擾我了。她確實強悍，不過瘋癲色彩已然從她的長髮消失，取而代之的是只有少數幸運兒才得以窺見的熱情。

「爺爺和王康平先生一起被擊落，是近六十年前的事，我和您都還沒出生。」

我點了點頭。

「現在重提這些陳年往事也無濟於事。不過……」她有些難以啟齒。「爺爺讀了老師的書以後哭了。」

她的語調讓我們同時撇開了視線。我是因為將二舅的不幸貶為戲劇性的大眾文

註11　法國小說家、哲學家、戲劇家、評論家，於一九五七年獲得諾貝爾文學獎。文學上為存在主義大師，哲學上提出荒謬論。在作品中深刻地揭示社會的荒謬存在，人在與社會疏離中的孤獨。

學而感到心虛，而她則是有她的理由。

「爺爺要我聯絡老師。」藤卷琴里搜索言詞，緩緩地繼續說道：「他說他必須知道王康平先生是不是真的自殺了。我跟他說那是小說，可是他完全聽不進去。或許他已經分不清現實與虛構了。不過，他一直說王康平先生的死不是自殺。」

我大吃一驚，正要拿起咖啡杯的手撞到了杯身，白瓷杯子被打翻，殘餘的咖啡灑到了桌上。隔壁桌的小姐們伸長了脖子窺探我們。女服務生立刻飛奔而來，清理汙漬。

「那段自殺的情節是創作嗎？我的意思是，王康平先生仍然在世嗎？」

我不知道該如何回答。二舅是吸廢氣自殺的，這是事實。他把自己關在堵住排氣管的車子裡，打開引擎，吞了安眠藥。警察發現他時，他還有氣息，但是沒能撐到醫院。所以我讓小說裡的二舅也以自殺的形式抗議戰爭，只不過我創造的鹿康平並不是吸廢氣而死的，這種死法太不起眼了。

「鹿康平遇上怪物的情節有多少真實性？」

偵察機被擊落以後，鹿康平在中國大陸被蘇大方抓住，成了他的左右手。蘇大方是地痞流氓的首領，有全副武裝的私設民兵在保護他的大宅院。由於他和地方幹部勾結，即使農民為飢荒所苦，他的大宅院裡依然有充足的糧食。就我的理解，這些都是二舅的真實體驗。不過，以為再也回不了臺灣而自暴自棄的鹿康平在蘇大方的命令之下做了許多骯髒事的部分，就是虛構凌駕於現實之上了。他在看不見出路、令人窒息的生活之中認識了能夠預知未來的少女曉，從這裡開始，便進入了完全虛構的世界。
藤卷琴里似乎從漫長的沉默之中找到了她要的答案。「王康平先生果然是自殺——」
「全都是我的創作。」我的聲音十分僵硬。「鹿康平的原型確實是我的舅舅，但他的自殺只是他的一種了結方式，其實他也可以不自殺。」
「可是，他自殺了。」
「所以說，那只是眾多可能性之一。」
「您的家人對於他自殺的情節沒有任何意見嗎？」
「要有什麼意見？舅舅確實自殺了，不過沒有人會去計較小說裡的虛構情節。」
《怪物》的初稿完成時，我曾將鹿康平自殺的橋段翻譯成中文，寄給王誠毅。如果這部分會讓他觸景傷情的話，我會將原稿撕掉，不讓任何人看。我不必看。誠毅在國際電話的另一頭如此說道。你做的事不會有錯。
「我的家人能對那段情節有什麼意見？」
就連誠毅都沒有意見了。那當然，畢竟二舅是在一九八二年死的，即使當時為悲傷的幻影所囚，漫無目的地連日徘徊街頭，我的表哥也早已振作起來了。
所以我將原稿寄給了出版社，出版成書，擺在店裡，過了半年以後，便陷入了幾乎與絕版無異的狀態。誠毅說我做的事不會有錯。是啊！只要他開口，我可以將

《怪物》埋葬於黑暗之中；即使我沒有這麼做，那本書發售沒多久，也和埋葬於黑暗之中沒兩樣了。

可是，真的是這樣嗎？

我回想誠毅當時的聲音，無法消除心中的芥蒂。面對足以扭曲時光的悲傷與道盡整個人生的悲劇，我的處理態度是否太過草率了？我是否該更加用心傾聽誠毅沒有說出口的話語，而不是只聽他嘴上說的話？一如所有作家，我執著於自己辛苦寫成的故事，所以不願傾聽潛藏於誠毅聲音之中的真相？

藤卷琴里低頭致歉。「如果讓您感到不愉快，我道歉。」

我和她之間產生了磁鐵互斥般的磁場。說穿了，我的焦慮正是來自於將自己的利益擺在家人的利益之前的心虛。

「逃離大陸回到臺灣以後，鹿康平被扣上了間諜的罪名。」她一面窺探我的臉色，一面小心翼翼地繼續說道：「這部分是真的吧？」

我承認了。

費盡千辛萬苦，好不容易才回到臺灣，二舅卻被警備總司令部囚禁了半年，接受調查。他鋃鐺入獄，不時被毆打辱罵，反覆追問在大陸流浪的三年間發生了什麼事。他們不讓他睡覺，在大半夜裡突然把他挖起來，拉進偵訊室；一旦他失神翻白眼，他們就潑他一桶水。每當從舅舅的供詞中找到根本稱不上矛盾的小口誤時，審問官便見獵心喜，抓著這點連續質問好幾天。哦，你說你在頭一個村子吃了饅頭？

可是在兩天前的供詞裡，你吃的是稀飯！

等到二舅終於被釋放的時候，他已經瘦成了皮包骨，相較之下，在中國的三年間簡直與野餐無異。在那個年代，臺灣的赤色整肅十分猖獗，許多知識分子受到了迫害。若不是祖父透過軍人時期的人脈找遍所有有力人士請託送禮，力陳兒子絕非共諜，若不是老天見憐，二舅或許也會成為行刑隊的槍下亡魂。

「舅舅在獄中確實吃了很多苦頭，因為這個緣故，他的精神多少受到了一些創傷；不過，在那個年代，看精神科並不普遍，醫生也只是開了些安眠藥給他吃。」

「換句話說，拷問並不是他自殺的原因？」

「現實和小說不一樣。鹿康平用手槍轟掉自己的腦袋確實和拷問不無關係，可是王康平不一樣。」

「您怎麼知道？」

「因為……」我一時語塞，而這讓我變得更富攻擊性。我打出了每個人手上都有的排外牌。「只有家人才明白。總之，舅舅並沒有因為嚴刑拷打而受到心理創傷，就算有，也沒有嚴重到自殺的地步。」

「如果您的看法是正確的，王康平先生的精神並沒有因為獄中生活而崩潰，那他自殺的理由是什麼？」

「家家有本難唸的經！這是家人之間的問題，和妳無關。」

「我想說的是，自殺的人往往不是處於正常的精神狀態，至少在那個當下不是。就算他在獄中沒有精神崩潰，也有可能是之後的某件事帶給他重大的精神打擊，否則他是不會自殺的。再不然就是——」

「被別人殺害的？」我嗤之以鼻。「這就是妳想說的？既然妳這麼想知道，我可以告訴妳，王康平被他的老婆拋棄了，他的獨生子搞不好是別人的種。如何？這還不足以構成他自殺的理由嗎？」

「我無法判斷。」

我舉起雙手，帶著「和妳多說無益」之意。

「您的祖父到底跟您說了什麼？」

「他什麼也沒說。」

「什麼也沒說？」

「如果您有興趣，不如和我爺爺見個面吧？」

我原本就是為了請她安排會面而來的，卻無法一口答應。我在遲疑什麼？答案昭然若揭。一旦真相大白，就有一堆麻煩事得處理。

「您不必聯絡我。如果您想了解真相，我會知道的。無論如何，我們都會再見面的。」

「要是我對這件事不感興趣，就沒有再見面的理由了。」

「可是您回覆了我的信件。」

「《怪物》是很久以前寫的。」我的牛脾氣發作了。「我已經走出來了，而我寫那本書的時候，對於舅舅的死也沒有任何疑問。」

「只是因為拿來當小說的題材正好？」

我知道自己的表情就像是被流沙吞沒似地完全消失了。

「抱歉，我不是在譴責您。這是作家的工作，再說，這個世界也只是某人描繪出來的空想而已。」

我忍不住皺起眉頭。「這句話是什麼意思？」

「您從來沒有這種感覺嗎？覺得自己不過是某人所寫的故事中的登場人物，我們的一言一行全都是事先決定好的。」

「太驚人了。」我不禁失笑。「我才剛聽過同樣的說法。」

「在這個故事裡，我和爺爺並不重要，一切全都取決於您。」

「為什麼是取決於我？」

「因為寫故事的人是這麼規定的。」

「哦？是誰？」

「以後就知道了。」藤卷琴里離席之前，又叮嚀了一句。「過幾天再找個時間見面吧！」

返回鷺宮的路上，我一直在思考藤卷琴里所說的話。

如果舅舅是被人殺害的，這代表什麼？我只想得出兩種可能性：蘇大方為了報二十年前的舊仇而派刺客殺了他，或是和藤卷琴里的祖父有某種關聯。

倘若是前者，代表二舅並未開槍射殺蘇大方；就算開了槍，也沒有造成致命傷。不過想來想去，還是不可能。

臺灣和中國之間開放往來，基本上是始於二〇〇一年的小三通；而二舅是在一九八二年去世的，當時臺灣仍在戒嚴。如果是國家級的陰謀倒還另當別論，區區地方上的地痞頭頭哪有這種本事能讓手下潛入臺灣？就這一點而言，藤卷徹治是日本人，可以輕易渡臺。難道說是藤卷徹治讓二舅吞服安眠藥，將他塞進車裡，再灌入廢氣的嗎？

電車到站之後，我無精打采地走在略感涼意的黃昏街頭。我順道去了趟超商，買了晚餐的便當，並順便買了盒已經好幾年都沒想過要抽的香菸。

我獨自住在距離車站約二十分鐘路程的透天厝裡。這是已經過世的父親在我國中一年級時買的老房子，在那之前，我們是住在本鄉的小公寓裡。父親在那裡寫完了博士論文，取得了東京大學的文學學位，而當他獲得早稻田大學的教職時，便橫下心來，在鷺宮買了房子。

我上了高中以後，母親拋家棄子，和別的男人遠走高飛。對方是她在前往奈良旅行時認識的旅美臺灣人。

父親不知是不是早有預感，並不怎麼慌亂，而是平靜地接受了現實。他淡然地讀書，發表論文，在大學授課，直到退休為止。在這段期間，我也進了父親任教的大學就讀，在電視上看到柏林圍牆倒塌之後，便開始遍閱赫塞（註12）與鈞特・葛拉斯（註13）的作品，在街角聽聞蘇聯解體的號外以後，就開始挑戰托爾斯泰和杜斯妥也夫斯基的著作。因為我想了解，了解讓事物崩壞的另類力學。

母親現在依然和那個男人在西雅圖一起生活，他們沒有結婚，似乎也不打算結婚。父親生前不時會和母親通國際電話，這時候的父親總像母親並未出走，只是去西雅圖旅行一般，以親暱的態度詢問她的近況。我完全無法理解，曾問過一次理由。被老婆拋棄的二舅從沒做過這種沒骨氣的事，誠毅也從來沒說過他想見母親。父親當時在黃昏的緣廊讀書，他反過來問我：我們何必學他們？可是，這樣太不合理了！我並未讓步。父親拿下讀書時戴的眼鏡，先眺望庭院裡的木蓮一番，接著才開口說道：夫妻當久了，就會對彼此產生輕慢之心。我們直到離婚以後，才總算能夠拋棄這種輕慢之心。你媽不想重蹈覆轍，所以不會再和任何人結婚了。

我抱著塞在信箱裡的文藝雜誌和垃圾郵件，打開了玄關大門。家裡一片幽暗，而且涼颼颼的。我喃喃說了句「我回來了」，結果覺得更冷了。

註12　詩人、小說家和畫家。著名作品包括《德米安：徬徨少年時》、《荒野之狼》、《流浪者之歌》和《玻璃珠遊戲》，每部作品都探索個人對真誠性、自我認知和靈性追求。

註13　德國最有名的作家之一，作品具有濃厚的政治色彩，以長篇小說《鐵皮鼓》一舉成名，該書與《貓與鼠》、《狗年月》被稱為「但澤三部曲」，被認為是德國戰後文學重要的里程碑。瑞典學院授予他一九九九年諾貝爾文學獎，認為他「以嬉戲中蘊含悲劇色彩的寓言描摹出了人類淡忘的歷史面目。」

我打開電燈，按下煤油暖爐的點火開關。我還有幾篇隨筆得寫，可是現在提不起勁工作，肚子也不太餓，索性在杯子裡倒入冰塊與加量威士忌，並用父親的老舊黑膠唱片機播放阿爾多·齊科里尼（註14）演奏的薩提（註15），裹上毯子，拿著杯子往緣廊的搖椅坐下。和鄰家只有一牆之隔的庭院雖然只有一丁點兒大，父親種植的木蓮依然長出了飽滿的花蕾。

我一面喝酒，一面用手機搜尋厄瓜多的鳥類。藤卷琴里說得沒錯，厄瓜多確實是鳥兒的樂園。胸部以上一片通紅的安第斯動冠傘鳥、形形色色的蜂鳥，和有張大嘴的巨嘴鳥。我找到了在美國有青鳥之稱的天藍色鳥類，並閱讀了報導。牠的日本名稱是空色風琴鳥，在千里達及托巴哥則是被稱為藍色基因。正如報導所言，如果幸福的青鳥真的存在，想必就是這種鳥。

我一面看著照片，一面喝酒，想起了那個大膽引用青鳥詩的臺灣夜晚，感到無地自容。如果地上有洞，我一定會鑽進去。當時的我就像是有根胡蘿蔔吊在鼻頭前的馬，完全豁出去了。我蓄勢待發，只要一打開女人心頭的鳥籠，便要像貓一樣飛撲過去；然而實際上，椎葉莉莎才是貓，而我是小鳥。

房間變暖時，我剛好喝完了第一杯酒，起身去倒第二杯。唱片機播放著「三首

註14 當代最著名的鋼琴藝術大師之一，所演奏的法國作品尤其受到音樂愛好者的推崇，也被公認為是演奏薩提鋼琴作品的權威。

註15 艾瑞克·薩提。法國作曲家。被法國音樂團體「六人團」尊為導師，是二十世紀法國前衛音樂的先聲。

裸體歌舞」（註16）。我正要返回緣廊，又想起了香菸，便從扔在餐桌上的超商塑膠袋裡拿出香菸，拆開封膜，叼起一根，用瓦斯爐點燃，小心翼翼地吸了一口。白煙竄過身體，燻得我頭暈眼花。

搜尋鳥類和抽睽違已久的香菸。不知道是不是因為做了這些反常之舉，我興起了做更多反常之舉的念頭。我叼著香菸，從書架抽出了《怪物》，隨手翻閱。

相隔十年打開的書本散發著塵封十年的房間味。

——後來，鹿康平時常夢見入獄的那半年。

夢裡的審問官沒有臉，總是穿著淡綠色的甲式軍便服，頻頻地用手帕擦拭滑落臉龐的汗水。

然而，這和事實並不相符。

實際上負責審問的男性特務都是穿著白色開襟襯衫，從外表完全看不出他們是祕密警察。

特務的方針大大地寫在偵訊室的牆上。〈寧可冤枉九十九人，也不可放過一個匪諜〉。

審問官的行為完全無愧於這個標語。他們相當隨興，有時候三天三夜不睡強行

註16　薩提在一八八八年譜寫的鋼琴曲，共有第1、2、3號三首。

偵訊，有時候卻是接連好幾天都沒出現。

問的永遠是同樣的問題。你的同袍全都英勇殉職，為什麼只有你生還？

他們在地板上鋪了碎石，並要求鹿康平在膝蓋後側插了根棒子的狀態之下跪在地上；兩名助手從兩側踩住棒子，使得他的雙腳疼痛難當，膝蓋以下吱吱作響。

「如何？」抽著香菸的審問官對著鹿康平痛苦扭曲的臉龐吐煙。「要招了嗎？」

到底要他怎麼回答？

被敵方戰鬥機的機關炮猛烈攻擊，從六百公尺上空華麗墜落，然而不知何故，只有自己一個人沒死。燒焦的部分人體混在碎裂的B－17偵察機殘骸裡冒煙，黑色土壤裡埋著許多白色物體，仔細一看，原來是死去同袍的白骨。究竟是什麼因素決定了誰生誰死？

「再說一次。」沒有臉的審問官嚴肅地要求。「從頭再說一次，從那天攻擊你們的共匪戰鬥機數量開始。」

他努力回溯記憶，然而墜落的衝擊將部分記憶趕出了他的腦袋。這些記憶現在仍然遺落在大陸的幽暗森林之中，如同從破了洞的口袋掉出來的硬幣。

如果能夠重返墜機現場，或許他會想起什麼；然而，他無法回去，因此矛盾便如啃食桑葉的蠶，將他的供詞變得充滿漏洞。

每當發現漏洞，審問官便開心得直發抖。

「哎呀呀！」他們露出了由衷的同情之色，舔了舔大拇指，翻閱夾在板夾上的偵訊紀錄。「這裡寫著蘇大方給你的頭一餐是稀飯，不是饅頭。」

他遭受了一種叫做老虎凳的酷刑。

首先，審問官將他的上半身固定在長椅的椅背上，雙手反綁；接著，把他的雙腳在伸直狀態之下固定在椅面上，並用拘束帶綁住他的膝蓋與大腿，確保他動彈不得之後，便命令助手將磚頭塞進他的腳踝底下。

往反方向翹起的膝關節吱吱作響，腳底的所有筋絡都緊緊繃起，劇痛竄過了股關節。塞進第二塊磚頭時，鹿康平忍不住哀號起來。

「你也差不多該招了吧？」審問官訕笑。「聽好了，三塊磚頭就能讓你的膝蓋像餅乾一樣粉碎。從前有人忍到第四塊，不過一輩子都不能走路了。」

「我不是間諜！」鹿康平一面流著口水一面大吼，為了轉移疼痛的注意力而大聲朗誦國歌歌詞。「三民主義，吾黨所宗！以建民國，以進大同！」

「真頑固，再餵他一塊！」

他昏倒了。當他醒來時，已經被送回了單人牢房。

狹窄的單人牢房只有約五十公分高，別說要站起來了，就算坐著也得駝起背部才行，而即使這麼做，腦袋依然快碰到天花板。

鹿康平就像小嬰兒一樣縮著身子，走道上的昏暗電燈泡光線從欄杆之間射了進來。他雙眼無神，雙腳疼痛不已。

他用手輕輕觸摸，才知道左膝裹上了繃帶，還用副木支撐著。他的腳完全動不了，骨頭顯然斷了，但他已經不在乎了。

有道聲音在他的耳邊輕喃。三民主義，吾黨所宗……那是自己的聲音。乾燥的嘴脣仍在喃喃地唱著國歌。以建民國，以進大同……

有一回，新來的審問官帶了臺收音機來到簡陋的偵訊室。

不是為了錄下嫌犯的供詞，而是為了用音樂舒緩午後偵訊的倦怠感，播放的是寧靜的鋼琴曲。

坐在鐵管椅上的審問官既沒有拍桌子，也沒有毆打鹿康平，只是放鬆地坐著。那是個膚色白皙的男人，沒有任何特徵，勉強要說，就是格外鮮豔的紅脣上掛著微笑。

男人和其他審問官一樣穿著白色開襟襯衫，一頭黑髮抹了油，往後梳起。

「鹿老弟。」他緩緩地帶入正題。「你在中國的三年間已經染上共產主義了吧？」

鹿康平強自壓抑嘆息，搖了搖頭。

「你們信奉的共產主義是什麼？」

「我不是共匪。我連初中都沒畢業，這麼困難的問題我怎麼答得出來？」

「你不知道什麼是共產主義，卻知道自己不是共產主義者？」

鹿康平在椅子上扭動身子。今天的審問官非同小可，和那些只會拳打腳踢的蠢豬顯然不一樣。

這個男人的存在本身就是個巨大的陷阱。他知道高層終於打出下一張牌了。

「用你自己的方式來說就行了。」審問官在桌上交握手指，彷彿正在和他打商量。「告訴我，你心目中的共產主義是什麼？」

鹿康平表示共產主義是很危險的思想。「是種不認同人類自由的體系。」

「這就夠了。」審問官心滿意足地笑了。「今天我想要你寫下你心目中的共產主義。」

「我真的不懂。我為了國民黨而戰，是因為我爸爸是國民黨。我自己並沒有任何政治理念。」

話一說完，他便察覺自己失言了。果不其然，審問官掀起了紅脣。

「你沒有政治理念……」審問官豎起食指。「代表你有可能染上共產主義？」

「我沒這麼說。」冷汗滑落背部。「我的意思是，我不是為了政治理念而戰，是為了家人而戰。家人是我的心靈歸宿，只要他們在臺灣，我就會對國民黨盡忠，如此而已。」

審問官目不轉睛地凝視著鹿康平，再次問道：「你不肯寫？」

「不是我不寫。」鹿康平發出可憐兮兮的聲音。「我什麼也不懂，所以寫不出來。」

「一個字都寫不出來？」

「如果有東西可寫，我當然會寫，可是真的沒東西可寫。」

審問官打開文件夾，從裡頭拿出一本書，推到他面前。邊緣磨損，封面也起了毛絮的書本上以斑駁的字跡印著恩格斯（註17）自然辯證法。

「我本來是想聽聽你的看法，既然不行，你就照抄這本書吧！」

鹿康平吞了口口水，凝視著辦公桌上的書本。他沒看過這本書，但是他知道恩格斯是馬克思的盟友，也知道馬克思是共產主義的思想支柱。這麼一想，那本看起來快散了的老舊自印書就像是自己的死刑執行命令書。就算只抄一段，只要他照著對方的要求抄書，就等於是自行在命令書上簽名。就在他裹足不前之際，審問官爽快地說道：

「你當然不肯抄，這是人之常情。不過，不管你抄不抄，結果都是一樣的。」審問官的口吻彷彿一切都只是在開玩笑。最好的證據，就是他伸手拉過了書，邊笑邊拿在頭上揮舞。「如果你抄了，恩格斯的思想就會變成你的思想，留在紀錄上；如果你不抄，我就會向上頭報告，你察覺抄了有危險，所以不肯抄。換句話說，你早就知道這本書的內容了。」

審問官就像是吐掉口水似地將書扔到一旁，對話就此中斷。

鹿康平大大地嘆了口氣，這才發現偵訊室裡充斥著音樂。那是首活像只用一根食指彈奏的曲子，單音點點滴落，下一瞬間，又混入了驚心動魄的破滅式和音。完

註17　德國哲學家，馬克思主義的創始人之一。為馬克思創立馬克思主義提供了大量經濟上的支持，幫助馬克思完成了其未竟的《資本論》等著作。

全出乎聆聽者意料的和弦滿是桀驁不馴，宛若在無人的洋房裡飄蕩的亡靈。
無論作曲家想透過這些無盡的循環訴說什麼，擴展於鹿康平眼前的是與午睡相似的死亡景象。
窗外的棕櫚樹在盛夏陽光的照射之下顯得白茫茫的，就連蟬鳴都融化在酷暑之中，像水彩畫一樣暈渲開來。
鹿康平半閉眼睛，搖晃著因為睡眠不足而朦朧的腦袋，宛若在暖和的惡夢水面上漂流。
讓鹿康平認識艾瑞克．薩提的，就是這個審問官。
「這首曲子叫做〈Vexations〉，是將一分鐘長的旋律重複八百四十次而成的曲子。」
他的聲音與鋼琴聲互相調和，死亡的冰冷與溫暖毫無矛盾地同時存在。
「是世界上最長的鋼琴曲。Vexations 是惱人的意思，如果要完整演奏全曲，大約得花上二十個小時。哎，視演奏的速度而定就是了。」
鹿康平豎耳聆聽優美的旋律。映在白牆上的棕櫚影子隨風搖曳。接著，他又打量坐在辦公桌對面的審問官。
「不曉得薩提為什麼要作這樣的曲子……他的意思是藝術就是種惱人的事物嗎？」
鹿康平試著思考這個問題，但是轉念一想，如果那個叫做薩提的人真的只是為了惹惱別人而作了這首曲子，思考又有何用？便不再思考了。

「藝術和正義很相似，對吧？」

「明明是惱人的玩意，我們卻稱之為藝術，推崇不已。」

「哎，說穿了就是這麼回事。」他點了點頭，用下巴指著桌上的書。「老實說，這東西你抄不抄都不重要。」

「既然不重要，何必要我抄？」

「你不明白？」

「不，我明白。」鹿康平說道：「八成是上頭的人想證明自己不是廢物吧！」

「沒錯，活著就是這麼回事。」

說完這句話以後，審問官便離開偵訊室了，但是鋼琴聲依然持續傳入耳中。就算這個世界上真有正義——鹿康平暗想。那也只是對於某人而言的正義而已，搞不好連那個**某人**自己都不相信。就這樣，以「惱人」為名的曲子繼續教導他人生的道理，直到下一個審問官板著臉孔走進偵訊室。

鋼琴聲戛然而止。

這回的審問官是平時那隻肥豬，腋下有著大大的汗漬。他咚一聲坐在椅子上，以充滿怨恨的眼神瞪著鹿康平，並焦躁地拿板夾往臉上搧風，彷彿在說天氣這麼熱都是你這個共匪害的。

「剛才的長官是誰？」

「剛才的長官？」審問官皺起眉頭。「你在胡說什麼？」
「剛才不是有個拿著收音機的審問官離開這裡嗎？」鹿康平望向辦公桌上的書。「他還忘了把這本書帶走。」
肥胖的審問官拿起書本翻了翻，嗤之以鼻；接著，他扔下書本，搥了桌面一拳。
「你是腦子壞了嗎？還是假裝腦子壞了？想也知道這本書一定是一開始就在這裡了。」
鹿康平一臉錯愕，而審問官探出身子，給了他一巴掌。
「好了，到底是什麼？快說！你吃的是饅頭？還是稀飯！」
當鹿康平因為挨了巴掌的衝擊而醒來時，他發現自己正躺在床上仰望天花板。鋼琴聲仍在腦子裡迴響。
悶熱難眠的夜晚和鋼琴聲，哪個是現實？他好一陣子都無法分辨。睡在旁邊床上的兒子恨恨地唔了一聲，並翻了個身。鋼琴聲終於變小了，審問官的身影消散無蹤，呼吸也逐漸平穩下來。他這才明白自己身在家中，時間已經過了好幾年。
他坐起上半身，揉了揉左腳。雖然不痛，卻硬邦邦的。由於骨折後沒有立即治療，他的左腳變得比右腳短了好幾公分。

他拉過桌上的香菸，抽了一根點燃之後，又再次躺回床上，吐出了細裊裊的煙霧。

某處傳來了車門關閉的聲音，接著是引擎發動聲，隨即又恢復了寂靜。風一吹，樹葉摩擦聲聽起來宛若人類的呢喃聲。呢喃聲越來越大，最後化成了曉的聲音。

你又想起從前的事了？

當時，蘇大方為何挑上我？鹿康平吸了口菸，火星在黑暗之中發出了強烈的光芒。為什麼是我？我怎麼狠得下心殺掉兩百個人？

人活著，總有許多無奈。不吃飯就會死，不喝水也會死，輸給食物並不是什麼可恥的事。輸給食物，並不等於輸給扔食物過來的人。可是，你的確輸給蘇大方了，所以才會任他擺布。

鹿康平迷迷糊糊地望著裊裊升上昏暗天花板的香菸煙霧。

豆花小販的叫賣聲遠遠地傳來。鹿康平望向窗外，只見夜色宛若被水稀釋似地開始變淡了。

蘇大方送你那麼名貴的手錶，就是拐個彎要你絕對服從他。蘇大方和你握手，是為了確認你是不是也跟著一起腐化了。如果你夠腐敗，他就會替你倒酒；如果你沒有腐化的跡象，他就會殺了你。他不必直接下手，只要把你趕出他的宅院，你就會橫死街頭。只要你有些許腐化的跡象，他就會設下下一個陷阱。這就是那個男人的一貫手法。

鹿康平坐起身子，在菸灰缸裡捺熄了香菸，接著打開抽屜，從裡頭取出了一塊小石頭，緊緊握住。隨著體溫暖和了石頭，撿拾石頭時的情景在眼前重現了。對蘇大方開槍，和曉一起逃往香港時，他隨地撿了顆石頭。大地乾涸，詩人為了自由而死，天空中有大群麻雀飛舞，而人們瘋狂地追趕牠們。

「我已經腐化了，曉。」鹿康平輕輕地將石頭含進嘴裡。「打從當年在香港拋棄妳的那時候，就腐爛到骨子裡了。」

都已經過去的事了，別老是放在心上。曉透著曙光微微地笑著。不要緊，有時候不腐化就活不下去，而且你也回到家人身邊了……

唱片機播放的薩提鋼琴曲倏然產生了意義。自己沒有選擇其他唱片，而是挑中了這張，似乎是冥冥之中的安排。

撰寫這個部分的時候，我為何選擇了〈Vexations〉？八成是因為在電視或雜誌上得知了這首曲子的意義之故吧！我認為「惱人」一詞充分展現了那個年代的國民黨的拷問本質。可是，我居然完全忘了自己曾在鹿康平的拷問場面使用了〈Vexations〉，直到這一瞬間才想起來。

他對蘇大方開槍，帶著曉逃走——我是這麼寫的。民兵隨即接獲消息並派出追兵，他們數度駁火，險些被追上，最後總算勉強逃出生天。

一九六二年五月，兩人來到了分隔英屬香港與本土的小河邊。每個晚上都有饑民趁夜渡河，試圖偷渡至香港，因此國境集結了許多的衛兵。因為夜色昏暗而誤將蓄水池當成國境的小河一躍而入，最後成了浮屍被打上岸的人不計其數。二舅瞪著遲未入夜的香港夕景，焦躁地抽著菸。

別擔心。曉指著對岸的燈火。我們要去那裡。

啊？他凶暴地歪起嘴巴。妳是白痴啊？

走吧！離開這個腐化我們的國家。曉說道。你什麼事都不用做，在這裡等著就行。

他聳了聳肩，而三天後，邊境管制站的監控真的放鬆了。中國政府發生了什麼事，只有老天爺知道。總之，這一年的五月，國境暫時緩和了戒備；到了六月，便又再次嚴密封鎖了。

人們湧入了邊境城市深圳，街頭轉眼間便擠滿了聞風而來的難民。空地升起了炊煙，人們隨地躺臥或閒逛，小聲交換越境情報。

在某個月光皎潔的夜晚，豁出去的二舅抱著聽天由命的心態，在曉的催促之下下了河。挑這種明亮的夜晚嘗試越境的笨蛋少之又少，他的心境就像是光明正大地和命運單挑。很好，正合我意，我既不會逃，也不會躲。或許探照燈會突然亮起來，子彈會像冰雹一樣飛過來。他回頭觀看，只見曉靜靜地划水，跟在身後。至少我不會孤孤單單地死去。他如此暗想，抱緊了曉。

兩人一頭栽進了水裡。

怎麼了？曉一面吐水，一面問道。腳抽筋了嗎？

沒事。他背向她，繼續游泳。對岸似乎有人影。

你不必害怕。

我沒有害怕。

別管月亮。曉向二舅打包票。反正我們在今晚行動就對了。

如她所言，兩人平安地渡了河，上岸以後，鑽過了某人在鐵絲網上打的洞。別說中國方面的衛兵了，連香港方面的邊境警衛隊都沒能阻攔他們。

我受夠了自己的愚蠢，又點了另一根菸。

窗外的天色已經完全暗了下來，住宅區安靜得令人發毛，連菸頭燃燒的滋滋聲都聽得一清二楚。

即使二舅真的是游泳渡河到香港，並幸運受到美國領事館的保護，二舅也是**獨力完成這件事的**，並沒有曉的引導。因為她只是我為了小說而創造出來的登場人物，和她一起冒險的是**鹿康平**，不是**王康平**。我似乎有些迷失在自己創作的故事與現實的夾縫之間了。

我重整心緒，把鹿康平當成鹿康平，繼續閱讀《怪物》。

進城以後，兩人的運氣依舊沒有用完。彷彿預見了各種危險一般，曉時時刻刻地引導著鹿康平。她剛在建築物後方停下腳步，就有個肩膀上扛著自動步槍的英國大兵大搖大擺地走過眼前；一按照她的吩咐在垃圾桶後方蹲下，就有一整隊的阿兵哥一面剔牙一面走出餐廳；被她拉著彎過小巷的轉角，正好逃過從另一個轉角出現的警察的法眼。

為什麼？鹿康平難掩驚訝之色。妳真的知道他們會怎麼行動？

我不知道。曉回答。不過，我稍微看得見你的未來。

彷彿誤入了艾雪（註18）的錯覺畫中一般，她笑著跑上樓梯，危險卻是迷迷糊糊地下了樓；她一彎進小路，載著德國牧羊犬的軍用吉普車便駛過了大馬路。

鹿康平典當了蘇大方給他的勞力士手錶，在工地做著領日薪的工作，賺取兩人的伙食費。雖然因為難民身分而被精明的香港人剋扣薪水，但是至少沒有餓死。晚上，他們就睡在公園、逃生梯或公寓頂樓的水塔陰影處，省吃儉用，為前往香港島做準備。

我緩緩地喝酒抽菸，迷迷糊糊地思考侵蝕現實的虛構。或許我逐漸把自己創造出來的虛構當成現實了，就像騙子誤信自己的謊言一樣。我喝著酒、抽著菸，為了不被謊言吞沒，把事實逐一地挑揀出來。

註18　荷蘭著名版畫藝術家。運用數學邏輯、錯覺透視和視覺心理，結合重複的人物造型與不可能之建築體，打造出兼具遊戲式和科學感的謎樣圖像。

一九六二年五月，中國確實曾一度放鬆邊境管制站的監控，而這是二舅唯一可能偷渡香港的機會，因此我必須在這一年的五月之前讓鹿康平和曉抵達深圳。為了利用歷史的佐證增加故事的說服力，不能是四月，也不能是六月。他們的時間表全都是從五月倒推編排而成的。如果從蘇大方的村子前往深圳得花上一個月，那麼鹿康平最晚得在四月對蘇大方開槍。如此這般，我就是這樣安排他們的行程的。

然而，王康平實際上的路程卻是無人知曉。或許祖父他們知道些什麼，可是我一無所知。小時候聽到的版本，都是渡河抵達香港之後，下一瞬間二舅就回到臺灣了（「我渡河前往香港，後來終於回到了臺灣。」）。重點在於他平安回到了臺灣，其他的事都不重要。換句話說，對我而言，那條河就等於終點的彩帶。只要度過那條河，二舅的冒險就結束了。走吧！接下來只要坐飛機回臺灣就行了。

當然，現實並不是這麼回事。二舅只是自中國流入的眾多難民之一，沒人會認真聽他說話。要是他被邊境警衛隊抓住，搞不好還會強制遣返大陸。二舅想回臺灣，求助美國是最符合現實的做法，但是要論現實，橫亙於九龍與香港島之間的維多利亞港也是現實。

於是我安排名為曉的女孩來打破現實。有她的引導，只需要短短數行文字，鹿康平就能突破重重難關，傳送到美國領事館。陷讀者於迷霧之中。這本書被翻譯成英文時，香港的場面並沒有引發任何質疑；就算有人質疑，也不足為懼，只要說是魔幻寫實主義就行了。魔幻寫實主義是迷信對於科學態度的叛逆，同時也是拯救作家脫離困境的投機主義煙霧彈。

我藉著酒意打電話到臺灣，誠毅很快就接聽了。寒暄了幾句以後，我詢問二舅是如何從香港返回臺灣的。

「總不會是游泳回來的吧？」

「我爸是旱鴨子。」表哥若有所思的表情浮現於眼前。「記得他說過他在香港的美國領事館前露宿了好幾天，後來碰巧有個好心的英國人離開領事館，是那個英國人幫了他。」

「英國人？」

「我記得他是這麼說的，還有跟我說名字，不過我忘了。那個英國人留著白鬍子，在第一次世界大戰的時候，不曉得是在西部戰線還是東部戰線用機關槍殺德國佬。多虧了那個英國人幫他說情，他才能獲得美國領事館的庇護。怎麼？立仁，你又要寫小說了？」

我含糊其辭，無意義地在房間裡來回踱步。

「那個英國人除了英語以外，還會說好幾國的語言，好像也會說日語。」

「深圳和香港之間有一條河，如果他是旱鴨子，就無法游過去了。」

「是啊！」

「那二舅是怎麼去香港的？」

「你問我，我問誰？」

掛斷電話以後，我才剛把手機放到餐桌上，電話就響了。我原以為是藤卷琴里，但是手機上顯示的卻是未知來電。下午八點四十三分。我接起電話，有道女聲詢問這是不是柏山老師的電話號碼，我回答沒錯。

「我是椎葉。」她的聲音從雜音間傳來。「您現在方便講電話嗎？」

「嗯。」我拉過椅子坐了下來。「可以。」

「您現在在哪裡？」

「……家裡。」

「在做什麼？」

「沒做什麼……就邊聽音樂邊喝酒而已。」

「剛才我打給您，是通話中……有人和您在一起嗎？」

我回答只有我一個人。電波沉默下來。在臺北的那一夜和飯店咖啡廳的尷尬別離閃過了心頭。真是無巧不成書啊！當時她是這麼說的。

「您現在忙嗎？」

我坦承自己並不忙。

「那要不要出來喝一杯？」

她到底想幹什麼？

「我現在自己一個人在新宿喝酒。」椎葉莉莎說道：「我傳地址給您，有興趣的話就過來吧！」

先掛斷電話的是她。

我還來不及整理思緒，簡訊就傳來了，裡頭附上了店名和網址。

我立刻決定不去。根本用不著考慮，我不該再和她見面。和有夫之婦玩火的遊戲到此為止。我是作家，而她什麼也不是，甚至算不上編輯。雖然她有雙美腿、恰好可納入我的掌中的乳房和翹臀，但這樣的女人到處都是。如果以為我會像條哈巴狗一樣立刻巴上去，那可就大錯特錯了。別小看我。

我點了根菸，悠閒地吞雲吐霧。

椎葉莉莎的身影在吐出的煙霧中搖曳。她孤零零地坐在吧檯邊，即使店員告知要打烊了，依然充耳不聞，只是凝視著空了的雞尾酒杯發呆……

7 偶然的故事

我不熟悉新宿這個城市，連自己現在身在何處、接著該往何方都搞不清楚。

當我好不容易找到位於三丁目的那間酒吧時，時間已經接近十點了。我在商業大樓的五樓下了電梯，眼前有扇木門，吊著寫有「FICTION」字樣的吊牌。

我開始懷疑是否一切全是虛構的。或許就是這種感覺吧！彷彿自己成了小說的登場人物。寫下這個故事的作家把我當成棋子操控，每當我發現他在各處精心布下的線索時，我便會決定下一步。表面上看起來是自行決定，其實是照著寫好的劇本走，我根本無法左右，看似有其他選項，實則沒有。我的一舉手一投足都是為了取悅讀者而事先設計的。

我凝視著吊牌。哼！FICTION？推開門一看，店裡意外地寬敞，並不是那種裝模作樣的正統派酒吧，正大聲播放著靈魂樂。從深處的大窗戶射進來的俗豔霓虹光線不斷地變換顏色，渲染人們的疏離感。

椎葉莉莎獨自坐在窗邊的座位上。我穿過桌子間走向她，而她抬起眼來對我說「您來了」，害我險些又心軟下來。仔細想想，她和看對眼的人逢場作樂，我有什麼好介意的？搞不好連她的伴侶都不介意，所以我才能分到一杯羹。既然如此，我何必鬧彆扭？反而該感謝她才對。我把大衣掛在椅背上，在椎葉莉莎的對面坐了下來。店員立刻過來點單，我點了杯波本加冰塊。

「好了。」我攤開雙手，盡可能地以開朗的口吻問道：「有什麼事？」

「我只是想和老師見面而已。」椎葉莉莎說道，臉上毫無愧疚之色。「不行嗎？」

我聳了聳肩。

她喝的似乎是鹹狗雞尾酒。在我點的酒送上來之前，我們眺望窗外，鬱鬱寡歡，或是假裝自己很享受現在播放的曲子。我對於靈魂樂並不熟悉，不過還認得出馬文・蓋（註19）的聲音。

「我已經不在乎了。」

我喝了口甘甜的波本。

「動不動就和男人發生關係……」椎葉莉莎藉著酒意一吐為快。「有什麼不可以？」

註19　美國摩城唱片著名歌手、作曲者。對許多靈魂樂歌手都有重大的影響，有「摩城王子」和「靈魂樂王子」的美稱。

她把杯子放回桌上時，我想起她的右手上有道燙傷的疤痕。那一晚，我觸摸這道傷痕，覺得這麼做別具意義。實際上只過了一個月，感覺起來卻像是很久以前的事了。她不著痕跡地藏起右手，避開我放肆的視線。

「我沒說不可以。我還沒有偉大到可以干涉別人的生活方式的地步。妳想怎麼做，就怎麼做。」

「可是，您後來一直沒有聯絡我。」

或許妳不記得了。我如此說道：「我從來沒有主動聯絡過妳。」

她歪起嘴巴。

「該怎麼說呢……」我一面喝酒爭取整理思緒的時間，一面補充說明。「我認為……如果沒有付出代價的打算，就不該對任何人產生執著。」

「您只是不想惹上麻煩而已吧！」她立刻反駁。

「這也是理由之一。」

「明明是唯一的理由。」

「無論如何，我無法拋開一切顧忌和妳進一步發展。我們還沒跨過無法回頭的門檻，而撞見那樣的場面以後，我也不覺得自己跨得過去了。」我不想傷害她，可是又找不到其他的說詞。「如果我明知如此還繼續對妳執著，那就只是情欲而已。就不存在任何心理攻防的意義而言，或許稱得上是純粹的情欲，可是這樣和金錢買來的關係有什麼不同？」

「也就是只有性愛的意思？」

「這麼一來，或許我根本不會把妳當人看，或許沒有性愛這道主菜，就找不到和妳見面的意義。這樣太不尊重妳了。」

「一點也不會！我對老師——」

「我討厭自己做這種事。」

她閉上了嘴巴。

我們藉酒逃避，將視線轉向窗外，迷迷糊糊地看著吧檯後方的螢幕上映出的演唱會畫面。四個穿著同款西裝的黑人正在唱著嘟哇調（註20）。

我懂得拿捏分寸，沒有說出決定性的那句話，而我的如意算盤也不是一句話可以道盡的。不過，即使我沒有說出口，她大概也明白了，因為女人就是這種生物。要說明我的心思得借用一個故事，皮條客花言巧語哄騙妓女供養自己的故事。我不能為妳付出什麼，但是我比任何人都明白妳的痛苦，了解真正的妳。好了，接下來輪到妳做決定了。妳可以毅然離去，回到孤獨之中，也可以和我一起溫暖地腐朽；不過，一旦做了決定，妳就得負起全部的責任。

我突然覺得這種情況似曾相識，而答案就像是撞上玻璃窗的鳥兒一樣給了我一

註20 是一種音樂類型，於一九四〇年代發源於紐約、費城、芝加哥、巴爾的摩等美國大城市的非裔美國人社區。特徵為多人和聲歌手、無意義的填充音節、簡單的節拍和歌詞。

記重擊。

這一瞬間，我成了「蘇打水」。

我成了蘇大方，試圖拉攏鹿康平。曉說過，**有時候不腐化就活不下去**。這是身為作家的我安排她這麼說的。而我想對椎葉莉莎傳達的，正是這個道理。我之所以吟詩給她聽，也是為了試探她的腐敗程度。因為文學就是要依附於心靈的腐壞部分獲取養分，才能大放光彩。她的腐敗正如我所預料，甚至超乎我的預料，耀眼得令我無法直視。目睹她和植草的關係而打退堂鼓的人是我。

「大學的時候，我交過一個女朋友。」我帶著近乎贖罪的心情娓娓道來。「我和她已經論及婚嫁了。她是京都和菓子店的獨生女，她家正在找一個願意入贅的女婿來繼承事業，結婚的條件是要我歸化日本，在京都定居。我們討論了很久，也吵了好幾次架，最後我和她分手了。」

椎葉莉莎默默地聆聽著。

「身邊的人都說國籍是小事，根本不重要，叫我別再堅持了，乖乖歸化就好，還問我難道不愛她嗎？可是，我不想這麼做。我倒想反問：那她愛我嗎？她的愛不足以跨越國籍的藩籬嗎？我覺得自己彷彿被塞進了一個名為國籍的小箱子，那些認為箱子裡頭是什麼都沒關係、只要箱子氣派就好的人讓我火大。後來，她和別的男人結婚了；對方當然是日本人，沒有入贅，也沒有繼承她家的事業。」自我嫌惡加快了我的語速。「可是，年紀大了以後回頭想想，歸化確實不是什麼大問題，或許大家說得沒錯，這根本不重要。問題的本質不在於歸不歸化，而是在於有沒有為了對方付出的覺悟。我們的覺悟都不夠，這樣的關係沒有未來可言。」

隔了好一會兒，椎葉莉莎才開口說道：

「那……」她的聲音是沙啞的。「我該怎麼做？」

「什麼也不必做。妳有家庭，還有許多男朋友，明知我和植草的關係，卻還是和雙方上床。這是妳的故事，故事不和別人共享，就只是故事；直到和別人共享的那一刻起，故事才能變成現實。」

「老師的意思是，不想和我共享故事？」

「妳已經和許多人共享了，不是嗎？至少已經和植草共享了吧？那小子不會在乎妳和誰上床，他會接受原原本本的妳。或許我不該倚老賣老，不過你們這個世代總是想反覆體驗一生一次的經驗，和許多人同時共享許多故事，在許多現實中生活。」

「這是壞事嗎？」

「不是好壞的問題，而是密度。在許多故事中生活，每個故事的密度就會被稀釋，這是理所當然的。我也可以共享妳的故事，這沒什麼可恥的。不過，這種共享只是密度稀薄的共享，只是逢場作樂。妳原本也是這樣打算的吧？」

「我們……就這樣結束了嗎？」

「只有必然的關係才有結束可言。」我說道：「如果關係沒有培養到讓雙方都認為是必然發生的程度，那麼任何邂逅都只是偶然而已。單純的偶然就像一陣風，沒有開始，也沒有結束。」

沒有等她回答的必要。

我站了起來，抓起大衣，結完帳後，離開了酒吧。我完全沒有回頭，因此不知道椎葉莉莎有什麼反應。或許她立刻拿起手機，刪除了關於我的一切，並為了展開下一個故事而打電話給另一個人。

無所謂。

吃屎去吧！

我們貪婪地吸吮彼此的嘴唇，一面纏綿，一面跌跌撞撞地進了房間。

我們靠著牆壁的支撐勉強穩住身子。被掃到的牆上掛畫掉了下來，在撞上地板破裂的前一瞬間，那幅畫以特寫狀態呈現於我的眼前。

出外學習恐懼的男人以及撲向他的凶猛黑貓——如果我夠冷靜，在這幅畫映入眼簾時，就會有所警覺，起碼會產生某種疑惑。雖然是不甚明確、可以以巧合二字帶過的疑惑，但那確實是事情呈現出巧妙關聯的瞬間。

然而，當時的我顧不得那麼多。就像是在宣告事情已經無法取消也無法回頭一般，「飛撲的黑貓」碎裂一地。

這道破滅的聲音加速了我們的欲望。

她沒等到門完全關上，便粗魯地扒下我的大衣，一面把舌頭伸入我的口中，一面動手解開我的皮帶。這些舉措都是同步的。我掀起她的裙子，用雙手抓住她那冰涼的屁股；她摸索我的胯下，而我也像是在與時間賽跑一樣，猴急地把手插進她的內褲裡。她抬起一隻腳勾住我，在這段期間，我們的舌頭一直為了壓制對方而蠕動。

傳入耳裡的只有野獸般的喘息聲。我把手指插入她的體內，已經熱呼呼的了。她跪在地板上，性急地叼住了我。凶暴的呻吟從體內迸發而出，我往後仰，一把抓住她的長髮。她的舌頭就是纏繞著我的熱帶。

「這也是偶然嗎？」她抬起眼來，語帶挑釁地說道：「偶然和必然有什麼意義？」

我在羞恥與憤怒的驅使之下抱起她，將她扔到圓形的床上。我不知道自己的力氣是打哪兒來的。床鋪很俗氣，但是越俗氣越好。出外學習恐懼的男人最後終於得到了他想要的東西。為了學會愛惜偶然，我能做什麼？我們分秒必爭地扯下身上的衣物，必須在這道狼煙消失之前快點合為一體。椎葉莉莎為了反抗必然而點起的狼煙濃密深厚，牆壁與天花板上的鏡子映出的蒼白臉龐的凝視完全無法穿透。

「戴上。」她輕咬我的耳朵。「快戴上。」

在我撕開保險套包裝時，椎葉莉莎並沒有閒著。她吸吮著我的下腹部，試圖將我拉進潮溼的故事中，彷彿在說只要能夠消滅那些空口白話的概念，她不惜任何犧牲。

到底是怎麼變成這樣的，我已經記不起來了。

衝出靈魂樂酒吧的我怒氣騰騰地等候電梯，一面仰望樓層顯示燈，一面氣惱椎葉莉莎的膚淺與自己的卑劣。我只想快點離開現場。不久後，電梯來了。門開啟後的下一瞬間，有人推了我的背一把，當我回過神來時，已經在電梯裡和椎葉莉莎熱吻了。即使電梯抵達一樓，打開了門，我們依然無法分開，正在等候電梯的男女見狀都嚇了一大跳。門關上了，再度開啟時，我和椎葉莉莎仍舊難分難捨。男人彈了下舌頭。對不起。在拉著我的手跑出電梯之前，她對那個男人笑咪咪地說道。歡迎來到新宿。

一完成準備，她便迫不及待地把我推倒，如女王般跨坐在我身上，甩了甩頭，撥開長髮，現出了猛虎般的雙眸。反正上了也是輸，不上也是輸。我開始粗魯地搓揉兩隻乳房。

身體交疊，喘息聲互相唱和。我從下方推頂她，她則是從上方蹂躪我。

「老師！老師！」

我換到上方，將她壓在身體之下。換到下方的她挑釁地咬住下唇。我支配了椎葉莉莎，同時也被她支配；椎葉莉莎雖然被我支配，卻也堅定地支配著我。

「再用力一點。」

偶然與必然互相融合，再怎麼定睛凝視也無法分辨了。她宛若一本描寫偶然的書一般地張開雙腳，而我則像一枝筆，寫上了我們的故事。

我是在這時候得知右手燙傷的原因的。

我們枕並著枕，仰望映在天花板鏡子裡的男女，看起來就像是兩個陌生人。我們尋思剛剛發生的事。我在舒適的虛脫感之中努力思考，而我知道她也在想著同樣的事。

只要有個合理的解釋，就能夠馴養這股激情，否則不知道會被沖向何處。我們剛才便是如此熱烈，去理智遠遠不及的地方走了一遭才回來。

她緩緩地舉起右手。我們望著她的手，彷彿在眺望停在電線杆上的珍禽一般。

「這是我媽拿熨斗燙的。」她像是以手掌遮陽似地瞇起眼睛。「我是個早熟的小孩，小學四年級就開始手淫了。」

我用手肘撐起身子。

「我當時並沒有聯想到性愛，我根本還不懂那些事，只是覺得摸自己很舒服而已。我媽罵了我好幾次。我爸死得早，我媽是獨力把我撫養長大的，所以她很擔心我會變成一個不檢點的女孩。我了解我媽的心情……雖然我最後還是成了不檢點的女人。」

她微微一笑，令我胸口發疼。

「那一天，我一樣躲在壁櫥裡摸自己。我當時已經六年級了，體格開始產生變化，走在路上會有不認識的男人偷瞄我，就連班導也用同樣的眼神看過我。那個班導後來和我們班上某個女生的媽媽結婚了。直到很久以後我才知道，原來他和我媽也曾經有過一段情。當時我還是小孩，不懂那種眼神的意思。那種眼神就像是在說我知道妳的真面目……所以我一直很怕男人，現在依然會怕，因為每個男人都有露出那種眼神的瞬間。我為了逃離那種眼神，特意找了個對我最溫柔的人，結果還是一樣。不喝酒，我就無法和男人做那檔事。老師來到酒吧的時候，我已經喝了三、四杯酒了。總之，那天我媽逮到了我，哭天搶地，我還搞不清楚是怎麼回事，就被她拿熨斗燙手了。」

我望著她，依然在微笑的眼角滑落了一行淚水。

我輕吻她的淚痕。

「咦？」她驚訝地眨了眨眼。「我哭了？」

我緊緊抱住她。

「哎呀，老師……是不是害您心情變差了？」椎葉莉莎笑著用手臂環住我的背部。「我沒事，已經是近二十年前的事了。」

我含住她的乳頭，以舌尖溫柔地撥動。

「別這樣，老師……您這樣，我又要哭了。」

我以嘴唇堵住了她的悲傷，再次進入她的體內。微小的喘息聲傳來。

現在正是擁抱她的時候。如果以往和她做愛是某種逃避或報復，我想和她共享不同與以往的性愛。或許是我自以為是吧！不過，這樣也不壞。只要不求對方回報或理解，這種自以為是往往能讓人變得更好。

第二次變得溫和許多。

我望著她的眼睛，她也回望著我。波瀾漸起，一道大浪打來。我們緊緊抱住彼此，以免被沖散。即使在大浪中載浮載沉，我們依然深信港口的存在。能夠如此深信不疑，讓我的內心覺得很踏實。你可以和任何人一起出海，但不是和任何人都能朝著同一個港口前進。

她高聲哭泣，用力抓住了我。

我們像流木一樣在波浪間漂流，最後漂向了約定的港口……

她以年度末繁忙為由，婉拒了我一起吃早餐的提議。

「我不能帶著老師的味道去公司。」

椎葉莉莎作勢用力吸了口我的氣味。接著，她走入人群之中，又停下腳步，跑回來給了我的嘴唇一吻。

為了通勤而趕往車站的人流被我們打亂了。我們和鴛鴦大盜一樣大膽，活在排他的故事之中，越是排他，感情就越是堅定，這個故事對我們而言就越是獨一無二。

唯獨這一瞬間，就算她和全世界的男人都上過床，我也不在乎。因為我們是活在當下，沒有過去，也沒有未來。就連朝陽也無法解除這個魔法。我有這種感覺，而我知道她也有。

「您會聯絡我嗎？」

當然。我如此回答。馬上就會，當然。

目送她隨著人潮流向新宿站之後，我走進映入眼簾的咖啡廳，點了份三明治和咖啡當早餐。

晨曦從面向步道的窗戶射進來，加深了店裡的昏暗。由虹吸壺飄來的咖啡香宛若薄紗窗簾一般，模糊了外頭射入的光線。

我咬了口三明治，喝著黑咖啡，眺望窗外來來往往的行人。店裡播放的是父親的唱片裡應該也有的爵士標準曲，是法蘭克・辛納屈（註21）演唱過的曲子。這首曲子明明很有名，我卻怎麼也想不起曲名。這不成問題。我沒說錯吧？因為就算上了年紀，記憶力衰退，我還是可以任意擺布年輕女孩的身體。

我迷迷糊糊地思考昨晚的文學意義，或許有一天能寫成一本小說。不過，我現在充滿了溫暖的疲勞與甜美的幻滅，無法好好思考。文學是生活不美滿之人的夢幻領域，在那裡，任何事都可能發生；然而，一旦現實凌駕於夢幻之上，文學就會像

註21　人稱「瘦皮猴」，充滿魅力的低沉嗓音引人入勝，為他贏得了「The Voice」的稱號，說故事的深厚功力也展現在他的音樂作品中。影響了近代流行音樂與爵士樂的發展，被認為是美國音樂界的傳奇人物。

狗一樣被鍊住。昨晚的經驗便是如此特別。走過人群之間的男人突然停住腳步，轉過頭來。

我險些從椅子上摔下來。

雖然已經到了櫻花即將綻放的時節，吹過大馬路的風依然冰冷；然而，那個男人卻只穿著一件薄薄的襯衫與過時的高腰牛仔褲，褲管捲起，腳上蹬著沙灘涼鞋。

「誠毅！」

我猛然起身，沒喝完的咖啡因此灑了出來。坐在隔壁看報的男人訝異地抬起頭。

「誠毅！」我把頭湊向窗戶。「你怎麼……你怎麼會在這裡？」

王誠毅見了大吃一驚的我，微微一笑。他的嘴巴在玻璃窗彼端緩緩地動了，我定睛凝視，想聽清楚他那無聲的聲音。誰……是……他指著我，接著又指著自己的胸口。

「誰是……？」我唸出他的唇語。「你在說什麼？誠毅。」

誠毅心滿意足地點了點頭。接著，他用嘴形說出了最後一句話。快？乖？他笑著搖了搖頭，再一次緩慢且大幅度地動嘴。

「怪物……你是說怪物嗎？」

誠毅點了點頭，交互指著我和自己。

「誰是怪物……什麼意思？」

他的身影隱沒於人潮之中。

我一頭霧水。讓我更加混亂的是服務生竟對著我說中文。

「你在跟誰講話？」

我驚慌失措地凝視著他。一瞬間，我搞不清自己身在何處。他的名牌上寫著「郭」。這裡是新宿，多的是中國人。我衝出店門，中國籍服務生慌慌張張地讓開了路。

剛才誠毅所在的位置已經被人潮封閉了，只留下井然有序的路口、商業大樓的電子看板、進出站的電車，以及無數的人龍車流。

我看了手錶一眼。上午九點二十六分。

此時，耳朵聽見了拖著涼鞋走路的聲音。我循聲望去，只見他的背影就像波濤間的瓶子一樣若隱若現。

「喂！」我扯開嗓門大喊，引來了路人的側目。「誠毅！」

然而，那並不是我的表哥。突然被陌生男子從背後抓住肩膀，任誰都會嚇破膽。我結結巴巴地道歉，男人彈了下舌頭，拖著涼鞋消失於人潮之中。

我用手機叫出誠毅的電話號碼並按下通話鍵。鈴聲響起，但是一直打不通。莫說誠毅的聲音，就連電話答錄機的自動應答訊息也沒聽見。

我掛斷電話，尋思有無其他方法，可是什麼方法都想不出來，只能失落地緩緩步向西武新宿線的車站。我突然想起誠毅說的話，走路時略微加強了雙腳踏地的力道。原來如此。只要面向前方，腳跟牢牢踏地，靠著腳尖將身體往前推進，就能有重返正途的感覺。

8 誰是怪物

現在回想起來，事情逐漸產生微小卻無法避免的變化，就是從這陣子開始的。並不是有事情不對勁，完全不是。正好相反，而是**有些事情變得對勁了**。

舉例來說，那種感覺就像是長年戒菸的人又開始抽菸一樣，在那光輝燦爛的一口菸瀰漫肺部的瞬間，領略了人生的幸福都是建立在某種犧牲之上的單純事實。

又像是上好的發條鬆掉了，正要重上卻突然停下動作的感覺。若不重上發條，事物便會立刻停滯下來，地球停止自轉，所有的努力都化為泡影。雖然明白這個道理，卻怎麼也不想重上發條。非但如此，還產生了疑惑：上發條到底有什麼意義？為什麼我要這麼拚命地上發條？

回到家裡一看，廚房的餐桌上擱著一只菸灰缸。

我一眼就看出那只菸灰缸的來歷了。小學的時候，我在學校的工藝課上做了個沒上釉的菸灰缸給父親當禮物。老實說，我做的並不是菸灰缸，而是茶杯，可是父親卻拿去當成菸灰缸使用。父親有抽菸斗的習慣。當然，這只菸灰缸後來也步上了所有這類禮物的後塵；換句話說，即是毫無理由地消失蹤影，逐漸被人遺忘。

我環顧房裡。窗簾敞開的緣廊上，搖椅在正午陽光的照射之下顯得有些模糊。客廳的桌上有本打開的書和冰塊已經融化的威士忌酒杯。昨晚我正在閱讀自己創作的二舅故事時，被椎葉莉莎叫了出去。

安放於書架上的唱片機電源並未關閉，唱盤上放著薩提的唱片。並沒有任何足以引發警戒心的狀況。

我窺探書房，沒有被翻箱倒櫃的形跡。幽暗的房間裡只有休眠電腦的號誌在閃爍。我又前往臥房，打開書桌抽屜，存簿和印章似乎也安然無恙。

我回到廚房，俯視著餐桌。

我在四十年前用黏土捏成的拙劣菸灰缸彷彿從未離開過原地似地擺在那兒，即使拿在手上，也沒有像照射到陽光的吸血鬼那樣化成粉末。內側沾附了黑色煤炭，湊過鼻子一嗅，有股新菸味，鮮明到父親的身影立即浮現於眼前的地步。

這個菸灰缸到底是打哪兒跑出來的？

我完全無法解釋。更加無法解釋的是在我內心深處竟然認同這種事發生的可能性。

我又打電話到臺灣，聽著鈴聲，開始覺得自己很蠢。那怎麼可能是王誠毅？如果誠毅真的突然在新宿街頭**冒出來**，那他才是怪物呢！就在我猶豫著要不要掛斷電話之際，誠毅接聽了。

「嗨！有什麼事？表弟。」

「沒什麼事。」我笑道：「最近過得怎麼樣？表哥。」

「你在笑什麼？」他也感染了笑意。「有什麼好消息嗎？」

「沒有，只是想了解一下你的近況。」

「我的近況？就算世界末日來了，也還是在做饅頭。怎麼，你是打算選立委嗎？」

「我今天在街上看到一個長得跟你一模一樣的人。」

「那個人頭上有麵粉嗎？」

「沒有。」

「那就不是我。」

「我知道。」我笑了。「沒什麼事，只是想打個電話問候一下而已。」

「人不會沒事打電話，會打電話就是有事。」

「是啊！要說有事，也算是有事。」

「是好事嗎？」

「嗯，應該是好事。」

「那就好。」

「那邊的天氣如何？」

「哦，天氣好得沒話說。不過，表弟，我現在沒空和你聊天氣。你的好消息我下次再聽，我得在三點以前做好兩百顆饅頭才行。」

就在我打算掛斷電話之際，有隻大鳥飛過了庭院。我不禁懷疑自己的眼睛。

那隻鳥有著群青色的優雅身軀，曳著琉璃色的尾羽，雙腳輕輕一蹬，悠然地自我的視野之中消失了。

牠的頭上戴著羽冠。我瞠目結舌，而誠毅似乎也感覺到了。

「怎麼了？立仁。」

「呃……」我連忙走到緣廊查看。「剛才有一隻很像孔雀的鳥跑到我的庭院裡。」

「孔雀？真的假的？」

「嗯。」然而，一覽無遺的小庭院裡並沒有孔雀，在昏暗的色彩之中，只有木蓮的紫色映入眼簾。「已經不見了。」

「孔雀是那種又大又漂亮，羽毛會像扇子一樣攤開的鳥。你想說的應該是麻雀吧？」

「我的中文在六歲以後確實沒進步多少，不過我還分得出孔雀和麻雀的不同。」

「真的是孔雀？孔雀在東京很常見嗎？」

經他這麼一問，我可沒把握了。

「欸，立仁。」充滿關懷之色的聲音傳來。「其實你有事要找我商量吧？」

「不，沒有——」

「我來猜猜看好了？」

從肚子裡湧上來的寒氣讓我忍不住打了個顫。我知道誠毅接下來要說什麼，無庸置疑。在他發出聲音之前，我已經清清楚楚地聽見那四個字了。

——誰是怪物？

劇烈的暈眩侵襲了我，我必須抓著搖椅來支撐身子才行。房間像麥芽糖一樣扭曲拉長，在一切都失去立足點之際，唯獨薩提的鋼琴曲宛若引導死者的道士金剛鈴一般地繼續作響。

「你啊，立仁。」他的聲音就像是宣告死亡一樣沉重。「是太過勞累了。」身體倏然變輕，鋼琴聲戛然而止。

「你是不是老是長時間工作？你現在已經是大作家了，可以悠哉一點兒。」

湧起的笑意似乎讓誠毅又操了無謂的心。

「聽好了，立仁，這個世界上沒有什麼事情是需要鑽牛角尖的。不過是本小說嘛！對吧？與其被故事吞噬，不如把那些亂七八糟的故事揉成一團扔掉。」

我乖乖地表示知道了。

「好好休息，好好享受。」

「我會的。」

「再不然回臺灣也行啊！」

約好再見面並掛斷電話之後，我在搖椅上坐了下來，眺望庭院裡的木蓮。某處的黃鶯在啼叫。冷風搖晃著窗緣，但是陽光充足的緣廊卻是暖洋洋的。

被故事吞噬——這個時候的我做夢也沒想到這居然不是比喻。

之後也有其他微小的異變不時走入我的生活。

根本沒察覺它遺失的物品突然找到、唱片放錯封套、該有的東西不見，或是不該有的東西忽然出現。

寫作時，需要查閱江戶時代的地圖，我想起父親的藏書裡應該有地圖，便去翻找紙箱，結果找到了父親的菸斗和以橡皮筋束起的菸草葉。

那是美國的黑船長牌菸草葉，雖然父親已經死了十幾年，卻像剛開封一樣散發著強烈的芳香。

還有一次，深夜裡書房傳來怪聲，我豎耳聆聽，聽見地板咿軋作響，便悄悄地下了床，從高爾夫球袋裡拿出鐵桿，躡手躡腳地走向書房。

為了鼓起勇氣，我做了好幾次深呼吸，握住高爾夫球桿的手冒出了汗水。接著，我像ＦＢＩ一樣踹開了門。

「是誰!?」

自己的聲音在空蕩蕩的書房裡空虛地迴響。沒有任何異狀，除了某一點以外。

在窗外的月光照耀之下，可看見地板上有個老舊的相機，我忍不住揉了揉眼睛——

那是小時候母親送給我的蘇聯製三十五毫米袖珍型LOMO相機，是在巴黎的跳蚤市場買來的。

她本來就是個喜新厭舊的人，兒子一討，就送出去了。母親說蘇聯製的東西不耐用，而正如她所言，相機沒多久就壞了，無法按下快門。

莫非就像稻垣足穗（註22）的小說裡寫的那樣，是月娘留下的？搞不好我一拿起來，化成相機的黑貓就會立刻逃走。相機在事隔多年以後突然出現固然不可思議，最不可思議的是裡頭居然還留有底片。我考慮了一晚以後，隔天便把底片送去沖洗了。

「三十年以上的舊底片嗎？」照相館的老闆抓了抓頭。「這個嘛……底片大概已經劣化了。」

「哎，沒關係。」我說道：「反正都來了。」

兩天後，我造訪照相館，老闆興奮地叫道：「洗出來了！」並拿出照片給我看。沖洗成功的照片只有一張，是我和妹妹在從前住的公寓客廳裡午睡的照片。在曝光過多的泛白照片之中，我和妹妹遙玲就像小貓一樣睡著覺。

在二手書店發現自己的著作雖然令人心酸，但並不稀奇；不過，當我在神田的

註22　日本超短篇小說元祖。受佐藤春夫知遇，開始小說創作。一九二三年發表出道作《一千一秒物語》，代表作《彌勒》、《黃漠奇聞》、《A感覺與V感覺》，得到三島由紀夫、芥川龍之介、澀澤龍彥等文壇諸家盛讚，其作品充滿異質童話的美感。

二手書店發現父親的書，而且是在臺灣出版的年輕時寫下的隨筆集時，可就大吃一驚了。

這本連父親自己都沒有保存的隨筆集書名是《楓莊的書》，寫的是我們一家遷居日本以後，在本鄉的一棟名叫楓莊的公寓裡生活的日常點滴。其中一篇寫到妹妹吵著要歸化，而這件事我也記憶猶新。

那一天，遙玲從學校哭著回家，而我正躺在客廳裡看漫畫；當時父親在另一個房間寫作，母親則是在廚房準備晚餐。

她之所以哭，是因為朋友去原宿玩，卻獨獨沒有邀請她。

「歸化日本，或許就能解決女兒的問題，至少她是這麼主張的。」父親如此寫道：「這麼一來，她就可以對外假裝成日本人，滿十六歲時不必去公所採指紋，外出時也無須隨身攜帶居留證，萬事亨通。雖然如此，我還是不想歸化。對於忿忿不平的女兒，我只能這麼說：『等妳長大以後，妳可以自己決定歸不歸化，但是別強迫我歸化。就像對妳而言，歸化很重要一樣；對我而言，不歸化很重要。』」

這本書現在和母親的相機一起放在我的書架上。

「換句話說……」椎葉莉莎若有所思地說道：「和我見面以後，就常常發生這種怪事？」

我把唱片擺到唱盤上，放下唱針。

在柔韌如鞭的木貝斯低音的驅趕之下，巴迪・霍利（註23）以甜美的歌聲唱起了搖滾樂。我得意洋洋地說道：

「看吧！」

「看什麼？」

「我本來是想放這張唱片的。」

我轉向沙發上的她，遞出卡拉揚（註24）率領柏林愛樂樂團演奏的《馬勒：第九號交響曲》唱片封套。她的身上只套了一件我的運動衫。

「可是放出來的為什麼是巴迪・霍利的唱片？」

「那張唱片不是你的？」

「不，是我買的。」

「那就是你放錯封套了吧？」

「妳聽好了。」我把唱片封套遞給她。「妳這個世代的人別說唱片，可能連ＣＤ都不常聽；唱片這種東西很容易損傷，所以聽完以後一定會先收起來，再放下一張

註23　二十世紀五〇年代與貓王同時代的美國搖滾歌手和作曲家，對後來的流行樂音樂家有著深遠的影響，其中包括披頭四樂團、滾石樂團、艾瑞克・克萊普頓、基斯・奧康納・莫菲和艾爾頓・強。成為第一批入選搖滾名人堂的藝術家之一，滾石雜誌將霍利列為「一百位最偉大藝術家」第十三名。

註24　奧地利指揮家、鍵盤樂器演奏家和導演。卡拉揚在指揮舞臺上活躍六十年。他帶領過歐洲眾多頂尖的樂團，並且曾擔任柏林愛樂樂團首席指揮長達三十四年。

唱片。換句話說，基本上是不可能搞混內容物的。把剛聽完的巴迪・霍利不小心收進卡拉揚封套裡的狀況不會發生，因為封套裡還有卡拉揚的唱片。」

「老師。」

「想聽馬勒（註25）的時候，放出來的卻是巴迪・霍利。那我想聽莫札特的時候該放哪張唱片？吉米・亨德里克斯（註26）嗎？」

「過來。」她把我拉過去，給了我一吻。「老師真像小孩。」

這一吻讓我冷靜下來了。

「那張藍色小鳥的照片是？」說著，她瞥了我立在書架上的相框一眼。

「很漂亮吧？那是灰藍裸鼻雀。」

「老師喜歡鳥？」

「那是……」我本想說出藤卷琴里的事，但後來還是作罷了。「我在網路上偶然發現的，覺得挺喜歡的，就順便請照相館幫我放大了。」

「沖洗三十年前的底片的時候？」

「嗯。」

註25　奧地利作曲家、指揮家。作為作曲家，他是十九世紀德奧傳統和二十世紀早期的現代主義音樂之間承前啟後的橋梁。

註26　著名的美國吉他手、歌手、音樂人，雖然主要音樂生涯只持續了四年，但是仍被公認為是流行樂史上最重要的電吉他手，也是二十世紀最著名的音樂家之一。

我們欣賞了片刻的照片。鳥兒停駐的樹梢上的紅色果實格外鮮明，搶走了牠的藍色光彩。與其說是藍色的鳥，倒不如說是蒼白的鳥還比較貼切一點兒。

「如果世界上有可以超越時空自由飛翔的鳥，應該就是這樣的鳥吧！」

「畢竟牠在很多作品裡出現過嘛！」

「妳還記得？」

當然。她說道：「吟詩作對來追求女人，我還以為是電影裡才有的事。」

「原來真有男人會做這種事啊！」

「羞羞臉。」椎葉莉莎邊笑邊在我的耳邊輕喃。「幸好我當時對老師發動了攻勢。」

在街燈照耀之下，銀色的雨水無聲地落在庭院裡。幾天前，關東進入了梅雨季。

當櫻花綻放又凋零，杜鵑花開始替鄰家的籬笆添上色彩時，椎葉莉莎終於得償所願，從版權事業部轉調到書籍編輯部；當時責編植草正好晉升為文藝總編，因此她便順理成章地接任我的責編一職。換句話說，植草並未發現我和她的關係，否則是不可能讓她當我的責編的。

當椎葉莉莎前來致意時，她斷然宣告要結束我們過去的關係。我真的很喜歡老師的小說。她滿懷熱忱地說道。我知道沒有作家願意把重要的原稿交給這樣的女人，所以我希望從頭來過，我會好好努力，成為老師認可的編輯。我點了點頭。有志氣。以後就以作家和編輯的身分繼續往來吧！我當然沒有異議，就請妳多多關照了。我鄭重地低頭致意。終於可以出版老師的書了，我不想搞砸這個機會。今天我過來，就是為了表明這件事。那我們以後就是作家和編輯了？是，作家和編輯。僅止於此，不多不少？僅止於此，不多不少。我百分之百贊同這個提議。對我而言，重要的是出版好書，其他的事全都無所謂。我們就像是超越男女關係的同志一般，堅定地互相點頭，之後就像磁鐵一樣抱在一塊，重演新宿的那一夜了。

「從那一夜起，我彷彿一直在閱讀一部美好的短篇小說。」椎葉莉莎以手背撫摸我的臉頰。「啊！原來閱讀小說就是這種感覺啊！」

我輕鬆愜意地摟著她。

「我已經結婚了，還有很多男性朋友。」她就像是和這些男人單獨談心一般，靜靜地繼續說道：「我知道自己不該這麼做。可是，一到重要關頭，我就什麼都不管了。我找了許多藉口，像是現在才裝清純太遲了、酒喝多了、那本小說裡的那個人也做了同樣的事，或是絕不會這麼做，所以我要打破這種窠臼，別人是別人、我是我之類的……可是，說穿了，我只是對自己沒有信心而已。您明白我的意思嗎？」

「應該明白。」接著，我又補上了一句。「腦袋理解的和內心感受的是兩回事。」

她蜷縮在我的懷中。

「人類是透過經驗學習的，沒有經驗的理解只是借來的，而這種借來的理解往往讓我們變得虛偽。」

「好的小說會帶給我們經驗，多虧這些經驗，我們才能更加接近真實，將腦袋理解的事和希望成真的事打入心房。雖然只能打入一點點，不夠深刻，所以依然是虛偽的，可是至少能讓我們認分一點兒。正確的事和不正確的事混在一塊，讓我們可以稍微鬆口氣，覺得維持現狀也無妨，反正到頭來都一樣。這麼一想，我的問題就在於讀了太多好書，對吧？」

「就學會認分這一點而言？」

「還有寫其他事情的書嗎？」

令全身起雞皮疙瘩的感動與興奮侵襲了我。若說認分就是接受原本的自己，那麼認分確實是小說的本分。正如同條條大路通羅馬一般，所有故事最後都會終於認分，又或是始於認分。

「糟透了。」椎葉莉莎嘆了口氣。「一定是我搞錯了閱讀的順序。」

「如果妳是在說我們的相識，我認為順序並沒有錯。」

她抬起頭來。

「的確，書有好不好看之分，沒有人能夠一下子就遇見對的書。為了遇見一本對的書，必須先看過幾百本不對的書才行。就這個意義而言，雖然爛書很多，但是沒有任何一本書是讀了等於白讀的。一切都是為了那本對的書。而就算妳現在覺得某本書是對的，或許到了明天，妳會遇到更對的書。」

「真讓人感傷啊！」

「然後一再的重演這樣的狀況。」

不知不覺間，我們在一起變得理所當然。

我們聊了許多書籍和電影的話題，有時候也會喝酒。無論聊得再開心，無論深夜的魔法有多麼美麗，我始終謹守分際。我不介入她的私生活，也不問任何問題。我並非不好奇，而是認為我不過問，我們之間就可以少一點謊言。如果我是那種放著法杭斯．賴（註27）的音樂，口稱「說謊的女人最可愛」的瀟灑男人就好了。我認為謊言是為了保護愛情而生的，沒有愛情，只有謊言，是件很可悲的事。

「我們不能老是做這種事。」

她從沙發站起來，赤腳走進我的寢室，並在巴迪．霍利演唱完一曲之前穿上自己的洋裝走了回來。

「下次要好好討論才行。」她一面戴上耳環，一面叮嚀。「在那之前，請先把我今天交給您的資料看過一遍。」

「新的鬥爭開始了！」我行了個軍隊式的敬禮。「我們要向自然開戰！」

椎葉莉莎放聲大笑，並向我吻別。我送到她門口。

「掛這裡才好。」穿好淑女鞋的她回過頭來說道。

註27　法國作曲家，以電影配樂聞名。憑藉電影《愛情故事》獲得了一九七〇年奧斯卡最佳音樂、原創配樂獎，和金球獎最佳原創配樂獎。

「咦？」

「剛才那張小鳥的照片。」說著，她指向門邊的牆壁。「就掛在這裡吧！」

我看著牆壁。要懸掛那張青鳥照片，似乎沒有比這裡更適合的地方了。

「好，我會的。」

「別忘了。」

她再度給了我一吻，冒著雨回去了。我回到緣廊，趕往車站的她撐著的紅傘隱約可見。腳步聲逐漸遠去，很快就聽不見了。

雨靜靜地下著。

我倒了杯威士忌，小心翼翼地更換唱片。在巴布・狄倫的〈約翰・衛斯理・哈汀〉前奏開始之前，我一直注視著旋轉的唱片，絲毫不敢大意。

正確的歌曲乘著正確的旋律播放出來。

我鬆了口氣，卻不知如何處置巴迪・霍利的唱片。問題在於要把它收到哪裡。我懶得從大量且雜亂無章的唱片架裡找出正確的封套，便姑且把唱片塞進巴布・狄倫的封套裡。原來如此，是這麼一回事啊！唱片並不是因為我和椎葉莉莎見了面而調換的。

多虧了這個發現，我的心情變得舒暢多了。於是我深深地倚坐在沙發上，翻閱她帶來的資料。

在推動大躍進政策之前，毛澤東發布了以下的宣言。「新的鬥爭開始了，我們要向自然開戰。」

將國民黨趕出大陸以後，共產主義革命的矛頭指向了產業、運輸、歷史、教育及自然。尤其大躍進政策時期是以鋼鐵增產為最高命令，因此萬事都得配合煉鋼。農民擱下農務，家畜為了載運紅褐色的鐵礦石而被徵用，兩者都得不斷地工作，直到瘦成皮包骨。牛、馬、驢子，無一倖免；如果雞也能載運貨物，只怕也會被徵用吧！然而，雞沒有這種本事，所以只能被勒死吃掉。當然，這造成了嚴重的糧食不足，但一切都是為了鋼鐵。毛澤東高聲宣言：「大家吃不飽，大家死，不如死一半，讓另一半人能吃飽。」

破壞森林，也是為了給熔鐵用的土法高爐供給燃料。樹木採伐光了，就改燒房子和家具。農民個個咳聲嘆氣，異口同聲地說道：「鍋子裡缺東西，鍋子底下更缺東西。」

然而，鍋子底下柴火不足很快就不成問題了，因為大家都飢不擇食，不管生熟，只要是能吃的全都塞進嘴裡。為飢餓所苦的人民使用殺蟲劑獵捕飛禽走獸，食用受到汙染的肉，有的吃壞肚子，有的中毒死亡。為了捕鴨而散布一種叫做391的猛藥，為了捕魚而噴灑大量化學藥劑，導致池塘和湖水染成了抹茶般的美麗綠色。

說到農作物的大敵，老鼠固然可恨，但是最可恨的還是麻雀。牠們生就一副可愛的模樣，卻會偷吃農民的血汗結晶——穀物。於是在毛澤東一聲令下，包含麻雀、老鼠，順便再加上蒼蠅、蚊子的除四害運動於焉展開，全國上下都對麻雀發起了全面戰爭。連蔣介石都被我們攆走了，區區麻雀何足為懼！不必浪費子彈，只要有鍋釜鑼鼓與革命精神，人民的勝利指日可待。總之，持續製造巨大的聲響，這樣麻雀就會一直亂飛，沒得休息，最後累了便會摔落地面。關鍵在於時機，全國必須一起大聲吆喝，同時敲打鍋釜，執行密集行進作戰。

準備萬全的人們紛紛登上屋頂、衝到路上、分散於山野、爬到樹上，屏氣凝神地等待作戰開始的信號。讓那些愚蠢的麻雀知道何謂革命，後悔生為麻雀——難得椎葉莉莎替我準備了這些資料，只可惜全都了無新意。

《怪物》入圍IRC決選之後，出版社便計畫推出文庫本，而椎葉莉莎提議可以趁著這個機會稍微增修內文。不需要大幅更動，不過畢竟是十年前的作品，可以稍微做一些調整，比如鹿康平對蘇大方開槍的場面，或許可以寫得更驚險一點兒。

我合上資料，一面眺望下在庭院裡的雨，一面啜飲威士忌。

巴布・狄倫依然是巴布・狄倫。

9 故事裡伸出的手

曉停下點火柴的手，突然抬起頭來。

「你看。」

鹿康平用手遮蓋眼睛上方，眺望她所指的方向。

「那些人在幹什麼？」

幾個男女扛著綁著床單的竹竿在黃土上踱步，也有人手上拿著鍋釜。人潮不知從哪兒湧出來，又各自散去了。一群穿著開襠褲的小孩一面拿著木棒敲打彼此，一面嬉笑。

太陽終於從地平線探出頭來，為了逃避民兵追捕而徹夜趕路的兩人筋疲力盡地躲進了沒有屋頂的土牆廢屋裡。

「不管是在幹什麼，他們都是在做他們該做的事。」鹿康平說道：「別管其他人了，妳也做妳該做的事吧！」

曉聳了聳肩，又繼續生火。他們從路上撿了些小樹枝與枯葉堆在一起，現在正在努力將火柴上的火引過去。

雖然射殺蘇大方，並用他的軍用掛邊車載著曉成功逃出了青牛塘的村子，但是還跑不到五十公里，汽油就耗盡了。

他們棄了車，靠著自己的兩條腿一路往北前進。

包含鄰近的村落在內，八成只有一臺的掛邊車是長江牌的國產車，蘇大方鮮少親自駕駛，多半都是由別人駕駛，自己則是坐在邊車裡。

鹿康平也曾經載著蘇大方出過幾次門。在主人用餐、談話或是打麻將的期間，他就坐在邊車裡一面打盹兒，一面等候。他也曾在蘇大方的吩咐之下載送酒肉等贈禮到黨幹部家。

然而，鹿康平從未留意過油箱裡有多少汽油。小心謹慎的蘇大方只有在要用到掛邊車的時候才會叫家僕按照需要的分量加汽油，能跑五十公里就該謝天謝地了，畢竟當天並沒有用車的打算。不，或許有，比如叫那個滿臉痘疤的麻子開車載他去親自確認被炸掉的卡車。真遺憾啊！臭老頭。由於嘴裡沒有口水，鹿康平只能在心裡吐口水。屋漏總是偏逢連夜雨，是不是？

曉把小樹枝排放在辛苦生好的火堆上，一旁的鹿康平則把麵粉袋、鋼杯和塑膠水壺從提袋裡拿出來。他將麵粉倒入杯子裡，加了點水壺裡的水，並遞給曉。

曉攪拌過後，便將杯子放到火堆上。

逃亡第一天，他們生吃麵粉，結果嚴重腹瀉；自此以後，他們都會用火烤過再吃。加熱還有另一個好處，就是麵粉會變得比較有嚼勁。下巴有在動，大腦就會認定他們吃了東西，不然他們遲早會連飢餓都感覺不到。到了這種階段，距離餓死就只剩一步之遙了。在他們放空腦袋的期間，杯子裡的麵粉開始沸騰。

「我有好消息和壞消息，妳要先聽哪一個？」

「麵粉已經快用光了吧？」曉以龜裂的嘴脣笑道：「那好消息是什麼？」

「再過兩、三天，應該就能抵達深圳了。」

「是嗎？」

「應該是。」

鹿康平用襯衫的袖子罩住手掌，把杯子從火堆裡拿出來，放到地面上；等放涼了以後，才和曉輪流用手指挖取分不清是麵包還是粥的玩意放入口中。

老實說，鹿康平也搞不清楚他們目前身在何處。雖然已經到了春天的耕作期，但是家畜都被吃光了，也沒有肥料可以施肥，因此到處都是凹凸不平的棄耕地，前不著村，後不著店，感覺活像是被繫在石臼上的驢子一樣，老在同一個地方打轉。之前走到的村莊不是空無一人，就是比空無一人更糟。

他們看到有個骨瘦如柴的小孩在路邊吃土。他們經過時，小孩連頭也沒抬，只顧著用手掬起乾燥鬆散的土來吃。

在房屋被拆除的村子裡，他們看到一窩老鼠住在晒乾的死人胸骨裡，小老鼠不時從骷髏頭的眼窩裡探出臉來。

當路邊奄奄一息的男人向他們討最後一口水來喝時，鹿康平置之不理；要不是曉不肯離開那個男人的身邊，還讓他的頭枕著自己的膝蓋並抱著他的話，鹿康平鐵定會直接走過去。

曉將男人抱在膝蓋上，抬頭望著鹿康平。給他一點水喝。

不行。鹿康平一口拒絕。連我們自己都不夠喝了。

給他喝水。曉鍥而不捨地說道。算我求你。

反正他一樣會死。

把我的水給他喝，我不用喝。

我說不行就是不行。

然而，最後鹿康平還是從提袋裡拿出水壺，給臨死的男人喝了一口水。水幾乎全都流出了嘴角，沾溼了曉的長褲。

欸，請妳行行好。男人虛弱地喃喃說道。可以給我看看妳的奶子嗎？

鹿康平隱含怒意地踏出一步，而曉搖頭制止他，接著用單手解開襯衫的釦子，露出胸口，讓男人的髒手觸摸她的白皙乳房。男人的手抖得很厲害。他噘起嘴脣，發出了啾啾聲。曉撫摸他的頭，鹿康平則是撇開臉孔，彈了下舌頭，而男人就在這短暫的時間裡斷氣了。

曉垂下頭來，久久不能自已。

鹿康平俯視著男人骨節分明的手。那張半開的手就像是一輩子從沒成功抓住任何東西；在什麼也不剩的慘死之中，只有最後有幸摸到乳房的那隻手得到了滿足。

有大量的人民服漂流到河岸邊。鹿康平和曉渡河的時候，也有長褲、襯衫和帽子不斷地流過來。上游顯然出事了，出了某種一旦目睹、一旦知曉就會成為一生負擔的事。

所以兩人只是默默無語地趕路。風一吹，黃色的煙塵就會掩蓋一切，因此他們可以視而不見。

他們只知道香港位於青牛塘的東北方。他們是在四天前逃出村子的，假設一天走了三十公里，那麼差不多該到江門市了。只要再往北走一段路，然後向東而行，就能抵達國境都市深圳。

「你可以直說，沒關係。」曉一面遞出杯子，一面說道：「還有其他問題吧？」

鹿康平用手指仔仔細細地刮起剩下的粥吃掉，並倒了杯水遞給曉。「嗯，還有。」

「是該怎麼去香港嗎？」

鹿康平沒有回答，只是嘆了口氣。

曉搖晃杯子，看著杯中的水。「你現在後悔逃離蘇大方了嗎？」

鹿康平略微思考過後，搖了搖頭。「不，我不後悔。」

「那就別想太多了。」

曉開朗地說道，一口氣喝光了水。將杯子還給鹿康平時，她隨口唸了一首詩。

生命誠可貴
愛情價更高
若為自由故
兩者皆可拋

鹿康平在口中唸了一遍。生命固然尊貴，但愛情更為尊貴；不過，為了自由，兩者都可以放棄——

「這是誰的詩？」

「一個叫做裴多菲山多爾的匈牙利人。」

「是最近的人？」

「早就去陰間報到了，在匈牙利革命的時候，才二十六歲。」

「這樣啊！」

「他長得很帥。」中間是一陣短暫的沉默。「現在的我們就像這首詩……你懂我的意思吧？」

「白痴才不懂。」

曉凝視著鹿康平的側臉。「欸，你怎麼了？」

「沒有啊！」

「可是，你突然就鬧起彆扭來了。」

「妳真是個怪人，明明只是個鄉下姑娘，卻會唸早已作古的匈牙利詩人的詩。」

「是我嬸嬸教我的，她是學校的老師。」

鹿康平站了起來，用腳踢土掩埋火堆，接著又重新坐下來，視線往遠方飄移。

「欸，有話想說就說吧！你到底在生什麼氣？」

「沒有。」

「說嘛！」

「那我就說了，妳幹麼讓那個男人摸妳的胸脯？」

曉眨了眨眼。

「幹！」鹿康平無法直視那雙清澈的眼睛，只能對著她右眼的痣宣洩不滿。「只要是臨死之人的最後心願，妳都會替他們完成嗎？」

「……你在吃醋啊？」

「不是，我只是覺得妳太過輕率了。那個男人也太過無恥了。」

曉氣呼呼地盤起手臂。

「對不起。」鹿康平垂頭喪氣地說道：「妳沒有錯。不過，那個男人伸手去摸妳的胸脯的時候，我只希望他快點死。」

「不可以說這種話。」曉就像是個斥責小孩的母親。「那和握住他的手意思一樣。」

「我知道。」

「每個人都怕死。」

「妳沒有錯。」

「不過，如果你不喜歡我這麼做，以後我不會再這樣了。」

「不，我並不是——」

「生命誠可貴，自由價更高……**若為愛情故，兩者皆可拋。**」

這回輪到鹿康平一臉錯愕了。

「開玩笑的。」曉帶著整人成功的表情微微一笑。

把杯子收進提袋之後，兩人默默無語地瞇眼看著飛揚的黃沙，或是抱著膝蓋，傾聽風聲和之前目睹的許許多多的死亡之聲。

「這麼一提，我從來沒聽妳提過家人。」

「聽了做什麼？去我家提親嗎？」

「我不是已經跟妳道過歉了嗎？」

「我無父無母。」曉若無其事地說道，聳了聳肩。「本來是跟奶奶一起生活，可是她被民兵打死了。」

「是蘇大方的民兵嗎？」

「不知道，我當時去田裡工作，不在家。」

鹿康平凝視著她。

「反正是你來之前發生的事。」她的聲音之中帶有報喜不報憂的善意。「她是個很難相處的老太婆，所以我並不難過。」

「妳家離青牛塘是有一段距離。」

「你知道那個地方為什麼叫做青牛塘嗎？」

鹿康平搖頭，於是曉便替他說明。

村名的由來要回溯至清朝光緒年間，當時有頭牛在村子東邊的池塘裡溺死，因此得名。那頭養在池畔的牛已經年老力衰，拉不動犁了，只能等著被殺來吃掉。有一天，一個在池塘邊玩耍的小孩溺水了，而這頭老牛明明已經連站也站不穩，鼻頭變得又白又乾，眼睛也滿是眼屎，幾乎看不見了，卻還是猛然跳進池塘裡救了小孩，自己反倒沉入了冰冷的水底。村人為了老牛之死而哀嘆，說牠一定是太上老君乘坐的板角青牛投胎轉世而成的，便把村名改成了青牛塘。

「那個村子充滿迷信。」曉說道：「甚至有老人認為在這年頭還肯分食物給他們吃的蘇大方是五穀仙帝呢！」

如果蘇大方只是個自私自利的男人，我絕不會聽命於他。聽著曉的一番話，鹿康平這麼告訴自己。他冷酷，工於心計，連老弱婦孺都能無情殺害，但是對於青牛塘的村人而言，他毫無疑問地是個最棒的庇護者。

全國陷入煉鋼熱潮，農務被擱在一旁，漸漸的，農民連當天的伙食都成了問題；而這個時候，政府的徵收卻變得越發嚴苛了。

政府的理論是這樣的。

中國想和先進大國並駕齊驅，唯有大力推動工業化一途，因此必須導入大量的工業設備和先進技術。毛澤東在莫斯科誇下海口，說要「十五年超英」，不能讓他丟臉；要是他失了面子，官員可就得吃土了。

北京政府開始大量收購工業產品。韓戰爆發後，美國對中國採取了策略性禁運措施，因此煉鋼廠、發電廠、煉油廠、卡車及曳引機等各種工作機械大多只能向蘇聯購買。

當然，該付的錢一毛都不能少，因為事關自尊心強大的中國人的面子。可是說來傷腦筋，用來付款的外匯存底和黃金儲備完全不夠，只好請人民忍耐一下，靠著外銷糧食賺來的錢還債。

如此這般，工業化的代價是由農民來支付。農業生產目標不斷上修，糧食被榨取的農民逐漸餓死，而政府則是把他們的糧食拿來外銷清償欠款，購買一堆填不飽肚皮的機械。

擅長判讀時勢的蘇大方在第一時間率領地痞流氓四處劫掠其他村子。我本來也不是這麼禽獸不如的人。他吐露無奈的心聲。我原本是農業生產合作社的農民，人民公社成立以後，就在公共食堂工作。別看我這副德行，我可是個廚藝高超的廚師，我煮的東西大家吃了以後都豎起大拇指，連我的祖宗十八代也一併稱讚。

蘇大方搶奪糧食，徹底打擊反抗者，有時甚至不惜殺人。

這個世上有太多無奈了。他俯視著親手打死的年輕人，一臉悲傷地搖了搖頭。我有時候會想，內戰的時候我該投靠國民黨才對，尤其是現在國家變成這樣……共產黨或國民黨，別人或自己，掠奪或被掠奪，保護或喪失，死得問心無愧或苟延殘喘，唉！人生真的盡是無奈！

蘇大方會把搶來的東西先上貢給地方幹部再帶回村子，因此同時獲得了政治上的人脈與村人的信任。因為這個緣故，警察非但不抓他，甚至還會穿著制服到他的村子吃吃喝喝。

偵察機被擊落的鹿康平步履蹣跚地闖進青牛塘，只顧著大快朵頤廣場上的滿桌剩菜而被村人打倒在地的那一年，也就是一九五九年，司法部被廢止了，同樣又是毛澤東的一錘定音。「黨決議的一切就是法律，召開的會議也是法律。」

這麼一來，擁有武力的民兵自然猖獗了。什麼事都推給黨決議即可。把食物交出來，這是黨決議！所謂大道廢，有仁義，問題在於仁義的解釋見仁見智。社會陷入大混亂時，細分化的仁義便會互相吞噬。

需要什麼都是黨說了算。蘇大方總是這麼說。食衣住都是人類生活不可或缺的事物，如果三者之中只能取其一，你選擇哪一個？

食。鹿康平立即回答。這是唯一的選擇。

蘇大方露出菩薩般的笑容，並繼續說道：集團化的第一步就是讓農民挨餓，先讓農民挨餓，再讓他們去人民公社的食堂填飽肚皮。雖然百姓吃的東西都是自己親手辛辛苦苦種出來的，可是他們都會裝作沒發現這一點，感謝人民公社，不然以後就沒得吃了。

「你在想什麼？」曉問道。

「這個國家正在鬧飢荒，而覺得自由比生命可貴的人只會寫詩。」

曉皺起眉頭。

「那個匈牙利人需要保護的大概只有自己的生命吧！」鹿康平說道：「自己的生命要怎麼運用是自己的自由……哎，這首詩確實寫得很好就是了。」

「你又在給自己找藉口了。」

鹿康平的眼睛轉向了她。他很想把這樣的批判連同口水一起吐掉，但是嘴巴裡沒有足夠的水分。

「自由就是隨時抱著死掉的覺悟。」曉說道：「否則人類是絕對無法自由的。」

「人死了，就沒戲唱了。」

「你早在任憑蘇大方那種人擺布的時候就沒戲唱了。」

「無論別人怎麼說，至少我還活著，只要活著，就有明天；而只要有明天，或許就會有改變。」

「你是好人，但是把靈魂賣給了壞人，有很多人因此受到傷害，甚至沒了性命，這一點到了明天也不會改變。你會這麼想：我是為了保護重要的事物才弄髒了手，即使全世界都與我為敵，至少我貫徹了我的信念，而信念正是這個世界上最尊貴的事物……可是，這只是漂亮話。你的信念遠遠抵不上你奪走的生命的百萬分之一。」

「老實說，一路上我都在思考這件事。」

曉瞇起眼睛來。

「奴隸稱得上活著嗎？告密者稱得上活著嗎？懦夫稱得上活著嗎？殺手稱得上活著嗎？」他吸了口氣。「我認為稱得上。因為力量不足而被殺固然不甘心，但那也是莫可奈何。如果是被一刀殺掉倒還痛快，餓死可就令人難以忍受了，更別說眼前明明有不必挨餓的方法。每個人都有難以忍受的死法。」

「比如說？」

「比如為了拯救所愛之人而犧牲生命的時候，如果只要開槍轟掉腦袋就行，把所愛之人的性命擺在自己的生命之前，倒也不足為奇；可是，要是得自縊才行呢？」

曉抿起嘴巴。

「我不是在找藉口。」鹿康平繼續說道：「我成了蘇大方的走狗到處咬人，藉此換取三餐溫飽。像我這種良心被狗吃了的人，以後該怎麼活下去？有什麼可以和現實折衷的方法嗎？就算我能回到臺灣，我的心能擺脫這裡，獲得自由嗎？一想到這些問題——」

背後傳來聲音，回頭一看，是個肩膀上扛著獵槍的男人。是民兵——這是鹿康平的頭一個念頭。

曉繃緊身子。

鹿康平的視線為了尋找提袋而游移。袋子裡有手槍，可是他不認為自己能夠在不引起男人開槍的情況之下拿出來。

男人說了幾句廣東話，曉出面應答，而男人指著鹿康平大吼大叫。曉制止正要起身的鹿康平，安撫對方。

「快去！」男人切換為難懂的北京話，大吼：「你們這些反革命分子，還敢拖拖拉拉的！」

劇烈的噪音響徹四周，掩蓋了男人的話語。年輕民兵不耐煩地回過頭去，一面怒吼，一面跑走了。

「我們也快去！」

曉立刻站了起來，追隨男人而去，鹿康平只能跟著她走。

「喂，妳想幹麼？」

人們在天色逐漸變亮的荒野上敲打鍋釜、吹哨子、大聲嚷嚷，或是揮舞綁著床單的棒子四處跑。

在上空飛舞的麻雀看上去宛若一片雲霞。人們的吶喊聲加上麻雀成群結隊逃竄的振翅聲與鳴叫聲，簡直震耳欲聾。

「他們在幹什麼？」

「趕麻雀！」曉隔著肩膀叫道。「要是我們不跟著去，會引起懷疑的！」

男女老幼全都嘶聲吶喊、敲鑼打鼓驅趕麻雀。「沒有共產黨就沒有新中國！」還有一群人高唱著革命歌。

鹿康平絆著了腳，跌了個狗吃屎。見狀，孩子們捧腹大笑。

或許城鎮就在附近。在短短三、四天的路程之外有人餓死，這裡的孩子卻笑得如此開懷，卻還保有大笑的氣力。這全是因為政府將壓榨農村得來的糧食優先送往都市之故。

砰、砰！子彈射出，粉碎的麻雀一一落地。

鹿康平追趕麻雀，覺得牠們就像是從前在電視上看過的小魚群。在唧唧喳喳的嘈雜黑雲之中，有個像彩色寶石一樣閃閃發亮的物體忽隱忽現。鹿康平定睛一看，似乎有隻青鳥混在裡頭。這隻在光線照射之下看起來像紫色又像綠色的青鳥，宛若一條竹葉船，隨著樸素的麻雀濁流載浮載沉。

鹿康平全神貫注地追逐著那隻鳥，不知不覺間，他開始發出尖銳的怪聲，和孩子們一起蹦蹦跳跳。

飛在前頭的麻雀叫道：不是那邊，大家跟著我飛！麻雀們倏然轉換方向。領頭集團一轉舵，所有麻雀便跟著往右方傾斜，青鳥也宛若流星一般，一面閃爍，一面被捲入其中。不過想當然耳，鳥兒們的去路上同樣有共產主義者等著牠們。

從廢屋後頭衝出來的人們開始敲鑼打鼓，這裡也響起了幾道零星的槍聲。

對於並沒有做任何壞事的麻雀而言，這簡直是無妄之災。往這邊飛，會被發了瘋似的人類驚嚇；往那邊飛，又會挨子彈。無論飛往東西南北，都找不到活路。這個國家到底是怎麼了？麻雀們異口同聲地叫道。這叫做革命？我們只是在樹蔭底下休息就得受這種罪，還有天理嗎!?

「飛呀！」鹿康平在助跑過後腳蹬地面，高高地跳了起來。莫說青鳥，他覺得連太陽都能摘下來。「呀喲！快飛呀！」

呀喲！孩子們覺得好玩，也有樣學樣。呀喲！

曉笑了。

或許我也快瘋了。腦海一隅閃過了這樣的念頭，但一來他無法克制排山倒海而來的笑意，二來覺得瘋了也無妨。天空因為麻雀的悲鳴奔流而震動，地面則因為人們揚起的煙塵和怒號而搖晃。

兩人一面哈哈大笑，一面和陌生人一起追趕麻雀。飛呀！一有人如此大叫，便有其他人呼應：飛呀！

「笨麻雀！」

「笨麻雀！」

能飛多遠就飛多遠，飛離這個國家吧！

當鹿康平回過神來時，他已經停下了腳步，眺望著遠去的麻雀烏雲。雖然追丟了青鳥，但他有種被劇烈的驟雨清洗過的感覺。

天空萬里無雲，沒有降下潤澤大地的雨水，胃袋也空空如也；然而，兩人心頭卻燃起了一股希望，與絕望難以分辨的希望。如果絕望是彈匣，恐懼是火藥，那麼靠著它們射出的子彈就是希望。

其實世界並不複雜，是按照唯雀史觀的單純原理運行的。只要除掉麻雀，一切都會變好。人民會因為接連的豐收而吃得白白胖胖，人工衛星會順利地在軌道上運轉，核彈會支撐當權者的威信。

有人對著天空開槍，槍聲隨即乘風傳來。那是多麼無常的聲音啊！

「妳看見了嗎？」

「看見什麼？」

鹿康平本想說青鳥，又把話吞了回去，改口說沒什麼。對於曉而言，青鳥帶來的不是幸福，而是悲傷，是晦氣的玩意。

「所以你得出結論了嗎？」曉氣喘吁吁地回過頭來，她的雙眸反射著朝陽，閃閃發亮。「以後你要怎麼活下去？」

鹿康平呆呆地站在原地，並緩緩地彎下腰來，撿起一顆小石頭。他把石頭放在掌心仔細端詳，接著用衣服擦一擦，放到了嘴裡。

曉的一雙大眼瞪得更大了。

用乾燥的舌頭翻動乾燥的石頭之後，嘴裡冒出了少許口水。鹿康平咕嚕一聲吞下口水，覺得似乎有某種物事烙印到靈魂上了。

「我奶奶是湖南人，只要有家人出遠門，她一定會送一顆石頭當平安符。」

麻雀在遠方繼續受難。

「她說想家的時候，只要舔一舔石頭，就可以想起家人。」鹿康平一面舔石頭，一面說道：「我會永遠帶著這顆石頭，以免忘了自己在這個地方做過什麼事。」

曉點了點頭，淚水逐漸盈眶。

「我剩下的自由，大概就是抱著隨時被奪走生命的覺悟活下去吧！」

走音的門鈴聲讓我停下了敲打鍵盤的手。

我看了下手錶，時間剛過凌晨零點。我一面陶醉於沛納海的質樸之美——手錶美麗，就連時間也跟著美麗起來了——等了片刻，或許是我聽錯了。

我重整心緒，把「絕望是彈匣，恐懼是火藥」的段落刪掉又復原，一下子覺得這是至理名言，感動不已；一下子又覺得這是痴人妄語，引以為恥。就在這時候，門鈴再次響起了。

我躡著腳尖離開書房，一面尋思是否該拿著高爾夫球桿以策安全，一面詢問來者是誰。門外傳來了回覆。「我是藤卷。」是女性的聲音。

「藤卷小姐？」

「我是藤卷琴里，以前和老師見過面，聊過王康平先生的事。」

我連忙開門。

站在門燈的昏暗光線底下的確實是藤卷琴里。她穿著初次見面時的那件紅色風衣，但是已然沒有那股吉普賽的奔放感，取而代之的是在夜霧籠罩的柏林交付機密文件的女間諜的陰鬱感。我的腦子一片混亂。她散發的瘴氣連不合季節的風衣都無法掩藏。

「您怎麼會……有什麼事嗎？」

她的信件是透過出版社轉寄給我的，所以她並不知道我的住址。梅雨長期下個不停，夜晚的空氣潮溼溫暖，但她並未撐傘。雨滴像珍珠一樣附著在她的長髮上。

「這麼晚了跑來打擾，很抱歉。」藤卷琴里說道：「能不能請您現在去見我爺爺？」

「今天晚上……現在就去嗎？」

「對，今天晚上，現在就去。」

我不禁打了個冷顫。藤卷琴里的聲音帶有一股奇妙的餘韻，就像是從黑暗之中倏然伸出的白手，又像是在夢中被告知的真相。

雖然毫無根據，我突然領悟到自己正站在轉捩點上。我忍不住回望家中，想找出可以留住我的事物。時間？寫到一半的原稿？椎葉莉莎的殘香？明天的行程？這些理由要用來拒絕她的提議都不夠充分。不知何故，我是這麼想的。我大失所望地轉向藤卷琴里，模糊地映在潮溼柏油路上的紅色車尾燈光芒映入眼簾。有輛沒熄火的紅色車子停在圍牆外。

「可是，今天已經很晚了。」

我選擇了最安全的回應方式。我沒想過要譴責她的冒失。或許她有什麼疾病，搞不好懷裡還揣著一把刀，這時候最好以溫和的方式打發她。

「再說，我還有稿子得在明天之前寫完——」

我含蓄地抬起左臂，不是為了看時間，而是為了讓對方想起現在是什麼時間；而在這時候，我才發現手錶不見了。我不禁覺得奇怪，我是什麼時候脫下的？我環顧四周，又垂眼望著沒戴手錶的手腕。或許我今天根本沒戴手錶。仔細想想，待在家裡還戴手錶，是有點奇怪。我入迷地欣賞沛納海之美，或許是另一天發生的事。

「很遺憾，老師所剩的時間已經不多了。」

我皺起眉頭。這句話給我的感覺就像是在說**所以不需要手錶了**。

「從現在這一瞬間起，這個故事變成怪物的了。」

我的腦袋宛若塞滿了蠶絲棉，無法好好思考；思緒變得和死者的心電圖一樣平坦，又突然紊亂起來。

「……怪物？」

「就是創造這個世界的人，也可以稱之為造物主，不過他比較喜歡怪物這個稱呼。」藤卷琴里制止正要開口說話的我。「對於作家而言，最為遺憾的事應該就是無法完成作品便擱筆；如果整個故事的構思都已經完成，就更是悔恨了。現階段，老師處於難以完成這個作品的狀態，所以怪物將會接手這個故事。」
「妳……」我吞了口口水，擠出話語。「妳是誰？」
「您想問的應該是怪物是誰吧？」
「怪物是誰？」
「如您所想的一般，怪物是您的表哥。」她以公事化的口吻說道，彷彿揭曉這件事是她被賦予的權限。「不用說，就是取自於您的書名，也可能是取自於蘇打水的回憶，意思是一樣的。對於你們兩人而言，這段回憶很重要，對吧？無論如何，您和我都只是他的故事裡的登場人物。」
在思考是她瘋了還是我瘋了之前，我忍不住仰望夜空。我以為可以看見散發著青白色光芒的巨大長方形飄浮在空中，而那個長方形就是電腦畫面，亦即分隔虛構與現實世界的窗口。我被關在電腦裡，從內側仰望世界，王誠毅則是緩慢笨拙地在畫面上打出反轉的文字，並因為選字錯誤而來回移動游標。一如觀賞水族箱，只不過水族箱裡的是我。叼在嘴上的香菸煙霧籠罩著飄浮於夜空中的文字列——當然，我完全沒有看到這樣的景象，只有雨水靜靜地飄落。風聲呼嘯而過。
「總之，今天已經很晚了。」自己的聲音聽起來十分模糊。背上冷汗直流。「改天再另約時間比較好。」
「剛才我也說過，已經沒有時間了。」
汗水滑落臉頰。

「如果您想知道，我會在車上說明。不過，就算聽了，也無法避免，因為事情已經發生了。」

「等等。」我舉起手來制止她。「妳說我們……我和妳，是我表哥的創作物？」

「對。」

「換句話說，我不是活人？」

「您是文字的序列，您是行動，是思緒，是臺詞，也是比喻。您是獨白的第一人稱主角，怪物將他的故事託付給您，因為您是作家。」

「妳剛才提到擱筆，還說我處於難以完成這個作品的狀態？」

「對。」

「接下來我會出什麼事？」

「受傷，非常嚴重的傷。」

「可是這件事已經發生了？」

「對。」

「妳不覺得矛盾嗎？再說，如果已經發生了……無論是什麼事，為什麼還有時間的問題？畢竟都已經發生了。」

「這一點，身為作家的您應該更了解吧？」

我略微思索過後，開口說道：「換句話說，是應故事需求？因為故事中的時間是這麼推移的？」

「作家不都是這樣寫作的嗎？有時候先寫以後才會發生的事，或是一直隱瞞早已發生的事。」

「是這樣沒錯……」

「徵兆應該已經出現過了。」

「徵兆？」

她的視線流轉，停駐在我的臉上。

「妳說的……」我必須做好幾次深呼吸才能擠出話語來。「妳在說什麼？妳想說什麼？」

「就是您身邊發生的小異狀。」

我瞪大了眼睛。十年前的菸草葉、放錯唱片的封套、活像是半夜有人刻意留下的蘇聯製相機——

「**在主角身邊發生了難以解釋的事。**」藤卷琴里乘勝追擊。「還記得嗎？這是您自己說過的話。**讓讀者先對神的存在產生預期心理。**」

血液直衝腦門，手指冰涼得發疼，喘不過氣的感覺讓我產生了一股抓撓胸口的衝動。**作家的故事**。誠毅是這麼描述他寫到一半的小說的。那個作家**因為一場意外，開始懷疑自己只是某人寫的故事裡的登場人物**。

「出意外的作家是我？」

「對。」

「而意外已經發生了？」

「對。」

「可是，我現在還活蹦亂跳的啊！」

藤卷琴里保持沉默，靜待我自己領會。

「突然聽到這番話，有誰會相信？」我忿忿不平地反駁。「妳的目的是什麼？妳認識王誠毅吧？」

她一臉抱歉地以眼睛的動作引導我的注意力。我無謂地抵抗，但最後還是乖乖地循著她的視線望去。

而我領悟了一切。

那兒存在著建構這個世界的意志，回收伏筆的計畫。我在這個家生活了三十幾年，完全不知道玄關掛著這幅畫。我當然不知道，因為作家總是會隱藏王牌，直到最有效果的那一刻才亮出來。

「男人為了學習恐懼而踏上旅途。」藤卷琴里說道：「對您而言，今晚就是啟程的時刻。」

在那兒的不是我親手掛上的青鳥照片，而是王誠毅家中的石版畫海報，在那個瘋狂的夜晚，我和椎葉莉莎從牆上打落的畫，被太陽晒黃的「飛撲的黑貓」。

10 絕非打混

開下東明高速道路的時候，還完全沒有天亮的跡象。

我們駛過了幾個被雨淋溼的路口，靜靜地在閃爍燈號或空無一人的道路上疾馳。

車內瀰漫著廢墟般的沉默。最糟的時刻已經過去了，剩下的只有在風吹雨打之下逐漸枯朽的記憶。

我一一拾取這些瑣碎的記憶，並懷著祈禱的心情吹散堆積的塵埃。

移居日本以後，我和妹妹每年都會回臺北過暑假。祖父母擔心我們習慣日本的生活以後就會忘了中文，因此每年都會寄錢給父母買機票。

雖然我已經記不得了，聽說移居日本一段時間過後，返鄉省親的我和妹妹完全不說中文了，還嫌棄祖母的料理，吵著要吃漢堡。

從沒看過也沒聽過漢堡的祖母慌了手腳，全力勸阻我們：不可以吃哈巴狗，沒有人在吃哈巴狗的。可是我和妹妹堅持要吃，祖母發了火，用雞毛撢子的握柄打了我們一頓，向父母興師問罪，並哭天搶地地哀嘆兩個孩子去了日本以後腦筋就出了問題……

「您在想什麼？」車子行駛了一段路程以後，藤卷琴里才又補上一句。「看您好像很開心。」

我看著窗外。原來這些令人懷念的揪心記憶並不是專屬於我一個人的。

空蕩蕩的道路上不見任何人車。當然，不是時間的緣故。來到這裡的路上，無論是高速道路的收費站、路線標誌、對向車道的車燈、國道沿線的餐廳或無人的中古車行，我都完全沒看見。

理由很簡單，因為這些並不是寫小說時會一一描寫的事物。在東京坐上藤卷琴里的紅色BMW以後，一章就結束了，接著空個一行，來到下一章，我便可以和她的祖父面對面坐著了。

東京與靜岡之間應有的景物，讀者會自行運用他們的想像力幫忙補足。

沒錯，就像我根據二舅的人生片段寫成了一部長篇故事一樣。

小說無所不能，只要有意，我和藤卷徹治甚至可以像令人反胃的業餘戲劇那樣穿著純白色衣服，待在播放薩提鋼琴曲的純白色空間裡，各自面向不同的方向。

「記憶是描寫登場人物的有效方式。」

藤卷琴里不發一語，默默地轉動方向盤。

「在故事中，登場人物獨占了他的記憶，而記憶也決定了他的行動。」我轉向前方，瞪視著衝進車頭燈光裡的**風景**。那是在小說裡只會以風景二字帶過的風景。「不過，在書本外，他的記憶是和讀者共享的。成千上萬的讀者藉由他的記憶來預測他的行動，判斷他的對錯。妳了解這種感覺嗎？」

她依然沉默不語。

「還不壞。」我說道：「嗯，還不壞。雖然我很震驚……大概是因為認同需求獲得了滿足吧！」

藤卷琴里瞥了我一眼。

「妳想想，不管是現實中的人或是虛構的角色，都是由現實中的人來認同，對吧？寫得好的角色比真人更有人情味，也更有親和力，而且普遍具有象徵性意義。」

「比如哈利・波特？」

「用網路搜尋哈利・波特、夏洛克・福爾摩斯或亞哈船長（註28），得到的結果項數應該是一般人遠遠不及的。」

「唐吉軻德和桑丘・潘薩（註29）也是。」

註28 《白鯨記》主角之一，捕鯨船「佩闊德號」的船長。在之前的一次航行中，白鯨莫比迪克咬掉了他的腿，他戴著一條用鯨骨製成的假腿。

註29 《唐吉訶德》中的虛構人物，唐吉訶德是主角，桑丘・潘薩是唐吉訶德忠實的隨從，一起歷經了許多冒險。

「對！還有馬克白、拉斯科爾尼科夫（註30）……以及黑傑克。」

「那是漫畫。」

「沒關係。」我嗤之以鼻，笑意也逐漸在她的臉上蔓延開來了。「妳認為魯邦三世和次元大介會輸給一般人嗎？」

「那韓索羅和天行者路克應該也可以吧！」藤卷琴里笑著附和。「還有郝思嘉。」

「再加上洛基・巴波亞（註31）和維托・柯里昂（註32）！菲力普・馬羅（註33）、瑞克・布萊恩（註34）、公雞柯本（註35）。」

「這些我就完全不認識了。」

我們放聲大笑，我趕在沉默再次來襲之前說道：

「換句話說，就是無人認同的真人和人人認同的角色何者比較幸福的問題。」

註30 《罪與罰》主角，為了生計殺死一個不道德的典當商，和一個在公寓裡存放金錢與貴重物品的老婦人。此書描寫他的精神痛苦和道德困境。

註31 電影《洛基》主角，席維斯・史特龍主演。

註32 小說《教父》中的角色。這個角色也出現在教父系列電影中，在電影中由馬龍・白蘭度飾演年老的維托・柯里昂。

註33 作家雷蒙・錢德勒創造的虛構人物，職業是私家偵探，出現在《大眠》與《漫長的告別》等多部長篇小說中。

註34 電影《北非諜影》主角。

註35 電影《ROOSTER COGBURN》，中文片名譯作《莽龍怒鳳》，主角約翰・韋恩。

「我明白您的意思。」她像是在鼓勵我，也像是在說服自己。

「這是肉體與概念、死亡與普遍性的問題。」

我再次轉向窗外。車子靜靜地在蜿蜒的灣岸道路上前進。流動的街燈讓映在車窗上的臉龐斷斷續續地浮現，我這才發現淚水已經沾溼了臉頰。我大為困惑，假裝打呵欠，擦掉不名譽的痕跡，並思考怪物——王誠毅是想透過這些淚水表達什麼（釐清這件事正是我身為作家的使命）。透過這些淚水向讀者傳達的，是主角喪失肉體的哀傷；不過，我不認為誠毅是想對不特定多數的讀者傳達訊息。向不特定多數讀者傳達訊息，是我這種大眾作家的工作。

雖然好書可以描繪人生，但現實人生並非小說，全然不同。即使不朽名作中的主角與百萬美金一樣充滿魅力，我們依然熱愛被塞進客滿的電車裡、掛著禮貌性微笑生活的人生。我們不能不熱愛，否則就會心生憎恨。縱使人生再怎麼令人難以忍受，我們也只能妥協過下去。

我突然受到了一股意志的打擊，就好比面臨吊刑的男人頭頂上的藍天，臨死前聽見的神諭。

或許誠毅也在努力妥協，或許我的眼睛冒出的淚水正是誠毅自身的眼淚。他是想對我傳達他的悲傷；活在現實中的他，對只是個虛構人物的我。

這個故事是以第一人稱寫作，就是最好的證據。「我」指的是我，同時也是誠毅。無論後來我出了什麼事——又或是已經出事了——這件事對我表哥的打擊比我更大。他的悲傷過於深沉，以至於忍不住以我為主角撰寫小說，這樣我就能夠永遠活在小說之中。

又或者我們是表兄弟的事也是虛構的？或許第一人稱敘事之中並沒有我所期待的含意。或許我關於二舅的記憶、椎葉莉莎的存在，以及ＩＲＣ的相關插曲全都只是誠毅的幻想。我無從知曉，畢竟一介創作物要解讀作家的用意，就和理解神或宇宙的奧祕一樣困難。

「妳說我已經沒有時間了。」

藤卷琴里的表情絲毫未變。若說誠毅是這個世界的神，那她應該就是引路的天使吧！

「而我指出了妳的矛盾，因為事情應該已經發生了吧？」

「對。」

「我會死嗎？」

車子維持一定的速度。這反映的是她內心的平靜？還是故作平靜的動搖？

「到底會發生什麼事？」

「您以後會——」

「算了，不說也無所謂，妳還是別說了。」

對話就此中斷了。

車內的黑暗逐漸淡去，早晨趁虛而入；在厚厚的雨雲籠罩之下，早晨呈現的色彩好似暈開的活字。

藤卷琴里大大地轉動方向盤，將車子切入林道。在蜿蜒的道路上前進片刻之後，他們來到了一座小丘。或許讀者會認為這樣的情景描寫是不必要的，實際上，也確實很容易一眼帶過。不過，我了解它的作用。在某個行動與下個行動之間存在著時間上與心理上的間隔，而這些乍看之下枯燥無味的情景描寫其實正是為了表現這種間隔。

那座白色建築物就像是矗立於海岬上的燈塔一樣，俯瞰著灰濛濛的大海。

「那是爺爺入住的老人安養中心。」藤卷琴里把車開到建築物的正門玄關前。

「我的任務就到這裡結束了。」

「妳不一起來？」

「接下來您自己去就行了。」

我用手握住汽車門把，正打算下車，又突然靈光一閃，重新坐了下來。

「好的小說沒有多餘的字句。」我把臉轉向駕駛座。「即使是表面上看起來與主題無關的字句，往往也是基於某種意圖而寫的。打個比方……沒有歌曲是只有副歌的，對吧？全部都是最好聽的部分，就等於沒有最好聽的部分。」

她微微歪起頭來。

「而其他部分雖然不是最好聽的，卻十分重要。如果和妳的這趟兜風有任何意義的話，應該就在於這裡。」

「您想說什麼？」

「旅程雖然短暫，但並不是多餘的。確實還有其他的表現方式，不過這樣也很好。這趟兜風在這個故事裡是必要的，身為作家的我都這麼說了，準沒錯。閱讀這個故事的人……如果有的話，一定也充分感受到我的緊張了。」

藤卷琴里思索了一會兒。她垂頭思考和我的這趟兜風有何文學上的意義，接著放柔了表情，微微地點了點頭。

「或許是吧！」

這是我在**這個世界**最後一次見到她。

「謝謝。」我擺出笑容，在下車前如此說道：「這麼說或許有點奇怪，保重。」

我背著吹來的海風，仰望三層樓高的建築物。

四方的牆壁全都白得耀眼，整齊排列的窗戶上懸掛的窗簾也是純白色的，有些正在隨風翻飛。一切都像是把我腦中的想像直接複製貼上一般地無機質。我豎耳傾聽，並未聽見任何鋼琴聲。

入口鋪著碎石子，並掛著黃銅門牌，但是刻在門牌上的安養中心名稱卻是模糊的，無論如何定睛凝視都看不清。我突然想起自己從前也造訪過此地，只是忘了名字而已。

我為了確認這件事而轉過頭，可是身後的不是藤卷琴里，而是人形的青色塊狀物。那是一群青灰色的鳥兒。形塑了藤卷琴里的青鳥一起飛了起來，在灰色的天空中散開，彷彿牠們的任務就是讓我目睹這一幕似的。如此清淨的最後，直教人可以聽見天使的喇叭聲。

一道光從雲層間射向大海。綿綿細雨終於停了，天空架起了一座淡淡的虹橋，宣告一段插曲結束，翻開了新的一頁。

我大大地吸了口氣，穿過自動門入內。

果然如我所料，到處都是清一色的白，充斥著手術室無影燈般的光線。空無一人的櫃檯是白色的，沙發、桌子等家具也是白色的，白色的花瓶裡插上了白色的花朵，就連花香都是純白色的。我好想對著天空怒吼：喂！誠毅，你是不是在打混啊！

我走上了白色的樓梯，看見幾個身穿白衣的護理師推著輪椅，上頭坐著身穿白色睡衣的老年人。他們個個都是面無表情，即使我低頭致意也不理不睬。我不知道藤卷徹治的房間在哪裡，不過我知道我們註定要見面，因此毫不擔心。在一模一樣的白門並排而立的白色走廊上走了片刻之後，果不其然，我來到了唯一一個敞開了門的房間。

還沒走進去，我就已經可以想像出房裡的模樣了。除了床鋪和簡單的桌椅組以外，牆上還掛著幾幅照片，而藤卷徹治和二舅在B－17轟炸機旁拍下的黑白照片就夾雜在常見的家人合照之間。房裡有個小型收音機，播放著巴洛克音樂；床邊桌放著水壺和杯子，還有一個金色立式相框，裝著一名年輕女性的相片，似乎是藤卷徹治的妻子。那個女性穿著雖然陳舊卻做工精良的洋裝，一頭長髮披垂在左肩上。她似乎不太喜歡拍照，臉上的笑容就像是穿著不合腳的鞋子一樣僵硬，不過整體上看起來，依然是張給人好印象的照片。床上鋪著水藍色床單，棉被折成了方方正正的軍隊式豆腐塊。軍隊時代的習慣總是很難改過來。枕頭上方的牆壁上掛著耶穌基督的磔刑像。

我順理成章地踏入房間，一面慶幸自己的記憶正確無誤，一面說道：「我又來了。」

藤卷徹治坐在窗邊的椅子上眺望早晨的大海，散發著一股老年人的安詳氣息；穿著直條紋睡褲的膝蓋上擺著一本攤開的書，書上擱著老花眼鏡，稀疏的白髮隨風翻飛，與其說是在等死，更像是已經死了。他轉過頭來說了聲「嗨，歡迎」，並露出了無邪的笑容。

上次來訪的時候，我和他約好再次拜訪，可是我完全想不起上次是什麼時候。這也不是什麼值得掛懷的事，在夢裡經常出現這種狀況。初次見面的人長得和熟人一模一樣，或是從未去過的外國城市裡居然存在著從前就讀的學校。那時候，我們談了約兩個小時的話。藤卷琴里耐心地陪伴我們，並替我們泡了好幾次的咖啡。當時帶來的錄音筆狀況不太好，我是在提心吊膽的狀態之下聽藤卷徹治說話的。

他向我勸坐，我便在書桌旁的椅子上坐了下來。

桌上放著幾本書，我的《怪物》也在其中；一眼就可以看出他讀了很多遍，封面已經不見了，而且有許多頁角是折起來的。牆上掛著用藥日曆，每天的口袋裡都放著當天該服用的藥物。

我和藤卷徹治時而對望，時而撇開視線，時而垂頭。門口來了個瘦削的老婆婆，目不轉睛地凝視著我。老婆婆身穿花睡衣，一聲也沒吭，眼睛因為含著水氣而混濁，嘴角淌著口水。過了一會兒以後她就消失了，不過我知道現實中也發生了同樣的事。

如此這般，故事開始了。在夢裡，事情總是這樣展開的，突如其來又毫無脈絡……

11　藤卷徹治的故事

我和您的舅舅王康平一起搭乘的偵察機被擊落以後，我有好長一段時間失去了意識。

不過，在說明大陸發生的事之前，最好先讓您了解一下我渡臺的經過；雖然您可能已經聽琴里……我的孫女提過了。

我的任務是將偵察飛行中獲得的情報交給富田少將。富田少將是白團的領導人，而白團之所以稱為白團，即是因為他的中國名字叫白鴻亮。當時臺灣的空軍必須將偵察所得的情報全數交給美國，而蔣介石似乎並不滿意這樣的做法。如果不是美國阻止，他恨不得立刻反攻大陸。然而，中國有蘇聯當後盾，只要走錯一步，或許會引發全面核戰。臺灣處於美國的庇護之下，不能明目張膽地反抗美國的旨意去招惹中國。

說歸說，蔣介石也不是省油的燈。既然不能明著來，那就暗著來。他決定利用日本人。不過，軍事顧問團白團的存在已然是公開的祕密，因此他找上了我這種不屬於白團的人。

當時飯田橋有家富士倶樂部。日本雖然在敗戰之後解散了軍隊，但還是有些有志之士悄悄地召開祕密讀書會，目的在於傳承舊軍時代的研究與經驗；而這個在岡村寧次的指示之下成立的讀書會就是富士倶樂部。岡村上將正是在日本招募有志之士送往臺灣的主謀。表面上……祕密讀書會是**表面**，說來也有點奇怪，總之，岡村上將派人收集了許多戰史與戰略資料給富士倶樂部，並由小笠原清等人以油印的方式拷貝，送往臺灣，因為國軍軍事教育需要教科書。

小笠原的工作即是奉岡村上將之命招募舊軍人送往臺灣，換句話說，他就等於是白團的日本窗口。我是在下田的時候被招募並決定回到臺灣的。我會說中文，也會說臺語，正適合潛入軍隊。當然，以蔣介石為首的軍隊高層應該都知道我這類人的存在；豈止如此，找日本人當諜報員的主意搞不好就是軍隊高層想出來的，否則一個不屬於空軍的人怎麼能夠輕易地搭上偵察機？

無論如何，這件事是極機密，就算對方是同袍，也不能讓他知道我是日本人。我用了邱治遠這個中國名字。由於我是日本人，萬一美國發現，國民黨可以推說諜報活動是白團自作主張施展的，他們並不知情；至於日本政府也不會受到連累，因為白團並非政府組織，而是民間的義勇軍。

我們是在廣東省上空被擊落的，當我醒來時，發現自己躺在草蓆上，傷口也包紮好了。說是包紮，其實只是放了根副木固定折斷的骨頭，並用布條裹起來而已。

我的鎖骨和腳踝的骨頭都斷了，頭也痛得很厲害，一時間完全想不起自己身在何處、做了什麼事。我還記得那個地方看起來像是柴房……捆成一束的稻草從半塌的土牆凸出來，天花板上有個洞，光線從洞口射入，雖然細小卻十分耀眼。

我想起身，可是身體無法動彈。也不知道我到底昏迷了多久，完全使不上力，迷迷糊糊地扭動了一陣子以後又昏倒了。當我再次睜開眼睛時，看見有個女孩正在望著我。

那是個綁著長辮子的女孩，骨瘦如柴，嘴角也因此滿布細紋，但是一雙大眼水汪汪的，帶有善良的光芒。我們默默地相視。當時我迷迷糊糊地暗想，如果人生看到的最後一幕是她的雙眼，倒也不壞。清澈，帶有意志的力量，善良……就像聖歌一樣。

當時我不想再看到其他東西，便再次閉上眼睛。我聽見她起身走出柴房的聲音，不久後，一道輕快的腳步聲奔向了我，同時還有另一道笨重了些的腳步聲逐漸接近。

睜開眼睛一看，原來是剛才的女孩，還有個年紀更大一點的……十五、六歲的男孩。男孩同樣是骨瘦如柴，板著臉孔，黝黑的手上拿著生鏽的鐮刀。女孩說了些話，她說的是廣東話，我聽不懂。不過，我聽到她說「阿溝」，便猜到她是在叫「阿哥」，而他們果然是兄妹。

男孩反覆發出「頭灣養」的音，我知道他是在問我「臺灣人？」，便點了點頭。見狀，女孩一臉開心地搖晃哥哥的肩膀。女孩名叫俞蘭，哥哥名叫俞桂，就是他們倆救了我。

他們給我水喝，有食物的時候也會分給我吃，並盡力讓我的傷口保持清潔。他們似乎無父無母。斷裂的鎖骨不久後就會癒合，可是腳傷卻腫得很厲害，而且熱得發燙。我發了好幾天的高燒，需要藥物，需要抗生素來消除全身上下的病毒。俞桂和俞蘭起了口角，雖然我聽不懂他們的語言，但我知道他們是因為我而爭吵的。俞蘭哭了，俞桂氣沖沖地奪門而出，整整兩天都沒有回來。

他不在家的期間，我和俞蘭幾乎只有喝水，還吃了一隻誤入陷阱的老鼠。俞蘭用生鏽的鐮刀切開老鼠的肚子，用火烤熟；其餘時候，我們只能喝混濁的水，盡量別活動，躺著睡覺。

兩天後，俞桂帶著少許的白米、豬肉和藥品回來了。兄妹倆又為此小吵一架，最後還是把能吃的東西全吃了。之後，俞桂三不五時就會離家，而回來的時候都會帶著食物和藥品。多虧了他，我的燒退了，腳踝的腫脹也慢慢消了。哎，只可惜折斷的骨頭沒接好，我的左腳變得跟流木一樣彎。

我和蘭吃著桂帶回來的東西，盡量不去深思。當時的中國開口閉口都是鐵，工業化是最優先課題。今天立了一條因誤解或惡意而生的規則，到了明天，就會被另一條更加不知所云的規則取代。比方說，某個人民公社的領導人決定把本來是水田的半邊農地拿來種甘藷，可是後來他改變主意，種了花生，最後又覺得還是改回水田比較好，就把好不容易種下的花生全部拔掉。回到日本以後，我查了很多資料……還有人民公社在完全不適合播種的寒冷季節動員幾千個農民播種，播下的種子當然全都凍壞了。大躍進政策不只破壞了農業，也破壞了流通，好不容易收穫的穀物不是放在倉庫裡腐壞，就是發了霉。火車和卡車沒有燃料就動不了，因此有許多穀物就這麼壞在貨車上，或是擱置在路邊。這種匪夷所思的事發生在全國各地，糧食自然是急速短缺了。

即使如此，有食物的地方依然有食物，而且是多到盆滿缽滿的地步。一旦食物不夠，人民公社的民兵便會出來搶糧。他們雖然叫做民兵，其實和地痞流氓差不多。只要擁有強悍的民兵，人民公社就有食物。有些人甚至會打著民兵的名號招搖撞騙，因為這樣農民才會乖乖聽話。我猜，桂應該就是加入這種來路不明的組織，瓜分別處搶來的糧食。他的身上常常帶有火藥味，有時候半夜裡會作惡夢或偷偷啜泣。他鋌而走險，我和蘭都隱約猜到，不對，是心知肚明；可是不吃飯就會餓死，所以我們都裝作不知情，繼續吃他帶回來的食物。

桂幫我弄了根拐杖來，他不在家的時候，我和蘭就會去田裡看顧手工打鐵爐的火，或是到處找食物。我們挖樹根，去樹林裡採水果和樹果，或是設陷阱抓麻雀……有一次，我抓到了一條蛇，當然也拿來吃掉了。只要是啃得下的東西，我什麼都吃。每個人都餓著肚子，我還看過有人用鍋子煮皮帶來吃。不過，我沒吃木薯葉，因為蘭用手勢跟我說「這個有毒」。

我們的偵察機是在五月底被擊落的，轉眼間，夏天就過去了。這段期間裡，雨下個不停，俞家兄妹的房子嚴重漏水，可是他們並不怎麼在意。這個季節還有青蛙可捉。

我完全不知道該怎麼回臺灣或日本。我和俞家兄妹總算可以勉強溝通了。我們無法筆談，因為他們不識字，不過他們盡量以接近普通話的發音說話，而我也漸漸聽得懂廣東話了。我沒有問過他們父母的事，一來是因為我不認為可以得到什麼愉快的答案，二來是因為我沒有背負他們人生的覺悟。

當時我滿腦子想的只有如何活下去。一聽到人民公社的大食堂要發糧，兩兄妹就去排一整天的隊，有時候什麼也沒拿到，有時候拿到一丁點兒粥。那些粥跟水一樣稀，吃了以後就會拉肚子，水便大個不停。

桂不在家的時候，我常和蘭聊食物。我提到甘蔗、麻糬、美國口香糖和豬腳麵線，蘭聽了以後，對於臺灣的食物更加感興趣了。芒果、楊桃、加了黑醋的乾麵和路邊攤的豬血糕。蘭聽得心馳神往，忍不住嘆氣。為什麼會變成這樣？不知道。我如此回答。我也搞不懂。

到了九月以後，天氣依然炎熱，可是幾乎不怎麼下雨了。我所在的村子位於一個叫做看春坑的地方，距離王康平所在的青牛塘大約有二、三十公里距離。當然，我是在很久以後才知道這件事的。我回到日本，查閱地圖以後，才知道自己當時位於大陸的哪一帶。
我和王康平一起搭飛機出過好幾次任務，但是我們從來沒有深入交談過。我因為另有任務之故，和每個人都是保持著若即若離的關係，與王康平也只是點頭之交，對於他個人沒有任何了解。不過，老實說，我對他沒什麼好印象。很抱歉我必須這麼說……他是那種難以捉摸、令人不安的人。
王康平不是愛出鋒頭的人，卻很有存在感。他給我一種感覺，如果其他隊員把無知當成勇氣為國犧牲的話，他或許會嘲笑這種死法。當然，這只是我的看法。他擁有以無知偽裝勇氣獨自逃生的韌性與狡詐。我這麼說不是在批評他，而是在讚美他有主見，不會被時代或周圍牽著鼻子走。只不過，這反倒讓他在隊上成了格格不入的存在。我們的飛機中彈的時候，我看到他在一片混亂之中推開了其他隊員。當時大家都東倒西歪，或許是我看錯了，或許是有什麼理由，如今已經無從確認了，因為除了我和王康平以外，大家都殉職了。被推開的隊員滾到了最後方，在敵人的攻擊之下，和尾翼一起被炸掉了。
如果一切平安的話……說一切平安也有點奇怪，畢竟死亡就像風一樣橫掃飢荒的土地，不斷地把人帶走。總之，如果一切平安的話，我和王康平應該不會重逢。
那是農曆七月底，也就是陽曆九月初發生的事。俞蘭的臉因為營養失調而開始水腫。她的身體瘦巴巴的，臉和腳卻腫得很厲害。這就是飢餓浮腫。過了一陣子以後，她就走不動，也發不出聲音了，整天都是雙眼無神地躺在草蓆上。

我很清楚再這樣下去她一定會餓死，卻無計可施，這讓我懊惱不已……這個世界上有真正的善良。和俞家兄妹在那個村子生活的短暫期間，我是真心這麼想的。這無關道理。他們根本沒有餘力照顧我，可是眼前有人受傷，他們無法見死不救。我承認桂有些自暴自棄，但他仍舊是一個善良的人。為惡是有理由的，但是為善沒有理由；一旦生為善人，就只能為善了。

我逼問桂食物是從哪裡弄來的。桂原本不想說，我指著快死的蘭對他怒吼，他才不情不願地說出蘇大方這號人物。他說蘇大方是青牛塘的土霸王，會去鄰近的村落打劫糧食，而他在地方政府裡也有人脈，所以可以優先獲得配給物資。

說著，桂逐漸失控了。他一臉痛苦地坦承他認識蘇大方組織裡的某個人，和那個人一起去別的村子搶過幾次糧食。那個男人外號叫做痲子，就是痘疤臉的意思。桂說痲子就像是受過特殊訓練一樣殘酷，是那種會把女人先姦後殺的人。我沒有殺人。他淚眼婆娑地訴說。我沒有殺過任何人，可是就和殺了人一樣，因為我沒能阻止痲子……

正好那陣子傳出了蘇大方要結婚的消息，不知是真是假；不過，如果要辦婚禮，應該會有山珍海味才是。桂到處打聽，得知農曆八月八日是黃道吉日。您也知道，中國人喜歡偶數，而數字相同的日期是結婚的好日子，所以這個傳聞的可信度很高。

和我們懷有相同期待的人三五成群地走向青牛塘。我和桂拆下門板，把蘭放在上頭搬運；可是，我的腳瘸了，沒辦法邊搬邊走。於是，我們用繩子繫著門板，綁在我的腰間；前方的我用腰部支撐門板，桂從後方抬起，這樣一來，我就算拄著拐杖也能搬運蘭。

一路上我們幾乎沒吃沒喝。桂知道半路上有條河，我們喝了河水，摘了些河邊長的野莓吃。我們花了三天才走到青牛塘，而當時喜宴已經邁入第二天了。

我們瞠目結舌。

到處都有人餓死，蘇大方的村子卻是食物多得吃不完，而且因為辦婚禮，連路人都可以進去喝酒吃肉。鞭炮放得震天價響，嗩吶聲、人們的笑聲，還有村子廣場裡那些堆滿圓桌的菜餚……簡直是另一片天地，一切都完美無缺，花團錦簇。

一個胖嘟嘟的女人就像餵豬一樣，提著一整桶的剩菜往地上潑；每個人都爭先恐後地撲上去，宛若洪水潰堤一般，抓到什麼就吃什麼。我和桂搜刮剩菜，護著蘭一起吃。幸好蘭還有力氣吃東西。我們推開別人，雙手能抓多少就抓多少，一抓到就立刻塞進嘴裡。見狀，村子裡的小孩都在笑。我已經很久沒看到小孩笑得那麼開心了。

喜宴在廣場前頭熱熱鬧鬧地持續著。土牆上掛著紅色布條，以七言絕句感謝毛澤東庇蔭，成就了這門喜事。從遠處看，看不清誰是新郎新娘，至少沒有人穿著大紅色的清朝宮廷風結婚禮服。吉祥話此起彼落，每桌都傳出了響亮的乾杯聲。別客氣！胖女人又像女王一樣笑著分發剩菜。來來來，盡量吃，不用客氣！

每個人都在笑，當然，我們也在笑。那是種悲慘、安心與怨恨化為一體的笑聲。如果沒有這場婚禮，我們大概全都會餓死。

我只顧著吃，沒察覺新郎已經來到了身邊。

不知幾時間，周圍變得鴉雀無聲，每張晒得黝黑的臉龐都轉向了我。

風捲起塵土，掀起了布條。

新郎穿著黑色西裝，一臉懷念地俯視著我。桂在我的耳邊厲聲輕喃：他就是蘇大方。

我像條狗一樣駝著背，一面咀嚼嘴裡的東西，一面仰望新郎。這時候我還沒認出他的真正身分。

「嗨！邱治遠。」新郎居然叫了我的中國名字。「原來你也還活著啊！」

直到此時，我記憶中的他才與現在的他重疊起來。我因為太過吃驚而噎著了，桂一面替劇烈咳嗽的我撫背，一面連珠炮似地告訴我：這傢伙是不久前突然出現的，後來成了這一帶的民兵大將。

「慢慢來。」王康平，您的舅舅笑咪咪地對我如此說道：「那些剩菜別吃了，過來當我的座上賓吧！」

「那天晚上，我們在他的村子留宿。喜宴一直持續到隔天，我們酒足飯飽以後，便在村子裡住了下來。」藤卷徹治微微地嘆了口氣，彷彿在向死在那片土地上的所有人賠罪。「結果這一住就住了十幾年。」

我不敢相信自己的耳朵。

「我和王康平談了許多話，但是始終不敢開口問他為何要改名字。感覺上就像是有兩個王康平存在，和我獨處的時候，他是臺灣人王康平；而其他時候，他貫徹蘇大方的人格。我不知道該怎麼說，不過我能理解。要在那裡生存，需要另一個人格，冷酷無情的人格。和平時代的壞事到了極限時代就不再是壞事了，反而會顛倒過來。說穿了，問題在於你想保護什麼。保護這個事物是唯一正確的事，為了達成這個目的可以不擇手段——這樣的自我辯護機制產生了作用。當時在那個地方，確保有東西可吃是最重要的，只要危及這一點，就算是再怎麼芝麻綠豆大的小事都是壞事。所以，我沒有向您舅舅提出任何問題。不過，人的嘴巴沒有拉鍊，我還是多多少少聽到了一些傳聞。飛機被擊落以後，王康平一路走到這個村子，被村人抓起來。當時臺灣飛機被擊落的消息已經傳開了，所以大家都知道他是臺灣人。村長通報生產隊的隊長，生產隊的隊長又通報生產大隊的大隊長；而不知何故，大隊長的女兒很喜歡王康平，因此王康平就被派去教那個女兒英語。雖然他是臺灣人，但是在和蔣介石一起逃難到臺灣之前，他是在大陸生活的，要蒙混很容易。當時是一九五九年，算算王康平在臺灣生活的時間，應該頂多只有十年吧！」

如果我沒記錯，二舅初中還沒畢業就去志願當國民革命軍了，我也從來沒看過他說英語。不過，當時新竹空軍基地有許多美國人，空軍第二聯隊還有美軍的MA（軍事援助）

AG（顧問團），黑蝙蝠中隊更是置身於CIA的監督之下。

就算舅舅在耳濡目染中學會英語，也沒什麼好不可思議的。再不然就是靠著花言巧語哄騙大隊長的女兒……

「而那一天他娶的正是大隊長的女兒。」藤卷徹治繼續說道：「故事再往前回溯一些。當糧食逐漸短缺時，王康平提出建言，說不久後可能會發生搶糧的狀況。人民公社底下原本就有民兵組織，趁著還有力氣的時候展開行動，就能占得先機。打鐵要趁熱，現在不採取行動，我們就會完蛋。王康平如此大力主張，而他未來的岳父後來也採納了他的建言，並說服其他大隊長，讓王康平帶領自己的民兵。這樣一來，如果出了問題，就可以把罪推給臺灣來的間諜和被間諜煽動的少部分人。」

我不自覺地咬起指甲來。見狀，藤卷徹治一臉同情地放柔了聲音。

「要不是您舅舅，我們就無法活著回到日本了。」

我不禁瞪大了眼睛。**我們？**

「我後來帶著俞蘭回到了日本。床邊的桌子上不是有張照片嗎？那就是內人蘭。我們後來結為夫妻了。」

我站了起來，走到床邊桌旁。

藤卷徹治微笑示意，因此我便拿起相框觀看。將藤卷徹治從墜落的飛機裡救出來的女孩。藤卷琴里說過她的奶奶是中國人。

生死交關之際的藤卷徹治讚為聖歌的那雙眼睛空洞無神，僵硬的笑容底下流露出一股認分感。

「哥哥俞桂被殺了。」藤卷徹治說道：「去其他村子搶糧的時候被人用鐵鍬打了腦袋一記……就這麼死了。」

我將照片放回原處，重新坐回椅子上。

「後來發生了文化大革命。經過風風雨雨，一九七二年九月，田中角榮和周恩來握手言和，日本與中國恢復了邦交。自墜機以後已經過了十三年。我立刻帶著俞蘭前往廣東省的日本領事館，雖然過程中有不少波折，最後總算和她一起回到了日本。」

「是透過領事館聯絡小笠原清嗎？」

「我有考慮過這麼做，但是我的任務和日本政府無關，所以最後並沒有聯絡他。我向領事館宣稱自己是大戰後依然留在中國的生意人。」

「他們相信了嗎？」

藤卷徹治聳了聳肩。

「我舅舅……」我清了清喉嚨。「王康平是在一九六二年回到臺灣的。」

「在文化大革命發生之前，他留下了老婆和奶娃兒，突然從青牛塘消失了。」

從窗戶吹來的風拂動了窗簾，老人將視線轉向大海。

海浪聲微微傳來。無言的時光流逝了片刻過後，藤卷徹治緩緩地改變話題。

「在你的書裡，**鹿康平**回到臺灣以後自殺身亡了。那是創作嗎？我的意思是，王康平他——」

「不，那不是創作……舅舅是自殺身亡的。」

老人瞇起了顏色變淡的眼睛。

「我一直以為蘇大方這個人真的存在。」我現在的感覺就像是發現掃了幾十年的墓其實是陌生人的。「小時候，我們把蘇大方叫成蘇打水，拿來取笑；我們無法理解這個世界上居然有那麼可怕的人，只能以笑鬧的態度來應對。我一直以為舅舅開槍射殺了那個形同怪物的男人……用您的手槍，所以才能大澈大悟，逃離被詛咒的大陸。」

「用我的手槍？」

「對，他說他墜機以後，撿到了您的南部十四年式手槍。」

「是嗎？」老人搖了搖頭。「不過，我從來不曾帶著手槍出任務。」

說完這句話以後，沉默再次沖散了我們。藤卷徹治把臉轉向窗外，而我則是俯視著在膝蓋上交握的雙手。

看過地獄的人無法形容他所見的景象。我茫然地如此暗想。如果有可以形容的地獄，那就不是地獄了。但丁是個大騙子。即使如此，我們還是不得不形容。烙在靈魂上的黑色印記已然無法消除，但至少我們可以培養和這個烙印一起活下去的覺悟。我們不得不描寫，期待各種故事中的誤解能將詛咒的烙印轉化為別種事物，替換為更好控制的事物。

「原來是這樣啊！」我喃喃說道：「二舅並沒有射殺蘇大方。」

「是嗎？」他的聲音既柔和，又帶有開導孩童的睿智。「你真的這麼認為嗎？」

我將臉轉向窗邊，只見老人的輪廓淡淡地滲入了背後的朝陽之中。

12 不想聽著巴迪・霍利死去

我完全不記得事發瞬間的情況。

我顧不得看對方的長相，更無從防備，不過我記得事發前我在做什麼。在漆黑的記憶之中，唯有那一點是光亮的。

我和她在新宿的咖啡廳開討論會。時值週六傍晚，街頭吹過的熱風令人預感到夏天即將到來。

我們所在的是一間彷彿被時光遺忘的老舊半地下咖啡廳。半包廂的沙發是陳年皮製沙發，擦得亮晶晶的桃花心木架子上擺放著昭和年代的黑色電話和留聲機，柱鐘的鐘擺靜靜地擺動，宛若這個故事的象徵。

「換句話說……」在深思熟慮過後，椎葉莉莎開口說道：「您還需要一點時間？」

我點了點頭。

「可是，一旦要刪掉蘇大方，內文就得大幅地變動。」

我又點了一次頭。

「如果沒有蘇大方，鹿康平殺害兩百個農民的情節就不成立了，因為他是在蘇大方的命令之下這麼做的。這麼一來，也不會有他承受不了良心譴責而採取下一步行動的劇情了。」

「老實說，我還沒想到那麼遠。」我據實以告。「不過，蘇大方這個人在現實中並不存在，而我還不知道該怎麼消化這件事。我一直以為這個不存在的人物是存在的，所以才能相信舅舅的英雄事蹟，寫成一本書；畢竟這些事蹟即使顯得虛假，還是有可能屬實。可是，要是讓主角開槍射殺現實中根本不存在的人，剩下的就只有虛假了。」

「不過，小說原本就是假的啊！」

「話是這麼說沒錯……」

「所以就算老師覺得虛假，讀者並不會這麼想。有時候真實故事反而顯得比較虛假。」

我無從反駁。

「鹿康平因為殺害了兩百人而與蘇大方決裂，對於讀者而言是非常自然的發展。做了這種傷天害理的事，不管是誰都會產生一定程度的混亂。鹿康平自殺的理由在書中雖然沒有明示，但是可以推測出是因為他在中國濫殺無辜之故。這對於讀者而言，應該是很重要的情節。」

「這一點我也認同。」

「再說，老師也知道，出書是講究時機的。編輯部認為趁著ＩＲＣ的熱度還沒消退的時候文庫化，總比什麼噱頭都沒有的平時來得好。」

「可是，我一開始不是出於虛構的意圖寫下《怪物》這部作品的。我是為了貼近現實而寫的，而這正是這部作品值得評價的地方。」

「老師對於這本書的定位是什麼？《怪物》終究是小說，不是用來考證歷史的資料。我這麼說或許有點卑鄙，要是修改太多，內容就和國外翻譯的《怪物》不一樣了。」

「話是這麼說沒錯……」

「如果刪掉蘇大方，但是故事依然朝著鹿康平自殺的方向發展，那麼有必要多此一舉嗎？」

「我不知道。」

「既然這樣──」

「這種事永遠不會知道的。」我打斷她的話。「總之不寫寫看，我也不知道故事會變得如何。或許我會變個法子讓鹿康平殺掉兩百人，或許我會摸索不同的路線，現在什麼都還說不準。我只知道，小說有很多分歧點，不走近是看不到下一扇門的。」

「老師現在就站在分歧點上？」
我聳了聳肩。
「而且相信自己的直覺，打算開啟另一扇不同的門？」
「我還在猶豫，而且那扇門搞不好還是通往原來的路。」
「可是，不開開看就不會知道。」
「雖然有點不知死活，哎，就是這麼回事。」
「這樣書會賣不出去的。」她斷然說道：「一旦錯過銷售時機，書就賣不出去了。您也知道現在的出版環境吧？大概連一萬本也刷不到。」
我嘆了口氣。作家感到孤獨，就是在這種時候。初版冊數確實是攸關生死的問題，可是我萬萬沒想到她會搬出數字來壓我。數字不過是沒有靈魂的人便宜行事用的工具。我點燃香菸，拉起了抑鬱失落的煙幕。
「就這麼辦吧！」
這句話來得太突然，害我被煙嗆著了。就這麼辦吧！椎葉莉莎昂然地重複，臉上浮現了無畏的笑容。我咳得太過厲害，必須拿溼紙巾擦眼淚才行。
「管他編輯部怎麼想，叫他們去吃屎吧！」
「這樣沒關係嗎？」
「只要老師覺得這麼做比較好。」她一本正經地握緊拳頭，彷彿在宣示她可以替我轟掉這個世界。「這才是柏山康平的作風。在作家面前，冊數就跟地上的小石頭沒兩樣，只有蠢蛋才會被絆倒。」
「和外國版的差異該怎麼處理？」
「這種情形很常見，說是超譯就行了。」
啊！人生如此，夫復何求？作家對編輯充滿愛意，就是在這種時候。
「怎麼了？」
「沒事。」我和著水吞下了聲音的顫抖。「只是覺得很不真實。」
她一臉詫異地歪起頭來。
「我不認為靈魂和肉體可以分割。不過，妳的靈魂遠比妳的身體……」我搜索言詞，視線游移不定。「還要火熱許多。」
「哎呀呀！」淘氣的笑容在她的臉上蔓延開來。「春心動了？」
我懷著讚賞之意握住她的手。
我們一面嘻笑，一面優雅地做接納彼此身體的準備。慢條斯理地收拾攤在桌上的原稿和資料，已經成了我們的前戲。給予對方可以取消一切的緩衝時間，卻又很清楚對方絕不會這麼做。
走出咖啡廳的我們陶醉於被全世界祝福的感覺之中，飄飄然地走到了馬路上。
「要去哪兒？」
「去老師家好了。」
我點了點頭，攔了輛計程車。

我們在車裡一直牽著手。曾幾何時，對我倆而言，性愛不再是主菜，而是成了甜美的甜點。這是一段戀情中最為甜蜜的時光。然而，我們卻也感受到一絲絲的悲傷。或許有一天，我們會完全不碰甜點，便抓起帳單冷淡地離席，一面對著帳單金額投以狐疑的眼光。

不過，現在還不到那個時候。

她用大拇指輕搔我的手，而我用手輕撫她的柔荑。沒有燙傷疤痕的左手是誠實的，無名指上沒有戒指，彷彿掌握著另一個人生。這就夠了。現在我不必去想某一天會被扔進信箱裡的帳單，只要與她溫存即可。

計程車在丸山陸橋的交叉路口左轉，駛過新青梅街道，並穿越幾條熟悉的小巷。

不知幾時間，灰色霧氣籠罩四周，街道的輪廓變得極為淺淡；就如同一首曲子靜靜地淡出一般，喧囂、色彩還有肉體都逐漸淡化消失的感覺帶給我一股難以言喻的不安。

我們的計程車宛若乘風破浪的船隻一樣劃裂洶湧的霧氣而行。雨刷以一定的韻律左右擺動，擋風玻璃上的黏液也跟著拉長。這種來路不明的黏液不時劈里啪啦地放電。我瞥了身旁一眼，轉向窗外的椎葉莉莎面如土色，手也變得冷冰冰的。

我驚慌失措，正要開口說話，計程車卻先停了下來。司機並沒有出聲，雙眼始終朝向前方的霧氣。在扼住咽喉的寂靜之中，只有雨刷像鐘擺一樣擺動著。我探出身子查看計費錶，上頭並未顯示金額。

此時，有道人影倏然閃過擋風玻璃前方。紅面長鬚──披著紅色披風的關羽踢著正步，威風凜凜地走過；接著是身穿黃衣的孫悟空翻了個跟斗現身，用手搭著眼睛四下張望，一面打旋子，一面消失於霧氣之中；最後則是背上插了好幾面大旗的楊家將兄弟。

計程車再度開始行駛，我回望後車窗，一切都被霧氣封閉了。椎葉莉莎雙眼無神，不發一語，宛若死人一般地垂著頭。街上沒有人影，只有我們在動。計程車在霧中無聲地奔馳，猶如飛機穿梭於雲層之中。或許現在的我是在接著作六歲時作過的夢。就在我為了搖擺不定的現實而困惑之際，計程車又停住了。

我看著椎葉莉莎，但她並沒有看著我。司機沒有回頭，只是打開車門，等我下車。我似乎沒有選擇的餘地。我的腳一放下柏油路面，霧氣便隨之散開，隨即又悄悄地聚攏。

車門關閉，計程車離去了。一閃而逝的椎葉莉莎側臉已經不只是土色，而是接近黑色了。

我目送紅色車尾燈被吸入霧氣深處之後，便爬上了通往玄關大門的石階。階梯上有著斑斑點點的紅色血跡，最上階則是一大灘血泊。事態顯然有異，我卻見怪不怪。我知道之後會有血光之災，問題只在於是誰的血，以及是如何發生的。

家裡一片漆黑，有股涼意盤踞。

在彷彿世界已然滅絕的寂靜之中，只有鋼琴聲微微作響。我困惑地杵在原地。走廊上也有拖把拖過似的血跡。我望著牆上的霍克尼畫作，又再次垂眼望向地板上的血跡。不如現在立刻轉身離開這棟屋子吧？一瞬間，這樣的念頭閃過腦海。這麼一來，或許就能前往不同的未來、不同的結局。不過，我知道自己不會這麼做，因為事情已經發生了，就算我離開屋子逃到西伯利亞，也無法改變任何事。

所以我死了這條心，走進屋裡。

每踏出一步，琴聲就變得更加鮮明，身後的世界被封閉，眼前的嶄新結局逐漸逼近。上一頁合起，下一頁翻開了。我一步一步、一行一行地往前進，小心翼翼地避開血跡，穿過廚房，走向客廳。

在幽暗的房間裡，唱片機的號誌散發著無機質的光芒。我聆聽著薩提的鋼琴曲，直到眼睛適應黑暗。放在唱盤上的舊唱片表面微微起伏，唱針就像是行駛於平緩丘陵地帶的車輛一樣，在〈Vexations〉上奔馳。踐踏石子般的雜音以一定的間隔交錯著。

我只能呆呆地站著。曲子淡淡地消化重複的八百四十次旋律，直到我察覺站著也無濟於事。就在我為了打開電燈而把手伸向牆上的開關時，突然有道聲音傳來，打斷了音樂。

「別開燈。」

雖然在我的意料之中，胸口的心臟依然大為躁動。我緩緩地放下手。我知道**那**

一瞬間正在一分一秒地接近；我無從得知，但是確實會永遠改變我的那一瞬間。

轉過視線一看，有個男人坐在緣廊的搖椅上。由於四周一片昏暗，我看不清他的長相，但我猜即使一片明亮，我大概還是看不清他的長相，**因為那時候我並沒有看見他長什麼模樣**。相反的，左手上的孔雀刺青在黑暗中依然清晰可見；我明明看不見，卻看見了，就連散布在孔雀羽毛上的那些宛若眼珠的圖案都看得一清二楚。我關於他的記憶，就只有這一點。

你應該知道。男人說道，用遠比我想像的柔和許多的聲音。「現實中並沒有發生這件事。換句話說，我和你並沒有像現在這樣交談，一切都在轉眼間就結束了。」

我保持沉默。

「那我為何會出現在你的面前？」男人蹺起另一條腿，接著嘆了口氣，彷彿他其實並不想說這番話。「因為我們都想知道答案。」

「……答案？什麼答案？」

「另一個可能的結局。」

幾幅光景映入眼簾。在作家面前，冊數就跟地上的小石頭沒兩樣！如此訴說且豪邁地握緊拳頭的椎葉莉莎，在計程車上瞥見的幸福側臉。我們一起下了車，爬上短短的石階，站在玄關大門前；而就在我正要從包包裡拿出鑰匙之際——

「她……」我的聲音沙啞且顫抖，一點也不像是發自於自己的口中。「椎葉小姐在哪裡？」

男人低聲笑了。

「椎葉小姐啊……你是這樣稱呼她的？啊？不覺得太見外了嗎？」

我瞪著他。「她沒事吧？」

「這不重要。」

「不重要？」

「事情該發生就發生了。我們都無法想像除此以外的結局，說穿了就是這麼回事。所以現在再怎麼手忙腳亂也沒用，不如來談談小說吧！」

「談小說？」我嗤之以鼻。「我和你？」

「放輕鬆。」

「……」

「這裡是你家。要不要喝一杯？」

我聳了聳肩。

「對你而言，小說是什麼？」男人說道。

「欸，別再說這些有的沒的——」

「莉莎說小說能夠讓我們看到界線的另一頭。她說我們周圍有各種界線，大家都被關在這些界線裡，而界線裡頭不見得舒適。比方說，男人和女人之間有條嚴正的界線，男人是男人，女人是女人。不過，世上也有人不這麼想。小說的功用就是告訴大家其實界線並不是那麼絕對、不是那麼堅牢，如果你真心想跨越，是可以越過的……真的是這樣嗎？」

「我百分之百贊成。」我說道：「比如你身上的刺青，那也是跨越界線的結果吧？」

「這隻孔雀是和莉莎去夏威夷的時候刺的。」男人輕鬆自在地攤開手臂。「其實我並不想刺，而莉莎就是在那時候講了這段界線的長篇大論。我根本聽不懂。刺青能證明什麼？我拚命地思考。走在威基基，每三個人裡頭就有兩個人身上刺著跟塗鴉沒兩樣的刺青，難道這些人全都跨越了界線？跨越界線的人就比較了不起嗎？雖然我想破腦袋也想不出答案，不過莉莎開心就好。圖案根本不重要。我走進刺青店，從貼在牆上的圖案裡頭隨便選了一個。莉莎很開心，開心得不得了。你應該懂吧？越是腦袋空空的人，就越會為了這種事情開心。」

一股火冒了上來。

我懷著必要時不惜動粗的打算，大步走向對方，卻被他緩緩舉起的球棒制止了。

我在離緣廊只剩幾步遠的位置停下了腳步。

看似黑色黏液的液體從球棒滴落。我知道那是誰的血。沒錯，**我知道**。

「她才不是腦袋空空的人。」我擠得出的只有這句話。

「哦？」他露出試探的笑容。「現在你又很了解莉莎了？」

「你是誰？是她的什麼人？」

「你覺得呢？」

「如果你是她的丈夫，可以找律師——」

男人以球棒前端用力敲擊地板，我連忙把話吞回去。那一擊宛若法官的木槌，在餘音緩緩消散之前，我們都沒有出聲。

「沒這個必要。」男人把球棒橫在膝蓋上，壓低聲音說道：「我知道自己想要什麼，沒有律師出場的餘地。我是反擊的界線、反咬的現實，這就是我。」

話一說完，沉默便像蛇一樣滑進了我們之間。

兩男爭奪一女，其實象徵了許多事，尤其當他們分別是女人的丈夫與情夫的時候。眼前這個拿著沾血球棒的男人是來討債的，討我和椎葉莉莎賒帳享受的自由債，以及名為自由的幻想債。

不知幾時間，唱片機放起了與現場氣氛格格不入的搖滾樂。

你想聽著什麼音樂死去？以我而言，有時候是李歐納·柯恩（註36）的〈Come Healing〉，有時候是葛蘭特·格林（註37）的〈Betchaby Golly Wow〉，有時候是馬斯

註36 加拿大創作歌手、音樂人、詩人以及小說家。作品中充滿對宗教、孤獨、性以及權利的探討。

註37 美國的爵士吉他演奏家、作曲家。擁有亮麗音質與優異吉他技巧，曾被評論道：「葛蘭特·格林是一個在生時被嚴重低估的演奏者，是當代其中一位偉大的爵士吉他無名英雄。」逝世後，他的名聲大漲，許多早期（後波普／主流爵士樂和靈魂爵士樂）和後期（時髦／舞池爵士樂）的作品被精選出來並保存下來。

卡尼（註38）的〈間奏曲〉，而在極少數的時候是哈利・貝拉方提（註39）的〈再會，亞買加〉。不過，我可從來沒想過要聽著巴迪・霍利的歌曲死去。

「有什麼好笑的？」

巴迪・霍利啊？哎，其實也行，這樣的幻想也不壞。如果現實會反咬人一口，那麼幻想也會。作家一天到晚都被幻想咬屁股。我和這個男人的差別，只在於是死於現實，抑或死於幻想而已。

我咚一聲往沙發躺下，而籠罩男人的空氣變得僵硬起來了。

「可以進入正題了嗎？」我說道：「遊戲就到此結束吧！」

「遊戲？」

「我已經死了吧？」我有種莫名爽快的感覺。「又或者是快死了。無論你是誰，都只是我在臨終之際創造出來的幻影而已。這就是你的真面目。」

他文風不動地坐著。

「你誰也不是，但也可能是任何人。你是害死唐吉軻德的加拉斯果，是扼殺自由的瘋狂理智，是我二舅試圖切割的另一個自己。就算你是我，我也不意外，你想對我傳達的事，我已經知道了。」

註38　義大利作曲家，代表作有歌劇《鄉村騎士》，創作了歌劇《尼祿》。

註39　是牙買加裔美國歌手、演員暨民權運動家，在一九五〇、六〇年代的民權運動中，是馬丁・路德・金的親密知己。

「你認為我是來傳達什麼？」

「罪與罰無法分割。懲罰就像條鼻子靈光的狗，緊追著罪惡不放，所以我和王康平非死不可。」

「為什麼要提到王康平？」

「因為這就是怪物想知道的事。」

對吧？表哥！我對著天花板大叫。你是要我決定二舅死亡的理由，沒錯吧？

「可是，現在這麼做有什麼意義？」聲音失速，鐵鏽般的無力感擴散全身。「這段對話只是自言自語，得不出任何結論，死者也不會復生。」

「真可笑，就憑你這點想像力，也能當作家？」

我瞇起眼睛。

「我沒有能力當作家。」

他突然切換為中文。雖然臉孔依然一片漆黑，但我絕不會錯認這道聲音。

「爸死掉的理由根本不重要。我才不管他為什麼捏造蘇大方的故事咧！」

「誠毅……」

「可是，你呢？」他的聲音之中帶有焦躁之色。「作家不就是靠著這類故事而活的嗎？對於作家而言，後悔和痛苦可以維持靈魂的鮮度，沒錯吧？身為作家，最懊惱的是什麼事？不就是故事還沒寫完就掛點嗎？」

他的聲音和藤卷琴里的聲音重疊了。**對於作家而言，最為遺憾的事應該就是無**

法完成作品便擱筆。誠毅為何將同樣的訊息託付給兩個人？不用想也知道，是為了強調。

「既然你是作家，就動腦想想，這個故事可能有哪些結局？我爸真的是自殺的嗎？還是因為他在中國幹過的壞事而被人除掉的？就算是為了活下去而身不由己，四處燒殺擄掠，明明在臺灣已經有未婚妻了，卻還在中國結婚……我爸是怎麼正當化這些行為的？《怪物》這本小說還沒結束。立仁，要結束它還太早。你還沒走到最好的結局。所以快點醒來吧！表弟。別讓那種人……別讓那種蕩婦的瘋子老公結束我們的故事。」

支配這個故事的是王誠毅，這是王誠毅的遊戲，可是他卻逼我思考。為什麼？就算我想破腦袋，想到的也只會是誠毅琢磨過後的字句。

這是種奇妙的感覺。我並不焦躁，也不空虛，豈止如此，我反而覺得體內充滿了溫暖的光芒。那個男人說得沒錯，我確實想知道**另一個可能的結局**。

「這樣如何？」當我回過神來時，這番話已經脫口而出了。「蘇大方真的存在，比方說，他是二舅的兒時玩伴。開戰以後，二舅加入了空軍，蘇大方則是留在村子裡。他心地善良，不是那種狠得下心殺人的人。別的不說，取這種俗氣名字的人怎麼殺得了人？沒錯，蘇大方是個連蟲子都不忍心殺的好人。」

「就是這樣。」誠毅高聲說道：「然後呢？」

「然後……」我即興編造故事。「然後，戰局對國民黨越來越不利，這是史實。

所以二舅他們最後決定撤退到臺灣。可是，二舅卻被扣上了間諜的帽子，因為他反對轟炸共匪潛伏的村子。至於二舅為什麼反對轟炸……是因為共匪潛伏在那個村子裡只是傳聞，並沒有明確的證據，所以二舅才向長官抗議，不能光憑傳聞殺害無辜的村民。」

「他的長官急著立功？」

「對！」

「想要討好蔣介石，以確保渡臺以後的地位？」

「沒錯，所以他命令二舅的部隊轟炸根本沒有敵人的村子。二舅違抗長官，所以長官就給二舅扣上了間諜的帽子。」

「有可能，真他媽的有可能！」

「就在這時候，蘇大方被抓住了。」我越說，身體似乎就變得越輕盈。「二舅加入國民黨以後，蘇大方也加入了共產黨。那麼善良的人為什麼會從軍？應該是因為……蘇大方人太好了。比方說，他的心上人是支持人民解放軍的。」

「再不然就是被徵召的。」

「也有這個可能。總之，蛇蠍心腸的長官不知是怎麼察覺蘇大方和二舅的關係的，或許是蘇大方討饒的時候搬出了二舅的名字，所以長官就命令二舅殺了蘇大方。如果你不是間諜，就證明給我看的意思。」

「幹！懲一儆百！」

「沒錯，殺雞儆猴。那傢伙就是這麼陰險的男人。軍隊團團包圍了二舅，並用自動步槍指著他。蘇大方現在確實是敵人，但他也是二舅的兒時玩伴。面對不殺朋友自己就得死的局面，二舅能怎麼辦？」

——立仁！

有人呼喚我。我立刻把臉轉向緣廊，但那兒空無一人；豈止空無一人，連緣廊都消失無蹤了。庭院和庭院外頭的街道，以及各種聲音及顏色也都消失了。

——你聽見了嗎？立仁。

這道聲音就像繩索一樣纏住我的身體，不容分說地把我強拉過去。

「當時的事造成了心理創傷。」我像是要反抗這股力量似地繼續說道：「所以二舅在那個村子才以蘇大方自居。對二舅而言，殺了蘇大方不是罪行，而是懲罰。一般情況是先犯了罪才會被懲罰，可是二舅並沒有做任何壞事，就被壞心的長官懲罰了。這還有天理嗎？」

——醒醒，快回來！

強大的力量呼喚著我。面對這股壓倒性的意志，我不禁啞然失聲，感覺活像是上了鉤的魚，無論如何掙扎，命運早已底定，只能靜待被吊上水面的那一刻。

——眼皮動了！

強烈的光線閃爍，每一閃動，便留下某種殘像。手背的燙傷疤痕、寫著「FICTION」的吊牌、滑落臉頰的淚水、成群結隊的麻雀、偵察機墜落時冒出的黑煙、坐在白色房間窗邊的老人、雲層低垂的大海、沒買我的書的臺灣少女……

世界被一塊塊地裁切下來，首先是廚房開始剝落，接著是客廳被奪走，四面牆壁像花瓣一樣被一片片地扯掉，腳下的地板出現了大洞，最後連沙發都被拿走，當我回過神來時，只剩下我一個人在沒有光明也沒有黑暗的空間裡飄浮。

那是個很薄的空間，幾乎可以隔著薄薄的牆壁聽見另一個空間傳來的聲音。周圍匆忙奔走的腳步聲，以及令人不快的艱澀用語。昏迷指數三的病人對呼喚產生了反應！

「或許是這個經驗……殺了好友的經驗扭曲了二舅。」我賭上最後一口氣，連珠炮似地說道：「不然誰曉得？我已經先受了懲罰，事後犯點罪又有何妨？他一定是這麼想的。」

——快醒來，立仁！

試圖拉我上去的力量變得越來越咄咄逼人，只要我稍一鬆懈，身體就可能被占據。如同水壓減少時肺部會膨脹一般，有某種東西在我的體內急速膨脹。

「你知道嗎？誠毅。」叫我醒來的聲音太過礙事，而化為巨大氣球的意識令我難受，因此我幾乎是用吼的。「二舅復活蘇大方，是想讓他受到的不當懲罰變得公平一點兒。這是他對於被迫預付的懲罰所能做的最大反抗。他想替蘇大方一吐怨氣——」

「快醒來！」

有某種物事迸裂了。瀰漫空間的虛無無聲地破裂，構成世界的原理湧了進來。

說來驚人，我這個渺小的容器居然全數吸收了，連一滴也沒遺漏。在短短一瞬間，我經歷了自古至今的各種大小事。從萬里長城的建造到工業革命，從被逼上加略山的耶穌基督到鍊在橫越大海的大帆船上的黑色身軀。我看到映在少年純真眼眸中的獨裁者，接著是從道格拉斯・麥克阿瑟菸管中噴出的香菇雲，以及繪著唐老鴨的轟炸機扔下的炸彈、一面聆聽清水合唱團一面吞雲吐霧的海軍陸戰隊、滑行道上的棒球賽、融入積雨雲的白球、飛行隊員的歡呼聲——幾乎都是關於愛情與死亡的事。年輕的父親與母親相遇，墜入愛河，宛若沒有明天似的相愛；受精卵分分秒秒地細胞分裂，形成了我。獨自寫作的日子，從天而降的文學奇蹟，無數的閃光燈，指尖終於觸及的溫暖——老舊的世界如今已然被破壞殆盡，再也無法修復。

「快，立仁，睜開眼睛。」

這道聲音宛若路標一般，溫柔地指引浮上文字大海的我。我僅剩的唯一一條路，就是聽從這道聲音。

因此我便這麼做了。

第二部

13 愛情一進家門，自由便溜出窗外

白天與黑夜不規則地來訪。

我在射入窗戶的柔和光線之中打盹兒，感受著吹拂臉頰的微風，彷彿被時光洪流遺棄一般，伴著舒適的不安迷迷糊糊地睡去。

我在半夜裡突然醒來，豎耳聆聽夜深人靜的醫院動靜，但是除了有人在走廊上走動的腳步聲以外，什麼趣事也沒發生。竊竊私語聲不絕於耳，這種時候總讓我感受到死在這間病房的人們的冰冷氣息，我只能用棉被蓋住腦袋發抖。有時也會看見黑影蹲在病房角落，我告訴自己那只是頭痛和腦波異常引發的暈眩造成的幻覺。當醫生告知我有腦挫傷時，他是這麼說的。

「你的腦子現在腫得跟捕手手套一樣大，腦波就和股價一樣大幅波動。」

我目瞪口呆，而醫生盤起手臂，左腳支撐身體，右腳腳尖焦躁地敲擊亞麻地板。他的脖子上掛著聽診器，白衣的胸口別著許多千葉羅德海洋隊的胸針，看起來活像一位將軍。我大為震撼。原來世上竟有這般出口成章的醫生！這讓我略感安心。即使我就此撒手人寰，這個醫生一定會替我寫份充滿文學氣息的死亡診斷書。**我總是稱呼這個人為老師**。對，開頭最好是走夏目漱石風。**他是知名作家，所以在這份死亡診斷書上，我就不寫本名，只以老師代稱吧！**

因為這個醫生，我的頭痛總是伴隨著捕手手套的印象。不規則發生的頭痛便如同手套啪一聲接住的快速球，清脆的聲音在腦中爆裂，溶入夏日天空之中。受驚的鳥兒飛離枝頭，蟬鳴聲戛然而止。我縮起身體對抗疼痛。裁判高高地舉起拳頭宣告三振，這道響徹腦海的聲音長滿了尖刺。我張大嘴巴喘氣，試圖緩和疼痛。只聽見接球聲緩緩四散，蟬兒重整陣腳，再度開始鳴叫，而投手已經擺出下一球的投球動作了。

痛得沒那麼厲害的時候，我會在床上一根根地彎曲右手手指，接著再彎曲左手手指，最後則是反覆張合雙腳腳趾；做完了一輪以後，又從頭再做一遍，一遍又一遍。手腳確實能動讓我放下了心中的大石頭，這樣我才能在捕手手套的幻影如飛碟般飄浮的黑暗之中安心閉上眼睛。

凡事都有兩面性，頭痛也有好的一面。當我犯頭疼時，肉體便會壓抑意識。疼痛如同剪刀，一口氣剪斷了解不開的糾結意識絲線。我可以把混亂的記憶擱到一邊，專注於身體的疼痛之上。然而，一旦疼痛緩和，意識便又開始玩弄肉體；換個說法，就是會讓我漸漸地分不清哪些是現實、哪些是夢境。

其中尤以搭乘藤卷琴里的紅色轎車前往靜岡拜訪她的祖父一事，我最沒有把握。她突然在半夜出現，說我只是怪物寫的故事裡的登場人物，之後會遭遇意外，而且意外已經發生了，並以近乎命令的口氣懇求我：所以你已經沒有時間了，希望你立刻跟我一起走——我不認為現實中真的發生過這種事，但要問我哪些是現實，一切又模糊不清，難以分辨。

只有一件事我記得格外清楚，就是藤卷琴里化為無數的青鳥飛向空中。這個畫面在我的腦海裡不斷重播，有時我甚至會被鳥叫聲吵醒。這種時候，我總會滿心訝異，懷疑是不是有青鳥從我的腦袋裡逃出去。映入眼簾的是不可能映入眼簾的事物，該看得見的東西卻完全看不見。這就像是作家的人生，所以我不禁懷疑怪物是否還在寫這個故事。

為了確定我是活生生的人，我回顧過去，帶著非比尋常的熱情反芻專屬於我且讀者無法共有的記憶。這些記憶是我之所以為我的憑證。頭部受創的人常出現的情形，就是容易忘了最近的事，但是往日的記憶卻意外的鮮明。

祖父跟著部隊轉戰各地時，在某個村子裡對祖母一見鍾情。當時正值二八年華的祖母蹲在路邊，吃稀飯配青辣椒。祖父要求祖母跟他走，而祖母默默地從塑膠袋裡抓出一把青辣椒遞給他。祖父將其視為獲得人生至寶的試煉，把青辣椒全數放入嘴裡並帶著挑戰之意嚼碎。祖母便是因此下定決心跟著祖父一起走的。

祖母回家打包行李，並用紅絹手帕包住六枚大洋（中華民國時期的銀幣），收進懷裡。祖母六歲就出養，從來沒見過親生父母，養父腳不好，養母則是心眼不好，讓祖母受了不少委屈。每天早晚，她都必須去離家五公里遠的水井挑水，扁擔桿扛久了，雙肩上都生了和石頭一樣硬邦邦的瘤。腳不好的養父雖然很疼愛祖母，但是疼愛的方式卻很可怕。每當祖母去屋外上茅廁，他就會拖著瘸了的腳去替祖母擦屁股。祖母不開心，而男人的老婆更不開心，抄起木棒把祖母打了一頓。妳的屁股是開了花嗎？小蕩婦！想離開這個家，得先攢足盤纏才行。祖母是在九歲的時候領悟這件事的。這六枚銀幣是祖母在家務之餘去幫忙別人家下田、替養父母洗腳後用溼漉漉的手做針線活兒，以及賣青辣椒一點點攢下來的私房錢。對於中國人而言，六這個數字代表「六六大順」，是吉利的象徵。祖母決心跟著祖父離開時，她發了這樣的願：若能完好保有這六枚硬幣，就不會被子彈打中；而只要失去其中一枚，就會一命嗚呼。從此之後，她便隨身攜帶這些銀幣，灰心喪志的時候就拿出來互相敲擊，並放到耳邊傾聽大洋的聲音。這樣她就能夠安慰自己：就算現在死了，至少這輩子不是沒人愛。

我被接到日本定居的時候，祖母把這些比生命更重要的硬幣分了一枚給我。當她輕輕地打開紅絹手帕，大陸的風便從裡頭吹來，揚起了我的瀏海。只見六枚銀幣散發著耀眼的光芒。祖母溼了眼眶，把一枚銀幣塞到我手裡。帶去日本吧！它一定也會保佑你的。銀幣冰冰涼涼的，感覺起來就像是把祖母六分之一的人生放在掌心上。我很珍惜這枚硬幣，見它嚴重發黃，便用牙刷沾了牙膏，把袁大頭——因為大洋的一元硬幣上刻著袁世凱的側臉，故而得名——刷得晶晶亮亮的。由於我只要想念祖母就會刷上一整天，所以腦滿腸肥又滿臉橫肉的袁大頭變得越來越圓滑，袁世凱似乎也變得和藹可親了些。到最後，我根本分不清那是袁世凱還是艾弗列・希區考克了。

六枚大洋銀幣或許保住了祖母的性命，卻沒有一併保佑祖母生下的孩子。祖母在十七歲那年生了第一胎，可是那個孩子，也就是我的舅舅在兩歲時突然喊肚子痛，折騰了兩個禮拜之後就斷氣了。祖母傷心欲絕，只能向青辣椒尋求慰藉。在戰場上早已看慣生死的祖父拚命安慰祖母。死亡只是暫時的別離，死去的孩子在另一個世界等著妳，孩子是在純潔無瑕的狀態之下死去的，如果妳在人世沒有好好完成自己的任務，以後就不能和孩子去同一個地方了。祖父如此安慰並擁抱祖母，後來祖母便懷了我的母親。

如此這般，對於祖母而言，不敢吃辣的人都是微不足道的存在。到了晚年，除了青辣椒淋醬油以外，她吃任何東西都覺得索然無味。尤其是祖父過世以後，她幾乎只吃這樣東西。這固然是因為她吃太多辛辣食物導致味蕾受損，但或許也是因為她很想念年輕時穿著國民革命軍的卡其色制服、腳上纏著綁腿布的祖父吧！

千葉羅德海洋隊醫生來了，用筆燈照射我的眼睛，抬起我的手臂，又要我的眼睛跟著他的手指移動。他看起來比我年輕許多，眼神疲憊，臉頰長滿鬍碴。他以沉穩的聲音提出許多問題。您的大名是？生日是什麼時候？現在我的手指看起來是幾根？有沒有什麼地方會痛？

「您是做什麼行業的？」

我躺在床上回答「作家」，他聽了有些驚訝地挑起眉毛。

「作家嗎……哦，這樣啊！」

籠罩腦袋的靄氣變得更加沉重，白濛濛地封閉了我的自我認知。如果我不是作家，那我是什麼人？如果我不是作家，我根本不會認識椎葉莉莎。莫非椎葉莉莎這號人物壓根不存在？

「那您寫過什麼書？」

這個問題我答不出來。

醫生冷冷地俯視著我，筆燈喀嚓喀嚓地開開關關。他的眼神就像是在看著在壘包與壘包之間等待夾殺的愚蠢跑者。之後，他便靜靜地離去了。

住在船橋的妹妹每天都來醫院報到，無微不至地照顧我。對此我心懷感激，也覺得有妹妹真好，不過遙玲這傢伙似乎認為她既然出力照顧我，當然也有權利發牢騷，動不動就罵我活該。

「活該，居然去招惹別人的老婆……怎麼，你覺得這樣很有文學氣息嗎？你是不是認為沒談過地下情，寫出來的文章就沒有靈魂？」

「搞不好妳老公也一樣。」

「他才不會做這種事，他不像哥一樣多愁善感。他從沒打過小孩，更不會去碰別人的東西。」

那是因為沒有希望——這句話我當然說不出口。啊！多少男人以溫柔掩飾認分？沒有希望，就不會產生不安或焦躁，當然永遠沉得住氣了。不航向大海的人是無法發現新大陸的。

不幸中的大幸是我醒來以後可以自行如廁。要是讓妹妹替我把屎把尿，不知道會被她說得多難聽。她應該很樂意回溯到孩提時代，逐一數落我這個罪魁禍首的不是吧！

遙玲通常是開車來的，下午在病房裡待上一、兩個小時，替我辦理保險給付的瑣碎手續、和醫生講悄悄話，或是大發人生的牢騷，接著趕在讀小學的兒子們回家之前離去。她替我擦身體、剝水果皮、清洗我換下的衣物，並告訴我王誠毅已經回臺灣了。

「你還記得嗎？哥。」她一面把花插進花瓶，一面說道：「哥恢復意識的時候，是誠毅表哥陪在身邊的。」

我點了點頭。

「你還記得？」

「只是有這種感覺而已。」

「他還有工作，必須回臺灣，不過他說有事他會馬上飛過來。」

「我睡了多久？」

「四天，之後就是醒醒睡睡。你是在七月九號被那個男人打傷的，今天已經十八號了。」

我把視線轉向窗外。積雨雲強而有力地在夏日天空中高高隆起，遠方傳來孩子們的笑聲。窗邊擺著探病的花束和水果籃，立牌上寫的是出版社的名字。看著這些東西，我的心靈平靜多了。

「這件事也上報了，不過好像沒有引起多大的話題。雖然網路上討論的人不少，不過在電視上沒看到，畢竟沒鬧出人命嘛！」

「那……」我費了好大的力氣才擠出聲音。「那個男人後來怎麼了？」

「在那個女人的勸說之下自首了。說實在的，哥，你到底是看上那個不起眼的女人哪一點？」

換句話說，椎葉莉莎也不是我的妄想。

「她應該很有魅力吧！」妹妹絲毫不掩飾笑容中的憐憫之色。「雖然我完全無法理解。」

「她沒事吧？」

「雖然這種事不能歸咎於特定一方，不對，是雙方都有錯，不過她來道個歉也不會少一塊肉吧？畢竟哥是因為她才被人用球棒像劈西瓜一樣打破腦袋的。」

夢中的男人在眼前搖曳。從那支球棒滴落的黑血並不是椎葉莉莎的。

「哎，天底下難懂的事太多了。那些玩弄一堆男人又謀財害命的女人，每個長得都很讓人納悶。」

反擊的界線，反咬的現實——我突然想起了一部叫做《四個畢業生》的老電影。在工作面試時，面試官詢問薇諾娜·瑞德「諷刺」的定義，而她答不上來；回家以後，她怒氣沖沖地找伊森·霍克發洩，說面試糟透了，誰知道諷刺的定義是什麼？記得當時伊森·霍克是這麼說的：就是以反話來表達事實。

「哥！」

妹妹的尖銳叫聲把我拉回了現實。

「你是怎麼搞的!?」她從圓椅上跳起來，臉色發青地往後退。「別這樣行不行？你到底是怎麼了？」

「……我怎麼了？」

「怎麼了……？」遙玲叫道：「哥，你勃起了！」

我望向她所說的部位，睡衣前面確實大事不妙，簡直和東京鐵塔一樣威武。我完全沒有自覺，所以是好笑更勝於詫異。看到我面露賊笑，妹妹渾身發抖。要說諷刺，或許這也稱得上是諷刺。我完全沒想到床笫間的事，只是想起椎葉莉莎，身體就自行做出了反應。如果要用反話來表達，就是**原來我如此愛她**。太可憐了。以後我應該得花費很大一番工夫才能將她忘懷，才能想起她而不勃起吧！

滿臉通紅的妹妹不知眼睛該往哪裡看，結結巴巴地留下幾句話以後，便逃也似地回去了（「畢竟已經住了十天的院，那，呃……你慢慢來吧！」）。我置身事外地望著自己如國債般膨脹的胯下，迷迷糊糊地思考。無論是椎葉莉莎、怪物、蘇大方，甚至這個人生，大概都只是一種諷刺吧！他們是想對我傳達某種真相，這一點無庸置疑，只不過，我現在還無法用言語加以表述。

出院前一天，有兩個刑警連袂而來，將事件的來龍去脈全都告訴了我，包含我已經知道的部分在內。

從背後攻擊我的是一個名叫西峰信哉的男人，三十九歲，從事音樂方面的設計工作，和椎葉莉莎是在三年前結婚的。就刑警的看法，由於這是懷有強烈殺人故意的殺人未遂，即使自首可以減刑，法官應該也不會做出緩刑判決。

「這次他顯然是想殺了您。」其中一人說道，另一人接著說明。「是他的太太阻止他的。」

我什麼也不記得。記憶宛若浮在水面上的七彩油膜，雖然確實存在，卻怎麼也無法掬起來；即使偶然掬起，也僅止於一瞬間，而且盡是不帶意義的片段。

「西峰太太的交友關係似乎很複雜。」兩個刑警輪流說話。「西峰也知情，但他們決定維持自由的關係。有些人就是定不下來。」

「不過，從今年四月起，太太的態度有了轉變。您應該心裡有數吧？」

「具體上來說，她提了好幾次離婚。」

「西峰試著說服太太，說自己絕不會綁住她，可是太太的態度十分堅決。」
「所以西峰開始跟蹤太太，發現四月以後，她就沒和您以外的男性見過面了。」
「西峰因此得知太太是認真的。哎呀，看來她是愛上您啦！」
「哎，所謂的自由，不過是享樂卻不想付出代價的藉口而已。有人說這正是愛情，老師的書好像也是這種觀點。」
「愛情與自由確實很難兼顧。不是有人這麼說過嗎？愛情一進家門，自由便溜出窗外。」
「尤其是結了婚的人……哎唷，對作家說這些，根本是在關公面前耍大刀！」
兩人齊聲大笑。
「總之，您遇襲的那一天，西峰太太不小心透露當天要和您開討論會。」其中一人收起笑意如此說道，另一人也恢復正經的表情。「所以西峰就拿著那支爛球棒到府上埋伏了。」
「到時候開庭審理，我哥也要出庭嗎？」守在病房角落的妹妹插嘴問道。
「等到柏山老師的身體好一點以後，我們會請他做筆錄，不過應該是不必出庭。」
「因為西峰坦承一切犯行，沒有事實上的爭點。」
「什麼時候開庭？」
「最快九月。」其中一人回答，另一人補充。「我們想事先確認一下，您有打算求償嗎？」

「現在有損害賠償命令制度，如果柏山老師要求償，下次開庭的時候就會一併審理求償的部分。」

「也就是說，不必再另外提起民事訴訟。」

就算腦袋沒挨打，聽了這些話也會犯頭痛。實際上，我因為頭痛得太過厲害，都流出鼻血來了。

「我不打算求償。」我一面用手接住滴落的鼻血，一面斷然說道：「只要替我付醫藥費就夠了。」

「這樣就夠了？」

「對。」

流到睡衣胸口上的鼻血似乎令刑警坐立不安，他們再次確認我的意志，得知我不會改變心意，便互使眼色，打道回府了。

「哎，既然哥不想計較，就這麼辦吧！」遙玲嘿咻一聲，從圓椅上站了起來，一面遞出面紙，一面說道：「畢竟是哥先招惹人家的老婆。」

當我詢問父親為何要打電話給已經離婚的妻子時，父親是這麼回答的。**夫妻當久了，就會對彼此產生輕慢之心；我們直到離婚以後，才總算能夠拋棄這種輕慢之心**——當時我不明白父親的言下之意，而現在被敲破腦袋，我終於明白了。

我和椎葉莉莎太過輕視西峰，把他當作不存在，認為他就算存在，也無法闖入我們的世界。我們心懷讀書人的傲慢，輕視他這種不讀書的人。但是實際上，我對於西峰根本一無所知。輕慢之心就像蒼蠅，比起新鮮的食物，更愛聚集到腐爛的食物上。我們也腐爛了，就像從前的父親和母親一樣。

所以才會瓦解崩壞。

「話說回來，原來如此啊！」妹妹感慨良多地嘆道。我以眼神詢問理由。「我覺得刑警他們說的很對……我終於知道我為什麼不太喜歡哥的書了。會推崇描寫自由的書的，說穿了都是些沒有愛情的人。」

原來她和我有一樣的看法。

出院的日子是星期六，遙玲要去看長男的足球比賽，所以我是獨自叫計程車安安靜靜地踏上歸途的。

我的頭上還纏著繃帶，迷迷糊糊地望著被烈日照得白晃晃的街道，突然覺得自己老了許多。

「先生，今天出院啊？」

嗯，是啊！我含糊地回答。

過了一會兒，司機又問我。「發生了什麼事？」

啊，哎，一言難盡。我隨口敷衍。

計程車載著沉默疾馳，而沉默正是我對計程車的要求，可是不知何故，當天就是無法如願。停車等紅燈的時候，司機緩緩地從副駕駛座上拿起烏克麗麗彈了起來。一瞬間，我分不清自己身在何處。人類在無預警的狀態之下接觸自由時，總是會慌了手腳。

「看起來很像烏克麗麗吧？」司機隔著肩膀笑道：「其實這是吉他，叫做旅行吉他。」

仔細一看，確實有六根弦。

司機彈著吉他引吭高歌。表演十分精采。他用沙啞卻嘹亮的嗓音熱情演唱的歌曲是〈日昇之屋〉。

我媽是個裁縫師
替我縫了條新牛仔褲
我爸是個賭鬼
住在紐奧良

燈號轉綠，他唱到一半就擱下了吉他，繼續開車。

「我本來是想靠音樂過活的。」他笑道：「哎，一言難盡。」

原來一言難盡的不是只有我一人。所以人們才會寫小說、彈吉他、依附他人，或拿球棒打破別人的腦袋。

睽違兩星期回到的家中就像洞窟一樣冰冷且陌生。

我在玄關前佇立片刻，左右張望，完全沒看見情殺留下的慘烈痕跡，比如血跡、殘留的黃色警示帶或是門板上的凹痕。

我清空了被信件及傳單塞滿的信箱，開門走進家裡，望著掛在牆上的青鳥照片。這張照片是我請照相館沖印放大，並親手裱框掛在這裡的，可是卻給了我一股難以名狀的異樣感，彷彿它不該在這裡出現。猶豫了一會兒以後，我拿下相框，並反過來立在牆邊。

屋子和我之間似乎有股隱隱約約的生分感，就像是尚未卸下心防的貓咪一樣警戒著我。走廊積了層薄薄的灰塵，走路都會留下腳印。我悄悄地走進客廳，以免驚動屋子。

風從落地窗敞開的緣廊吹了進來。搖椅面向庭院，旁邊地板上的保溫杯反彈了陽光。被西峰信哉打傷的前一天晚上，我就坐在這裡，一面喝著威士忌，一面和他的妻子通電話。討論會去外面開吧！她像是在吊我胃口似地笑道。每次去老師家都開不成。椎葉莉莎透過這樣的方式來抬高自己的身價，而我們都樂在其中。

我往沙發坐下，逐一檢視信件。在出版社寄來的付款明細、定期寄送的文藝雜誌、宅配的送達未遇通知單及傳單之間，夾著藤卷琴里寄來的明信片。那是告知祖父死訊的訃告明信片，除了以淡墨文字印刷的公版問候文以外，還附上了一段親筆寫下的文字。

最後能和柏山老師見面吐露心事，爺爺非常開心。祝老師日益活躍。

多虧了這張明信片，我才能確定藤卷琴里是真實存在的人。我突然靈光一閃，檢查垃圾桶。垃圾桶幾乎是空的，裡頭只有一張收據。我撿起來仔細端詳，上頭印著御殿場的某間咖啡廳的名字與地址。兩杯咖啡，合計七百六十日圓。雖然毫無真實感，但這個不動如山的證據證明了我和藤卷琴里果然一起去過靜岡。這幾年間，除了這趟行程以外，我完全不曾踏上靜岡縣的土地半步。日期是七月二日，時間是下午三點四十一分。

那一天，我坐著她開的車前去拜訪藤卷徹治，並不是在深夜，而是在正常時間。她是開著紅色的ＢＭＷ來接我的。我不好意思讓她專程來我家接我，便提議在鷺之宮站會合。我認為要求女性到自己的家裡來很失禮，也不恰當，可是她似乎不明白我的用心。為什麼？電話另一頭如此回答。別擔心，我有導航，也有智慧型手機，不會迷路的。這種強勢又單純的好意讓我感受到了拉丁風格。我和她一起在那間白色的老人安養中心聽她祖父述說往事，而當時我帶著錄音筆。

我將訃告明信片與其他信件分開，擺在桌上，茫然地望著庭院。花期早已過了的木蓮長出了茂密的葉子，幾顆乾燥發黑的果實掉在樹根旁邊。過了一陣子以後，我去清理冰箱裡的過期牛奶和食品（說來驚人，優格居然還能吃），接著又毫不厭倦地繼續眺望庭院。混凝土圍牆的縫隙裡開出了白花。這樣的風景雖然枯燥乏味，但我也無意追求任何樂趣。當我好不容易把身體和沙發分開並前往書房時，太陽都快下山了。

錄音筆放在書架上。這個地方應該還有擺放其他重要物品，可是我一回想，腦袋就開始抽痛，只好放棄，按下了錄音筆的倒帶鍵，稍微快轉之後才開始播放。

〈——是自殺身亡的。〉

是我的聲音。

〈我一直以為蘇大方這個人真的存在。小時候，我們把蘇大方叫成蘇打水，拿來取笑；我們無法理解這個世界上居然有那麼可怕的人，只能以笑鬧的態度來應對。我一直以為舅舅開槍射殺了那個形同怪物的男人……用您的手槍，所以才能大澈大悟，逃離被詛咒的大陸。〉

〈用我的手槍？〉

〈對。他說他墜機以後，撿到了您的南部十四年式手槍。〉

〈是嗎？不過，我從來不曾帶著手槍出任務。〉

漫長的沉默背後，是老人的關懷視線與擴展於窗外的雨後天空。

〈原來是這樣啊！二舅並沒有射殺蘇大方。〉

〈是嗎？你真的這麼認為嗎？〉

藤卷徹治說道。

〈罪惡感總是會晚一步到來。事發當時，當事人根本無暇他顧，也無法思考。〉

我握著錄音筆，呆立於書房正中央。我按下倒帶鍵，又聽了一次。

〈——二舅並沒有射殺蘇大方。〉

〈是嗎？你真的這麼認為嗎？罪惡感總是會晚一步到來。事發當時，當事人根本無暇他顧，也無法思考。〉

我又聽了一次。

罪惡感總是會晚一步到來。這段重播的錄音一字字地撼動了我，強力地刺向我的心底深處。我確實在那個地方聽到了這段話、這道聲音；在那個一切都是白色，彷彿連記憶都跟著被漂白的老人安養中心房間裡。

事發當時，當事人根本無暇他顧，也無法思考。就算是為了生存所做的事，事後也有可能成為自己痛苦的來源。如果我在大陸沒有和王康平重逢，我應該會接受他是死於自殺的說法。王康平的體內有兩個人存在，而他怎麼也無法原諒蘇大方。

從前發生過這樣的事。

在青牛塘生活一段期間以後，王康平突然跑來對我說：

「你很會用槍，對吧？邱治遠。」

我小心翼翼地否定。「沒這回事。」

「不用隱瞞，我看過你的射擊訓練。我想起來了，隊上還有人稱呼你為神槍手。」

「我的射擊技術的確不算差。」他對我有恩，我只能承認。「可是，我沒有開槍射過人。」

「是嗎？」王康平露出了若有所思的表情。「不過，凡事都有第一次。」

這一天終於來了。我如此暗想。清償伙食費的時刻終於到來了。

「我讓你和那對兄妹留在村子裡，有些村民不太服氣。」王康平說道：「你也知道，這個村子住了很多民兵和他們的家人，每個人都對這個村子有某種貢獻。現在時局這麼壞，要是每個人都可以接他的親朋好友過來這個村子住……你知道會有什麼後果吧？」

「換句話說，我不貢獻，就不能留在這裡？」

「這一點就和資本主義一樣。別擔心，不是什麼困難的工作。那個男人的位置和行動模式都已經在我的掌握之中了，你只要躲在事先安排的地方，等那個男人出現，再開槍射殺他就行了。」

「如果我拒絕呢？」

他聳了聳肩。「想想俞蘭和俞桂吧！」

先撇開視線的是我。我點了頭，問道：「對方是誰？」

聞言，他的臉上綻開了滿意的笑容。「是我一直想除掉的人。」

如此這般，我必須開槍射殺一個不知相貌也不知姓名、而且無冤無仇的男人。

他給了我一把日軍使用的九九式狙擊槍。這種槍配備了四倍狙擊鏡，就算在一千公尺外也能打中目標。

當天，我告訴蘭要外出兩、三天之後，便出門了。蘭一臉擔心，而桂心裡有數，只是默默地點了點頭。我離家以後，就到村尾的柴房把藏在那裡的狙擊槍和糧食拿出來。王康平沒有現身，來的是滿臉痘疤的麻子，對我指手畫腳。正如桂所言，他看起來就是個生性卑劣的男人，臉孔和專吃螞蟻的穿山甲一樣凹凸不平。

「殺男人有什麼意思？」他帶著同情之色說道：「殺女人也沒意思，不過殺掉之前很有意思。」

我把狙擊槍扛在肩上，拖著腳緩緩地邁開腳步。我就這樣從青牛塘往西邊走了兩天左右，才抵達麻子告知的地點。那兒有條乾涸的河流，河流裡有座腐朽的水車，水車小屋座落在一棵老樹旁邊，除此之外什麼也沒有。朝四面八方放眼望去，只看得見無邊無際的荒地。當時是冷得刺骨的冬天午後。據說目標就躲在水車小屋裡，但是我實在不認為這種地方會有讓王康平煩心的大人物。

我確認風向與太陽的位置，趴在水車小屋死角的窪地上，架起狙擊槍。距離大約有八百公尺，在這樣的距離之下，我有把握絕不會射偏。

不到一個小時，水車小屋的門開了，有人走了出來。我用眼睛抵著狙擊鏡，並以凍僵的手指扣住扳機。

男人在狙擊鏡中緩緩移動。他的臉埋在大衣衣襟裡看不見，而他的頭上戴著毛氈帽。那頂昂貴的毛氈帽是唯一讓我覺得他可能真的是個大人物的東西。

我扣下扳機，可是扳機硬得跟石頭一樣，文風不動。子彈卡住了。我焦急地拉動槓桿，可是依然無法取出卡住的子彈。就在我手忙腳亂之際，對方發現我了。男人朝著我跑來。我連忙分解步槍，取出卡住的子彈，再重新組裝起來。時間根本來不及，所以我丟下了槍，拔出刀子。當我起身並衝出窪地時，和男人之間的距離已經縮小到二、三十公尺左右了。

我不敢相信自己的眼睛。由於太過驚訝，我完全慌了手腳。在那兒的居然是王康平。

「怎麼了？邱治遠。」您的舅舅逆著風高聲問道：「為什麼沒開槍？」

「這是怎麼回事？」我也回叫道：「你想除掉的人在哪裡？」

說穿了，這個人根本不存在。我們在寒風捲起的塵土之中茫然呆立了好一陣子。

您懂了嗎？

王康平是要我開槍射殺他。當時，我是這麼想的：啊！原來王康平也為蘇大方而苦，他想除掉的人就是蘇大方。所以，我始終不認為他是死於自殺。即使表面上看起來是自殺，王康平想殺的並不是王康平，絕對不是。正如您書裡所寫的一樣，他想殺的是蘇大方。

話語如泡沫一般從黑暗深處湧出，搖搖蕩蕩地浮上耀眼的水面。

我打直腰桿，凝視著錄音筆，並等待著讓我——讓身為作家的我清醒的那句話。

而我終於聽到了。

（所以，就我的看法，王康平是真的射殺了蘇大方。）

14 雙腳大開的夜晚

我立刻開始著手增修《怪物》，可是進展得並不順利。

我無法長時間維持專注狀態。即使換了許多時段工作，結果依然相同，光是坐在電腦前，就讓我痛苦不已。

寫作不可或缺的事物彷彿被我遺落在某個地方了。我的腦袋受到重擊，在鬼門關前走了一遭，九死一生。或許是因為我經歷了比小說更離奇的遭遇，所以想像力整個萎縮了。

對於作家而言，這是致命的事態，可是我無能為力。無論寫什麼都顯得虛假，寫了又刪，刪了又寫，當我回過神來時，發現自己竟在看著椎葉莉莎的臉書和推特發呆。

她的社群網頁完全沒有更新（那當然！），最新的推特推文是在案發前——七月八日——發布的，內文是在讚美她擔任編輯的女性作家的新書。推文附上了自拍的手部照片，長長的指甲上印著那本書的封面。

每次搜尋她的名字，我就會徘徊於安心與失望之間，並嘗到略微苦澀的自我厭惡感，覺得自己微不足道。這是種非常不好的徵兆。有人說網路有中毒性，這是真的。有時候我甚至會把一整天都耗在瀏覽刺青網站上，所以我現在對於刺青頗有了解。孔雀刺青象徵的是幸運、極樂與和平，由於羽毛的圖案與眼珠相似，所以也有保佑人們趨吉避凶之意。現在並不是做這種事的時候，我非常清楚。可是，我卻又覺得要做傻事只能趁現在。

如此這般，漸漸的，我連試著寫作的努力都放棄了。我就像是要遠離毒品一般，將電腦推到一旁去。手機在那場意外中遺失了，可是我無意買新的。

雖然我沒有打算主動聯絡椎葉莉莎，可是在內心深處，我一直在等她聯絡我。不，誠實點吧！我是認為她該主動聯絡我，她欠我一個交代。正因為如此，我對於她始終沒有聯絡我感到忿忿不平，開始拚命挑她的毛病。不起眼、相貌平凡、水性楊花……戀愛不是信託投資，一旦對某人放了感情，就無法完全收回來。若要勉強收回，只會虧了本錢，憎恨對方而已。

我每天不是喝悶酒，就是帶著冷笑聽音樂、一面彈舌頭一面打理庭院，或是氣呼呼地在附近散步，眼睜睜地看著渺小的自己親手扼殺所剩無幾的想像力。換句話說，我完全沒去思考她和小說的事，刻意不去思考。她和小說在我的心中緊密難分，我無法單單思考其中一方。倘若我思考其中一方，另一方就會跟著浮現。

夜晚是妖魔。只要我一鑽進被窩、關掉電燈，她就會立刻出現。越是不去想她，就越是忍不住想她。聰明的佛洛伊德也看出來了，壓抑正是這種妖魔的美食。她的柔情就像是強迫症一樣糾纏著我，令我輾轉難眠。我已經有好幾十年不曾想起夜晚是如此漫長了。說什麼失眠的夜晚別有一番風情的吉田兼好（註40）實在是罪該萬死。

我打了好幾次電話回臺灣。

「我是怪物？」王誠毅笑道：「真是我的榮幸啊！」

「在夢裡，你才是作家，我只是登場人物。」

我告訴他自己出院之後完全提不起勁寫小說，他聽了以後，便問我要不要回臺灣住一陣子。

「苦惱是依附地點的，你先離開東京吧！這樣你的心才騰得出空間，而這些空間就是你重新振作起來的突破口。相信怪物說的話，回來吧！立仁。在這邊放鬆一陣子，等到你想寫的時候再寫就行了。」

「這樣我會沒飯吃。」

「曲肱之樂（註41）聽過沒？說起來也不知道該算走運還是倒運，反正你孤家寡人

註40　日本南北朝時代的官人、歌人、法師，也稱兼好法師，文學造詣深厚，有著作《徒然草》存世。

註41　意指貧困的生活也有一番樂趣。源自《論語・述而篇》。

一個，就算變窮了也沒人會埋怨你。中國人就連神明都會蹺班去玩，沒道理我們就不行吧？」

他說的一點也沒錯。

「而且你還有版稅吧？喂，你已經被資本主義荼毒了。我的財產連你的十分之一都不到，我都可以過得開開心心了，你有什麼好煩惱的？給自己找點樂子吧！下次別再被打破腦袋就好。」

和誠毅聊過以後，讓我覺得一切都沒什麼大不了。偏移的心靈重心似乎又回到了正中央。

前任責編植草來電，是在剛進八月的星期三下午。

天空因為下個不停的雨而變得灰濛濛的，攀纏肌膚的潮溼熱風不時吹來。

當天早上，我在整理儲物間時發現了大學時代買的民謠吉他。我將吉他立在緣廊上，整個早上都是邊聽唱片邊偷瞄它。

我想嘗試新事物，這樣就能擺脫現在的窘境。一如所有失戀之人，往前邁進就是我的復仇。之所以躊躇，是因為我想像得出失敗時心情會有多麼低落（別小看作家的想像力）。樂器是自由與解放的象徵，而自由與解放總是與失敗形影不離。現在拿起吉他，就和戒毒一陣子的毒蟲為了考驗自己而再次吸毒一樣。微小的疏忽或許會造成致命傷。我可不想一面低喃椎葉莉莎的名字一面瘋狂打手槍，相較之下，再度陷入那種不分晝夜的搜尋地獄還要來得可愛一些。那樣打手槍是不折不扣的敗北，就像是自己強暴自己。不行，太可悲了。

到了接近中午的時候，我抱著豁出去的心態拿起吉他，並使用調音器調音，結果居然同時弄斷了兩根弦，實在太不吉利了。我渾身打顫，說什麼也要修好這把吉他。我上網搜尋，得知站前有家樂器行，便跑去買弦來更換。

電話打來時，我正忙著在 YouTube 上研究〈日昇之屋〉的和弦，連午飯也沒吃。植草表達慰問之意，並婆婆媽媽地道歉以後，才告知椎葉莉莎已經離職了。

「聽和她同期進公司的同事說，她好像是要去新加坡，說那裡有她在澳洲留學時的朋友……所以暫時由我回來當柏山老師的責編。《怪物》文庫化的時候，應該就能介紹下一任責編給老師認識了。」

我有股放聲大叫並把話筒扔向牆壁的衝動。新加坡？好啊，妳這個賤人，以為能夠逃出我的手掌心嗎？不過這不符合我的一貫作風，因此我克制紊亂的呼吸與湧上的反胃感，刻意放慢語速說話。

「你和她交接了嗎？」

「對，哎，是透過電子郵件。」

「沒有見面？」

「沒有見面。」

我好想抓腦袋。緊握話筒的手冒出了汗水，不斷地發抖。

她要去新加坡，卻連聲招呼也沒打。我的度量不夠大，無法容忍這種無情無義的行為，該生氣的事我還是會生氣。為了這種小事而生氣，讓我覺得自己上半輩子全都白活了。我感覺到自己的渺小，而我也確實渺小又無力。憤怒正是來自於此。

「或許這句話不該由我來說，不過我認為她是真心喜歡柏山老師。」

我太過惱怒，連一句話也答不上來。

「最後一次和她見面……也就是她提分手的時候，我問她是不是另有喜歡的人。我為了挽留她，對她說：就算妳有喜歡的人，我們還是可以照常見面啊！我既不會綁住妳，也不會嫉妒，我們可以保有更加自由的關係。」

「真老套。」我幾欲作嘔，但終究沒把「這就是讓下半身說話的結果」這句充滿惡意的話說出口。

「而她是這麼說的：一旦搬出愛情與自由，就是緣分走到盡頭的時候了。」話筒傳來了嘆息聲。「很厲害吧？」

天啊！我從來沒聽過這樣的真理，簡直是格魯喬・馬克思（註42）等級的。**一旦搬出愛情與自由，就是緣分走到盡頭的時候了**。這正是讓讀者苦悶而死的不滅金句啊！我不知道該怎麼回答，便把腦中所想的照實說了出來。

「她本來可以成為很棒的編輯的。」

註42　美國的喜劇演員與電影明星。以機智問答及比喻聞名。

「是啊！」植草也認同。「我也這麼認為。」

之後我們並未多談。

掛斷電話以後，我細細思考愛情與自由。我有資格責怪她無情無義嗎？打從一開始，我們對於彼此就沒有任何情義與束縛；正因為如此，和她共處的時間才能如此純粹而美好。豈能不美好？能夠證明愛情的只有痛苦，但我們總是小心翼翼地避免受傷；能夠證明自由的只有孤獨，而我們卻刻意忽視。我們盡情享受無償的愛情與自由，留下的只有活像兩條失去主人的狗的痛苦與孤獨。

既然如此，就只能去旅行，或是彈吉他了。因為旅行的本質就是孤獨，而音樂的本質就是痛苦。

我抱著吉他生硬地彈了起來，一直彈到天色變暗，連放在指板上的手指都看不見為止。我的手指破皮，滲出了血，可是我完全不想停下來。古今中外的小說都描寫過，如果有某種經驗能將青少年變為大人，自然也有某種經驗能讓老大不小的大人瞬間退化為愚蠢的青少年。

我將過去奉獻給小說的熱情全都灌注於吉他之上。我整個夏天都在彈吉他，因此技巧進步了許多。動物樂園、大衛．鮑伊、貓王。人類成就某事的時候，就是在這種時刻，試圖以其他東西彌補失去的事物時。

我盡量不去想起椎葉莉莎，可是說來不可思議，整個世界都在引誘我想起她。和小女孩手牽著手的母親（「莉莎，今天想吃什麼？」）、擦身而過的女性留下的香味、櫥窗裡的愛馬仕鞋子、偶像女星的美麗指甲顏色——每當這時候，我總是會慌張失措，在人海中迷失自我。就連聽唱片的時候，法蘭克・辛納屈也加入了這場陰謀。

如果有人要求　我可以寫一本書
寫下妳的走路姿勢、呢喃與面容
從我們的相識開始
好讓全世界牢記不忘

撰寫情節的祕訣很簡單
就是一再地訴說我愛妳
這樣看完我的書以後就會明白
如何從朋友變為愛侶

我趴在沙發上抽泣，接著拉過吉他，灌注靈魂，開始演奏。

除了我以外的萬物都在談戀愛。出門散步，就會看到鴿子在求愛；仰望夕陽，就會看到蜻蜓成雙成對地飛舞。我大聲吆喝，趕跑鴿子，對蜻蜓丟石頭。打開電視，就會看到鮭魚在河裡抖動射精。我衷心支持棕熊捕捉牠們大快朵頤。

我在路邊目不轉睛地盯著野貓交配，公貓對我威嚇，而我面露冷笑，並以「怎麼？你有意見啊？」的眼神毫不客氣地瞪視著交疊的野貓。誰教你們要在這種地方搞起來？公貓發出了打架時的低沉聲音。哦，很凶嘛！不過，這麼做替牠自己帶來了惡果。牠忙著瞪我，疏忽了交配，母貓便趁隙翻身離去；牠連忙壓住情人，但為時已晚。興頭過了的母貓輕盈地跳上牆壁，消失無蹤了。喂喂喂，哪有這樣的？公貓叫了一聲。妳知道我花了多少錢在妳身上嗎？

「要恨就恨沒有專心陪女人玩的自己吧！」我面露冷笑，對一臉窩囊的公貓說道：「尤伯連納（註43）也說過：『墳場已經被好勝不服輸的年輕人塞滿了。』」

就在我心滿意足地打算離去時，我的視線和一個全程目睹我與野貓較勁的女人對上了。那是個年約四十的大美女，雙眸宛若被雨水淋溼的繡球花一般憂鬱豔麗。我感覺得出她擁有包容悲傷的雅量，而這正是我所追求的。她的手上拿著智慧型手機，牽著一隻小白狗。

新邂逅的預感劇烈地撼動我受傷的靈魂。我的感覺就像是在下葬後的棺木中復活，此時若不出擊，便只有腐朽一途。我勇敢地對她露出微笑，並告訴她我剛才所說的是電影《豪勇七蛟龍》裡的臺詞，而她用手機拍下我的照片，美麗的眼眸染上

註43　俄國裔美國戲劇與電影演員，奧斯卡金像獎得主。他演出過許多美國電影與戲劇作品，並以演出音樂劇《國王與我》裡的暹羅王拉瑪四世，以及《十誡》裡的拉美西斯二世而著名。

了恐懼之色，抱起小狗逃之夭夭了。受到驚嚇的小狗不斷狂吠，而我又快被世界壓垮了。膝蓋失去了力量，我必須扶著電線杆才能撐住身子。世界啊！這就是你的手段嗎？很好，想跟我耗下去是吧？

吉他彈著彈著，來了幾個颱風，帶走了夏天，颳起了秋風。當我回過神來時，自己正一面豎耳聆聽秋蟲的合唱聲，一面仰望月亮。

「來旁聽的人不多。」妹妹隔著電話說道：「一下子就結束了。哎，對方的律師對於檢察官求處的刑期完全沒有意見，被告也承認他有殺人的犯意，所以果然沒判緩刑。他們說不會上訴。」

有期徒刑三年，這就是西峰信哉的判決結果。

「那麼，呃，該怎麼說呢……」

「她有來。」遙玲輕蔑地說道：「那個女人在照片裡很不起眼，本人更不起眼。不過畢竟是上法院，她應該是刻意打扮得很樸素的吧！她一直一臉擔心地看著她的老公。人性真的很難懂，早知如此，何必去招惹其他男人？」

「這樣啊！」

對話中斷，我再次仰望完美無缺的十五夜月亮。涼爽的秋風從落地窗敞開的緣廊吹了進來。

「離開法院的時候，那個女人來找我說話。」

「然後呢？」我急忙對著話筒追問。「她說了什麼？」

「她說：『柏山老師過得好嗎？這次真的對他很抱歉。』」

「就這樣？那妳說了什麼？」

「我跟她說：『妳啊，如果沒打算和那個人渣分手的話，就該早一點來道歉。』我們本來是可以求償的。」

「妳幹麼講這種話啊!?」我斥責她。「又不是她打我的！」

「啊？當然要這樣講啊！不然我該怎麼說？我哥的腦袋挨了那一棒以後變得清醒多了，多謝。這樣嗎？」

「夠了！她還說了什麼？」

「沒有了。」在掛斷電話之前，妹妹氣呼呼地說道：「如果哥是想問那個女人有沒有說會聯絡你，答案是完全沒說。」

雖然也有幾個編輯很關心我的狀況，但並不是所有編輯都是如此。不過，我已經感激不盡了。每當他們聯絡我，我就會慶幸自己尚未被捨棄，同時也擔心自己還要繼續背叛他們到什麼時候。

我一心以為官司結束之後椎葉莉莎就會聯絡我，因此每天都是失落度日。我也曾經動過幾次主動聯絡的念頭，畢竟她還年輕，我應該要展現成熟男人的寬宏大度才對。可是，她的電話號碼是記在遺失的手機裡。而我也知道，即使手機沒有遺失，我還是不會聯絡她的。

我的想像力太過豐富，導致我無法主動聯絡她。要是她心軟，遂了我的願，接下來會如何發展？我們當然不能像什麼事都沒發生過一樣地重新展開關係，必須正視西峰信哉的問題。到時候，或許對於西峰的罪惡感會逐漸侵蝕並壓垮我和她，使得我們彼此憎恨；而到了一切都無法挽回的那一刻，我才知道自己打的那通電話正是崩壞的開始。

剛進入十月的某個月明星稀的夜晚，植草突然來訪了。

當時我的肩上披著毛毯，一面啜飲剛泡好的熱咖啡，一面坐在餐桌邊讀書（我耗了近三個月的時間才有心情讀書！）。我讓植草坐沙發，替他倒了杯熱騰騰的咖啡，並在他面前坐下來等他開口。

「您在讀什麼書？」

「有什麼事？」

「咦？怎麼劈頭就這麼凶巴巴的？」

「話說在前頭。」我盡量以放鬆的語氣說話。「別跟我提起那個女人，知道嗎？我讀的是約翰・方提（註44）的《心塵情緣》。」

「是什麼樣的故事？」

「一個窩囊男人的窩囊愛情故事。」

「好看嗎？」

註44 美國小說家，短篇小說作家和編劇。他以其半自傳小說《心塵情緣》而聞名。

「比沙林傑（註45）的小說好看。」
我們喝著咖啡，植草詢問可否吸菸，我說請便。
我原本以為植草的心情也很低落，誰知他竟是一如平時，像個沒事人一樣；鬍子剃得乾乾淨淨，頭髮抹了油，梳得一絲不紊。他穿著藏青色的格紋夾克加上白色褲子，腳上穿的是讓人誤以為他赤腳穿皮靴的隱形襪。我似乎太小看他了。他的身上甚至還有股琴通寧的香味。
在沉默延長之前，我們同時開了口。植草讓我先說，自己則是吸起了電子菸。
「我不想聽你哭哭啼啼。」為了避免誤會，我把話說得清楚明白。「聽好了，一句哭喪話都不能說。我們沒有傷心的資格。」
「不，我沒傷心啊——」
「喂喂喂，算我拜託你，可別說你的心破了一個洞……咦？你不傷心嗎？那你是來幹什麼的？」
「還不是因為柏山老師完全不寫小說！」植草高聲說道：「到底是怎麼搞的啊！打擊有這麼大嗎？」
「像、像你這樣的男人大概不懂吧！」劇烈的動搖使得我結結巴巴。「愛情只能透過痛苦來證明，我的心痛正是她存在的證據。」

註45　美國作家，以著作《麥田捕手》而聞名。

「別胡說八道了。」他一口否決。「這種話別拿來對別人說，寫成小說吧！走，出門吧！」

「去哪裡？」

「別問了，跟我走就對了。您的痛苦我會立刻消除的。」

「到底要去哪裡？」

「去買春。」

「你的腦袋有毛病嗎？」我不禁嘆息並寄予同情。「你幾歲了？」

「四十一。」

「都四十一歲了，還只會做這種事？哼，我看你根本沒和正經的女人交往過吧？男人和女人之間只有性愛嗎？不是吧！」

「既然您問了，我就坦白回答。」植草一臉不悅地反駁。「要說不正經的女人，椎葉莉莎就是代表。」

「別侮辱她！」

「有開始就有結束，這樣不是很好嗎？反正都享受過了。」

「你以為只要塞個女人給我就可以解決我的所有問題。」我對他投以看著螻蟻般的眼神。「你不會厭惡自己嗎？你總是用這種膚淺的方式逃避問題，對吧？」

「什麼問題？」

「唔！」面對意料之外的反問，我一時語塞。「這個嘛──」

「您的問題就是以後可能再也沒機會和對您百依百順的年輕女孩上床了，對吧？」

「別說得這麼直接！」

「而且您覺得這是因為買東西沒付錢，事後收到帳單是理所當然的，對不對？我懂，我懂。話說在前頭，這種失落感就和還有好幾年的車貸沒付，愛車卻因為車禍而泡湯了的感覺是一樣的。只要買了新車，三秒就會忘光了。」

我咬牙切齒。

「柏山老師需要的是新車。」植草大言不慚地說道：「您就當作是被騙一次，跟我走吧！只要有錢，失戀就不是問題。」

「那心情該怎麼辦？有錢確實可以買到年輕女孩的身體。」我用拳頭敲打自己的胸膛。「可是我的心情呢？」

植草一副啼笑皆非的模樣，轉了轉眼珠。「我不知道柏山老師的心情如何，不過我保證心情會變好，這樣還不夠嗎？心情變好總比不好強吧！」

「你這樣還配稱為編輯，不，還配稱為男人嗎？你根本不了解我。」

「或許吧！總之值得一試吧？」

我瞪著他。

這個可憐的男人一輩子都不會懂愛情的意義。可是，要說不懂，我也一樣。痛苦或許可以證明愛情，但同時也會把舊愛的痕跡從靈魂消除，寫下嶄新的指針。每當指針被改寫，愛情的席次就會慢慢地下降。或許人就是這樣逐漸變為剎那主義者的，又或是變為真正的自己。

我有股衝動，想詢問植草的情史，想知道讓這傢伙變成渣男的背景故事是什麼。不過，我努力克制住這股衝動，懷著不甘示弱的心情和他一起搭乘計程車前往錦糸町一帶。

有生以來頭一次用錢買來的性愛是單純的性愛，只有高昂感，並沒有悲傷。我根本沒有自艾自憐的餘地，金錢就像是血清一樣消除了這種感情。我的感覺就像是被綁在沖天炮上射向空中，在我開始思考之前，事情就開始並結束了。我在敵妓的體內砰一聲飛散開來。她的身體太棒了，既年輕又熱情奔放，完全消除了我對椎葉莉莎的執著。要說悲傷，只有這一點令我悲傷。

我後來又和植草去了一次，第三次以後就是自行前往了。

「我是東京人，練馬區的。」

「妳怎麼會來這種地方工作？」

「律師介紹的。」

「什麼意思？」

「我本來是流鶯，和我一起混的女孩殺了她的男朋友，為了毒品。那個女孩的律師跟我說，生活需要錢，而妳沒有其他賺錢的方法，既然這樣，與其獨力接客，不如加入組織比較好。他還跟我說，這種店不能待一輩子，不過就算要從良，也要一步一步來，先從流鶯轉做泡泡浴，再轉做半套店，最後轉做酒店小姐……就是慢慢縮小尺度的意思，懂嗎？我聽了以後，覺得很有道理。」

「我是熊本人，國中畢業以後，在福岡當了一陣子的偶像。」

「妳看起來很年輕，該不會未成年吧？」

「不是啦！不過，謝謝您的讚美。」

「熊本是個什麼樣的地方？」

「和鹿兒島差不多……有讓人難以呼吸的溫泉街，還有很多流氓。」

「妳也有朋友是當流氓的嗎？」

「國中的同班同學就是，那傢伙真的很壞。飆車族學長出車禍死掉的時候，他很難過，跑去跳樓自殺，結果沒死成。有一次，我們班上的女生遇上麻煩，被殺掉了，凶手養了一隻猴子，對，就是一般的日本獼猴，結果那傢伙居然放火把那隻猴子燒死了！而且還拍成影片上傳到網路上……後來被查出身分，送到少年感化院。哎，他們國中的時候在交往，難怪會生氣，可是這麼做未免太過分了吧？和猴子又沒關係。」

「分手的時候，男人不是都會要求打分手炮嗎？我每次都是用嘴吹到他翹起來以後，就跟他說：接下來你自己解決吧！這種時候，男人總是會露出一種很難形容的悲傷表情。雖然他們應該不是衝著我的身體和我交往的，可是在那一瞬間，他們最關心的就是最後一炮。這種時候，男人大概都是心癢難耐吧！明明不只是肉體關係，明明做過很多溫柔體貼的事，在一起也過得很開心，但是在那個當下，那些都不能代表什麼，只會覺得自己很卑賤，對吧？最糟糕的是無法找藉口，打炮前活像是想挽留對方，打炮後不管說什麼都顯得很虛偽。哈哈哈……哎，不過有一次，我因為這樣被打得鼻青臉腫。」

獨自彈吉他的時候很孤獨，而和女人纏綿的時候很寂寞。一時的狂亂過後，我在敵妓的目送之下離開了罪惡坑，踽踽獨行於鬧區中，但孤獨始終沒有現身。被孤獨拋棄的這一夜，我滿心恐懼，害怕自己再也寫不出小說了。

實際上，我確實寫不出來，就連一行字也不想寫。連載的約期延了一個月又一個月，最後變成無限期延後，而隨筆也開了兩次天窗。

是收手的時候了。

如果我以後還想當作家，就不能繼續做這種事。然而，我依舊每個禮拜都去向女人報到。我喜歡用錢買得到的溫暖與單純，更喜歡她們**並非無償**的愛。既然愛並非無償，就不必害怕痛苦。不想傷心，傷荷包就行了。

「哎呀，夠了沒！」

「……咦？」

「可以別摸我的頭髮嗎？」

我雖然感到困惑，還是道了歉。

敵妓從我的底下爬出來，氣呼呼地跨到我身上。雖然她秉持專業態度重新來過，但我的心情已經委靡了（只有心情委靡）。不知她是不是也感受到了，叫春叫得更加賣力。我們共享肉體，同時也共享了難以言喻的悲慘。性愛傳達的事太多，可以讓人更加親密，也可以讓人疏遠。

她已經不年輕了。

看得出從前是個美女的五官因為疲勞而逐漸扭曲。我仰望著跨坐在我身上扭動腰部的她，思考她獨處的時候是什麼模樣。在超市裡挑選蔬菜，在空無一人的房間裡滑手機，餵食野貓，或是夢見從前真心愛過的男人，淚流滿面？就像絕不接吻的妓女一樣，不讓恩客摸頭髮，應該是她的底線吧！像她這樣的女人，光靠性愛已經無法證明什麼，無論是向對方，或是向自己。頭髮是她用來表達愛意的最後堡壘，老舊且布滿了青苔……

「怎麼可能！」植草付之一笑。「柏山老師未免太過多愁善感了……應該是因為您的手上沾了潤滑油。」

我冷冷地望著他。

「聽好了，她們一天要接很多客人，對吧？要是看到上一個客人留下的痕跡，每個男人都會消火，所以頭髮一旦沾上了潤滑油，就必須洗頭。換作柏山老師，看見泡泡浴女郎的頭髮上沾了上一個客人的潤滑油，幻想也會破滅吧？再說，如果一天洗三、四次頭，不但頭髮會變得很毛躁，還會損失二十分鐘左右的時間，賺的錢也會連帶變少。」

「是嗎？」

「不過，我喜歡您那句**老舊且布滿青苔的最後堡壘**，給人一種雖然在這個時代已經不管用，威嚴卻像亡靈一樣永久不散的感覺。」植草說道：「欸，柏山老師，您也差不多該寫些東西了吧？這種字句不是拿來說的，是要拿來寫成書的。」

過了兩個禮拜，我在煩惱過後，全面聽信了店員「可以在吹乾頭髮的同時達到保護效果」的花言巧語，在大型家電量販店購買了略微昂貴的吹風機。這是買來送給安娜小姐的。安娜小姐是我開始地毯式轟炸罪惡坑以後頭一個成為回頭客的敵妓，她的花名也是在這個時候記住的。

她也還記得我，一和我獨處，便立刻為了上次的無禮而向我道歉。我接受她的道歉，並將吹風機遞給她。「如果妳不嫌棄的話，請收下吧！」

「這是什麼？」

「店裡的人跟我說這個對頭髮很好……我聽別人說了以後，才知道要是被客人用髒手碰到頭髮，就得重新洗頭。」

她一臉驚訝，接著放聲大笑。

那一天的她大放異彩。若說以往的敵妓是以年輕貌美來決勝負，安娜小姐的真正武器就是老練的技術。

「你可別期待現在的年輕女孩能有這種本事。」

我情不自禁地放聲呻吟，而她也像尼加拉瀑布一樣溼透了。

「我也是偶爾才露個一、兩手……還不賴吧？」

我在心裡大叫謝謝。如何？椎葉莉莎，妳辦得到嗎？就算沒有妳，我還是可以享受人生！

走出店門時，我的腰腿都軟了。

「欸！」安娜小姐一面拉攏浴袍，一面輕輕地抓住我的大衣。「今天我可以提早下班，要不要去吃點東西？」

我變得像木乃伊一樣，茫然自失地點了點頭。「那一起去吃燒烤吧……可是我對這一帶不熟。」

安娜小姐微微一笑，告知了店名。

我都還不知道自己吃了什麼，眼前的盤子就空了。

「別看我這樣，我也是結過婚的。」安娜小姐一面用筷子壓住燒烤網上的大腸，一面娓娓道出她的往事。「我的前夫是個好人，是我移情別戀，愛上了其他人。我本來是打算跟老公離婚，和那個人在一起，可是那個人最後還是離不開他的太太。他提離婚的時候，太太一怒之下，說出自己也有其他男人；這對他來說是晴天霹靂，而且太太還把她和情夫一起拍下的照片拿給他看。你懂吧？就是那種照片。」

我喝了一大口啤酒。說到**那種照片**，我聯想到的只有**那種照片**，而從安娜小姐的表情看來，似乎確實是**那種照片**。

「男人跟女人真的很不可思議。」她把烤好的大腸夾給我。「看了那張照片以後，他決定和太太重新來過，跟我說拜拜。他們說好待在家裡的時候兩個人都要脫個精光，太太去寵物店買了個大型狗的項圈，套在他的脖子上。和他見最後一次面的時候，他有給我看項圈，上頭還有個小鎖頭。」

「哦？或許算是種另類貞操帶吧！」我驚訝得合不攏嘴。「人生真是深奧啊！」

「你呢？」

「我？」

「你是作家吧？」

「……咦？」

「店裡的少爺說他看過你的書。」安娜小姐微微一笑。「為什麼上妓院？是因為壓力嗎？」

我把大腸放入口中，咀嚼了一會兒。我為什麼上妓院？這正是問題所在。我也希望能說出讓對方讚嘆的背景故事，只可惜我的理由一句話就能說完。由於理由太過老套，我一面氣惱自己，一面抱著要殺要剮隨便你的心態照實回。

「只是因為失戀。」

安娜小姐微微地點頭。

「對方是有夫之婦，她的老公拿球棒打得我頭破血流。」嘴裡的大腸嚼起來帶有一股悲慘的滋味。「就這樣玩完了，之後和她也沒有聯絡了。」

安娜小姐一把新的大腸放到網子上，底下就像是中彈的戰鬥機一樣冒出火來。

「你很喜歡她吧！」

「天知道……或許就跟寫不出來的書一樣，因為不順利，所以才無法忘懷。」

「寫不出來的書趕快忘掉就好。」

我們暫時封閉在自己的殼裡，只顧著烤大腸，彷彿世上沒有比烤好大腸更重要的事。

「下次再來捧場吧！」安娜小姐說道：「在那之前，我會把老師的書看完的。」

煙燻得我猛眨眼。明明才剛床戰到軟腿，我現在又想念起她的身體了。我好想抱著安娜小姐，忘了一切。在舊的痛苦結束之前追求新的痛苦，有什麼不對？我把大腸翻面，緊緊壓在網子上烤。打從一開始就知道寫不出來的書，即使真的寫不出來，也不會那麼痛苦，不是嗎？

「我想……」我說道：「我大概不會再去了。」

「是啊！」安娜小姐說道：「或許這樣才好。」

在我戀戀不捨的期間，東京下了初雪。

那是個彷彿連胸口都被低垂的雲層堵塞的灰暗星期五。在寒意刺骨的一天結束後，我又開始懷念起有人陪伴時的溫暖了。我彈了一整天的吉他，可是毫無慰藉作用。太陽一下山，我就更加心癢難耐，匆匆忙忙地轉乘電車前往上野。

我打算先填飽肚皮，便在商店街閒逛，看見了一家似乎不錯的燒烤店。那家店看起來有點眼熟，原來是從前和安娜小姐去過的店。

這讓我好想和安娜小姐共度春宵。

燒烤店旁邊有間脫衣舞小屋。攬客員一臉無聊地目送把手插在大衣口袋裡的我駝著背走過。就在我念著安娜小姐的溫暖身軀而加快腳步之際，腦袋裡響起了一道微小的聲音。

就算要從良，也要一步一步來，先從流鶯轉做泡泡浴，再轉做半套店，最後轉做酒店小姐……

我回頭凝視脫衣舞小屋。花俏的電子看板上打著〈東洋第一情色無雙〉的噱頭。莫非這正是神的旨意？這麼一想，似乎就能明白這股寒意和不斷灼燒我的情欲烈焰的意義了。

攬客的男人察覺了我，笑著走來，臉上的表情就像是在說「我懂，包在我身上」。來來來，頭家，看看再走吧！說著，他拉住我的袖子。

「剛結束全國巡演回來的康琪塔小姐正好要開始表演了。」

站在他的立場，不認識康琪塔小姐大概就和不認識奧黛麗・赫本一樣不可思議吧！我給他面子，付了四千五百日圓的入場費。如果我真心想改變，就不該拖拖拉拉的，而脫衣舞的尺度確實比泡泡浴小。即使無法改變，我也沒有損失。

小屋位於地下。

走下樓梯，進入小屋以後，我立刻被音樂、光芒和令人窒息的人潮熱氣包圍了。劇場並不大，不過座位已經坐滿了八成。舞臺上有個年紀不算大但也不年輕的女人正一絲不掛地配合《不害臊的女孩》（註46）的輕快節奏跳著舞。沐浴在俗豔的紫色燈光之下的舞孃露出美豔的微笑，並在戴著報童帽的老人面前大大地張開雙腿。

我站在走道上，有個親切的男人向我招手，邀請我入座。他再怎麼看都不可能低於七十歲，鼻子上還插著吸氧氣用的管子。我在他的身旁坐了下來。他點了點頭，我也點頭致意。舞孃又到另一個男人的面前張開雙腿。說來令人驚訝，在舞臺邊觀賞表演的觀眾之中居然也有女性。

這裡到底有什麼魔力？男人一輩子都擺脫不了女人的身體嗎？又或是我遺漏了什麼決定性的事物？他們透過舞孃的身體，看到了什麼？

接著登場的是一個戴著金色假髮、穿著水手服的女人，和剛才的女人相比算得

註46　一九八五年的法國電影。

上年輕。她踩著偶像般的舞步，最後還是一樣脫個精光，張開雙腿。四周不時傳來加油聲，但我實在不明白她還有什麼加油的空間。

不過，我也有明白的事。

賞賜的是耶和華，收取的也是耶和華。付出僅有的四千五百日圓來到這個應許之地的，是被收取之人，而他們再也無法獲得賞賜，我也不例外。考量到四十七歲這個年齡，以後我應該會被收取更多東西。椎葉莉莎象徵的正是我今後即將失去的各種重要事物、獨一無二之物，以及使我之所以為我的事物。因此，我們只能像回顧舊相簿一樣地埋頭於舞孃的胯下。她們的隧道與過去相連，與男人仍是男人的時代，或是無法成為男人的日子相連。

時間在一次又一次的張腿之間不斷流逝，終於輪到康琪塔小姐登場了。

燈光切換為淡粉紅色，假櫻花瓣四處飄落，觀眾為了主角的登場而興奮不已。各位觀眾，讓你們久等了！場內廣播繼續煽動觀眾的興奮之情。今天的最後一場表演，壓軸的是脫衣舞界的救世主，大家最熟悉的康琪塔小姐，掌聲歡迎！

出現在舞臺上的剪影裹著火紅色的長襦袢，一頭長髮高高束起，只有一綹髮絲垂在臉上。她的身影與悲傷的雅樂相互映襯，演出了完美的癲狂。或許她是名妓女，愛上了某位少東，由於不慎對恩客敞開心房而陷入了門不當、戶不對的悲戀之中。這個女人也是被收取之人。就在我出神地望著翩翩起舞的舞孃之時，身旁的男人湊過臉來，對我輕聲說道：

「康琪塔小姐真的很亮眼。聽說她有南美國家的血統。」

我望著舞臺點了點頭。

我不知道該怎麼說。男人說道：「真的有那種出淤泥而不染的女人。」

我瞪大了眼睛，不是因為這句話引我想起了椎葉莉莎，我根本沒有那個心思去想她。我察覺康琪塔小姐的真實身分，是在她從肩膀褪去長襦袢並露出雪白的乳房時。

我險些從座位上摔下來。我揉了揉眼睛，定睛凝視，果然沒有看錯。在理性與本能拔河的觀眾席一角，只有我一個人瞠目結舌。一瞬間，我懷疑自己是否尚未從昏睡狀態清醒過來，依然在作著漫長的夢。

長襦袢飄落腳邊的藤卷琴里一絲不掛地躺在舞臺上，雙腳朝著天空自豪地交錯。她的柳腰妖豔地起伏，身體正在回憶少東的溫柔愛撫。

最前排的觀眾全都探出身子，試圖一窺女體的奧妙，探究所有女人與生俱來的慈悲與認分之泉。藤卷琴里的美便是如此神聖。

她張開雙腿，扭動身軀，一面擺動，一面隔著肩膀微笑。神聖的妓女，淫蕩的女神。她的視線突然射穿了我。一瞬間，我以為她認出了我，但其實不然。她的溫柔視線很快地移向其他觀眾。她以優雅的動作跪立，毫不吝惜地將自己暴露於男人們的視線之下，彷彿在說她絕不會在這種世界裡欠下任何人情債。

我悄悄起身，躡手躡腳地離開了脫衣舞小屋。

當我走上樓梯來到屋外時，外頭正在下雪。繼續活下去有什麼好處？想哭卻哭不成，想笑也笑不得。標榜情色無雙的招牌底下，攬客員正愣愣地朝著夜空吞雲吐霧。

哎，只能接受一切。接受狀況、厄運、失落的世界與自己的膚淺。這麼一來，就不會被老天爺追債了。就像椎葉莉莎所說的，所有小說都是在寫認分。

翩然飄落的雪花把我凍僵了。我轉過了腳，回到車站，搭上正好駛進月臺的電車。山手線因為人身事故而誤點，我垂頭喪氣地擠在塞滿了人的車廂裡。地板溼答答的。

回到家時已經過了晚上十一點，我直接前往書房，打開塵封數週的電腦。有好幾個程式需要更新，要等上好一段時間才能使用電腦。我在書桌前坐下，一面抖腳，一面盯著藍色的更新畫面不放。

好不容易等到電腦啟動，我立刻在搜尋網站搜尋到的第一個航空公司訂了最早班的機位。隔天早上的八點五十分從羽田出發，十一點半抵達臺北。我仔仔細細地填寫每個欄位（中途網頁當了三次！），按下確定訂位的按鍵時，時間已經過了凌晨一點。

我倒了杯威士忌，坐在緣廊的搖椅上慢慢品嘗。灰色的雪薄薄地覆蓋了庭院。我想起了父親從前吸的菸斗味，但僅止於此。喝完一杯以後，我又喝了一杯。接著，我從衣櫃裡拉出行李箱，迅速地收拾行李，並找了幾本書放進去。我用同樣的內文回覆了這段期間累積的所有出版社來信。我希望他們知道柏山康平還能寫書。我還沒完蛋，請再給我一點時間。

當我沖完澡並剃好鬍鬚時，夜晚已經快結束了。我吹乾頭髮，換了套衣服，穿上大衣，戴上引以為傲的沛納海手錶，站到鏡子前一看，映出的是一個神色憔悴的男人。眼皮沉重地下垂，嘴角鬆弛歪曲，看起來像是隨時都會口出穢言的人。我對這個白髮斑斑、雙眼混濁的傢伙說道：給我一點時間，兄弟，暫時讓我變回柏立仁，以後我會寫一本震撼全世界的小說給你。

接著，我走出家門，上了鎖，拉著行李箱走過黎明的街頭前往車站，坐在長椅上等待第一班電車……

15 棒子與石頭

時機尚未成熟。

雖然我和進入起跑閘門的賽馬一樣迫不及待，但是要再次提筆，我需要某種**徵兆**。

我不會輕易地原諒自己。我背叛了小說。唯有痛苦得滿地打滾的時候，詞句才能千錘百鍊，釋放出耀眼的光芒，可是我眼睜睜地放任這些詞句流走。我沒能堅信文章之中隱藏的救贖，所以孤獨厭棄了我。身為作家是我擁有的唯一一顆寶石，我該把它放入口中舔拭，這樣才能想起自己是誰。

「現在想想，曾奶奶真的很迷信。」王誠毅說道：「你從前是個很會鬧脾氣的小孩，還是小嬰兒的時候老是夜啼，我和曾奶奶常在大半夜裡帶著你去散步。當時我大概五、六歲，不過我記得很清楚。曾奶奶說小孩會哭，是因為魂魄掉在路邊，所以她就在路邊撿了顆小石頭，一邊大聲說『好了，回家了』，一邊帶你回家。」

「她真的很喜歡石頭。」
「聽說那叫『叫魂』。」
「後來我就不哭了嗎？」
「天知道。」
我該以文章復仇，而不是逃進溫柔鄉。如果我現在又若無其事地投向小說的懷抱，我寫的東西就會變成徹頭徹尾的妓女。
「別說傻話！」誠毅叫道：「人生不是為了小說而存在的，小說才是為了人生而存在的。史蒂芬・金也這麼說過。」
「真的嗎？」
「我記得是。」
如此這般，我沒有寫小說。
誠毅並未催促我，也沒有慫恿我。他在著手寫他自己的新短篇小說。他放棄了一直寫得不順手的那篇認為自己只是某人筆下登場人物的作家故事，改用艾莉絲・孟若（註47）的風格寫起水性楊花的圖書館員故事。在圖書館工作的女人雖然是有夫之婦，卻在某個來路不明但魅力十足的高中生蠱惑之下開始賣淫；她的丈夫到她的

註47　加拿大女作家，被譽為「加拿大的契訶夫」，以短篇小說見長。她的小說寫的都是郊區小鎮平民中的愛情、家庭日常生活，涉及的卻都是和生老病死相關的主題。

娼寮買春，經歷一番波折之後，最後夫婦和好如初。被逼著看完原稿的我忍不住說出了安娜小姐的故事。

「就是這樣。」誠毅激動地說道：「老公想離婚，老婆一氣之下說出自己也在搞外遇的祕密，而且還拿和情夫的床照給老公看。換作一般情況，早就鬧出人命來了，可是他們卻沒有演變成這種局面，這就是男人和女人的不可思議之處。」

他摩拳擦掌地表示要好好雕琢這部作品，拿給認識的編輯看。

我祝他好運。「好好寫，一定會成為一部好作品的。」

「小說都是虛幻的。」誠毅說道：「不過，從前有人說過，寫作不是職業，而是一種詛咒。我覺得這句話說得一點也沒錯。」

寫作不是職業，**作家才是職業**。就這層意義而言，並非作家卻依然持續寫作的誠毅受到的詛咒可說是強大無比又純粹至極。我也不該老巴著作家這個職業不放，是該為了詛咒而寫作的時候了。

每天早上，誠毅出門做饅頭以後，我不是在客廳裡看電視發呆，就是去植物園散步。有時候，我以為自己放空了腦袋，其實卻是在思考男人與女人的真理。這裡的男女指的是我和椎葉莉莎。就如同這個世界上的各種真理，我試著從我們的私人關係演繹宇宙的真理。

在熱帶植物步道和蓮池畔走到腳痛得來的真理個個都十分短命，令我大為焦躁，只能繼續埋頭走路，嘴上一面嘀咕；有時候嚇著了擦肩而過的人，有時候停下來仰望啄食大王椰子樹幹的啄木鳥，接著又邁開腳步。

我日復一日地走路，終於出現了微小的變化，而這種變化是以和鹿康平或曉對話的形式呈現的。

「椎葉莉莎音信全無，是因為她已經不在乎我了。」

不，不是的。曉把手放在胸口，誠心誠意地開導我。她音信全無，是因為她仍然放不下你。她也很痛苦。

「有時候，我會希望椎葉莉莎過得不幸福。」

這是由愛生恨。鹿康平聳了聳肩。這正是你對她無法忘懷的證據。

「我快撐不下去了。」

那你要像我一樣自殺嗎？像我和你二舅那樣？你撐得住，因為你還有小說。

「小說有什麼用！」

是啊，或許沒用，不過你不可以這麼說。再說，所謂的認分，也包含了這一點吧？

認分，愛你所愛。因為你就是這樣的人。

「可是，我搞不懂我的所愛。」

每個人都是這樣，所以大家才會讀小說。

直到這時候，我才理解革命的本質。從前用腦袋理解的事物終於能夠用內心感受了。說穿了，革命的激情就是對於體制的失戀。不是我拋棄了你，體制（椎葉莉莎！），是你拋棄了我。所以我必須放下你，打造人人稱羨的社會（小說！）。

如果毛澤東還活著，一定會贊同我的看法，畢竟他可是連揚名世界的坂本龍一都認同的詩人（坂本龍一的《千刀》開頭就引用了毛澤東的詩）。一點也沒錯，柏立仁老弟。沒有經歷過慘痛失戀的人是永遠無法理解革命的本質的。如果是寫出那般美麗詩句的人，或許就會抱住我，給我的雙頰來個讚賞之吻吧！又或是把我下放到農村，要我像隻驢子一樣勞動至死。無論如何，詩人不該成為一國的領導人，否則絕不會有好結果。詩人該做的事，是一面欣賞金絲雀，一面在脫俗離塵的詩詞仙境裡逍遙。

這不是**徵兆**是什麼？我從植物園跑回家裡，從誠毅的書架裡抽出了滿布塵埃的《怪物》，像龍捲風一樣瘋狂翻頁、怒吼、扔向牆壁，直到太陽下山。

「你怎麼了？立仁。」回到家中的誠毅尖聲問道：「你在和自己的書吵架嗎？」

「給我紙筆。」

誠毅凝視著我，接著替我拿來了信紙和原子筆。

「在香港救了二舅的人是英國人吧？」

「嗯，多虧了那個人，我爸才能去美國領事館尋求庇護。」

「你不記得那個人的名字了吧？」

「別說名字了，我連事情的經過都想不起來。」

「我可以自己編造嗎？」

「當然。」誠毅面露賊笑。「加油，表弟。」

我關進房間裡，一直寫到了早上。

梅納德先生是在一九五〇年來到香港定居的英國人。當然，他並非美國領事館職員，不過歷任領事都十分倚重他這位亞洲通，因此他得以把懸掛星條旗的領事館當成別院一樣使用。他精通中文、日文、泰文及馬來西亞文。

出生於大英帝國湖區的梅納德先生家中有八個兄弟姊妹，而他排行倒數第二。他是隻天生的漂鳥，十一歲就獨自前往伯明翰，在鐵路公司工作；十六歲搞大了一個大門牙女孩的肚子，而在小孩生下來之前，第一次世界大戰就爆發了。梅納德先生順水推舟，留下了大腹便便的妻子投效陸軍，為了保家衛國而在西部戰線搏命奮戰。對他而言，光榮戰死在槍林彈雨的戰場上遠勝過照顧大門牙女孩和不想要的小孩一輩子。

在敵軍炮彈炸得塵土與肉塊滿天飛揚的塹壕裡，他叼著菸蒂，不斷地用機關槍掃射前方。

射殺德國人意外地簡單。結婚是一時衝動，而戰爭似乎也是。不想破滅的話，就只能逃之夭夭。不逃跑也不找生路，只會發出刺耳鬼叫聲往前直衝的德國佬，乖乖挨子彈吧！

梅納德先生瘋狂掃射，而戰爭結束後，他並沒有回家，而是在退伍之後直接前往利物浦，跳上了將曼徹斯特運來的棉織品送往世界各地的貿易船。

他四處漂泊，花了二十多年的時間周遊日本及英屬馬來亞，直到五十二歲的時候才與香港女性組成家庭，在這片土地上扎根。

多虧了梅納德先生美言，美國領事館對鹿康平禮遇有加，至少態度真誠到足以抵銷他連吃門衛四天閉門羹的焦躁。

鹿康平被安置在地下糧倉旁的小房間，房裡除了床鋪和書桌以外，還附設了洗臉臺；如廁時，則是借用一樓的職員廁所。根據梅納德先生所言，大使館已經聯絡了中華民國國防部並確認了鹿康平的身分，只待飛機安排妥當，他就可以立刻返回臺灣了。

「不過，警備總司令部似乎是面有難色。」梅納德先生一面搖頭，一面嘆氣。「他們對於你這三年間在中國做了什麼事相當敏感。你知道這是什麼意思吧？」

鹿康平表示明白。

「你結婚了嗎？」

這個不經意的問題讓鹿康平慌了手腳，但對方似乎不以為意，甚至露出共犯的笑容，對他眨了眨眼。

鹿康平不解其意。

「換作是我，就不會回臺灣。不過，國家和婚姻一樣，不是說斷就能斷的。」

說完，梅納德先生呵呵大笑，離開了房間。

鹿康平不知道該說什麼才好，只能感謝他的親切。接著，他在房間裡來回踱步，又坐在椅子上思考這幾天以來發生的事。

從尖沙咀搭乘渡輪來到香港島以後，鹿康平和曉便赤著髒兮兮的腳丫直打中環而行。

到了五月的最後一個星期二，他們終於抵達了美國領事館，自離開青牛塘已經有一個月餘。鹿康平變得蓬頭垢面，曉也相去無幾，兩人的頭髮都生了蝨子；他們必須不時抱著彼此的腦袋，讓蝨子知道此地並非樂園。

領事館的門衛是個老年香港人。鹿康平以中文說明來龍去脈，並要求美國庇護與遣返臺灣。

老門衛用廣東話大聲嚷嚷，並像驅趕蒼蠅似地揮了揮手。鹿康平又以英文表達同樣的訴求，而他以帶有敵意的目光瞪了鹿康平一眼之後，便轉過身去，像烏龜一樣躲進了柵門旁邊的警衛室。

鹿康平鍥而不捨地攀著柵門訴說自己的困境，卻被扛著自動步槍的壯碩衛兵撂倒在地。

曉彷彿早已料到這樣的狀況，一面嘆氣，一面扶他起身。

「那個門衛老爺爺大概很厭世吧！」

「哪個中國人不是這樣？」

她只是微微地聳了聳肩。

接下來的三天，兩人都倚坐在領事館牆邊。每當有氣派的轎車出入，鹿康平便會果敢地衝出去，大叫我是臺灣人，是軍人，基於中美共同防禦條約尋求庇護。他巴著公務車拍打車窗，而大多時候，都是被衛兵撂倒，並用自動步槍抵著。束手無策地目送車子悠然離去之後，他又回到曉的身旁，抱著膝蓋坐了下來。這種時候，曉總是面帶憐憫地搖頭。

「這是我一個人的問題嗎？」鹿康平忍不住埋怨。「妳也動一動吧！妳以為坐在這裡，就會有人抬八人大轎來接妳去臺灣嗎？」

聞言，曉的眼睛倏然亮了起來，雙頰也開始泛紅。

「幹麼？」

「沒事。」

鹿康平彈了下舌頭，撿起石子扔向馬路。曉眉開眼笑，垂下臉龐，並抬眼偷瞄鹿康平。

「妳到底想幹麼？」

「所以……」她扭扭捏捏地說道：「這也是我的問題嗎？」

鹿康平花了一點時間才明白她的言下之意。雖然只有幾秒鐘，當他明白過來時，一切都結束了。

望著逐漸心灰意冷的曉，鹿康平正確地察知某種物事的瓦解。這是總有一天必須面對的問題，而他居然沒發現問題已然迫在眉睫。他滿腦子只想著要活著回臺灣。鹿康平握住曉的手，而曉也笑著回握鹿康平的手。

「當然也是妳的問題。」這句話是真是假不重要。就算是假，也是發自內心的話語。「一起回臺灣吧！」

曉點了點頭。

鹿康平手足無措，變得多話起來，連珠炮似地說了許多臺北、食物以及家人的事。

「妳已經是我的家人了，可以住在我家，白天去上學，放學以後幫我媽做些家務。還是妳想當算命仙？以妳的本事，一定可以賺大錢。」

鹿康平覺得自己活像一條挖土把寶貝骨頭藏起來的狗，明知道曉不會搶他的骨頭，還是忍不住要藏。

若是能把骨頭扔得遠遠的，事情會變得多麼單純啊！乾脆把臺灣忘了，反正女人不都一樣？

接著，他說出了他知道曉最不想聽到的話語。

「我的未婚妻手藝很好，妳一定也會喜歡她的。小孩出生以後，妳可要當他的奶媽啊！對了！如果妳願意，就讓孩子認妳做乾媽吧！」

曉依然垂著臉龐，點了好幾次頭，彷彿在回味這個絕不會履行的約定之中的柔情。

餘暉將天空染成了橘紅色。這道光芒瞬間鮮明地映照出在小南門、廣州街、植物園或昏暗客廳裡凝視著虛空的未婚妻側臉。

不知道現在美霏在做什麼？和母親一起撕豌豆絲嗎？還是已經琵琶別抱了？泉湧而出的鄉愁緊緊地揪住胸口。

喜歡下廚且擁有好手藝的美霏很快就學會了母親教她的鹿家的味道。不過，母親最中意她的一點，是她加辣椒從不手軟。

第一次帶美霏回家的時候，母親端出了醬油醃辣椒給她吃。以辣椒測試男人的膽量，並以辣椒決定人生伴侶的母親無論颳風下雨都是天天吃辣椒，到最後除了辛辣的食物，全都吃不出味道了。

美霏不僅若無其事地吃完了醬油醃辣椒，還雙眼閃閃發光地表示這是她有生以來頭一次吃到如此簡單卻美味的辣椒。

每次執行飛行任務前，美霏都會大展身手，煮一桌好菜給鹿康平吃。菜餚道道都可口，但總有一道難吃得令人難以下嚥。

三年前的最後那一晚，臘肉就是那道難以下嚥的菜餚。鹿康平最愛吃煙燻味十足的湖南鹹臘肉，誰知美霏居然加入了大量的砂糖。鹿康平皺起眉頭，以怨恨的眼神看著未婚妻。

如果全部都好吃，我怕你明天會死掉。美霏如此說道，並露出了笑容。要是沒有任何未了的心願，老天爺就會放心地把你帶走。

這麼說來，這三年來我都是靠著那道難吃的臘肉才能撐到現在？鹿康平一面窺探領事館大門，一面如此暗想。我是為了再次品嘗美霏拿出真本事烹調的臘肉而活到現在的嗎？

「你在想什麼？」

鹿康平側眼望著曉。「妳覺得呢？」

「食物。」

「果然瞞不過妳的法眼。」

「一看你的表情就知道了。你在想食物，還有煮食物給你吃的人……」

曉沒把話說完，這讓鹿康平感到焦躁，同時也如釋重負。就像在空蕩蕩的房間裡不斷作響的電話鈴聲一樣，留下的只有心虛。

曉沒有回答。

「幹！」他嘆了口氣。「你們廣東人為什麼老愛在食物裡加那麼多砂糖？」

現在回想起來，他們雙方都知道這是道別話。

告知鹿康平梅納德先生會從側門出現的，當然是曉。

「妳留在這裡。」在奔向朝霧之前，鹿康平抓住曉的雙肩叮嚀。「聽好了，別亂跑。」

曉點了點頭。

「帶上妳一個人還不成問題。」鹿康平望著她的雙眼。「知道嗎？別離開這裡。」

「去吧！」曉撫摸他的臉頰。「不快去，或許就沒機會了。」
「乖乖待在這裡，知道嗎？」
「嗯。」
「可別跑到其他地方去啊！」
「別擔心，我不會離開的。」
鹿康平大大地吸了口氣，將曉留在原地，沿著領事館的外牆奔跑。眼淚立刻追上了他。
他的胸膛不斷起伏，一面抽噎，一面加快速度奔跑。停下腳步便會失去的事物，和繼續奔跑必須拋棄的事物，兩者都至關緊要且無可取代，而且無論選擇何者，都無法改變自己是懦夫的事實。
鹿康平繼續奔跑。
當他以近乎衝撞的勁道抓住走出側門的梅納德先生時，他已經因為嗚咽而說不出話來了。
梅納德先生嚇得連聲音都在發抖，但鹿康平仍然緊抓著白髮老人的襯衫不放。
他知道曉已經走了。
他抓住體格壯碩的老人，泣不成聲地哭訴自己是臺灣人，是空軍軍人，以及中美共同防禦條約云云。他一面劇烈抽噎，一面暗想他絕不會原諒自己——我究竟走錯了哪一步？又或是我並沒有走錯？必須回溯到哪一刻，我們才能一起跨越這一瞬間？

之後，我不再漫無目的地徘徊於植物園，而是在國家圖書館或臺灣大學周邊的舊書店度過每一天。

我想重新審視那個時代的臺灣與中國大陸的關係。老實說，我根本不必這麼做，需要的資料在我日本的家裡都有。不過，我將手拿辭典查閱文獻的過程視為復健。我必須重新鍛鍊因為自艾自憐與自甘墮落的生活而完全鬆弛的肌肉。更重要的是，我希望有事可以忙。

在某個晴朗的日子，我心血來潮，跳上高鐵遠征新竹。從前空軍第三十四中隊的基地就在新竹，而現在還有黑蝙蝠中隊文物陳列館。搭乘高鐵從臺北出發，車程約三十分鐘，在中午之前就能抵達了。

我在站前攔了輛計程車，告知目的地，和藹可親的老司機溫和地點了點頭。天空有層薄薄的雲霞，還颳著強風。因為冬季季風的緣故，新竹素有風城之稱；而由於有許多ＩＴ相關企業將據點設置於此，這裡也被稱為臺灣矽谷。

我以外國人的感傷目光眺望著這座初次造訪的城市，然而那也僅限於一開始而已。很快的，我的手腳開始發僵，背上冷汗直流。司機每次變換車道，我的身體就跟著往左右搖晃，我必須抓著門把才行。我伸長脖子窺探車速錶，發現時速已經超過一百一十公里。這裡並不是高速公路，老司機卻橫眉豎目地瞪著前方猛踩油門。

我緊緊地抓住安全帶。

「呃……不用這麼趕沒關係。」

不知道是我的聲音太小，還是重擊車身的側風聲音太大，老司機還是一樣橫衝直撞。他反覆地猛烈加速與減速，變換車道，一輛接一輛地超越前方的車，彷彿有什麼人命關天的要事一樣。風的呼嘯聲讓我聯想到墜落的飛機。就我在高鐵上查到的資料顯示，從車站到黑蝙蝠中隊文物陳列館的車程大約二十分鐘，而我們的老司機只花了十分鐘就把我送到了目的地。他還笑容可掬地對抖著手付車資的我說道：

「慢走喔！」

嗯，你也是！

小而整潔的陳列館距離大馬路有一段距離，看起來就像是一棟擁有紅色屋頂的漂亮民宅。建築物前有片種了大王椰子的青翠草地，延伸於草地上的混凝土步道上刻著黑蝙蝠中隊從前使用的飛機型號。C－46運輸機、E－2預警機，當然也有二舅他們搭乘的B－17戰略轟炸機，宛若星光大道的明星手印。

我一入內，擔任志工的老人便立刻迎上前來。陳列館中悄然無聲，只有另一個先來的參觀者。

我花費時間慢慢地閱讀牆上的黑蝙蝠中隊飛行路線及照片的說明文。當時在背後操控黑蝙蝠中隊的CIA在臺灣是以西方公司的名字暗中活躍，防止共產主義擴張。隊員們戴的雷朋墨鏡、刻著隊徽的 Zippo 打火機、繪有衝刺犀牛的圍巾（為什麼是犀牛？）、手錶、藏青色制服，還有從敵人的炮火之下生還的隊員們在飛機前拍攝的紀念照。遭受敵人炮火攻擊的機身殘破不堪，呈現鋸齒狀外翻的狀態。根據說明，從貫穿機身的洞口大小可以推測出是米格17所為。雖然這些資訊我早在書籍或資料裡看過了，但是親眼目睹隊員們的私人物品和照片，仍舊令我感動不已。或許二舅曾用那個打火機點過香菸。即使不會寫進小說裡，這些物品仍會成為描述當時的皮膚感覺，強力支持我的文章。

就在我欣賞男女交錯跳舞的黑白照片時，背後傳來了一道聲音。

「舞會、撞球、可口可樂、夜總會……」先來的男人說道：「瞧，隊員的太太是多麼美麗啊！真不敢相信那個年代的臺灣居然有這樣的生活，簡直就像美國。當時基地外的農田裡還有水牛呢！」

「畢竟一旦出任務，就不見得能活著回來啊！」

「要及時行樂，是吧？您是相關人士嗎？」

「為什麼這麼問？」

「也不為什麼……就是覺得您看得很認真。」

「我舅舅是隊員。」

我們並肩欣賞掛在牆上的照片。那一角展示的是隊員們的生活照。正如他所言，全是些多采多姿的照片。身穿鮮豔旗袍的美女、腳蹬溜冰鞋的隊員、跳著慢舞的情侶。他用下巴指著和火柴盒般的轎車合照的隊員照片。

「在瘦巴巴的臺灣人還在踩三輪車的時代，這些人已經有自用車了。」

「或許是國家對於這些赴死之人的贖罪吧！」

「如果是，那就和給死囚的最後一餐差不多了。」

聽了這番嚇人的比喻，我忍不住對他投以無禮的視線。看似三十幾歲的男人穿著一身醒目的黃色防風外套，背著背包，長髮在頭頂上紮成了一個丸子。仔細一看，他的膚色黝黑，五官相當深邃。

「要過多采多姿的生活，是得付出代價的。」

他似乎不單單是個愛聊天的臺灣人。那雙清澈的眼睛讓我感到不自在，因此我悄悄地離開他的身邊。我不希望話題被扯到對國民黨的不滿或是外省人與本省人的對立，因此我刻意放慢步調，在館內閒逛，並拍了許多根本不需要的照片，裝出萬分沉浸於黑蝙蝠中隊歷史的模樣之後，才離開陳列館。

外頭依然吹著強風。

好不容易放鬆下來，看了看手錶，時間已經將近兩點了。我拿出平板電腦，搜尋前往城隍廟的路線。出門前，誠毅跟我說去新竹沒吃米粉和貢丸等於白去，交代我去城隍廟一帶準沒錯。

我去了該去的地方，吃了該吃的東西，回程的計程車是安全駕駛，讓我心滿意足地再次搭上返回臺北的高鐵。我買的是自由座的來回票，可是北上班車客滿了，沒有座位可坐。

我只好站在車廂間的通道上，額頭抵著車門上的窗戶。當我眺望吹過灰色風城的灰風時，終究無法與鹿康平結為連理的曉突然令我悲從中來。他們倆不會結為連理。就因為我做了這樣的決定，使得鹿康平回到臺灣以後付出了極大的代價。流過窗外的灰暗街道正如同他們的心境。鹿康平直到最後都無法脫離失去色彩的世界。他能有什麼選擇？故事的分歧點在哪裡？

「柏山老師嗎？」

回頭一看，又是他，黑蝙蝠中隊文物陳列館裡的那個長髮青年。見了我眼裡浮現的警戒之色，他一臉抱歉地解釋。

「我剛才看到您搭上這班車……我也要回臺北。」

我點了點頭。為了填補窺探對方反應的不自然空檔，他小心翼翼地伸出手來。

「我讀過老師的書。」

我們握了手，而他的下一句話令我目瞪口呆。

「我是地下室。」

「……地下室？」

「我是詩人。」他說道：「用地下室這個筆名在寫詩。」

這時候該激起的或許是警戒心，可是我激起的卻是好奇心。我總是會被這種無害的可憐人所吸引。在這個大都會的角落，居然有這麼多孤獨的靈魂在受傷的同時綻放光彩。

「你是我頭一個遇見的詩人。」

我說道，而地下室一臉靦腆地告知臺灣其實有許多詩人。

「我們這些詩友偶爾會帶著自己寫的詩開朗讀會。日本沒有嗎？」

「日本人好像不愛對其他人提起這種事。」

「為什麼？」

「我也不曉得……可能是覺得難為情吧！」

「寫詩難為情？」他似乎打從心底感到驚訝。「那寫詩的人是怎麼自我介紹的？」

「就是說啊！他們是怎麼自我介紹的？」

「只要有在寫詩，大家都是詩人。」

他的坦率給了我好感。瀰漫於狹窄房間裡的香菸煙霧、紅酒與只能將一切寄託在詩詞之上的人們。即使如此，靈魂依然遨遊天際。他們大概就像在巴黎的屋簷底下聽著手風琴一樣，陶醉地聆聽彼此的詩吧！哀悼喝醉掉進塞納河溺死的朋友，針對卡巴萊（註48）舞孃的首飾吟詩作對，為了埃米爾・左拉（註49）的小說互毆。

「為什麼把筆名取作地下室？」我雖然覺得這個問題很冒失，還是忍不住詢問。

註48 是一種具有喜劇、歌曲、舞蹈及話劇等元素的娛樂表演，盛行於歐洲。

註49 十九世紀法國最重要的作家之一，自然主義文學的代表人物，亦是法國自由主義政治運動的重要角色。

「地下室是要走下樓梯才會到的。」

「那當然。」

「我們看得見上層的建築物，卻看不見地下室。」列車進入隧道，地下室提高了音量。「或許就連住在建築物裡的人都鮮少想起，或是刻意忽略它。地下室裡也許空無一物，也許只有破銅爛鐵，甚至有比破銅爛鐵更糟的東西……充滿危險性的東西潛藏在裡頭。不過，地下室終究是建築物的一部分——您明白我的意思嗎？」

「多多少少。」我把嘴巴湊近他的耳朵。「換句話說，地下室就是人類潛意識的象徵，對吧？而你的詩就是在描寫潛意識。」

好不容易出了隧道，列車又緊接著衝進下一個隧道。在光暗交互到訪的車廂間通道上，唯有地下室的雙目像夜燈一樣閃閃發光。

「我就知道。讀了老師的小說，我就覺得這個人鐵定也是個詩人。」

在火車抵達臺北之前，我們聊了些關於日本與詩的話題。我對於詩的知識僅止於追求女性時可以拿出來賣弄幾句的程度，因此大多時候都是他在說話，而我點頭附和，以免被看破手腳。他說他三十二歲，京都有間他很愛去的咖啡店。由於一路上有許多隧道，我們只能以交頭接耳的方式交談；火車一搖晃，便抓住彼此的身體，互相支撐。這樣的狀況重演數次之後，我發現他的手就像要掉不掉的樹葉一樣始終停留在我的大衣之上。我垂眼望著他的手，又抬眼凝視著他。地下室以那雙清澈的雙眼回望著我，而先撇開視線的是我。他湊過臉來，往我的耳朵吹氣。

「我可以吻老師嗎？」

我又驚又疑又困惑，此時火車又大大地搖晃，而地下室宛若太極拳高手一般，乘著搖晃之勢吻上了我的嘴唇。

老天爺究竟想跟我說什麼？我大可以發怒，也可以一笑置之或是向他道歉。我是不是做了什麼讓你誤會的舉動？

可是我什麼也沒有做，只覺得如果他想這麼做，就由他去吧！車廂間的通道上除了我們以外，還有其他沒位子可坐的人；他們對於男人接吻無動於衷，只是自顧自地滑手機、望著窗外，或是隱藏真正的自己。地下室的身體離開時，寫在他臉上的是後悔與悲傷。

「對不起。」他的聲音留有薄荷的餘香。「我太輕率了。」

說來驚訝，當時我的心裡感受到的不是憤怒也不是侮蔑。我之所以用手捂住嘴巴，是因為擔心中午吃的米粉和貢丸湯的氣味被聞到。我的動搖並不是針對該動搖的事產生的，而是來自於這種微不足道的小事。我想，那時候，我已經踏上了通往**地下室**的樓梯了。

「發生了什麼事嗎？」

在地下室開口回答之前，列車又穿過了一個隧道。

「我的男友死了。」

我垂下了雙眼。

「我不是一個好伴侶。」地下室緊緊地抓住自己的胸口。「他還在世的時候，我和其他人發生了關係；可是，他死了以後，我再也不想和任何人做那檔事了。在陳列館看見老師的時候，我一眼就認出那是柏山康平，因為我在他生前借給我的書上看過老師的照片……他以前說過，老師八成和我們是同一類人。」

「我……」我原本想否認。「我也不知道。」

「我想，他說的應該不是性傾向。我不知道該怎麼說才對，他指的應該是超越性別，擁有同樣視野的意思。」

這種時候，我總覺得自己是不折不扣的冒牌貨。和他擁有同樣視野的人根本不是我，而是像椎葉莉莎那樣的人。雖然在別人眼中看來自由奔放，其實他們是被自由折磨，永遠在流血；而我這種作家就會趁虛而入，以花言巧語拐騙他們，假裝和他們擁有同樣的視野。

「鹿康平自殺的時候，我好難過。因為他明明可以好好去愛曉，但他卻忽視了這一點，完全被眼前的事綁住了。」淚水滑落地下室的臉頰。「和我一樣……我該放更多心思在他身上的。」

孤獨承受不住無法療癒的傷痛，為了追求愛情而狂吠。地下室的男友死了，鹿康平離開了曉，而椎葉莉莎的情夫還活著。不過，要論無法癒合的情傷，大家都是一樣的。

「你很愛他。」我是在對誰說話？地下室？鹿康平？還是自己？「我想，你也已經用你的方式全心去愛他了……」

地下室不再開口說話。他走下樓梯，關上了沉重的鐵門。

我們只能撇開臉龐，隨著將我們帶回現實的列車一路搖晃。

如此這般，人生總是毫無預警地邁入下一個階段。嚴峻的季節突然緩和了表情，讓我在無意間得知某些事已經翻了篇。現實逐漸淡去，美好的虛構再度支配了我。

《怪物》欠缺的一環既不是鹿康平在大陸的無數倒行逆施，也不是他屈服於蘇大方的軟弱，更不是他自殺的真相。透過與地下室的相識，我總算確定了這一點。這種高潮迭起的情節交給其他作家去寫就行了。

在我看來，《怪物》沒有描寫到的重中之重，即是鹿康平與曉墜入愛河的瞬間，所有的愛與傷痛誕生之地。人無法同時過兩種人生，我必須讓鹿康平想像放棄臺灣與曉共度的另一種人生，至少要讓他握住地下室的門把。兩種人生，兩種未來，他得在陽光底下與地下室之間更加動搖才行。我必須極度不著痕跡地描寫鹿康平與曉互有情愫的場面，不著痕跡地製造冰涼的火花。

我在國家圖書館裡埋頭閱讀資料，累了就過馬路到廣闊的中正紀念堂散心。這一天，當我散完心回到圖書館，看到有個白人男性正激動地對著櫃檯大聲嚷嚷。原來他離開座位沒多久，包包就被偷走了。他指著天花板，要求調閱監視器畫面。櫃檯的中年女性目瞪口呆，一副完全聽不懂對方在說什麼的模樣。男人漲紅了臉，顯然十分氣惱對方如此遲鈍。他扯開嗓門大吼，說他的包包裡還裝了護照。完全聽得懂他在說什麼的我看不下去，便出面解圍。這裡是臺灣，你說的是日文，日文只有在日本才管用。聽到我這麼說，他錯愕地眨了眨眼。

「然後呢？」誠毅一臉認真地催我說下去。「後來怎麼了？」

「圖書館的人報了警。」我嘆了口氣。「那個人的日文說得相當流利，卻連日本和臺灣都分不清楚。」

「這段插曲可以給我寫進小說裡嗎？」

「當然，我就是覺得或許對你有幫助才跟你說的。」

「你也覺得已經嫁作人婦的圖書館員和高中生相遇的衝擊性太弱嗎？」

「我只是覺得也有這樣的相遇方式。」

我們同時喝了口啤酒。

我和誠毅在除夕夜走在衡陽路上時偶然發現的露天啤酒吧裡喝著一杯一百九十元的精釀啤酒。

「欸，立仁，你覺得這段插曲帶給我們的教訓是什麼？」

「是什麼？」

「就是永遠都要搞清楚自己身在何處。拉了屎以後，該擦哪裡就擦哪裡，擤鼻涕也沒用。所有的誤會和自以為是都是這樣產生的。」

「原來如此，或許真是這樣。」

「唉，身為作家，就算搞不清楚自己身在何處，也可以樂在其中。因為你永遠料不到什麼地方有故事。」

「或許是我多嘴，不過好的插曲不見得能夠融入你的短篇故事。」

「沒錯，嗯，當然。」

「畢竟在你的小說裡登場的那個邪惡高中生是臺灣人，而我看見的是不會說中文的老外。」

「說到白人，你呢？還在寫救了老爸的英國人啊？」

「嗯。」我點了點頭。「幾乎都是我自己編造出來的。」

「無名的英國人透過作家柏山康平之手獲得了永恆的生命。」

沒錯，一切都是虛構。比起阻礙生活的真實，生活不可或缺的謊言要來得有價值許多。二舅之死的真相，只要在不傷害誠毅的前提之下一筆帶過就行了，不必老老實實地把藤卷徹治所說的全寫進去。蘇大方確實存在，即使那是二舅創造出來的另一個人格，那也是為了在飢荒大陸活下去而不得不為的欺瞞。至於二舅在大陸其實另有家室的事，誠毅根本不必知道。

我已經很久沒像這樣陶醉於支配故事的全能感之中了。這是個美好的夜晚。雖然這一年來發生了許多事，起碼我還活著，和如同北極星一般指引著我的表哥一起喝酒，再次開始思考小說。

我們繼續喝酒，興高采烈地談論已赴黃泉的人。劉醫師家的老陳年過九十了還是每天游泳一公里，屏東的秦大哥把一半遺產給了他的小老婆，郝爺爺回大陸以後替他的兒子們蓋了房子，可是臨終時陪在他身邊的卻是妓女。而當我在送來不知是第三杯還是第四杯啤酒的女服務生手上看見燙傷的疤痕時，我又亂了陣腳。

我立刻被拉回了悲傷的泥淖之中。面對猛然起身的我，女服務生有些畏怯。

「怎麼了？立仁。」誠毅連忙打圓場。「身體不舒服嗎？」

我凝視著她，並垂眼望向她的手。那並不是燙傷的疤痕，完全不是，只不過是刺青罷了，上頭寫著無法分辨的文字。我大受打擊，結結巴巴地道歉，並辯稱自己似乎看過那道刺青。

「上頭寫的是什麼？」我為了掩飾而隨口詢問。

女服務生俯視自己的手背，回答：「Sticks & Stones。」她是個屁股很大的女性，一頭毛躁的長髮綁成了一束。

「棒子與石頭？」

「Sticks and stones may break my bones, but word will never hurt me——棒子與石頭可以打碎骨頭，可是言詞完全傷不了我……是美國小孩吵架的時候常用的老套詞句。」

「可是言詞是可以傷人的。」

「當然。」她聳了聳肩，在離開桌邊之前留下這句話。「不過，不像棒子和石頭傷得那麼嚴重。」

在那一瞬間，她就是散發光輝的真理。

作家往往認為自己的言詞是棒子與石頭，但是在真正的棒子與石頭之前，言詞是何等無力啊！作家以為可以靠著言詞改變什麼，然而沒有棒子與石頭當後盾，縱有變化也是微乎其微。有人將愛寄託在言詞之上，也有人將愛寄託在棒子與石頭之上，又或是球棒之上。這麼一來，也難怪椎葉莉莎會清醒過來了。如果我是女人，非得在兩者之中選擇一個，我也會選擇用棒子與石頭證明愛情的男人，而不是選擇言詞。

「了不起。」誠毅吹起了讚賞的口哨。「沒想到在這種地方竟然有個神聖的使女。」

棒子與石頭可以打碎骨頭，可是言詞完全傷不了我——傷不了任何人的東西，也保護不了任何人。

「怎麼了？表弟，你的表情活像是看到了救星。」

「我想，她不會再聯絡我了。」

誠毅目不轉睛地凝視著我。「能這麼想，代表失戀已經告一段落了。」

「你失戀過？」

「就算沒有，也明白這個道理。」

「是嗎？」

「你忘了嗎?我現在正在寫戀愛小說啊!」

我們喝了口啤酒。

「我該回日本了。」我自然而然地說出這句話,連我自己也感到意外。「兜了好大一圈。」

「終於要回去啦?不過,哎,這就是表達啊!」

我滿懷期待地等待我的表哥說出下一句話。

「以最短距離傳遞訊息,只是單純的傳達;而表達則是兜好大一圈來傳遞訊息的方式。不過,有些訊息必須這樣才能傳遞,而作家就是這樣騰出解釋的空間的。」

剛才的女服務生屁股一搖一擺地端著啤酒四處穿梭,彷彿在說這家餐廳是由她掌管,在這裡,就算是國王也不能恣意妄為。經過我們的座位時,她對我眨了個眼。多虧了她,我對於回日本的決定才能獲得幸福的肯定感。這個世界就是如此單純明快。

「世界,為我開心吧!」我舉起酒杯。「敬那位小姐。」

16 留下文字的時間

回到東京以後，我致力於規律過生活。

早上七點起床，從八點工作到中午，吃過午餐以後，彈一個小時的吉他，接著小睡片刻；下午三點繼續工作，到六點告一段落，如果進展順利的話，還可以多寫一點兒。之後，在附近散步一小時，隨便找家店解決晚餐，再回家讀書、聽音樂或彈吉他，喝點小酒，並在十一點過後鑽進被窩，像戒毒者一樣一面慶幸今天一天沒惹出任何麻煩，一面沉入夢鄉。

「就是這樣。」植草用筷子指著我，一副正合我意的模樣。「柏山老師之前那麼消沉，才讓我意外呢！」

我含糊地點了點頭，喝了口生啤酒。

開完討論會以後，我們前往銀座。由於植草堅持要帶我去光顧女孩酒吧，因此我們便在與銀座格格不入的大眾居酒屋裡喝酒殺時間，等酒吧開張。植草對我顯然懷有親近感，三句不離「我們是兄弟嘛！」，實在是讓我很頭大。我根本沒要求，他就自顧自地把他正在追求的酒吧小姐和他互傳的LINE訊息拿給我看，我完全看不下去。

「說穿了，都是為了錢。這種女生交的朋友都是同一類人。說到這個話題，營業部不是有個叫牧野的嗎？我和牧野一起玩過四人行，是和在交友軟體上認識的女孩……啊，不可以說出去喔！這種事我只跟柏山老師一個人說，因為我們是兄弟嘛！」

植草也不想想自己的年齡，還學年輕人高舉啤酒杯鬼吼鬼叫，讓我萌生了一股勒死他的衝動。說來遺憾萬分，植草應該可以把那個女人追到手吧！他的臉皮這麼厚，要他跟貓搶木天蓼都沒問題。

說歸說，這個隨便的男人救了我，也是事實。植草口中道出的種種風流韻事和不堪入耳的閨房哲學讓為愛盲目的我睜開了眼睛。用個老套的說法，天涯何處無芳草？

「喂，你該不會也和椎葉小姐做過這種事吧？」我露出輕蔑與嫌惡之色。

「啊，您果然也會好奇。」植草得意洋洋，一派從容。「哎，我是提議過——」

「你這傢伙！」

「可是被拒絕了。畢竟她明擺著就不是那種類型的人。」

「那當然。」

「不過，人不可貌相，她看起來也不像是男人一個換過一個的女人啊！這麼一提，她的右手上不是有個很像燙傷疤痕的傷痕嗎？您知道那是什麼傷痕嗎？」

我故意裝蒜，藉酒逃避這個問題。

「我問過很多次，可是她不肯告訴我。」說著，植草抽了口電子菸。「原來柏山老師也不知道啊……哎，不知道也好。」

「因為會產生感情？」

「是會讓人產生感情的故事嗎？」

首次與她發生肌膚之親時的光景重新浮現。至今我仍然能夠清楚地憶起那一晚直令我發疼的衝動。記憶的片段不但鮮明而且歷歷在目，不過卻有決定性的差異。是什麼差異？我試著思考，而用不著思考，我也知道答案。我現在感受到的只是單純的性慾。

不知不覺間，性慾凌駕了幾個月前持續折磨我的感情。

以往，我可以像觀賞無聲電影一樣欣賞椎葉莉莎的嬌態，可是現在卻覺得缺少了什麼，缺少了溫度。因此，她的肌膚淪落為只能使我性慾高漲的事物。才經過三個季節，就有了這麼大的變化。和她之間的回憶已經無法傷害我了。

我試著思考愛情與自由，可是並不順利。思考這些究竟有什麼意義？或許只有在失去愛情與自由的時候，才能思考愛情與自由。

塞凡提斯是在塞維亞的監獄裡獲得了《唐吉訶德》的靈感，薩德也是在巴士底監獄寫下《索多瑪一百二十天》的，還有歐・亨利（註50）也一樣。我和椎葉莉莎都認定彼此不可能獲得愛情，所以對愛情嗤之以鼻，將自由視為對抗愛情的唯一王牌。

「好。」我精神奕奕地高聲說道：「去那間女孩酒吧看看吧！」

「就是要這樣。」植草拍了下膝蓋。「提前慶祝《怪物》文庫化！」

銀座的夜晚光彩奪目，到處都隱約透著赤裸裸的冷漠。

再見。愛情說道，而我也說了聲再見。歡迎回來。孤獨說道，而我則回答我回來了。你現在心情如何？自由詢問：又變回孤家寡人的感覺是？還不壞。我說道：我正想打電話跟你說……

椎葉莉莎聯絡我，是在二月過了一半的時候。

我結束了一天的工作，在傍晚散步時突然起心動念，順道去了站前的通訊行一趟。既然重新開始工作了，有支手機總是比較方便；再說，買了新手機，就可以像過新年一樣清算過去，氣象一新。非但如此，要是有人對我擺出失禮的態度，我也可以以牙還牙，當著他的面滑手機。我如此說服自己，一面聽著店員向我推銷最新

註50　美國小說家，一生中留下一部長篇小說和近三百篇的短篇小說。短篇小說構思精巧，風格獨特，以表現美國中下層人民的生活、結局出人意料而聞名於世，被譽為「美國現代短篇小說之父」。

機種，一面點頭附和。挑好機種，請店員替我做好各種設定（電話號碼可以用原來的），並選定費率方案之後，我帶著總算可以使用的嶄新手機與超市的購物袋回到了家，而當時已經接近晚上八點了。

我還沒把鑰匙插進玄關大門，就聽見家裡的電話在響了。我連忙脫下慢跑鞋，衝過走廊，一把抄起話筒，但電話已經掛斷了。

這傢伙怎麼這麼沒耐心啊！

我彈了下舌頭，在餐桌上打開超市買來的便當（還貼著特價貼紙），一面滑手機，一面安靜地吃飯。手機逐漸變成自己的專屬規格的感覺很好。不是我配合世界，而是世界像貓咪一樣跑來磨蹭我。我為了待機畫面而煩惱了許久，最後決定使用吉他的照片，便四處擺拍吉他，而此時家裡的電話又響起了。我看了牆上的時鐘一眼，時間是晚上九點半。拿起電話一聽，竟是椎葉莉莎打來的。

「老師，您現在方便講電話嗎？」

我險些掉了話筒。這就是人生的伎倆，專挑我好不容易振作起來的時候使出下一招。

「老師？」

「啊，嗯……」我吞了口口水，確保聲音暢通無阻。「我沒事。」

這回輪到對方沉默了。

我忍不住詢問：「怎麼了？」而這個問題顯得不識相又愚蠢。我下意識地把手放到腦袋的傷痕之上，連忙補上一句。

「對了，聽說妳要去新加坡？植草跟我說的。」

「我一直想跟老師道歉……」

「不是妳的錯。」我努力裝出「那只是雞毛蒜皮的小事，就和腳趾頭撞到櫃子角差不多」的聲音。「老天保佑，沒留下任何後遺症。」

「開庭的時候，我和老師的妹妹見過面。」

「嗯，她跟我說過。」

「這次外子做出了這種傻事，真的很抱歉……對不起。謝謝您不求償。」

「別把她說的話放在心上。」外子二字給了我輕微的打擊。我努力擠出開朗的聲音，說道：「她從以前就是這樣，嘴上不饒人。」

「老師，您現在方便出門嗎？」

「……咦？」

「我現在人在新宿的那間酒吧裡。」椎葉莉莎說道：「可以見個面嗎？」

我不假思索便衝出家門。我在毛衣上頭加了件大衣，一路跑到馬路邊，探出身子攔停計程車。

辛辛苦苦累積的成果劈里啪啦地垮了下來。無論過了多少個季節，我還是停留在原地，連一步都沒離開。如果切開我的胸口，就可以看到尚未乾燥的眷戀在發膿滲水。

時光彷彿回到了開始的那一刻，我下了計程車，搭上電梯，仰望樓層顯示燈，走出電梯，拉開掛著「FICTION」吊牌的門，並在坐在窗邊望著窗外霓虹燈發呆的她身邊坐了下來。

椎葉莉莎面帶悲傷地微微一笑。

我誠心誠意地點頭致意。

她哭了一會兒。

店員來了，我點了杯波本加冰塊。就連店裡播放的靈魂樂都像是延續著那一天。冰塊在椎葉莉莎的空杯裡融化崩塌。她穿著黑色的高領毛衣，戴著一條小十字架項鍊；在桌上交握的手指並未塗抹指甲油，右手上的燙傷疤痕一覽無遺，看起來宛若是被硬生生地推擠出來似的。

我們四目相交，我對她投以打氣的微笑。

而她哭得更厲害了。

那一夜，我氣惱自己，奪門而出，而椎葉莉莎追了過來。那就是我們的分歧點。我們大可以分道揚鑣，但我們並未這麼做。在那一夜，我們不想這麼做。如今她淚流滿面，我卻束手無策。

「為什麼會變成這樣？」

她喃喃說道，我喝了口酒。

酒精燒灼喉嚨，擴散至全身上下；就像現實逐漸在高滲透壓的虛構之中溶解般的飄搖感再度侵襲了我。在科學領域中，這大概會被定義為「錯覺」；然而，在這間名為「虛構（FICTION）」的酒吧之中，我確實感覺到了鹿康平、曉、二舅及蘇大方的氣息。他們試圖對我傳遞某種訊息。

我一面在沉默之中啜飲威士忌，一面集中意識傾聽他們的腳步聲。

鹿康平留下了曉，奔向梅納德先生；他邊跑邊哭，因為他知道曉不會乖乖等他。而他在心底深處也為此鬆了口氣，因為他不能將知悉自己罪行的曉帶回臺灣。即使如此，他依然淚流不止。必須割捨接納自己一切的女人，讓他心痛欲裂。他的死亡就是從這裡慢慢開始的。

二舅為了回到臺灣不擇手段。他創造出蘇大方這個虛構人物，將壞事的責任全都推給這個怪物。愛情沒有出場的餘地。回到臺灣以後，他被在飢荒大陸為了得到特權而犯下的無數罪行壓垮了；又或許他並未被壓垮，而是因為拷問而精神受創；又或許他並未精神受創。

「我決定要保留蘇大方。」

椎葉莉莎抬起了睫毛膏暈開的眼睛。

「妳還記得我們討論《怪物》增修的時候，我說過想把蘇大方刪掉嗎？」

她點了點頭。

「當時妳贊成刪除，我很高興。不過，我決定不刪了。」

「為什麼？蘇大方這個人實際上不是不存在嗎？」

「舅舅射殺蘇大方的幻影不是為了舅舅的名譽，而是為了我們家族而存在的。我們應該無法容忍家裡出了個怪物，也不願去想自己所愛的人可能是個怪物。所以，鹿康平才會被罪惡感、被殺了兩百個人和拋棄了曉的後悔壓垮，不得不自殺。即使是出於潛意識，其實我是希望舅舅這麼做的。」

「希望他保有人性……而不是變成怪物？」

「沒錯，我對於人性的看法十分狹隘，就算鹿康平選擇了曉，或許我還是會殺了他。察覺這一點之後，我覺得讓二舅生出的怪物蘇大方繼續擬人化也無妨，這樣我才不會忘記——到頭來，我所認識的舅舅，只是我自以為的舅舅而已。」我暫時打住話頭，凝視著她。「無論別人怎麼想，西峰並不是怪物。他確實有點像怪物，不過，妳之所以沒有拋棄他，就是因為妳看見了他不像怪物的那一面，對吧？如果鹿康平也能這樣看待自己，換句話說，如果我能這樣看待舅舅，或許我就不會讓鹿康平自殺了。或許我會更加認真地替他尋找生路……總之，我想說的是，真正的人生和小說不一樣，不能只切割對自己不利的部分。」

「我真的有看到他的另一面嗎……」

「至少妳試著去看。」

「這和愛情……或許無關，而是像從前老師所說的，是密度的問題。」

我點了點頭。

「我不認為我和老師之間的密度很低，正好相反，雖然時間短暫，卻非常濃密……太過濃密，使得我們不顧一切，所以才會變成這樣……一想到我們一路走來所做的選擇或許都是錯的，在種種錯誤累積之下才演變成這種局面……」她大大地吸了口氣，胸膛隨之起伏。「我也考慮過離婚，可是，後來我開始懷疑這個念頭也是錯的。時間就這樣不斷流逝，可是我依然理不出任何頭緒——」

「妳還在迷惘？」

她點了點頭，臉上有著空虛的陰影。

「包含去新加坡在內？」

「對。」

「他怎麼說？」

「他說分手比較好。」

「所以更讓妳分不了手？」

「是他的眼神。即使做出了那種事，他的眼神依然不會讓我感到害怕。事情變成這樣都是我的錯，可是他的眼神還是一樣溫柔。」

啊！原來這個女人也一直站在轉捩點上。

「他會彈鋼琴。彈鋼琴時那麼快樂的人居然會去傷害別人……」她喃喃地繼續說道：「那天他也在彈鋼琴。出門前，我向他打了聲招呼，而他的曲調突然變了。他突然開始彈起輕快的散拍樂曲，像喜劇片裡的酒吧鋼琴師那樣搞笑……我愣在原地，接著他砰一聲拍打鍵盤，彷彿在說：好，結束了。」

「然後呢？」
「就這樣。」說著，椎葉莉莎捂住耳朵。
多希望我能擁有原始且根本性的堅強，可以讓我逼退愛情與自由，就像為了生存而不惜出賣靈魂的二舅那樣。若是如此，至少現在能夠獲得救贖。不過，我和她已然過於背離自我，我們讀了太多書，對於愛情與自由思考太多，也了解太多，是以連自己想要的究竟是什麼都不明白了。
我看見了落指在最後一個音符上的開朗鋼琴師的背影。好，結束了。妳笑夠了吧？散場了。
「不管妳選擇哪邊都是正確的，不管妳選擇哪邊都會後悔。」
椎葉莉莎以求助的眼神望著我。
「可以讓我做決定嗎？」我站了起來。「出去散散步吧！」
我循著記憶走在永遠絢爛的新宿街頭。
那是個涼颼颼的夜晚，星星在帶有大樓剪影的夜空中冷冷地閃動。
走了一段時間之後，我確定自己沒有走錯路，便抓住了椎葉莉莎的手。她沒有回握，也沒有甩開我的手。她的手嬌小冰冷，連燙傷疤痕都冰透了。
我幾乎是拖著她走在人潮之間。彎過幾個轉角，穿越幾次人群之後，她似乎察覺我要前往何處了。
牽著的手傳來了躊躇。

我毫不畏懼地握緊她的手。初次走過這條路時的記憶瘋狂地渦旋著。那一夜，我們也是這樣手牽著手，一面像白痴一樣大笑，一面跑過這條路，尋找可以合而為一的地方。過去與未來都不重要，我們擁有的只有現在這一瞬間。

不知是不是感受到了我的心情，她的手倏然變輕了。她也開始配合我的步調，呼吸與感情逐漸同步。不知幾時間，我們開始奔跑，沉浸於最初那一夜的濃密回憶之中。我們不斷奔馳，穿過無人注意的小路，險些在轉角撞到人。每當穿著高跟鞋的她絆著了腳，我就會笑著抱住她；而每當我迷路，她便會替我指引方向，拉著我的手前進。如此這般，我們抵達了那一夜的賓館。

我們停下腳步，正面相對。

牽著的手充滿了不安，但我們都沒有放手。我上氣不接下氣，她也一樣。我們臉頰泛紅，抖著肩膀喘氣。

「我想要妳。」我說道。

「我也是。」她說道。

我望著椎葉莉莎的雙眼，感覺到她也和我看著同樣的事物。我們呵出了白色的氣息，宛若欲望不斷地外洩。

聯繫人與人的不是愛情，而是軟弱。二舅、鹿康平和藤卷徹治也是這樣。有的人不敢正視軟弱的代價，逃之夭夭，而有的人付出了一輩子的代價。唯有不曾逃避、持續支付代價直到最後的人，才可以將其稱之為愛情。

不過，這是錯的。

軟弱的鼻子很靈敏，聞得出可以卸下心防與絕對不能卸下心防的對象。當然，有時候也會弄錯，而有時候會因為弄錯而一命嗚呼。

「由老師決定。」她說道：「無論最後結果如何，這次我一定會坦然接受。」

不過，唯有一點我敢斷言。將自己的軟弱繫上緞帶獻給對方的**那一瞬間**，愛情便會萌芽；無論對方是什麼樣的人，我們都會情不自禁地愛上他。每個人都愛過人。曉、俞蘭和椎葉莉莎都是值得獻上軟弱的人，她們能將軟弱代換成其他東西，比如為了活命而做的妥協、赴死的覺悟，或是介於兩者之間的物事。就連蘇大方也一樣。

男人抱著女人的肩膀走進賓館。遠處傳來了警笛聲，刺骨的寒風吹過。

「我們對彼此展現了自己軟弱的一面，我不認為這是毫無意義的。」

她用力地點了點頭。

「這次選擇我們沒有選的路吧！」我用指尖撫摸她的燙傷疤痕。「發揮想像力，在這裡告別。」

言詞沒有棒子和石頭那般力量，但或許再見是唯一的例外。椎葉莉莎垂下臉龐，抖著肩膀哭泣。

直到很久以後，我才察覺那是臺灣詩人的詩句。父親的藏書之中有好幾本那位詩人的詩集，我成為作家以後曾經拿來閱讀，但是很快就扔到一旁了。其中一本的某一段是這麼寫的：發揮想像力告別，以文字追逐痕跡——在那個道別的夜晚，我把這段文字拿來用在椎葉莉莎身上，即使對於詞句的出處有股隱約的不安。

就像裝神弄鬼的靈媒借用別人的話語安慰人一樣，這種心虛感被道別的甜美時刻牢牢捕捉，輕易地溶解了。回頭想想，我們的關係正是始於一篇詩文。肆無忌憚地展開的關係，同樣在肆無忌憚的狀態之下結束了。我決定寫下和椎葉莉莎之間的故事，或許就是在這個時候。

我們都知道這一夜並非永遠。我們知道了太多事，以至於不得不察覺這一點。以後日子照常得過下去，書會出版，列車會行駛，而我們會分道揚鑣。在各自的道路前方，同樣有各自的愛情、各自的傷痛、各自的自由與各自的孤獨，同樣會有新的開始，為了抓住想要的東西而伸長了手，卻又再次搞砸一切。

椎葉莉莎哭了。接著，她抬起臉來，微微一笑。透過悲傷的薄膜，我似乎看見了將她完全改寫的淡淡光芒。

這個結局不壞。即使女人全都離去了，也還有故事留下。正如同詩人也說過的一般，**留下文字的時間大多不會白費**。

好了，是時候了。風風光光地班師回虛構吧！

17 我可以寫一本書

任何事情都是按照某人的瘋狂夢想進展的。是誰的夢想並不重要。不過，在這個國家，能夠做夢的人極為有限。

因此，當蘇大方提出計畫時，鹿康平考量現狀，也認為這樣的做法確實最為合理。

撤離鄰近村子的居民，建設蓄水池，並讓村民自行承包工程。反正就算反對，只要有某個作春秋大夢的人決定要這麼做，事情就會言出法隨。

換句話說，強制撤離是無可避免的。既然如此，與其同時失去房子和工作，不如保住工作。

「可是，還有兩個問題。第一個是——」說著，蘇大方豎起食指。「就損益計算而言，現有的勞力已經足夠了。當然，這要視每個人的平均工時和工資而定，總之

上頭的人是這麼想的。這次建設蓄水池的人手已經夠多了。第二個問題是，必須替那些撤離村子的人找新住處。」

鹿康平姑且點頭附和，但他完全不明白這個話題與自己有何關係。

如果是要教訓某人讓他乖乖聽話，那我確實派得上用場；不過，我可無法毆打幾百、幾千規模的人逼他們從命。既然如此，這個老爺子跟我提這件事做什麼？

「我負責的不是和建設預定地的村民談判。」蘇大方一面用火柴替祭壇上的蠟燭點火，一面平靜地繼續說道：「這件事有其他人做。老實說，談判很順利。大家都知道這個國家現在是處於什麼狀況，也知道共產黨為了達成目的會使出什麼手段，更何況我提出的條件非常優渥。」

蘇大方中斷話語，用燭火點燃線香，並將線香拿在胸前，恭恭敬敬地正對祭壇上的牌位與掛在上方的掛軸。掛軸上畫的是蘇家祖宗，一對身著清朝禮服的男女。家裡的人全知道他每天早晚都會祭拜祖先，從不間斷。

祭壇就擺在帶有龍鳳鏤雕的太師壁前方，面向東邊，因為這樣才能朝著極樂淨土所在的西方祈禱。兩側的牆邊擺放著四張紅褐色的太師椅，這些擁有優美椅腳與光滑扶手的八腳椅都是年代久遠，以上等花梨木製成，一坐下來便會被微微的玫瑰香包圍。

蘇大方閉上眼睛，對著祖先默禱，並舉起線香拜了三次之後，才把線香插到香爐裡。

寬敞的廳堂裡飄蕩著淡淡的線香菸霧。

「所以呢？」鹿康平把握機會道出心中的疑惑。「到底有什麼問題？」

蘇大方轉過身來，目不轉睛地凝視著他。

看到那雙混濁的黃色眼睛的瞬間，鹿康平心知又有人要倒楣了。每當談到血腥的話題，這個老頭總是這樣凝視著對方。

問題在於……蘇大方說道：「和農民約定的條件，我們沒有能力履行。」

鹿康平皺起眉頭。

「有些農民很精明，要是撤離村子以後我們沒有履行約定……現在時局這麼壞，會發生什麼事沒人知道。如果只是向中央提出請願書倒還好，反正鐵定是連拆都沒拆就進了垃圾桶。不過，現在大家都餓著肚子，火氣很大。你明白我的意思吧？」

「您是指暴動？」

「上頭的人確實擔心這一點。」蘇大方一臉滿意地微微一笑。「哎，也不能責怪上頭的人。有東西得保護的時候，人總是會變得比較膽小。」

「那您打算怎麼處理？」

「換作是你，你會怎麼處理？康平。該怎麼做，才能解決這個問題且不留餘恨？」

換作是我會怎麼處理？我連想都不願想，而且想了也沒用。這個老頭心裡早就有定見了。

一道鈴鐺聲傳來，鹿康平循著聲音望去，只見羊兒正從儀門窺探著廳堂。牠睉著眼睛，嘴巴不斷咀嚼，毛皮在晚晨陽光的照射之下閃耀著銀色的光芒。

除了羊以外，蘇大方的宅院裡還有孔雀、雞和金剛鸚哥，不久前也有豬和猴子。

不過，豬被端上了招待黨幹部的宴席，猴子不知幾時間消失無蹤，十之八九是被家裡的人吃掉了，但是當家的絲毫不以為意，豈止如此，還說那隻猴子老愛搗蛋，一直拿牠沒轍，不見了反而清淨許多。

羊兒熟門熟路地跨越門檻走進廳堂，繞著蘇大方打轉。

「乖，乖。你可別又跑去吃盆栽裡的姑婆芋啊！」蘇大方撫摸羊兒的頭。「姑婆芋有毒，不能吃，知道嗎？好了，聽懂了就快走吧！我和這個叔叔還有話要說。」

羊兒垂下了頭，晃著兩顆活像青棗的睪丸走出廳堂。從腳步聲和脖子的鈴鐺聲判斷，牠似乎爬上樓梯走到二樓去了。

蘇大方回過頭來，鹿康平聳了聳肩。

「然後呢？」

「該怎麼說呢……這應該叫做毛澤東方式吧！」

「毛澤東方式？」

「該死人的死了，剩下來的人就可以分到更多東西。」

鹿康平瞇起眼睛。

「原理很簡單。」蘇大方說道：「把死人當成活人，就能把他們的配給票分給大家，而且也不用為了他們的遷居地點或遷居後的生活煩惱。」

「一石二鳥，是吧？」鹿康平嗤之以鼻。「不過，這種事——」

「在這個國家沒有不可能的事。要把不可能化為可能，靠的是人脈。只要有人脈，要貓學狗叫也行。」

「換句話說，您和**上頭的人**已經談好了？」

「我做了許多傷天害理的事，數都數不清。」蘇大方一臉無奈地搖了搖頭。「死了以後一定會下地獄。不過，沒有一件不是和上頭的人說好的。康平啊，也許你覺得我狼心狗肺，可我其實也是有良心的，只不過我的良心只夠拯救我身邊的少許人。我沒有拯救世界的力量。這次為了建設蓄水池而被趕出村子的那些人，就算我不動手，他們也是死路一條。因為他們死了，對上頭的人比較有利。」

「您是怎麼做到的？」鹿康平語帶諷刺地問道：「要怎麼做，才能像您這樣公事公辦、不留情面？」

「你是軍人吧？」蘇大方驚訝地叫道：「奉將軍之命殺人，和奉我之命殺人，有什麼不同？殺人不是人類的本性，我是這麼想的。不過，非殺人不可的時候，有很多欺騙自己的方式。日本人把我們中國人當成狗殺掉，美國人把日本人當成猴子殺掉。要是認為對方和自己一樣是人，那就下不了手了。把殺或不殺交給比自己更有權力的人決定，也是在欺騙自己。」
「就像您一樣？」
「你敢說你不是這樣嗎？」
「那毛澤東該怎麼辦？」
「你不知道嗎？對於獨裁者而言，人民只是數字。他們不會直接動手，只會打算盤加加減減；就連算盤也不是自己打的，而是從幾百個人打出來的數字裡挑一個最中意的來用。不過，他們可以取捨的數字比任何人都大。希特勒是這樣，史達林是這樣，蔣介石不也一樣？」
「至少在臺灣不會有人餓死。」
「我必須謙虛地承認這是臺灣的優點。一來臺灣島土地狹窄，二來氣候溫暖潮溼，而且數字也比中國可靠。說穿了，經濟和政策都是數字遊戲。現在這個國家就算被處以凌遲之刑也拿不出正確的數字，而且革命熱忱之類的鬼話比任何數字都更加優先。只要有革命熱忱，工作一整天也不會累，不會有人瀆職，作物不會歉收，十五年超越英國易如反掌。不過，看看現實，這全都是因為數字是胡謅的。即使這樣，我們還是得在這裡——」蘇大方指了地面好幾次，以補強自己的話語。「在這種地方活下去才行。不偷不搶的人、不做壞事的人、不說謊的人、不討好上頭的人、不混水摸魚的人，全都離開人世了。為了在這個國家活下去，康平啊！我們不能放過任何苟延殘喘的機會。」

他的聲音宛若銅鑼一般鏗鏘作響，被吸入了廳堂之中。神情恍惚的蘇大方以空洞無神的雙眼仰望著祖先的掛軸，線香的煙霧如雲朵一般飄過鹿康平眼前。

天花板響起了抓撓二樓地板的蹄聲。羊兒似乎隨心所欲且悠然自得地前往了牠想去的地方。

從中庭傳來的是金剛鸚哥惡魔般的叫聲。本來有三隻，但是最聰明又最討人喜歡的那一隻被殺掉了，因為牠不知幾時間記住了傭人們發的牢騷，大聲嚷嚷可能會禍延九族的共產黨壞話。

「您是要我動手？」鹿康平擠出聲音問道。

「不勉強。」

「我可以決定？」

蘇大方不置可否，只是一臉悲傷地微笑。

「有多少人被強制撤離？」

「聽說有六百個人。」蘇大方像是在鼓勵啞然無語的鹿康平一般，補充說道：「不過實際上大概只有三分之一。你懂我的意思吧？」

當然懂。為了多拿一點配給，他們灌水中報農民的人數。

換句話說，實際上要殺的是兩百人，不是什麼大不了的數字。若是在戰爭期間，即使是微不足道的小戰役也會死這麼多人，並不值得大驚小怪。

「不，說不定更少。」蘇大方的語氣宛若這個事實是種莫大的慰藉。「因為應該已經死了不少人。」

鹿康平嘆了口氣，強自壓抑焦躁，問道：「您打算怎麼做？」

「你去找一個叫做老賴的男人。從這裡往南走一段距離有個叫做茅蛙的村子，這件事我是交給他安排的。」

「他是什麼來頭？」

「是那一帶的生產隊長。」

鹿康平無言以對。換句話說，生產隊打算出賣村人？

「我知道你在想什麼。沒有人願意幹這種事。老賴的腦子裡生了顆大瘤，已經活不久了；他有三個孩子，上頭兩個是米蟲，最小的是瞎子，為人父母的，當然會想留些積蓄給孩子。」

這不代表可以殺人。鹿康平努力把這句冒上舌尖的話吞了回去。我也一樣。為了活著回臺灣而淪落為蘇大方走狗的人沒資格說這句話。

「現在就騎著我的掛邊車出發，應該可以趕在太陽下山之前回來。」

「這個時間大家不都還在人民公社工作嗎？」

「我已經跟老賴說過你會去找他了。」

原來如此，一切早就安排好了。

「他在村子裡等著你。還有，今晚我要和那個女孩吃飯。」蘇大方以順道一提的口吻補充說道。「我想辦個正式的晚宴，待會兒會派人送衣服過去，讓她換上。我想想……六點帶她到飯廳來吧！」

當天，將終於增修完畢的《怪物》寄給植草之後，我半是放空地彈起吉他來了。

那是四月即將結束的星期四午後。

把原稿寄給編輯以後，我總是坐立難安，心境宛若送孩子進考場的母親。撫弦的指尖似乎也受到我的心情感染，彈不出平時的聲音，使得我大為焦慮，病態地反覆彈奏同樣的樂句。

在出太陽卻下著小雨的午後，我泡好咖啡，正想小憩片刻時，電話響了。

我拿著咖啡壺，扭身俯視餐桌上的手機。椎葉莉莎最後的笑容仍然烙印在眼底，近乎確信的預感讓我不敢立刻接聽。雖然畫面上顯示的是未知的電話號碼，卻反而加深了我的確信。我用顫抖的手指按下通話鍵，將手機放到耳邊。

「喂？請問這是柏山老師的電話號碼嗎？」

聽了這道低沉的女聲，我吞了口口水，戰戰兢兢地表示「沒錯」。

「好久不見，我是藤卷琴里。」

意料之外的名字令我不禁動搖。

「喂？您聽得見嗎？」

「啊……對不起，我聽得見。」我連忙拿好手機。「好久不見。」

「我現在人在鷺之宮站附近，如果不會打擾到您的話，我想前去拜訪。」

我必須在一頭霧水的狀態之下利用她抵達前的二十分鐘收拾散亂的客廳，擦桌子、吸地板，打開緣廊的落地窗換氣。門鈴響起時，我正在換衣服，只好用單腳蹦蹦跳跳地穿上牛仔褲，一面扣上法蘭絨襯衫的釦子，一面快步走向玄關。我一打開門，她便面帶微笑地低頭致意。

「突然上門打擾，很抱歉。」

我拚命搖頭。

「您正在寫作嗎？」

「沒有。」我單手撐著門，請她入內。「請進。」

藤巻琴里身穿米黃色的針織衫加格紋長裙，頭戴時髦的法國鄉村風綠色帽子。她依然留著一頭帶有瘋癲氣息的長髮，但我已經知道她的瘋癲並非將人生獻給文學之人的瘋癲；非但如此，在她的世界，那根本稱不上瘋癲。

藤巻琴里在玄關落塵區察覺了反過來立在牆邊的相框，便拿起來觀看，彷彿這麼做才符合禮儀。她完全沒理會從我口中冒出的責難之聲，逕自端詳青鳥照片。那股坦率不造作與她醞釀出來的節奏同樣令我聯想到大陸風情。

「是灰藍裸鼻雀啊！」

「對。」我聳了聳肩。「您還記得第一次見面的時候，我們聊過鳥的話題嗎？」

「當然。」

「後來我在網路上看到了這張照片。」

她點了點頭，望著照片，接著又直接把相框掛回牆壁的釘子上。

我忍不住張開嘴巴，但是一來不知道自己想說什麼，二來又覺得順她的意也無妨，便再次閉上了嘴巴。這樣不過是讓青鳥照片物歸原處罷了。

「您知道這種鳥的日本名稱是什麼嗎？」

「呃，好像是……」我歪頭納悶。「唔，是什麼？」

「空色風琴鳥。」她揭曉答案。「我爸爸就是從這種鳥取了一字，替我命名的。」

「原來如此。」

「我爸爸是在厄瓜多的小村子裡向我媽媽求婚的，當時有許多這種鳥在飛舞，他覺得那兒就像是風琴鳥的故里，所以才把我的名字取作琴里。」

「您父母現在是在？」

「住在京都，因為我爸爸工作的研究機關在那裡。」

我請攜帶點心前來的藤卷琴里到客廳就座，並把剛泡好的咖啡連同點心一起端上桌。點心是看起來美味可口的最中餅。她一臉新奇地瀏覽書架上的書籍與唱片架。

「您的傷已經好了嗎？」

我摸了摸頭，含糊地回答：「嗯，是啊！蠢病治好了。」

「我聯絡了您好幾次，可是電話一直打不通。」

「哦，我不久前才剛換新手機。」這時候我才想起來該向她致哀。「徹治先生的葬禮我沒能前去致意，很抱歉。」

「他已經九十一歲了，葬禮就像宴會一樣熱鬧。」說完，她正襟危坐，帶入正題。「不瞞您說，我要去英國了。」

英國！我大吃一驚。琴里，連妳也一樣？

「初次見面的時候，我們聊過民謠的話題，您還記得嗎？」

「記得。」

「我把論文寄到科茲窩的大學，而那篇論文通過審查，校方聘我為兼任講師。」

我抿起嘴巴點了點頭，以免臉上流露出困惑之色。

「起先是教日文，而且只有一年的合約，說不定馬上就得回日本；不過如果教學成績獲得肯定，或許可以轉為專任教師。」

我向她道賀。

「那邊的新學期是從九月開始，在那之前，我想先到歐洲各地參觀一下，另外也得找房子住，所以下個月就會離開日本了。」

「所以您是特地來向我致意的？」

「我擔心爺爺造成了老師的困擾。」她略帶遲疑地繼續說道：「爺爺說王康平先生不是死於自殺，不過，無論爺爺如何解釋，那就是自殺。他對老師說了那麼多失禮的話……」

「沒這回事。」我連忙搖頭。「我很慶幸能夠知道舅舅在大陸的情況。雖然不能直接反映在小說裡，但是真相還是以某種形式影響了作品中的人物。」

「是嗎？」

「對，比如蘇大方這號人物，起初我是把他寫成像艾爾・卡彭（註51）那樣的人，冷酷又多話。不過，聽了徹治先生的一番話以後，我把他改寫成有些粗野卻又帶有人情味的人，就像個鄉下人……既然他是舅舅的分身，就該和我認識的舅舅有些共通之處才對，比如氛圍之類的。」

「聽您這麼說，我鬆了口氣。」

我們喝著咖啡，吃著最中餅。她那沐浴在鮮豔聚光燈底下的肢體閃過眼前，令我悲從中來。她寫得出什麼論文？有哪所大學會聘用脫衣舞孃當講師？

而我一廂情願的感傷又是徒然一場。因為藤卷琴里確實寫了論文，遠渡英國，在科茲窩的大學教了兩年的日文。

從赴英前拜訪我的這一天算起，她是在一年半後對我坦承自己當過脫衣舞孃的。當時我人在她科茲窩的公寓裡，以白色為基底的舒適小房間裡擺放著她從古董

註51　綽號疤面，是一名美國的黑幫分子和商人。他在禁酒時期出名，成為芝加哥犯罪集團聯合創始人和老大。

店裡買來的老舊椅子和瑪瑙般的落地燈，椅子上方掛著裱了框的康琪塔照片。當時是秋天，以花聞名的街道上綻放著五顏六色的花卉。花香從窗戶飄進來，桌上是她親手烹調的烘肉捲、我從日本帶來的羊羹和西班牙產的葡萄美酒。

她說她下個學年度要去劍橋的學院教書，並以順道一提的泰然口吻提起自己邊當脫衣舞孃邊寫論文的往事。瞧，掛在椅子那邊的照片就是我的脫衣舞孃照。她對於那段日子既不感到後悔，也不引以為恥。我的藝名叫康琪塔，其實這是我媽媽的名字。妳一定很紅吧！我說道，而她露出了神祕的微笑。你說呢？她的表情十分快活、十分美好，彷彿在說這下子沒有任何祕密了。我舉起酒杯，對她的不屈精神表示敬意。

不過，那一天，在她突然來訪的四月午後，我完全沒料到會有這樣的未來等著我們。

「後來……」藤卷琴里直截了當地問道：「您有和她見面嗎？」

「有，見了一次面。」

「只有一次？」

「只有一次。」

「您會後悔嗎？後悔和她相識。」

「後悔的事可多了。」我老實承認。「而這正好證明她在我心裡占有一席之地。」

「我明白您的意思。」

「我覺得現在這樣就夠了。哎，至少我可以向人炫耀自己差點為了一個女人丟了性命。」

「確實不是每個人都有這種經驗可以拿來炫耀。」

我笑了，而她也感染了笑意。

「您想聽嗎？」我問道。

「您想說嗎？」她回答。

「我覺得說出來比較好。」

「那我想聽。」

我看到她的咖啡杯已經空了，便從沙發站了起來。「我再替您泡一杯。」

「有酒更好。」

「您今天不是開車來的啊？」

「來這裡之前，我把車便宜賣給熟人了。」藤卷琴里說道：「所以，如果可以的話……」

當然可以！

我從冰箱裡拿了兩罐啤酒，接著打開唱片機的電源，將唱針放到唱盤的唱片上。從揚聲器流出的是法蘭克·辛納屈的《我可以寫一本書》。

我拿著啤酒罐，瞥了緣廊一眼。我似乎聽見了鈴鐺聲。不過，現在不是一九六〇年，這裡也不是蘇大方的幽暗宅院，所以既沒有孔雀，當然也沒有羊。

如果有人要求　我可以寫一本書
寫下妳的走路姿勢、呢喃與面容

五年後，我在倫敦的希斯洛機場遇見了一個彈鋼琴的東方人。

那架鋼琴似乎是開放給民眾彈奏的，只見那個東方人把大背包扔到一旁，淡然地演奏起艾瑞克・薩提的《裸體歌舞》。他的演奏十分精采，我停下腳步聆聽了一陣子，看了手錶以後才離開。

正當我在登機口附近的咖啡店看書的時候，有人以日語戰戰兢兢地向我攀談。抬起眼來一看，是剛才彈鋼琴的那個男人。他有著精悍的五官和黝黑的皮膚，留著絡腮鬍，背著大大的背包。我點頭致意，而他也這麼做。

「您是柏山老師吧？」

我用聳肩掩飾我的難為情，表示沒錯。

他略微遲疑過後，告知他是西峰信哉。

我花了點時間才意會過來，大吃一驚，仔細打量他的臉龐。

「那時候真的很抱歉。」說著，西峰信哉深深地低下了頭。「也沒有去探望您，對不起。」

他低垂的雙眸裡映出了目瞪口呆的我。我不知道該如何是好，只好先起身低頭回禮。

兩個大男人隔著小圓桌手足無措地佇立著。我們同時開口，同時說話，並露出靦腆的笑容，說明自己身在英國的理由。西峰信哉說他正在環遊世界。我請他坐下來，而他以班機即將起飛為由婉拒了我的好意。他正要前往摩洛哥。

我們扭扭捏捏，尷尬地站著。該說的話、該問的事明明只有一件，卻一直拖拖拉拉地說不出口。或許根本沒有什麼話是該說的。五年的歲月改變的事比我想像的更多，我的內心與腦袋的傷口早已痊癒了，不會因為尋常小事而動搖。當他終於下定決心說出「我和莉莎已經離婚了」時，我非但沒有心煩意亂，反而覺得像是被告知早已知悉的事，甚至有股懷念感。唉！看來我也老了。

「我出獄以後，我們才協議離婚的。」

西峰信哉以平靜的聲音娓娓道來，他的眼神確實如椎葉莉莎所言，帶有柔和的光芒，一如他彈奏的鋼琴曲。打傷我的那一天，他也彈著鋼琴，與他格格不入的輕快散拍樂曲。即使只有一時，我和椎葉莉莎奪走了他眼裡的溫柔與所有良善。幸好他還能恢復這樣的眼神，找回鋼琴的音色。

「那她現在……」

「在紐西蘭。她和當地人再婚，不久前小孩才剛出生。」

我點了點頭。

「當時，莉莎撲到您身上保護您。我從來沒看過那樣的莉莎。」

「我才該向您道歉。」我向他低下了頭。「那時候真的很對不起您。」

「沒這回事。」西峰信哉搖了搖頭。「是我一直得過且過。我不認為那麼做是正確的，但是我認為要和心愛的人一起生活，那麼做是必須的，至少對於我和莉莎是必須的。可是，一旦得知自己的付出得不到回報，我就失控了。莉莎明明已經和我提了好幾次分手……真的很抱歉。多虧了莉莎，我才沒有鑄成無可挽回的大錯。」

沒有人去留意兩個不知所措地杵在原地的東方人。鋼琴聲夾雜在喧囂聲之間隱約傳來，有人在彈奏〈娛樂家〉。

「那我先走了。」

「好，路上小心。」

他鄭重地低頭致意，微微轉頭回望鋼琴聲傳來的方向之後，便將背包往上抖了一抖，獨自離去了。

就這樣。

原以為早已結束的事再次結束了，可說是片尾的片尾。在這樣的風景之中，播放的是史考特・喬普林（註52）的散拍樂曲，讓我有些感動。太完美了。再也沒有其他曲子更適合做為被一支球棒打碎的幾段故事的片尾曲了。

話說回來，椎葉莉莎當時想保護的是誰？我目送朝著登機口遠去的西峰信哉的背影，腦子裡突然閃過了這樣的疑問。是我？還是他？之後，我坐在椅子上發了好

註52　美國非裔作曲家、鋼琴家，以其散拍作品而聞名於世，被譽為「散拍之王」。

長一段時間的呆，直到登機廣播將我喚醒。

在返回日本的飛機上，我夢見了椎葉莉莎。

這是她頭一次出現在我的夢中。縱使是在最痛苦的那段日子，只要沉入夢鄉，我就可以擺脫各種幻影，而如今我竟然夢見了她。

椎葉莉莎坐著兩人座的戰鬥機翱翔天際。她坐在後座，在前方的駕駛座上操縱戰鬥機的是隻白羊。座艙罩是打開的，因此我可以清楚地看見他們的模樣。

我坐在單座戰鬥機的駕駛艙裡，冷酷無情地用機關炮連續掃射他們。兩架戰鬥機在空中飛舞，看上去宛若嬉戲的蝴蝶。我的操縱技術較為高明，總是能夠繞到他們的背後；然而，白羊的飛機飛得比較快，所以我遲遲無法擊落他們。

椎葉莉莎回過頭來，隔著肩膀微微一笑。

下一瞬間，視野被白煙籠罩，我知道是白羊製造的煙幕。我在濃煙裡一面大吼，一面用機關炮亂打一通。從地上望去，槍口焰看起來鐵定就像是雲層在放電。

我終究無法擊落她。煙幕散去之後，圓弧形的蒼穹底下只有一架飛機在飛行，再也沒有別人了。遠處傳來一道聲音。接下來為各位旅客提供輕食……

我打了個呵欠，揉了揉眼睛，發現手上有淚水。我坐在窗邊的座位上，窗外一片蔚藍；空服員匆匆忙忙地往返於走道上，分發輕食給我們。

我迷迷糊糊地思考剛才的夢境有何意義。椎葉莉莎現在住在紐西蘭，她的飛機由羊兒操縱，也算是合情合理。

問題在於我為何那麼堅持要將她擊落。我左思右想，牽強附會，在吃完輕食以後，總算找到了一個勉強可以接受的解釋。

我有種男人象徵自由，女人象徵愛情的迷思；然而，在夢中一切都是相反的，**我代表愛情，而她代表自由**。沒錯，就如同那場誠毅是作家，而我只是一介登場人物的漫長夢境一般。我一心只想追上椎葉莉莎，將她擊落，而她製造煙幕甩掉了我。白羊是她的戰友，這是當然的，因為羊兒永遠都是站在自由的那一邊。

離別的那一夜，椎葉莉莎哭腫了雙眼，面露微笑；無論當時她看著什麼，都不是我所想像的事物，不是男人期望的事物。或許陶醉於空話之中的作家早已不在她的眼裡，或許映入她的眼簾的並非悄悄逃離的愛情，而是向她招手的自由，或許那些淚水其實是亢奮使然。在訣別的時刻，曉凝視的也許不是鹿康平的軟弱背影，而是自己猶如逆風高飛的青鳥般的心靈。誰知道？她們果敢地順從了自己的心意。

而在遙遠路途的前方，她們將兼得愛情與自由。

第三部

18 鈴鐺聲

宅院裡有許多門。

正門玄關是面向南邊的中門，只有蘇大方和他的客人才能使用，門前有一對石獅子。

門外有供人騎馬時踩踏的上馬石，但是村子裡的家畜早就被吃光了，莫說馬，連一頭驢子也沒有，大多時候都是閒得發慌的小孩坐在上頭發呆。如果蘇大方的掛邊車停在門外，孩子們就會興奮地爬上去或鑽進去。蘇大方經過的時候，大家都會叫他「蘇爺爺」，向他問安；而這種時候，蘇大方也會呼喚小孩的名字，摸摸他們的頭，問候他們的父母，並叮嚀他們要聽大人的話。小孩乖乖答「好」，他就會發給他們酸酸甜甜的山楂籽或五顏六色的糖果。

漆成紅色的中門上方掛著一個匾額，上頭以鮮豔的墨跡寫著「藻耀高翔」四字，意在祝福穿過這扇門的人可以文思泉湧、仕途順遂。

走進中門以後，還有扇儀門。這是因為當地的信仰認為一進玄關就立刻與祖先正對面是大不敬之故。儀門前頭是奉祀祖先的廳堂，而這個大房間就是宅院的中心，下女和家僕只能從東側的側門進出。

宅院裡有好幾條狹窄的走廊，走廊與走廊相連之處都立了眾門；這些門是蘇大方事後建造的，白天開放，晚上關閉，以防賊人入侵。牆壁則是用一種叫做青磚的冰冷青灰色磚塊砌成的。

紫檀迴廊環繞的中庭裡有植物盆栽和青瓷水甕，水甕裡有金魚和小烏龜在游泳；除此之外，還放養了一隻孔雀、兩隻金剛鸚哥、一隻脖子上掛著鈴鐺的羊和幾隻雞，常生蛋的雞是廚娘們心中的寶貝。

兩隻鸚哥性格爽朗，會說人話，常常模仿傭人的口頭禪逗大家開心。原本鸚哥有三隻，不小心批判了共產黨的那一隻當著其他兩隻的面被殺掉了，從此以後，剩下的兩隻再也不敢妄議黨的是非。中庭沒有屋頂，鸚哥並未被剪掉飛羽或是鍊在棲木上，卻不會飛走。

孔雀是蘇大方向倒閉的動物園討來的，對他而言，閃耀著七彩光芒的美麗羽毛正是幸運的象徵。

「凡事都有道理。」他時常對著孔雀說話，尤其是在他的身體開始散發出甜膩的屍臭味以後，他更是不顧孔雀的困擾，跟在孔雀身後吐露無奈的心聲。「喜悅、悲傷、憎恨，還有我的死，全都是有理由的。不過，現在的中國沒有理由。在沒有理由的地方，事情就是遵循少數人的理由運作的。你懂嗎？孔雀。而這些理由都很單純，比如想贏得別人的尊敬，不想被人瞧不起，不想放棄已經到手的東西，還想拿更多……這些人有力量，而只要有力量，理由就會有結果。沒有力量的人只能接受別人的理由造成的結果。這個國家已經瘋了，外頭有那麼多人餓死，這座宅子裡卻是什麼都有。我偷偷告訴你，孔雀，這種狀況其實是少部分人基於單純得可以的理由而引發的。」

蘇大方散發的腐臭連昂貴的麝香也無法掩蓋，像亡靈一樣在宅院裡飄蕩。

多虧了這股氣味，對他不安好心的人——從妄想殺掉蘇大方的人，到企圖謊報雞蛋數量的傭人——隨時隨地都會感受到主人的氣息，猶如被監視一般地忐忑不安，無論有什麼計畫都只能一再延期。

鹿康平走過中庭的迴廊，爬上木梯，敲了女孩的房門。

門上貼著「有」字上下對稱組合而成的斗方（在紅紙上寫下吉祥文字的正月裝飾）。這張斗方打從鹿康平住進這座宅院的那一天就已經貼在門上了，至今依然完好如新，甚至還有股墨水味。他等了一會兒還是沒有回音，便輕輕地推開了門。

女孩坐在窗邊的椅子上，打開貼了紙的木窗，望著窗外發呆。

「六點要和蘇大人吃飯。」鹿康平把頭探進房裡說道：「時間到了我會來接妳。待會兒會有人送衣服過來，先把衣服換好等我來。」

她沒有回話。

「妳聽見了沒？」

女孩依舊不發一語，只是望著窗外。

鹿康平彈了下舌頭，粗魯地關上門。當他轉過腳時，外廊欄杆上的青色金剛鸚哥飛來，大叫：「革命不是請客吃飯（革命不是邀請客人來吃大餐之意。摘自《毛澤東選集第一卷》）！」

「去你媽的！」

鹿康平掄起拳頭，鸚哥呱呱大叫，逃之夭夭。他平無精打采地走過外廊，穿過眾門，下了樓梯，到廚房去拿掛邊車的鑰匙，廚娘問他蠍子用英文怎麼說，他告知是「Scorpion」。聞言，她和其他廚娘一起格格笑道：「死公平！死公平！」

「原來如此，怪不得到處都找不到公平！」

鹿康平點了點頭，拿下掛在壁鉤上的鑰匙，從側門離開了宅院。

有四個小孩巴著停在上馬石旁的掛邊車不放。其中一個坐在駕駛座上，握著龍頭，就像在開戰鬥機一樣，「咻～噠噠噠噠噠！」和架空的敵人戰鬥。剩下三人擠在邊車的座位上，鹿康平一接近，他們便開始鼓譟。「臺灣人！臺灣人！」

臺灣人，臺灣人，飛機掉下來叫救命
屁股著火，放了個臺灣屁

天氣晴朗的時候，掛邊車會像這樣停在宅院前讓孩子們玩，就算鑰匙插在上頭，也沒有人會偷。這種掛邊車是人民解放軍的正式採用車輛，蘇大方擁有它，正是在昭告天下，他的人脈有多麼廣大。在純樸的村人看來，偷蘇大方的東西，就等於是偷偉大共產黨的東西。下雨的時候，家僕會把掛邊車拉進庭院，有時候雞會跑到座位上休息。

無事可做的小孩纏著鹿康平追問：「幹活啊？臺灣人。」鹿康平只能大吼「滾開」，趕走他們。

掛邊車保養有加，無論任何時候，只要踹上一腳，引擎就會發動。這一天也一如他的期待，排氣管噴出了白煙，車身開始震動。

為了防止沙子跑進眼睛裡，鹿康平戴上了飛行眼鏡，把檔桿打到一檔，一面抓住離合器，一面緩緩地催動油門。車子一動，他就立刻打到二檔，離開村子以後更是一口氣升到四檔，以時速五十公里的速度奔馳在黃土路上。

他是在下午一點過後離開青牛塘的，而他在兩點前就抵達了目的地。沿著景色一成不變又凹凸不平的崎嶇道路往南走，頭一個遇上的村子就是茅蛙。

鹿康平停下掛邊車，環顧四周。這裡和他從前看過的其他村子沒有任何不同，土牆泛黑的房屋聚集在一起，有片小廣場，廣場上有口水井。有的房屋已經塌了一半，有的缺了屋頂。

四周不見人影。

鹿康平緩緩地駛動掛邊車，低沉的引擎聲在空蕩蕩的村子裡迴響。他才剛打二檔，就已經繞完村子一圈了。

鹿康平停下掛邊車，等了片刻以後，又繞了一圈。

此時，有個少年從腐朽的土牆後方現身了。打赤膊的少年除了人民帽以外，只穿了一條藏青色的褲子和一雙破舊的布鞋。他手扶著牆壁，面向旁邊，看起來約莫十四、五歲。只見他就著面向旁邊的姿勢沿著牆壁緩步走來，高聲問道：

「是蘇爺爺派來的人嗎？」

鹿康平轉動鑰匙，關掉引擎，少年一臉無助地仰望天空，彷彿在目送裊裊升空的引擎聲一般。

「你是老賴的兒子？」

少年的臉龐倏然轉向聲音傳來的方向。「對。」他回答。看來這個乖巧的少年確實是老賴的小兒子沒錯。

「你爸爸在哪裡？」

「現在不在家。」少年戰戰兢兢地回答：「公社有人打架鬧事，村子裡的人叫他去處理。」

鹿康平下了車，走向少年。少年歪起頭來，傾聽他的腳步聲。

鹿康平俯視著身高只到自己胸口的少年。肋骨浮起的身體瘦巴巴的，手腳因為汙垢而變得烏漆抹黑；面帶友好笑容的臉龐轉來轉去，讓鹿康平覺得自己彷彿成了飛蟲。微微張開的眼皮底下只有一片黑暗。

「蘇爺爺要我和你爸爸見個面。」鹿康平冷冷地說道。他很想對少年大吼：就是為了你，你爸爸才打算背叛村人。「你沒聽他提過嗎？」

「爸爸說他今天大概很晚才會回來，請您改天再來。」

鹿康平彈了下舌頭，少年的身子猛然一震。

他的心頭整個揪了起來。

幹！這小子又不是自願當瞎子的。他在心裡咒罵。就算這小子的爸爸下了地獄，這小子也沒有任何責任。

看著盲眼少年的害怕神情，鹿康平開始覺得日後要和老賴做的事也有幾分道理和救贖。

「不是你的錯。我改天再來。」

「爸爸說不好意思讓您白跑一趟，要我帶您去倉庫看看。」

「倉庫裡有什麼？」

「聽說您是軍人。」少年說道：「他說只要是軍人，看了就會知道。」

鹿康平試圖從少年的表情揣測他的心思，但是沒能看出任何額外的訊息。

「好吧！帶我去倉庫看看。」

少年點了點頭，摸著土牆帶路。

走進庭院以後，左手邊有間屋外廁所，廁所的牆壁也是塌的。正面的主屋除了缺了門以外，沒有明顯的損傷。

少年緩緩地走向主屋，在無門玄關旁邊的藤椅上坐下來，豎耳細聽父親的客人是否跟上了。

「倉庫在後面。」說著，少年從褲袋裡拿出鑰匙。「這是鑰匙。」

那是把黃銅製的小鑰匙。

少年抬起臉來搖晃身體，臉上流露出完成任務的滿足感。

鹿康平刻意發出腳步聲，繞過主屋。

穿越瓦礫散落的小路，便可看見有個活像小祠堂的倉庫座落在雨簷底下。倉庫是混凝土製的，有扇堅固的鐵門，門把被粗鐵鍊捆了起來。

少年給的鑰匙就是用來打開鐵鍊上的鎖頭。

鹿康平嗅了嗅氣味，試圖從空氣中找到線索，但只有聞到乾燥的塵埃與老鼠屎的味道。他打開鎖頭，解開鐵鍊。鐵門並未生鏽，一下子就打開了。鹿康平等了一會兒，但少年沒有現身。

倉庫裡只有兩個隨地擱置的木箱，沒有其他東西，也沒有任何農具。

鹿康平並不驚訝。

東西都被搶走了。木材為了打鐵而被燒掉，金屬為了達成鋼鐵產量目標而熔掉，磚塊被徵收為建材，連棺材都被挖出來重複利用。這樣的光景他早已司空見慣了。聽說在北京，就連萬里長城的石頭都被搬走了。

他用腳踢了踢，木箱比他想像的更有重量。在打開蓋子前，他先湊上去聞了聞氣味。

蘇大方與老賴在打什麼歪主意昭然若揭。火焰的影像太過鮮明，讓鹿康平不禁茫然呆立了好一陣子。

「幹……」他深深地嘆了口氣。「那些王八蛋。」

他彈了下舌頭，掀起木箱的蓋子。如他所料，裡頭是火藥，為了避免受潮，放在厚厚的塑膠袋裡。被解放的火藥味頓時瀰漫了狹窄悶熱的倉庫。

第二個箱子裡裝的是生鏽的榴彈殼、反坦克地雷的殘骸與成捆的漆包線，甚至還有雷管。沾上乾泥巴的反坦克地雷似乎是蘇聯製的。

首先閃過腦海的是地獄的光景，被針山刺成肉串，被丟入血池煮沸，被拔掉舌頭，受盡各種折磨的自己。

他想起孩提時代在附近的雜貨店買的卷軸玩具。慢慢拉開卷軸，道路會從起點逐漸延伸並分出許多岔路；孩子們用手指走路，每當走到分歧點，便各自選擇一條路走下去。順利的話，可以走到天堂；可是一旦選錯路，就會掉入十八層地獄之一。

問題在於完全沒有關於正確路徑的提示。分歧點既沒有安排道德行問題，也沒有正確答案導向正確道路的設計，只能憑直覺決定往左或往右。換句話說，完全是取決於運氣。只要走個三次，就會記住正確的路徑，玩起來便索然無味了。

鹿康平俯視木箱裡的榴彈。

打從搭乘的B－17偵察機被擊落，察覺自己仍然活著的那一瞬間起，他便覺得自己活像是走在這種卷軸玩具上。沒有正確的答案，也沒有正確的道路，每走一步，就更接近地獄一步。最糟的是就算可以重來，他知道自己還是會選擇同樣的道路。

飛機墜落以後，或許他不該往東走，而是該往西走才對。這麼一來，就不會遇見蘇大方了。

不過，西邊有什麼？和這個國家的可憐老百姓一樣餓死，是正確的道路嗎？活路是在東邊。即使日後得用這些火藥炸掉兩百個人，還是沒有其他道路可以考慮。只有這條路是通往臺灣的。終點是臺灣，地獄只是過程。

鹿康平聽到聲響，回頭一看，老賴的兒子出現在倉庫門口。鹿康平蓋上木箱，並從上方踩了幾下。

「您沒事吧？」少年一臉擔心地詢問。「您一直沒出來，我過來看看是怎麼回事。」

「我要出去了。」

「您看完了嗎？」

鹿康平沒有回答，牽著少年折返原路。少年絆著了瓦礫，失去平衡，鹿康平扶了他一把，並牽著他的手回到庭院，讓他坐在玄關前的藤椅上。

「蘇爺爺應該會聯絡你爸爸。」鹿康平一面將鑰匙歸還給少年，一面說道：「告訴他我來過了。」

「好。」

鹿康平俯視著少年。少年把耳朵轉向屋外，聆聽只有他聽得見的聲音。不是這孩子的錯。鹿康平如此暗想。這孩子一路走來都有人牽著他的手，以後的路途也需要有人牽著他。

「再見。」

「慢走。」

鹿康平本欲離去，又突然停下腳步，詢問少年。「你知道箱子裡裝的是什麼嗎？」

少年只是搖頭。

鹿康平走出庭院。在熾熱的午後陽光底下，昂然停在黃土路上的掛邊車看起來白晃晃的。

他又回頭看了少年一次以後，才緩緩地走回掛邊車邊，跨上坐墊，插入鑰匙，一面轉動油門，一面使勁踢開腳架。引擎發動了。

鹿康平坐在坐墊上，讓身體感受引擎的震動。接著，他下了車，脫掉鞋子，放在坐墊上，並躡手躡腳地折返，從土牆的裂縫偷窺少年。

少年正在豎耳聆聽引擎聲，他的臉上掛著特大號笑容。那是令人背上發毛的冷笑。

鹿康平不慎踢到了腳下的瓦礫，而他忍不住往後退的腳跟又卡到了瓦礫。小瓦礫牽引大瓦礫，瓦礫山因而倒塌下來。

少年臉上的笑容倏然消失了。他轉過頭來，臉上掛著被害者的受傷表情。

「你知道你爸爸要做什麼吧？」

少年沒有回答，只是像個聖潔的盲人一樣搖頭。

鹿康平走回掛邊車邊，牢牢地戴上飛行眼鏡，跨上車，離開了茅蛀。

這個世上確實有許多無可奈何的事，多得數不清。不過，閻羅王可不會因為你無可奈何就饒過你。

地獄的大門是平等地為每個人開啟的。

鹿康平回到青牛塘，向蘇大方報告他沒見著老賴，而蘇大方只說了句「知道了」，並未多問。

「那裡有火藥。」鹿康平懷著試探之意提起這件事。「是要用那些火藥嗎？」

「要怎麼做是交給老賴決定的。」蘇大方滿臉歉意地說道，彷彿他完全無權決定。「如果你想用機關槍掃射兩百個人，我也可以幫你安排。」

「我還有一個問題。」鹿康平並未退縮。「動手的只有我和老賴嗎？」

蘇大方在開口之前凝視了鹿康平片刻。「他的兩個兒子也會幫忙。」

「所以是四個人一起動手？」

「可以這麼說。」

「為什麼派我去？」

蘇大方垂下眉尾，嘴角浮現了落寞的笑容。

「除了我以外，應該還有很多人已經習慣這種工作了。比如麻子，他鐵定很樂意效勞。是因為我是臺灣人嗎？」

「事情總得有人去做。既然如此，與其找會被這種事壓垮的人，不如找承受得住的人。」

他這是答非所問。

鹿康平本想打破砂鍋問到底，但想想這麼做並沒有意義，便將話吞了回去。反正這個老奸巨猾的老爺子一定又會顧左右而言他，這麼做只是在替他製造發表平時那套謬論的機會而已。如果魚與熊掌不能兼得，至少保住其中一樣。為此，我甘願下地獄——

鹿康平沒有繼續發問，而是驗證從茅蛙村回來的路上一直梗在心頭的疑惑。

就算能夠順利炸死兩百個人，蘇大方下一步打算怎麼做？這個在宅院裡蓋了一堆眾門的謹慎老人會慰勞我們，給點賞賜，然後大家就相安無事了？鹿康平不這麼認為。

「老賴是個可憐人。」蘇大方的口吻宛若在說希望你能諒解，我比你還要痛苦好幾倍。「你看到的那個瞎了眼的小孩不是他的親生兒子，是他老婆帶來的拖油瓶。他老婆是個不守婦道的女人，在鄉下地方填不飽肚子，就丟下小孩跑到廣州去，整整兩年音訊全無。有人在廣州看到她，說她已經淪落風塵了。這是她自作自受。哎，是真是假不得而知就是了。這種故事裡的女人最後大多是淪落到在大都市賣身的結局。大兒子和二兒子是老賴的親骨血，兩個都是不好惹的狠角色，我的軍隊去茅蛙的時候，只有他們兩個人反抗到底。他們把乾草叉綁在排子車前面撞過來，也不想想他們面對的是槍桿子。」

鹿康平一臉讚嘆地點頭附和。

心頭的疑惑在不知不覺間消解了。蘇大方的誠懇口吻能夠超越善惡，直接觸及聽眾的靈魂；最重要的是，這個老人熟知自古以來便烙印在中國人血液裡的憧憬，以及對於英雄們道不盡的敬畏。

即使知道這是編造出來的故事，依舊無法抗拒它的魅力。單單兩個人拿著乾草叉對抗持槍的民兵？怎麼可能！

蘇大方的意思是，以後要和你一起工作的人足以比擬《水滸傳》裡的豪傑。在英雄豪傑的故事裡，死亡是種無與倫比的美麗，遺憾越深，他們的死就越是光彩，越是象徵人生，深深地烙印在聽眾的心底。

「瞎了眼的小孩常被村人欺負，每次都是他的兩個哥哥替這個沒有血緣關係的弟弟出頭。所以當老賴被推舉為生產隊的隊長時，大夥兒都很開心，以為會有什麼改變，畢竟他是個有骨氣的男人……實際上確實變了。每次一缺糧，村人就會想方設法偷拿人民公社的糧食，而每次都是老賴替他們擦屁股。他夾在村人和黨之間，總算發現自己其實是被推出去當替死鬼。被黨責罰的永遠都是老賴。」

麻痺手腳的暢快義憤竄過了鹿康平的全身。經歷過這樣的遭遇，難怪那個盲眼少年笑得那麼開心。把希望寄託在世界滅亡的空想之上，又有何妨？錯的是利用老賴一家的村人。

「好了，回房休息吧！」蘇大方的表情緩和下來，說道：「接下來只要在六點把那個女孩帶來飯廳，你今天的工作就結束了。」

鹿康平懷著難以平復的激動情緒，踩著飄飄然的步伐回到了自己的房間。

他躺在床上仰望天花板，想像著被炸成碎片的兩百數字，興奮地打了個顫。他又試著想像飛散的血肉與碎裂的手腳，可是他想像不出來，因為那只是數字而已。

一旦人變成數字，事情就變得簡單許多，鹿康平的心情也因而放鬆下來，得以睡個安穩的午覺，直到被柱鐘的鐘聲吵醒為止。

他瞪著天花板，聆聽著逐漸散去的五道鐘聲。剛才的亢奮已不復在。剛睡醒的疲懶感與自我厭惡化成了重錘壓住他的胸口。

仔細想想，他實在不明白哪個才是真正的自己。打算冷酷無情地炸死兩百人的自己，和輕聲催促他趕快離開這個鬼地方的自己。他墜入了平時的邏輯之中。就算我不做，也有其他人會做。即使保羅・蒂貝茨拒絕在廣島投下原子彈，還是有很多人可以接替他。話是這麼說——就在他反覆尋思之際，柱鐘又響了一次。

下午五點半。

鹿康平嘆了口氣，把擾人的念頭全趕出腦海，從鋪了草蓆的床鋪起身，往琺瑯痰壺裡吐了口口水。

他用手摸了摸臉，感覺起來活像是換了張面孔。事實上，當他打開門走出房間時，臉上的表情已經完全被抹除了。

鹿康平踩著堅毅的步伐走過迴廊。這種時候，走路更該腳跟著地，否則會霉運纏身。他牢牢地踩著木板走廊專心走路，走著走著，一分為二的自己似乎又漸漸地合而為一了。

他必須帶昨天擄來的女孩去見那個老頭子。那個命硬的老頭居然聽信謠言，認為一個十七歲的小丫頭能夠預知人的命運。人死到臨頭，腦子就會變得不正常。鹿康平如此暗想。就算老頭子說他從今天起要開始喝水銀，我也不意外。

廚娘蹲在中庭的金屬臉盆旁邊殺雞。看著女人的大屁股，鹿康平有種心酸的感覺。他厭惡把她的屁股當成代用品看待的自己。說到代用品，在青牛塘生活的日子每分每秒都是真正人生的代用品。

沙沙作響的金屬臉盆裡裝著蠍子，牠們用腳抓撓彼此的身體。其中一隻從臉盆邊緣掉了出來，廚娘並未察覺，反倒是雞群一陣騷動。

小蠍子一直線衝向姑婆芋盆栽，卻被躲在柱子背後的孔雀探出頭來吃掉了。啄食不斷掙扎的蠍子以後，孔雀像貓咪一樣叫了一聲，曳著長長的尾羽，踩著優雅的步伐離去了。廚娘連頭也沒回，只是哼著歌。

鹿康平爬上樓梯，來到女孩的房門前，這次沒敲門就直接推開了門。女孩依然坐著椅子，雙腳蹺在窗緣上，彷彿今天一整天都沒離開過那張椅子。

夕陽餘暉從窗戶射了進來，將掛在牆上的白色旗袍的金銀絲照得閃閃發亮。轉過頭來的女孩五官出奇的端正，讓鹿康平不禁倒抽了一口氣。她的右眼底下有顆黑痣，宛若錯放在優美文章之間的句點，但這反而更加凸顯了她的威嚴與縹緲。

「妳要是跳下去，就能逃走了。」鹿康平說道。

「要往哪兒逃？」

女孩垂下眼睛，再次將臉轉向窗外。鹿康平也跟著把視線移向外頭，但是並未看見任何賞心悅目的景物，只有一陣陣的風輕撫貧瘠大地的黃沙。

「在那棵枯木底下抱著膝蓋的人，還有在牆邊休息的那些人……他們都是看守吧？我根本逃不掉。」

「既然知道逃不掉，為什麼不換衣服？」

她沒有回答。

「我說過六點吃飯。」鹿康平壓抑焦躁，拿下牆上的旗袍遞給她。「快點，大人已經等很久了。」

「為什麼要這麼做？」女孩把腳從窗緣放下，轉向了他。「有什麼意義？我不是醫生，不會治病。」

「妳自己親口跟他說吧！我的工作是準時帶妳入座吃晚餐。」

「你是臺灣人吧？」

鹿康平嘆了口氣，聳了聳肩。「那又如何？」

「你在尋找離開這裡的機會，對吧？時機到了，你就會殺了那傢伙逃出這裡。」

「聽說妳能預知未來？」鹿康平嗤之以鼻。「那妳倒說說看，今晚的菜色是什麼？」

「雞肉和炸蠍子。」

「……」

「剛才我有看到廚房阿姨。」女孩聳了聳肩。「我無法預知未來，只是有時候會看到一些景象，接著再去思考，推測後續發展而已。」

鹿康平想起蘇大方所說的一番話。飢荒出現慢性化的徵兆時，毛澤東已死的謠言開始四處流傳。

撤退到臺灣的蔣介石自然不會放過這個大好機會，聽說國民黨旗已經在汕頭市飄揚了。現在警察和軍隊都必須備戰，即使打劫政府的穀倉也不會被捕。實際上，某某村的某某人不就順利搶得糧食，酒足飯飽，打著香噴噴的嗝嗎——

世界末日即將到來。

因為末世論而惶惶不安的人民開始搶劫，人民公社、穀倉、載有糧食的火車接二連三地遭受襲擊。

我開始招募**我的民兵**，也是在這個時期。蘇大方回憶道。其他老百姓只有農具，我們卻有槍桿子，因為我和地方幹部事先打好了關係。

搶糧與護糧的兩方人馬都有死傷。

某某村的某某人是火車的火夫，他和同夥共謀，把火車停在荒野正中央，殺光其他火夫和警衛，搶走了幾十噸的小米——這些毫無根據的流言蜚語在坊間四處流傳。

公安放火燒死了占領人民公社大食堂的農民，當時在食堂牆上刻下《滿江紅》（宋朝的岳飛寫下的憂國之詞）的就是我的好兄弟。

想拉高生產目標的狗幹部被切肉刀砍死的時候，我弟弟也在場，給了那傢伙一刀。

沒有人知道真相，但是每個人都說得天花亂墜，彷彿自己的親朋好友就是事件的主謀。而謠言的細節在口耳相傳之際變得越來越血腥，使得人們也變得越來越凶殘。

蘇大方聽到的少女謠言同樣是這類真假不明的玩意。如今要阻止大家打劫已經是不可能的了，不過或許可以避免傷亡發生。如此尋思的少女要村人於某日某時躲在某地等候，說這樣就可以在無人傷亡的情況之下獲得糧食。

村人雖然半信半疑，但是人民公社已經停擺，沒有工作可做。反正試試也沒有損失，便依言照辦了。

各自拿著鐮刀和鐵鍬的村人按照少女的吩咐趴在黃土路旁等候，只見有輛軍用卡車一路揚著沙塵喀噹喀噹地駛來，又正好在村人埋伏的一帶爆胎，停在路中央動彈不得。

就是現在！少女一聲令下，眾人一起鼓譟，高高地舉起鐮刀與鐵鍬。

駕駛座上的兩個軍人嚇得不敢亂動，立刻計算自己的槍炮彈數與包圍卡車的人數，接著便一面後退一面說道：「有話好說，都是自己人，你們要的話統統拿去。」逃之夭夭了。

跳上卡車貨臺的男丁們大皺眉頭。他們原以為上頭堆放的是糧食，誰知連一粒米也沒有，只有一堆發霉的軍服。

喂，這是怎麼回事？幾個人忿忿不平地質問少女。我們居然為了這種東西槓上軍隊？

少女不慌不忙地叫他們換上那些軍服。男丁們面面相覷，然而思及違抗軍隊的事實已是覆水難收，而這是好不容易到手的戰利品，只好聽天由命，照著少女的吩咐行事。

「打劫糧倉之前，先搶軍服。」鹿康平說道：「這也是看到景象之後思考推測的結果？」

「我知道你想問什麼。為什麼我知道那輛卡車上有軍服，對吧？」

鹿康平瞇起眼睛。

「很簡單，我在軍隊裡有朋友。糧倉的守衛以為我們是軍人，二話不說就把糧食交給我們了，甚至還有人幫我們搬上車。」

「傳到後來卻變成妳能夠預知未來？」

「別人要怎麼謠傳，我管不著。」

「聽了那些加油添醋過後的謠言，這座宅院的大人現在深信妳可以治百病。」

「用屁股想也知道是胡說八道。」少女說道：「可是你卻去助長他的妄想。」

「這是為了生存。」

「告訴我，如果那個老爺子說處子的鮮血可以治病，你會殺了我嗎？」

「妳認為呢？」

「你不會這麼做。」

「為了回臺灣，我什麼事都做得出來。」鹿康平拔出插在腰間的手槍，晃了一晃。「好了，快換衣服。」

女孩動也不動。

「別給我找麻煩。」

女孩慢吞吞地從椅子上站起來，當著鹿康平的面脫掉了襯衫。她沒有穿內衣，小巧的乳房直接露出來，宛若在挑釁鹿康平似的。

鹿康平無法直視那股壓倒性的尊嚴，撇開了視線。她面無表情地脫下藏青色長褲，從他的手中拿起絹絲旗袍。

窗外的光芒強力地照耀著兩隻乳房，就像是老天爺在暗示其中藏有提示一般；離開這個是非之地、找到異於現在的另一個自己的提示就埋藏在她的胸口。要怎麼做才能玷汙這個女孩？看著穿上美麗旗袍的女孩，鹿康平如此暗想。這個小ㄚ頭一定不會接受任何交易。

鹿康平的臉上露出了笑意。

在這個村子，每個人都得看蘇大方的臉色過活，只有她是看老天爺的臉色，是看自己的靈魂臉色過活的。

相較之下，我只是用回臺灣的正義大旗包裝自己的苟且偷生而已。為了活命，要我學狗叫鑽過蘇大方的胯下，我大概也會照辦吧！

女孩撩起長髮，背過身子，鹿康平替她拉上旗袍的拉鍊。

「我沒有化過妝，要我上妝的話，派人來替我上。」

「妳只要說些老爺子想聽的話拖延時間就行了。要不了多久，他的時間就會先耗盡。」

「是啊！」

「妳叫什麼名字？」

女孩放下頭髮，轉過身來，清澈的大眼從披垂臉頰的瀏海底下凝視著他。

「丁曉。」她說道：「你呢？」

「鹿康平。」離開房間之前，他又叮嚀了一句。「聽好了，曉，拖延時間就對了。別逼我殺了妳。」

月光將中庭照得一片蒼白。

鹿康平坐在迴廊的欄杆上，一面抽菸，一面看著金剛鸚哥發呆。紅藍色的兩隻鸚哥在棲木上來回滑步，不時地拍動翅膀；雞群在巢箱裡睡覺，羊兒不知躲到哪兒去了，而金魚全都安靜無聲。

從暗處現身的孔雀抖動全身，大大地攤開羽毛，挑釁似地瞪視鹿康平，又就著開屏的狀態得意洋洋地走回暗處。

鹿康平察覺動靜，垂下眼來，只見又有蠍子逃離廚房，正要爬上他的腳。

他用叼著的香菸勾起蠍子的尾巴，蠍子暴跳如雷，拚命掙扎。他將蠍子放到地板上，用腳擋住牠的去路戲弄牠，不久後玩膩了，便放牠離開。

他看了蘇大方賞賜的勞力士一眼，時間剛過九點。

「幹！」他小聲咒罵。「我到底在幹什麼？等那個小丫頭嗎？」

比起那個小丫頭，我還有更要緊的事得煩惱。就在他踩熄香菸，打算回房之際——

曉出現在迴廊的另一頭。

佇立於姑婆芋葉蔭底下的她神聖得令人不禁屏息。她的嘴上點了胭脂，纖細的手腕上戴著翡翠手鐲，一身白絹旗袍散發著綠色光芒，紮成一個小包子的頭髮以七彩蝴蝶簪固定著，仰望夜空明月的側臉彷彿在思念著千里之外的某人。

鸚哥悄然無聲，侍立在她背後的羊兒順從地垂著頭。

鹿康平本想開口呼喚，卻又覺得自己沒有這樣的資格，便閉上了嘴巴。

察覺氣息並主動轉過頭來的是她。在鹿康平看來，那雙筆直凝視自己的眼睛宛若羅盤，指示著正確的道路與正確的答案。

鹿康平走進中庭，她也踏出了腳步。鋪石上的青苔散發著淡淡的光芒，雖然花期尚未到來，金銀花的花蕾已經帶有微微的茉莉與檸檬香了。

兩人在金魚水甕邊相對而立，聽著水聲，揣測彼此的心思。羊兒跑來用頭推了她的屁股一把，稍微縮短了她和鹿康平之間的距離。羊兒彷彿宣告功成身退似地咩了一聲，靈活地跨越眾門，溶入黑暗之中。

待脖子上的鈴鐺聲遠去之後，曉平靜地開口說道：

「你在等我？」

「啊？」鹿康平誇張地皺起眉頭來。這個女人該不會真的有什麼特異功能吧？

「我只是在這裡抽菸乘涼而已。」

「哦？」

「那我就順便問問吧！飯局的情況如何？」

「還不壞，那個老爺子也很紳士。」

「他跟妳說了什麼?」
「他問我怎麼樣才能治好他的病。」
「然後呢?」
「我說只要把北海大龜的龜殼、南山赤猿的尾巴、吃了無數小孩的東沼大蛇的肝和十年只開一次花的西谷野百合的根一起熬煮服用,就能治好他的病。」
「妳真的這麼說?」鹿康平瞪大了眼睛。「他說什麼?」
「他笑了。」曉聳了聳肩。「還說我們是同類。」
「同類?」
「妳把反抗當成藥物,對吧?」她模仿蘇大方的聲音。「要治療不自由的體制和愚昧的政策,只能依靠反抗;只要堅定信念持續反抗,總有一天黨會醒悟。」
確實是那個老頭會說的話。接著,曉盡可能地平鋪直敘,聽起來活像是真正的蘇大方的聲音。
老實說,不管你們如何反抗,政府都不痛不癢。妳仔細想想,你們搶走的糧食本來是別人要吃的;站在政府的立場,是誰吃掉都無所謂。明白了嗎?我們只是數字,這邊減少、那邊增加,或是顛倒過來,就整體來看並沒有差別。我做的事和你們做的事,其實也沒有任何差別。哎,確實有人會吃虧,但是為了活下去,無可奈何。為了生存,我善用我的力量,你們不也一樣?說再多漂亮話也沒有用。我不想批評政府,不過我們都在做同樣的事。你們打劫軍隊的糧倉,肯定有人因此挨餓。

說穿了，我們是一丘之貉。

「那個老爺子說這是尊嚴問題。」曉繼續說道：「要是不管逼近的死亡，在死期到來之前，就會先死在其他人手上。這就是負傷野獸的宿命，一旦淪落到這種田地，還沒死就先沒命了。」

鹿康平不知道該說什麼。蘇大方瘋了，這一點無庸置疑。不，或許瘋的是我。無論如何，反正他本來就沒必要說什麼。

「他說給我三天的時間。」曉若無其事地說道：「要我好好想清楚。」

鹿康平咬牙切齒。

「在我看來，那個老爺子已經死了。他滿口大道理，其實只是想拖人墊背而已。他要的是和他一起腐爛的人，就像從前那些皇帝一樣。三天後是我，下一個搞不好就是你。」

鹿康平不願被這樣一個小丫頭的話術所惑，不過曉確實道破了事情的本質。沒錯，那個老頭追求的正是兩百個陪葬者。

正可謂一語驚醒夢中人，這個觀點太過正確，令鹿康平不禁茫然失神。一切都說得通了。為了蘇大方赴湯蹈火、在所不辭的人那麼多，為何只有我能夠住進這座宅院？為何我可以不勞而獲，吃著其他人搏命搶來的糧食悠哉過活？

蘇大方是想留著我去替他做更重要的工作，比如一口氣殺掉兩百人。

曉以清澈的雙眼望著鹿康平，彷彿看穿了他內心的狂風暴雨。

在那雙眼睛的震懾之下，鹿康平只能仰望夜空。偌大的月亮正要躲進薄雲背後。廚娘從廚房裡走出來，把臉盆裡的水倒入水溝中。

「月亮真美。」她站在原地賞了片刻的月之後，又回到廚房去了。

小飛蛾繞著廚房外洩的淡光打轉。

「無論選擇哪邊都是正確的，無論選擇哪邊都會後悔。」曉說道：「不管你現在是在為了什麼事猶豫都一樣。」

鹿康平將視線轉回來。

「即使如此，只要活著，就得做選擇。如果做不了選擇，人生就完蛋了。」

鸚哥們突然發出怪聲，一隻大笑，另一隻高叫「革命萬歲」。不知幾時間，孔雀又跑回來了，蹲在姑婆芋的葉蔭底下睡覺。

這個女孩說得沒錯。鹿康平靜心尋思。無論怎麼做，都是正確的，而我都會後悔。不管是活著回臺灣，還是死在這片異鄉的土地上。

除非太陽打西邊升起，否則蘇大方橫豎都會殺了我。這樣一來，他就能把一切歸咎於來自臺灣的間諜。

他點了點頭，而她也點頭回應。

羊兒已然不見蹤影，但是鈴鐺聲還在鴉雀無聲的宅院裡作響。鹿康平豎耳傾聽。叮鈴噹啷、叮鈴噹啷……如果自由有聲音，應該就是這樣的聲音吧！

19 白雪公主可有看見青鳥？

兩天後，鹿康平又騎著掛邊車前往茅蛙。

老賴在人民公社的午餐時間會回村子一趟，因此鹿康平選在剛過中午即可抵達茅蛙的時間離開了青牛塘。

當時還是四月，卻連日都是大熱天。正午的陽光燒灼握著龍頭的雙臂和脖子。他在田野與大排長龍的農民擦身而過。他們讓出了一條路給掛邊車，有的人露出和藹可親的笑容，有的人則是抬起下巴挑釁。後照鏡中的人龍變得越來越小，很快就看不見了。

在荒涼的風景之中唯一有點新意的，是兩天前空無一物的地方多了具屍體。

熱氣蒸騰的茅蛙村映入眼簾，鹿康平降了一檔，放慢速度。

掛邊車的引擎聲在空蕩蕩的村子裡迴響。

有個男人蹲在村子入口。鹿康平緩緩靠近，男人拍落屁股上的灰塵，站了起來。

那就是老賴。

鹿康平停下掛邊車，老賴往地面吐了口口水。接著，兩人彼此打量一番。

老賴是個皮膚黝黑的男人，年紀約莫在四十到五十之間，雙頰瘦削，眼窩凹陷，從短袖襯衫底下露出的雙臂肌肉十分發達。

「你是臺灣人？」

鹿康平點了點頭，老賴破顏微笑。他的嘴裡只有三顆牙齒。雖然笑容滿面，但不知是不是沒有牙齒所致，讓人覺得這個男人的存在本身就是個惡毒的圈套。如果塔羅牌上畫著只有三顆牙齒的男人，那鐵定是象徵背叛之意。

「我的牙齒啊？」鹿康平並未要求，老賴卻逕自咧開嘴來展示他的牙齒。「戰爭的時候被國民黨打斷的。有一天他們突然跑來，要我們交出武器。村子裡除了鐵鍬和鐮刀以外，哪有什麼武器？可是他們氣呼呼的，說他們要的不是這種東西，要我們交出槍來。我們拒絕，有個士兵就把我抓住，用石頭連敲了我的嘴巴好幾下。」

「我也聽過同樣的故事。」鹿康平說道：「共產黨跑到某個村子裡，威脅村人交出藏匿的槍械，村人和你一樣拒絕了，軍隊就把一個白髮老太婆綁起來，打了她一頓，但還是沒有人交出槍械。你知道那支軍隊後來做了什麼事嗎？」

「啊哈！」老賴的眼裡閃過鈍光。「你認為我在說謊？」

鹿康平聳了聳肩。「我只是說我聽過類似的故事而已。」

「那個老太婆後來怎麼了？」

「天知道。」

「……」

「不過，牙齒應該沒被打斷，因為她本來就沒有牙齒。」

老賴放聲大笑，高亢的聲音宛若警鈴一般響徹四周。鹿康平心生警戒，環顧周圍，並將手放在油門握把上，以便隨時發動掛邊車。老賴笑得太誇張，令鹿康平不禁懷疑他的同夥是否會以笑聲為信號一擁而上。

不過這樣的情況並未發生。老賴彎腰捧腹，笑得上氣不接下氣。

「叫我老賴就行了。」他邊笑邊說道。

鹿康平這才放鬆下來，謙虛地稱呼他為「賴哥」，並向他問安。聞言，老賴笑得更開心了，三顆牙齒活像是用來將這個男人的嘴巴固定成笑臉形狀的釘子。

「前天讓你白跑一趟，很抱歉。」他一面擦拭眼尾的淚水，一面說道：「公社出了點問題。」

兩人握手以後，老賴便坐進邊車，替鹿康平帶路到他家。

「車就牽進院子裡吧！」

鹿康平依言照辦，而老賴跳下了邊車，對著主屋高聲吆喝。

「喂！客人來了！」

兩個男人從屋裡慢吞吞地走出來。鹿康平熄掉引擎，下了掛邊車。

「這是小犬。」老賴指著他們說道：「比較矮的是哥哥賴龍，比較高的是弟弟賴熊。你們兩個還不快點向客人問好？」

兩兄弟雖然低下了頭，但雙眼之中卻帶有無意交好的光芒。

除了放在門口的藤椅以外，家裡沒有任何家具。老賴在地上鋪了張草蓆給鹿康平坐，自己則是直接坐在地上。那個盲眼少年完全不見蹤影。

過了一會兒，長男賴龍用龜裂的茶杯盛了杯白開水給鹿康平，而這杯水呈現淡淡的黃色。鹿康平湊近鼻子嗅了嗅，有股氨水味。

賴家兄弟在老賴的身後賊笑。

「請用。」賴龍招呼道，賴熊也跟著說道：「來，別客氣。」

「謝謝。」鹿康平將茶杯放下來。「我待會兒再喝。」

「別這麼說嘛！」賴龍說道：「來，至少喝一口。」

「你大老遠從青牛塘過來。」賴熊說道：「一定很渴吧！」

「還是說你是鵷鶵（傳說中的神鳥），只喝醴泉的水？」

這對兄弟十分相像。眼睛細、鼻子大、嘴脣薄，兩個人的頭都剃得乾乾淨淨的，只有頭頂還留有些許頭髮。在中國怎麼稱呼這種髮型不得而知，不過在臺灣，是比照日本聯合艦隊司令山本五十六的髮型，稱之為山本頭。

老賴凝視著他。

了。

鹿康平閉上眼睛，克制嘆息。他彷彿看見了從前的卷軸玩具。又來到分歧點

如果要依循理智行事，就算是小便，他也該喝掉。雖然不願稱了這些人的心，但這時候認輸才能贏。我的目的是回到臺灣，不能在這個地方玩無聊的搏命遊戲。

如果要依循本能行事……手槍就藏在掛邊車裡，要拿很容易。只要稍微喝一點尿，誇大地表現反胃感，衝到外頭嘔吐，再迅速地拿出手槍，賞這些在家裡哈哈大笑的蠢蛋一人一顆子彈就行了。

蘇大方吃屎去吧！跨上掛邊車，能騎多遠就騎多遠，接著就算用爬的也要爬到香港。

老賴眼睛眨也不眨，仍舊用鉛一般的目光望著鹿康平。鹿康平打定主意，首先裝出可憐兮兮的模樣，仰望著賴龍與賴熊。

見了他的窩囊相，賴家兄弟幾乎快跳起舞來了。他們漲紅了臉，鼻孔鼓起，等著迎接即接到來的勝利。鹿康平投降似地嘆了口氣，見狀，兩兄弟渾身發抖，用手肘戳了戳彼此。

就在鹿康平把手伸向茶杯之時，老賴開口說話了。

「賴龍。」

「什麼事？爸。」

「你喝。」

不敢相信自己耳朵的不只鹿康平一個人。賴家兄弟同樣眼神游移，揣測父親的用意。

老賴連瞧也沒瞧兒子們一眼。

「可是，爸……」弟弟賴熊戰戰兢兢地打圓場。「這、這杯水——」

「賴熊。」老賴更加高聲說道：「你也給我喝一半。」

賴家兄弟面面相覷。

「喝！」

連草木也為之屈撓的宏亮聲音讓賴家兄弟像小貓一樣縮起了身子。接著，他們不情不願地遵從父親的命令。

哥哥先喝，接著是弟弟。

「吞下。」老賴像師傅一樣超然下令。「不許吐。」

賴家兄弟噙著淚水，一口吞下含在口中的液體。他們劇烈咳嗽，爭先恐後地衝向院子。

嘔吐聲隨即傳來。

大哥只喝了一點點，幾乎整杯都是我喝的！弟弟責怪哥哥，而哥哥也怪罪弟弟想出了這種餿主意。

「居然敢捉弄大人……請別見怪。這年頭的小孩不懂禮節。」

鹿康平點了點頭。蘇大方說老賴是個可憐人，但實際一見，卻與聽到的大不相同。

「不會有任何問題的。」老賴重新帶回正題。「我已經請蘇大人替我安排了三輛十二噸的軍用卡車，由我們來開。小事一樁。」

「所以總共有幾個人？」

老賴正要開口，但實際上回答的卻是從院子吵吵鬧鬧地走回來的兩個兒子。

「問這個做什麼？」賴熊擦了擦嘴，雙眼因為憤怒而變得紅通通的。「我們又不是算人頭拿錢的。」

「反正三輛就夠載上所有人了。」賴龍在弟弟身後附和。「我們開卡車，看準時機下手，就這樣。」

「還不夠？」老賴沉聲制止兩個兒子。「大人說話，小孩別插嘴。你們這兩個蠢蛋也想坐上卡車貨臺嗎？」

兩人閉上嘴巴，瞪著鹿康平，彷彿在說都是你害的。鹿康平努力不和這對兄弟對上視線。

兩天後的清晨就是展開行動的日子。表面上的說法是開卡車繞行七個村子載運移居者。

「要在哪裡動手？」

「別擔心。」老賴說道：「你只要跟著我們就行了。你會開卡車吧？」

「嗯。」

「那就沒有任何問題了。」

「要怎麼動手？」鹿康平再次問道：「為了慎重起見，我想了解一下步驟。」

「在蘇大人指定的地點讓卡車爆胎。」老賴壓低聲音。「事先在地上灑鐵蒺，炸彈就埋在那兒。我們假裝要檢查輪胎，離開現場。」

「炸彈不是裝在卡車上？」

「又不是白痴，要是裝在卡車上，引爆的人也會死掉。」回答的是賴家兄弟。

「誰要負責引爆？你嗎？」

「總之，後天見。」老賴說道：「天亮時會去接你。」

鹿康平沒有其他問題要問，便離開了老賴家。

當他跨上掛邊車發動引擎時，賴龍和賴熊大搖大擺地走來，在他的耳邊輕聲說道：

「我們的伯父是被國民黨殺掉的。」一人說道，另一人附和。「你知道國民黨為什麼會輸嗎？因為他們明明在打仗卻只肯吃熱騰騰的飯菜，甚至還睡午覺。」

兩人搖晃肩膀大笑。哥哥看起來大約十九、二十歲，個頭較大的弟弟下巴已經長出了幾根鬍鬚。

「你們已經長大成人了。」鹿康平一面戴上飛行眼鏡，一面說道。聞言，兩人都瞇起眼睛來。「我哥十六歲就被共產黨殺掉了。」

「放屁！」賴熊罵道：「那場戰爭可是老蔣發動的！蠢蛋。」

「你不知道四一二慘案（一九二七年四月十二日蔣介石發動的上海政變。肅清共產黨員由此開始，第一次國共合作也因而破局）嗎？」賴龍說道：「你哥被殺掉？哼！那是你們自作自受。」

「我的意思是，我當你們是大人。」

說完這句話，鹿康平便發動了掛邊車。車子緩緩地駛出院子，並搖搖晃晃地輾過瓦礫堆以後，他才踢起檔桿，加速前進。

引擎怒吼，揚起了濛濛後塵。

如果是小孩，打打屁股就行了。鹿康平正面迎著熱風，獨自笑了起來。不過面對大人，有大人的處理方式。

沒錯吧？

回程的路上，鹿康平滿腦子都是殺掉賴家那些渾球的妄想，不知不覺間便回到青牛塘了。

隔天早上，鹿康平奉命帶著曉前往廳堂。蘇大方正在燒香問候祖先，線香的煙霧縈繞著他釋放的腐臭，引人聯想到棺木和觀音菩薩。

滿臉痘疤的麻子就坐在不遠處，他一看見鹿康平，便親暱地呼喚名字，並上前打招呼。

「嗨！臺灣的兄弟。近來可好？」

鹿康平也和他客套了幾句。這個男人在這裡，代表又有人要倒楣了。鹿康平以這樣的眼神望著麻子，而麻子也以同樣的眼神望著鹿康平。

鹿康平正要留下曉自行離去，蘇大方卻就著閉目合掌的姿勢叫住了他。「你也留下來。」

麻子發出了明顯的竊笑聲，鹿康平與曉面面相覷。

蘇大方三拜之後，將線香插進香爐裡，又對著祖先的掛軸叩了一次頭，接著才撩起長袍衣襬，轉向兩人。

「好了，我會死嗎？」蘇大方連聲招呼也沒打，劈頭便切入了核心。「我不想聽人總有一天會死之類的廢話。」

鹿康平側眼偷看曉。

她的側臉澄澈卻又縹緲，同時帶有柔和的佛像那種堅定不移與模稜兩可。

「你會死。」她筆直地望著蘇大方說道：「不是有一天，八成快了。」

蘇大方點了點頭，臉上依然掛著微笑。

中庭傳來了廚娘互相叫罵的聲音，雞放聲長鳴。儀門方向有動靜，鹿康平轉過眼一看，孔雀正在柳樹底下啄地。

「今天是說好的第三天。」蘇大方平靜地繼續說道：「妳治得好嗎？就算治不好，能靠妳的力量延後死期嗎？」

「我無能為力。」

「好好想想。如果妳幫了我，我也會幫妳。不過，如果妳不幫我——」

「幫不上忙的人就沒有用處了。」

曉的語氣之中並沒有挑釁之色，也沒有絲毫的憤怒或焦慮；非但如此，甚至有些哀傷。

「西洋人在用餐之前不都會禱告嗎？」蘇大方的語氣也同樣的哀傷。「為了感謝上帝賜予今天的糧食。」

「你不是上帝。」

曉說道，麻子噗哧笑了出來。被眾人冷眼相看的他嬉皮笑臉地擺出了投降的手勢。

「當然不是。」蘇大方說道：「我不是上帝。」

「你原本是公社的廚師。」

「沒錯，不過，是其他地方沒有食物的時候還是能夠照常端出飯菜的廚師。當然，不是每個人都有得吃。要給誰吃、不給誰吃，我必須狠下心來取捨，否則大家都會一起餓死。這是很簡單的道理吧？」

曉閉口不語。

「我不敢說自己對每個人都很公平。這種時候，也顧不得什麼公平、平等了。鰻魚跟蛇長得差不多，蠶和毛毛蟲長得也很像，可是人只重視鰻魚和蠶，看到蛇和毛毛蟲都是一腳踩扁。哎，同樣的道理，每個人都長得大同小異，可是老天爺有一視同仁嗎？我本來就是個膽小鬼，這一點到現在還是沒變。小時候，我只要稍微擦傷，就會擔驚受怕好幾個月，生怕感染破傷風；我媽煮的粥裡只要有一點灰塵，我就擔心會中毒而不敢吃，所以常常挨揍。被我媽拿擀麵棍打的地方現在還有點凹陷呢！」說著，他摸了摸自己的白髮。「所以，當政府要百姓打鐵的時候，我頭一個想到的就是：那誰來煮飯？我們老百姓都不耕田，只打鐵，食物吃光了以後要怎麼辦？周圍的人聽到我這麼說，都哈哈大笑，說中國現在是計畫經濟體制，不會發生這種事。難道你不相信黨嗎？可是我還是很擔心，我就是這種性子。一旦食物不夠，我們會變成怎麼樣？我擔心得晚上都睡不著覺。我不認為政府會替我們想辦法。不，就算政府肯替我們想辦法，末端的幹部到了緊要關頭或許會只顧自己，拋棄我們老百姓。妳懂嗎？憂慮這種東西啊，妳越想摘掉它，它就跟蒲公英一樣越飛越遠。所以我偷偷找熟人買槍，這樣要是食物不夠了，至少可以保住自己的伙食。我靠著這把槍安心了一陣子，可是要不了多久，又開始擔心只有一把槍不夠力，所以我又買了把更大的自動步槍。就這樣，一把變成兩把，兩把變成三把、四把、五把。而在這段期間，我的擔憂成真了，所以我又開始擔心了。就算保住了自己的伙食，一旦食物全都吃光了，該怎麼辦？」

「所以你決定在被搶之前先去搶別人。那你安心了嗎？」

蘇大方一臉悲傷地搖了搖頭。「我開始擔心同夥之中會不會出現叛徒，會不會有人趁著我睡覺的時候割下我的腦袋，偷走食物。」

「因為你心裡有鬼。」

「一點也沒錯。我左思右想，絞盡腦汁。就算是萬獸之王獅子，吃飽的時候也不會胡亂攻擊其他動物，這就是天理。所以，我對同夥都是利無巨細，見者有分，如此而已。不知不覺間，我便住進這樣的地方了。」

「這裡本來是這一帶的鄉公所。」麻子高聲說道：「這裡的渾蛋鄉長居然敢打劫蘇大人，搶走了麥子和玉米；不過，在他們吃下肚之前，我們就把東西搶回來了，連同這座宅子。呸！那個渾蛋鄉長被我們吊在樹上餵烏鴉。」

「我這是山中無老虎，猴子稱大王。如果老虎還在，根本沒人會搭理我這隻猴子。」

蘇大方將視線轉向了大大地攤開羽屏的孔雀。全身散發著琉璃色光芒的大鳥目不轉睛地望著眾人。

「如果我也像妳或那隻鳥一樣美麗，該有多好？這樣一來，或許就會有人保護我。我很醜陋，只能避人耳目，天天提心吊膽地摸黑飛翔。不過，我可以比美麗又勇敢的人活得更久。正因為我膽小，才能住進這麼氣派的宅院裡，才能認識妳。」

「我不是自願來這裡的。」曉反駁道：「你要我離開，我就會馬上離開。」

「我知道。很遺憾，我不能這麼做。」

曉的雙眸一瞬間散發出強烈的光芒。

「妳很美，不過，曉，現在不是光靠美貌就能活下去的時代。住在這座宅院裡的人都很美麗，他們之所以美麗，是因為他們曾經為了別人在泥濘裡打滾。我喜歡這樣的人。」

「你是要我也為了你在泥濘裡打滾？」

「我沒這麼說，不過……衡量一下做與不做的得失，對妳也沒有壞處吧？俗話說的好，壽則多辱（意指若無法忍受屈辱便無法生存下去。出自《莊子》）。」

「要是我照做，你就會像上帝一樣賞我飯吃？」

蘇大方微微一笑。

「可是，我沒有替你治病的能力。」

曉毅然說道，接著便拍拍屁股，打算走出廳堂。阻止她的是緩緩從太師椅起身的麻子。

「妳要去哪裡？小姑娘。」

「你也是在神聖泥濘裡打滾過的人？」

曉對麻子說道，接著又瞥了鹿康平一眼。鹿康平胸口一陣刺痛，但是表情沒有絲毫變化。

「好個倔強的小丫頭。」麻子面露賊笑。「不可以這樣跟大人講話。如果妳是我的女兒，可就少不了一頓皮肉痛了。」

「你有女兒？」

「呸！小孩只會添麻煩而已。」

「你很清楚嘛！」

「那當然。」

「你家在你這一代絕後，才是世人之福。」

麻子勃然大怒，鹿康平繃緊神經，以便隨時介入兩人之間。

「哦？」麻子交互打量鹿康平與曉。「原來你們有一腿啊？」

「我聽到傳聞，說有個少女可以預知未來。」蘇大方說道：「而我相信這個傳聞是真的。」

「我不知道未來會怎麼樣。」曉回頭說道：「不過，我知道你會怎麼樣。你很快就會死了。」

「一度燃起的希望又熄滅，是最讓人痛苦的事。希特勒就是因此自殺的，墨索里尼也是因此被民眾殺死，倒吊在廣場上。」

「你的意思是，這個國家沒有發生這種事，是因為沒有希望？」

「希望隨時都在，因為我們的國家是社會主義。這個國家的問題不是沒有希望，而是充滿填不飽肚皮的愚蠢希望。」

「你怕死嗎？虧你奪走了那麼多人命。」

蘇大方和顏悅色地瞇起眼睛來。鹿康平知道這個老爺子露出這種眼神的時候，就是他怒火中燒的時候。

「如果是以前，我或許可以替你找些鴉片來。不過，現在我能做的，只有在你臨終的時候握住你的手。」

「我到底該怎麼做？該怎麼做，妳才會敞開心房？」

「靜待時來運轉，否極泰來吧！」

「我哪有這麼悠哉的本錢？泰來之前，我就先歸西了。」

曉嘆了口氣，接著換了個語氣，說道：「我有一個好消息和一個壞消息，你要先聽哪一個？」

蘇大方的臉上露出了興味盎然的試探笑容。「那就先聽壞消息好了。」

「你會死。」

「妳剛才已經說過了。」

「不過，不是病死的。」

「什麼意思？是被殺死的嗎？」

「這我就說不準了。不過，那是你頭一個想到的死因吧？」

「唉，曉，我沒時間陪妳玩。」蘇大方行了個拱手禮。「我該怎麼做？跪下來叫妳一聲祖奶奶嗎？」

「我不知道你會怎麼死。或許是被車子輾死，或許是被開槍打死，又或許是被天上掉下來的東西砸到頭而死。」

「但是我不會死於這種病？」

「你吐的氣確實有股病味，不過，那不是死亡的氣味。」

「真的沒有任何辦法嗎？」

「誰去誰留，不是我能決定的。」

「喂，注意妳的口氣。」麻子說道：「這已經是第二次了。」

「這確實不是妳能決定的事。」

蘇大方微微一笑，將臉轉向鹿康平。他的眼裡清清楚楚地寫著命令。

「決定誰去誰留……是我的工作。」

「包在我身上，蘇大人。」麻子上前一步，貪婪的目光在曉的全身上下爬動。「欸，不如妳來幫我傳宗接代吧？」

蘇大方平靜地呼喚麻子的名字。「不許你在我的祖先面前做出無禮的舉動。你還有其他事情要辦吧？」

「別擔心，蘇大人，很快就可以完事了。」

「要怎麼說你才會明白啊……」蘇大方用手撫摸下巴，思索了片刻。「你聽過老邁的獅子、打小報告的狼和狡猾的狐狸的故事嗎？」

麻子垂下眼尾，掩飾自己的不快。

「有隻年邁的獅子生了病，當牠臥病在床的時候，狼跑來向牠打小報告，說那隻臭狐狸根本瞧不起大王，大夥兒都來探大王的病，只有那隻狐狸完全沒來。就在這時候，狐狸剛好來探病。獅子對牠怒吼，而狐狸一派泰然地說：請息怒，我沒有來探病，是因為我去尋找良藥，好醫治大王的病。獅子頓時怒氣全消，要狐狸把藥獻上來；而狐狸告訴牠：只要活剝狼皮，趁著還溫熱的時候裹住身子就行了，尤其是喜歡說三道四的狼，藥效特別好。」

在短暫的沉默過後，麻子開口問道：「然後呢？後來怎麼了？」

蘇大方閉上眼睛，像唸咒一樣唸了麻子的名字三次。「後來怎麼了？麻子啊，你還是不明白嗎？」

「那隻狼十之八九沒有好下場。」

「這不重要，重要的是你怎麼看待自己。獅子、狼和狐狸……你總不會是獅子吧？剩下的就是狼和狐狸了。麻子啊，你覺得自己是狐狸，對吧？以為自己長袖善舞，在任何時候都可以面面俱到。不過看在我眼裡，可就不是這麼一回事了。」

麻子垂下眼睛。

「你明白我的意思嗎？你要從我派的工作裡撈油水無妨，不過別太自滿。要是驚動了我，你也活不長。」說完，蘇大方將臉轉向鹿康平。「康平，由你動手。」

鹿康平點了點頭，從腰帶拔出了手槍。

曉並不驚慌。即使沒有預知未來的能力，也能預料到這樣的狀況。

「別在這座宅院裡動手。」蘇大方合掌仰望祖先，大大地嘆了口氣。「啊，老祖宗啊，這個世界是何等的苦海！一難方去，一難又來。您的子孫已經不知該如何是好啦！」

鹿康平跟著曉從側門走到屋外。

陽光直刺已經適應幽暗宅院的眼睛。

宅院後方是一望無際的龜裂棄耕地，只有一輛馬車在另一頭的道路上行走，剩下的盡是沒有耕者的田地，一路延伸至地平線。遠處可望見零星分布的棄置小屋。

一天才剛開始，朝陽照耀著荒廢的大地。

兩人默默無語地走著。

曉走在前頭，拿著手槍的鹿康平走在她的身後。乾燥的泥土在腳下碎裂，化為塵埃隨風飄散。

要走到哪裡，鹿康平也不明白，只能繼續行走，盡可能地延後與她面對面的那一瞬間。

一旦殺了這個女孩，我就墮落到底了。望著在曉的背上搖晃的長辮，鹿康平如此暗想。

然而，下一瞬間，他又將這股感傷付諸一笑。蠢透了。明天還得送兩百個人上路，現在多一個又如何？

從曉瘦小的背影絲毫感覺不出恐懼，鹿康平因此迷失了目的好幾次，彷彿自己不是在尋找一個方便殺她的地點，只是在無人挨餓、無人被搶、無人遇害的和平早晨漫無目的地散步而已。

兩人走了許久。曉的步伐十分堅定，彷彿知道該往何方似的。

他們跨越了剛才馬車通過的道路，踏入下一片荒地。石頭、泥土、瓦礫，如出一轍的風景擴展於眼前。

走了一陣子以後，他們來到了一間被打掉的小屋。小屋沒有屋頂，四面土牆勉強還立著，旁邊有棵焦黑的白楊樹，骸骨般的樹枝上有隻青鳥停駐。樹下堆放著木材，應該是為了給熔鐵爐添柴火而砍下的，但是已然腐化，逐漸回歸塵土。

「這裡就行了。」

曉停下腳步。

「轉過來。」

「你就這樣開槍吧！」她回答：「用不著記住要殺的人長什麼模樣吧？」

鹿康平的心又動搖了。不在乎別人生死的人多不勝數，麻子就是其一；可是，像她這樣不在乎自己生死的人，鹿康平從未見過。為了甩掉軟弱的念頭，他加強了語氣。

「廢話少說，快轉過來。」

即使面對面，依然無法從曉的身上感受到恐懼或憤怒。兩人在荒野中央默默無語地相對而立，任憑時光流逝。風吹過來，搖晃著她的辮子。

「我是怎麼跟妳說的？」耐不住沉默的是鹿康平。「我不是叫妳拖延時間嗎？」

「你是說過。」

「那妳為什麼不照著我的話去做？」鹿康平焦躁地舉起手槍，指著她的臉。「這是妳自找的。」

「嗯。」

曉滿臉歉意地垂下了頭。

她只是站在那兒，一派鎮定，將生死完全交由鹿康平決定。直到此時，鹿康平才察覺曉有多麼嬌小。她比美霏矮一個頭，瘦小纖弱，卻有股深厚的包容感。換句話說，她已經打算原諒即將殺害自己的男人了。

鹿康平有種被挑戰的感覺，為了賭一口氣而用手指扣住了扳機。然而，任憑他如何使勁，手指依然不聽使喚。汗水滑落臉頰。幹！他在心中咒罵。只是稍微彎個指頭而已，有什麼難的？

他察覺曉心不在焉，是在他數度試著扣下扳機卻無法如願之後。

鳥叫聲傳入耳中。

鹿康平依然用槍指著曉，只轉過眼睛查看，而他看見的是停在燒焦的白楊樹上引吭高歌的青鳥。

「你看過那種鳥嗎？」曉說道。

牠不像鴿子那麼大，也不像麻雀那麼小，模樣猶如被潑上天藍色油漆的白頭翁。

「這是我第三次看到了。」

鹿康平將視線轉回曉身上。

「第一次是剛開始鬧飢荒的時候，民兵橫行，大家漸漸發現最殘忍的組織才是最富裕的。我爸媽無法坐視他們那樣無法無天，起身反抗，結果兩個人都被棍棒打斷了脖子。當時是我第一次看到那種鳥。」她吸了口氣。「第二次是在飢荒成了常態以後，打鐵是最優先事項，村子裡的鐵全都被收走了，可是我的嬸嬸偷藏了一根針，村子裡的女人共用這根針來縫補衣物。嬸嬸和其中一個人起了口角，好像是為了沒有乖乖排隊用針之類的小事。那個女人跑去告密，公差立刻趕來，打了嬸嬸一頓，把針搶走，還問她：『這根針有那麼重要嗎？』接著把那根針刺進嬸嬸的眼睛裡。當時那隻鳥就停在我家的屋頂上……這是第二次。」

「那隻鳥總是和怪物一起出現。」

怪物？鹿康平暗想。是指我嗎？

「欸，你不覺得我們就像是活在故事裡嗎？」曉開朗地問道。「你不覺得這一切都是某人寫的故事，而自己只是故事裡的小角色嗎？」

鹿康平不知道該如何回答。

「那隻青鳥就是來告訴我現在看到的一切都不是真的，因為這個國家沒有那麼漂亮的鳥……我現在是在故事裡，到處都是邪惡的怪物，我或許會被宰了吃掉，不過沒什麼好怕的。因為我只是配角，就算沒有我，故事也會繼續下去。」

「妳……」鹿康平努力動著乾燥沾黏的嘴巴。「妳可以接受？」

「為什麼不行？就算我不接受，又能夠改變什麼？」

鹿康平啞然無語。

希望發生的事沒一件如願，不希望發生的事全部成真；做好事沒有好報，做壞事沒有天譴。既然如此，執著於善惡又有什麼意義？

「可是，我視為怪物的那些人其實只是被更大的怪物操縱而已，畢竟大家都得活下去。蘇大方只不過是個跑腿的。」

「妳的意思是，這是社會的錯？」鹿康平挑釁地攤開雙手。「還是戰爭？這就是妳所說的更大的怪物？」

「社會、戰爭、執著……支配操縱你的事物、蒙蔽你的雙眼的事物、設下圈套讓你主動服從的事物，把你從主角改寫成微不足道的小配角的事物。」

鹿康平的感受就像是被人往臉上吐了口口水。他歪唇豎目，氣得失去理智，往前踏出一步，可是曉根本沒看著他。曉的眼睛突然往上挑，鹿康平循著她的視線望去，看見了自白楊樹梢飛走的青鳥。鳥兒不斷地拍動翅膀，逐漸變小遠去，很快就看不見了。

「那隻鳥……」曉說道：「從這個故事飛到另一個故事，告訴我這樣的人『你現在所在的世界不是真的，在真正的世界，你才是主角』。」

身後是被白晃晃的陽光照耀的無垠荒野。一切都像骨灰罈一樣閃閃發光。鹿康平突然有種穿透的感覺。腳底下的地面像玻璃一樣碎裂，而當他意識到自己騰空的下一瞬間，他已經站在世界的頂端了；宛若翻開了新的一頁，一頭栽進了新的故事一般。

「我不希望自己白死。如果我的死能給正義的一方帶來幫助就好了，就算只有一丁點兒也好。」

「故事啊？」鹿康平嗤之以鼻。「欸，妳聽過白雪公主的故事嗎？」曉搖了搖頭。她的眼神始終是一派平和，非但如此，甚至浮現了笑意，彷彿知道這個男人不會殺了自己，知道這個故事是什麼結局。

「壞心的繼母命令獵人殺掉白雪公主。」鹿康平吐出了肺裡的沉澱物。「如果那隻鳥在各個故事之間往來，或許白雪公主也看過牠。」

垂下眼睛一看，有一朵白色雛菊從乾燥的土塊之間探出了頭。野火燒不盡──乾冷的風帶來了一首詩。春風吹又生。詩文的陳腐令鹿康平不禁失笑，卻又覺得它道出了真相。

太陽如此耀眼，無論人世如何墮落，正道是燒不盡的。正道不顯眼，不主張，不怨恨，知道何時該萌芽，散播恩澤，等到用不著它的時候，它又會被燒掉，反覆地淡然流轉。如果這是故事──鹿康平暗想。接下來會如何發展？

「後來白雪公主怎麼了？」

「下次再跟妳說吧！」說著，鹿康平將手槍插回腰帶。「如果妳明天也在這裡的話。」

20 積雨雲

那一晚，鹿康平完全沒有合眼，反覆地驗證可能的劇本。

卡車有三輛，而我方有四個人。火藥、榴彈殼、漆包線——從這些東西可以描繪出什麼樣的藍圖？

其中一輛卡車會有兩人共乘。你對這一帶不熟，坐在副駕駛座上休息就行了——那些傢伙當然不可能這麼說，一定會叫我開車。老賴也問過我會不會開卡車。如果賴家的人坐上了我開的卡車，或許就是計畫由那個人殺了我。

若要殺我，一定會挑在卡車爆胎動彈不得的時候。要是在卡車行進間殺了我，他們也無法安然無恙。

他們應該不會用手槍。擠在貨臺上的農民一旦聽見槍聲，便會嚇得做鳥獸散。蘇大方生性膽小，絕不可能留下任何活口。

會用刀子嗎？還是用鋼絲之類的東西勒頸？又或許沒有人會和我同坐一輛車。

無論如何，卡車行進間是無須擔心的。

如果要殺我，應該會挑在三輛卡車爆炸後動手。在我像個傻瓜一樣茫然望著熊熊燃燒的卡車時，一槍打爆我的腦袋。砰！大功告成。

不過，這種方式也不完美。卡車有三輛，被同時炸死的司機也得有三個人才行，否則事後軍隊或警察到場勘驗的時候發現駕駛座上空無一人，可就麻煩了。若是三個司機都逃過一劫，就算是白痴也會起疑。

該怎麼做？

把我連同卡車一起炸飛，駕駛座上就會留下我的焦屍。不，他們不可能這麼做。若要把一切罪行推到臺灣間諜的頭上，焦黑的屍體並不方便。他們需要一具足以辨識原形的屍體。

若是如此，他們應該不會使用一碰卡車就會爆炸的引爆裝置。必須先等我下了卡車以後再引爆炸彈。

他們的計畫八成是在榴彈裡塞火藥，埋在地底下，並使用漆包線從遠處加以引爆。或許他們會使用電影裡常見的那種插了T字棒的箱型發電機。

在埋下榴彈的地點讓卡車爆胎，司機下車，某人則在遠處壓下發電機的T字棒，砰！無辜的老百姓就被炸成了碎屑。

接著，只要找幾具合適的焦屍擺在駕駛座，便無懈可擊了。既然無人倖免，當然也無從得知駕駛卡車的是誰——想到這兒，鹿康平將所有推論付諸一笑。有沒有司機根本不成問題。上頭的人可以像施展魔法一樣抹消任何事，搞不好連兩百人之死都可以當作從來不曾發生過。

老賴等人碰巧在附近，聽到爆炸聲趕來一看，卡車已經燒起來了；而他們抓住了試圖逃離現場的可疑人物。由於可疑人物，也就是我劇烈抵抗，他們在與我扭打時不慎殺了我，或是他們搶走我手上的槍，並用那把槍將我射殺也行。事後仔細調查，才發現我原來是臺灣潛入的間諜！

鹿康平一面聆聽報曉的雞鳴，一面取出手槍的彈匣，檢查子彈。彈匣八顆，彈膛一顆，共計可裝填九顆子彈的南部十四年式手槍現在只剩下四顆子彈；換句話說，短短三年內，他已經扣下了五次扳機。雖說有時候只是威嚇射擊，他還是不願去思考這樣的次數算多還是少。

柱鐘的指針指著五點四十五分。

鹿康平把手槍橫放在肚子上，躺在床上靜待時間流逝。此時，他聽見遠處傳來孔雀的叫聲，而他的眼皮忽然變得沉重起來。他隨著猝不及防的睡魔載浮載沉，腦海裡浮現了曉的身影。**欸，你不覺得我們就像是活在故事裡嗎？**覺得。鹿康平一面掉出夢鄉的邊緣，一面如此回答。我現在就有這種感覺。

他在黑暗裡睜開眼睛一看，發現自己坐在陌生屋子裡的搖椅上。某處傳來了靜謐的鋼琴曲。

在眼睛適應黑暗之前，他只能屏住呼吸坐著。不久後，他與黑暗取得了妥協，正面的客廳輪廓模糊地浮現了。客廳裡有張沙發，有張茶几，有一整面的書架，前頭似乎是廚房。

書架中央有臺亮著號誌的唱片機，鋼琴聲就是從唱片機的兩個揚聲器傳來的。那道旋律令人懷念，卻又可能喚醒不願想起的記憶。轉頭一看，背後有扇大窗戶，窗外有棵木蓮樹，樹上開著許多淡紫色的花朵，散發著怡人的花香。

這裡究竟是什麼地方？

就在他起身的同時，膝蓋上的東西掉到地板上，發出巨大的聲響。這道連死人都能吵醒的聲音嚇得他不禁縮起身子。待響徹空屋的凶暴聲音止息之後，他緩緩地將東西撿起來一看，原來是支球棒。

那是支木製的球棒，而他完全不明白為何自己會拿著球棒，像個通緝犯一樣屏息斂聲地躲在陌生的屋子裡。球棒是美國製的 Louisville Slugger，在新竹空軍基地的滑行道打棒球時，西方公司的美國人用的就是這個品牌。背後似乎傳來了鈴鐺聲，他回頭查看，並不見羊兒的蹤影，只有木蓮花影在黑暗中搖曳。

唱片機持續播放著靜謐的鋼琴曲。唱盤上的老舊唱片表面微微地起伏，唱針就像是在平緩的丘陵地帶行駛的車子一樣奔馳於〈Vexations〉之上。踩石子般的雜音以一定的間隔交錯著。

對了，這是艾瑞克·薩提的〈Vexations〉。為什麼我直到現在才想起來？

鹿康平坐回搖椅上，就像等候荷官發牌的賭徒一樣繼續等待，即使他根本不明白自己在等待什麼。他知道現在的手牌絕對贏不了，只能靠下一張牌決勝負。如果有必要，先亮出底牌也行；把底牌完全亮出來，看對手如何應對。打定主意之後，他便可以稍微忽略環繞自己的黑暗了。

就在他確認球棒的手感時，玄關門鎖開啟的聲音傳入了耳中。門一被拉開，沉澱的空氣就像密布的蟲子一樣開始騷動。在一陣猶如伸手摸索黑暗底端的寂靜過後，一道腳步聲緩緩地踩過走廊，逐漸靠近。

有人來了。

他用冒汗的手緊緊握住球棒的握柄，而他突然領悟了。無論接下來會發生什麼事，事情都已經發生了。最好的證據就是球棒上頭不知幾時間沾上了黏糊的黑血。再過不久，怪物就會從黑暗走廊的另一頭出現。他將球棒橫放在膝蓋上，定睛凝視著黑暗。無論如何，我必須用這支球棒打死那個怪物。

不過，真的是這樣嗎？

真的只有這個選項嗎？

踩得地板吱吱作響的腳步聲接近了，黑暗吐出的怪物終於踏入了自己的地盤。怪物的剪影看起來有些困惑，在寂靜中呆立片刻之後，才躡手躡腳地穿過廚房，緩緩地入侵客廳。呈現男人形狀的怪物就像黑色液體一樣，一面蕩漾，一面俯視著唱片機，似乎不明白為何會播放這首曲子。鹿康平開始覺得入侵地盤的不是怪物，而是自己。在這段期間，猶如後悔前奏曲的〈Vexations〉只是淡淡地消化重複八百四十次的旋律。

就在怪物打算伸手打開牆上的電燈開關時，鹿康平先發制人，開口說道：

「別開燈。」

怪物猛然停下動作，將那張烏漆抹黑的臉轉了過來。見狀，鹿康平確信了。**不是怪物出現在我的面前，而是我闖入了怪物的巢穴**。我現在可說是自投羅網。鹿康平努力克制聲音的顫抖，擠出話語。

「你應該知道，現實中並沒有發生這件事。換句話說，我和你並沒有像現在這樣交談，一切都在轉眼間就結束了。」

一切都在轉眼間就結束了。沒錯，凡事都是如此。問題在於如何結束。為了不讓對方察覺自己的動搖，鹿康平故作從容地嘆了口氣，蹺起另一條腿。

「那我為何會出現在你的面前？」又或是**你為何會出現在我的面前**。「因為我們都想知道答案。」

「……答案？什麼答案？」

「另一個可能的——」

鹿康平沒能把話說完。我確實知道答案，我知道，可是我不敢說出口。一旦答案成形，就無法回頭，無法找藉口了。我必須承認自己明明知道正確答案，卻做了錯誤的選擇。

在充滿懷疑的沉默之中，唯一聽得見的只有怪物的劇烈呼吸聲。就在動搖即將成長為敵意之際，柱鐘的鐘聲先一步響了。

這道莊嚴的聲音猶如地球停止自轉的信號，在腦海裡不斷地迴盪。鹿康平微微地睜開眼睛，一面數著鐘聲，一面仰望天花板。鐘聲響了六次以後才停止，之後只剩下規律擺動的鐘擺聲。

鹿康平躺在床上思索夢中聽見的鋼琴曲。在夢裡，他明明知道曲名，現在卻想破腦袋也想不起來，只有令人聯想到死亡的旋律在耳朵深處靜靜地持續作響。他豎起耳朵聆聽這陣幻聽，直到真正的死亡旋律傳來為止。宛若遠方地鳴的引擎低吼聲起先只能隱約聽見，他還以為是從夢裡傳來的。

如果真的是從夢裡傳來的，該有多好？

鹿康平一面用全身感受怪物們步步逼近的沉重腳步聲，一面思考短暫夢境之中的體悟。那個宛如烏黑濁水的怪物肯定就是兩百人份的怨靈，所以我和怪物不可能像那樣交談。鹿康平如此暗想。因為一切都會在轉眼間結束。

他大大地吸了口氣，猛然站了起來，將手槍插進腰帶，用上衣蓋住。他做了幾次深呼吸，好讓胸口的鼓動平靜下來。

「反正橫豎都是下地獄。」他像老虎一樣聳起肩膀猛烈吐氣，並告訴自己：「殺一個人和殺兩百個人意思都一樣，對吧？」

在開門走出去之前，鹿康平再次回顧房間。生活了近三年的房間鴉雀無聲，空空蕩蕩，完全沒有人的氣息，就像是在照鏡子一樣。那當然。他如此暗想。我太執著於活下去，變得與行屍走肉無異。

鹿康平繞過迴廊，走向側門，又在途中停下腳步，略微思考，最後決定橫越中庭。

廚娘正在餵食早起的雞群。她一面灑木桶裡的稗子，一面向鹿康平打招呼，而鹿康平也回應了。

「今天雲層很低。」

廚娘仰望天空。「真的，一定會很悶熱。」

雞群啄食地面，水甕裡的金魚在水草之間游動，姑婆芋葉上的朝露閃閃發光。

鹿康平穿過敞開的眾門，走過昏暗的走廊，來到鋪著石板的前院。右邊是祭祀蘇大方祖先的廳堂，左邊是儀門，但是蘇大方並不在廳堂裡。

反倒有個男人獨自佇立在幽暗的大房間門口。他不是這座宅院的人，鹿康平從未見過他。他面如土色，雙頰凹陷，穿著藏青色的人民服與布鞋，戴著紅星人民帽。

男人垂著頭，站姿宛若隨風搖曳的柳樹一般縹緲不定，看起來就像是深夜的鳥兒一樣走投無路，又像是燭火延燒到身上的飛蛾一樣山窮水盡。

「你是誰？」

答話的不是男人，而是前來打掃庭院的年邁家僕。「你在跟誰說話啊？」

鹿康平用下巴指了指男人。

家僕瞥了那個方向一眼，一面嘆氣，一面搖頭。

「那是誰？」

「見鬼啦？」

鹿康平驚訝地交互打量家僕與男人。這個老頭子看不見那個男人嗎？

「是今天吧？別想太多。」老人滿臉同情地垂下眉毛，拿著竹掃帚清掃庭院，越走越遠。「把腦袋放空，做你該做的事吧！活著就是這樣，想太多沒好處。」

他想起民間傳說，人的額頭上有可以看到陰間事物的陰陽眼，便用手掌捂住額頭試試，果然就看不見那個男人了。他把手從額頭上拿開，男人又出現了，彷彿已經在那兒站了好幾年。

「怎麼了？發燒了嗎？」

「這裡有鬼。」

「阿彌陀佛，阿彌陀佛。」老人笑了。「到處都有鬼，尤其是這座宅院裡特別多。」

鹿康平點了點頭，瞥了門口的男人一眼，跨過了儀門。

「喂！不可以走那扇門！」

鹿康平置之不理，走出中門，站在兩座石獅子之間，環顧停在宅院前的三輛軍用卡車。引擎已經發動的兩輛卡車是濃綠色的，剩下一輛則是上了迷彩塗裝。貨臺的篷架已被拆除，灰色的廢氣盤踞在車尾，與朝靄混為一體。

老賴從右邊的卡車上跳下來，沒關車門，迅速地橫越鹿康平面前。

「你坐這一輛。」

鹿康平將視線轉向其他兩輛卡車。

雖然因為晨曦反射而不甚分明，還是可以看出賴家兩兄弟坐在骯髒的擋風玻璃背後橫眉豎目。他們一個抱著方向盤，另一個把手肘跨在窗緣上拄著臉頰。老賴爬上了左邊的迷彩塗裝卡車的副駕駛座，駕駛座上的似乎是賴熊。

「你還在發什麼呆啊！」老賴從窗戶探出頭來，露出僅剩三顆的牙齒怒吼：「革命可不會等人！」

為了顯示自己不慌不忙，鹿康平緩緩地走向卡車，一腳踩上駕駛座邊的側踏板，抓住門框，撐起身子，卻在半途愣住了。

剛才的鬼就坐在副駕駛座上，深戴著紅星人民帽，垂著土色臉龐，陽光幾乎可以穿透的身體縮成了一團。

這傢伙是那個怪物派來監視我的——這是頭一個閃過鹿康平腦海的念頭。不過，為什麼？不用說，是為了妨礙我選擇正確的道路。要讓兩百個怨靈誕生，必須先讓某人殺了他們。要是我在上陣前卻步，成為怨靈的就是我。我太過篤定，忍不住跳過問題，直接尋求答案。

「對吧？」

他知道面對鬼怪時要強勢，不過這一天的鬼絲毫不為所動，始終保持著充滿惡意與陰謀的沉默。

「喂，臺灣人！」賴龍毫不客氣地按喇叭，並從窗戶吐了口口水。「你在蘑菇什麼？有話快說，有屁快放！」

「媽的，算你有眼光。」鹿康平嗤之以鼻，一面小聲咒罵，一面把身體拉上駕駛座。「知道今天跟著我會有好戲看。」

帶著溼氣的熱風讓鹿康平的身子狂冒汗。

行經五個村子以後，三輛卡車已經擠滿了人。站在貨臺上的農民大多不發一語，即使說話，也是輕聲細語。沉默寡言的男人們攙扶著腰腿無力的老人，曝曬於大太陽底下。太陽是毛澤東的象徵，所以沒有人開口埋怨。

停車休息時，農民紛紛跳下貨臺，鹿康平也下了卡車，但是鬼動也不動。我自便。他喃喃說道，伸展手腳，放鬆身體。

太陽已經移動到正上方。幾乎沒有人帶食物來吃，大家不是在附近閒晃，就是站著小便、伸懶腰或杵在原地眺望吹過田野的風沙。年輕的母親不顧周圍的目光，掀起衣服餵嬰兒奶水；她的乳房就像老太婆一樣乾扁。

賴龍和賴熊從卡車上拉下了一個大布袋，叫道：「來，放飯了！」

見到他們高舉在頭上的饅頭，農民立刻眼神大變。他們從四面八方衝過來，一面歡呼，一面撲向賴家兄弟。

　　賴家兄弟起先表現得像是施捨窮人的僧侶，但是他們很快就察覺苗頭不對，臉色發青。饑民伸出黝黑的手臂，把賴家兄弟擠得動彈不得。

「別急！」賴家兄弟對著如怒濤般一擁而上的人們怒吼，並粗魯地推開他們。

「人人有份！」

　　殺氣騰騰的男女老幼七嘴八舌地抱怨：這邊！怎麼老是給那邊啊！沒配水怎麼吞得下去？就算是豬腦袋也懂這個道理吧！我們家是三口子，給我三顆！我不要這顆，我要那顆大的！

「照順序來！別急，照順序來！」

　　搶走兩顆饅頭的男人被其他男人圍毆，狠狠地摞倒在地。男人把饅頭抱在懷裡縮成一團，可是饅頭依然被搶走，還被飽以一頓老拳。當我們是白痴啊！眾人對他吐口水、拳打腳踢。活該！該死的小資產階級！待制裁終於告一段落，他搖搖晃晃地站了起來，走到卡車邊，坐在輪胎後頭抱著膝蓋啜泣。

　　在這段期間，賴家兄弟的苦難依然持續著。重重包圍賴龍與賴熊的農民揮舞拳頭，痛罵他們辦事不力。不許偏心！你看，袋子還鼓鼓的！把剩下的全都交出來！賴家兄弟發出哀號，跌坐下來，最後為了保護自己，不得不把饅頭連同布袋扔得遠遠的。

　　農民推開賴家兄弟，爭先恐後地撲向布袋。他們互相推擠、抓撓、咒罵，扭打成一團，在地上打滾。

突破重圍的賴龍與賴熊茫然呆立，膽顫心驚地望著爭奪饅頭的人們。他們的臉被抓傷，背心被撕破，眼裡浮現了恐懼與輕蔑之色。

抓著同一個饅頭的兩個女人高聲尖叫，揪住彼此；情緒激動的女人把饅頭砸到對方臉上，咚！令人全身發毛的聲音響徹四周。見了噴出鼻血的女人，鹿康平才知道那些饅頭乾得和石頭一樣硬。

「還沒到嗎？」某人一面大快朵頤饅頭，一面高聲說道：「到底要什麼時候才能到新住處？」

「還有兩個村子得去。」老賴安撫對方，說話時三顆牙齒隱約可見。「哎，別心急，河水總會流向大海的。」

「新的村子在哪裡？」

「是個好地方，這一點準沒錯。」

老賴神祕兮兮地說道，兩個兒子用手肘互戳對方，面露賊笑。

「土地怎麼樣？」另一個方向也傳來了聲音。「肥沃嗎？」

「當然肥沃，這還用說嗎？難道你不相信我們的黨？」

「有房子可住嗎？老賴。」

「一戶一間房，孔太太。」

「別賣關子了，快告訴我們，到底是什麼樣的地方？」

「樹上有結果實，河裡有魚兒游，水很甘甜，風很芳芬的地方。」老賴閉上眼睛，宛若品嘗紅酒的法國人一般地嗅聞風的氣味。「保證大夥兒都可以年輕十歲。」

眾人都是一臉陶醉地抽動鼻子，津津有味地啃著又乾又硬的饅頭，彷彿那是多汁的芒果或椰子似的。

「啊，真希望快點到！」孩子們齊聲嚷嚷：「我要在新家養狗！」

「去哪裡都一樣。」一個老人大聲嘀咕，其他男人也點了點頭。「至少不會比現在差。」

「別想一口吃個胖子（只吃一口飯，成不了胖子。比喻凡事都要慢慢來，欲速則不達）。」老賴說道，不忘補上一句。「哎，這年頭連要吃一口飯都很難！」

農民哈哈大笑。

第六個村子的人數同樣很多，只能分散擠在早已無立錐之地的三輛卡車上。先來的乘客紛紛騰出空位，將後來的人拉上貨臺，打了兩、三句招呼以後，就又安靜下來了。嬰兒哭歸哭，並沒有哭很久。

「要哭也得有體力才行。」鹿康平一面開車，一面對鬼說道：「剛才我看到給嬰兒餵奶的母親，明明還是個年輕女孩……看起來和曉差不多歲數，可是身體卻像個老太婆。我看她是活不久了。小嬰兒也瘦巴巴的。欸，你知道嗎？他們待會兒全都會去和你作伴。不知道老賴做了什麼樣的炸彈？他做得出這種玩意，搞不好從前也是待過軍隊的人。喂，你現在心情如何？有這麼多人陪你作伴，開心嗎？」

鬼始終垂著頭，默默不語。

鹿康平聳了聳肩，專心開車。
第七個村子的人也不少，擠不上貨臺的人只能爬到卡車車頂上。他們就像元宵節的提燈一樣，雙腳垂在車外，隨著卡車搖晃。
載著滿車農民的卡車一路往南前進。
帶頭的是老賴和賴熊，鹿康平夾在中間，殿後的是賴龍。鹿康平轉動搖晃的卡車方向盤，懷疑這樣的順序也是老賴刻意安排的。
「你覺得他們會殺了我嗎？」
輪胎卡到地面的凹洞，車身大大地跳動，貨臺及車頂上的農民一陣驚呼。
鹿康平踩下剎車，從車窗探出頭來叫道：「沒事吧？有沒有人掉下去？」
回答沒事的聲音零零星星地傳來。哦，沒有人掉下去。車頂上也傳來了同樣的回答。
後方的卡車焦躁地按著喇叭，後照鏡映出了賴龍的扭曲臉孔。
「欸，鬼啊，你覺不覺得自己只是別人寫的故事裡的登場人物？」鹿康平重新打檔，駛動卡車。「經曉那麼一說以後，我一直在思考這件事。我生活的這個世界或許真的是某人創造出來的虛構故事。比方說，嗯……假設我平安回到臺灣，結婚生子，而我的孩子成了作家，或許有一天他會把我的故事寫成小說。誰敢說這種事絕不會發生？那他開頭會怎麼寫呢？」
鹿康平與前頭的老賴等人保持一定距離，認真地思索了一會兒。

這樣如何？他繼續說道。「**一九六二年，怪物死於鹿康平的槍下……**怎麼樣？這樣的開頭還不賴吧？乾脆更具體一點兒，寫成一九六二年四月二十四日也行。怪物指的就是蘇大方。小說寫的是我這三年間的故事。我們的偵察機被大陸擊落，我雖然僥倖活下來，卻被蘇大方抓住了，而我為了換取食物，開始替他做骯髒事，最後甚至必須屠殺兩百個人。你懂嗎？換句話說，這種令人憤慨的現實並不是現實，只是我的小孩寫的小說。若是如此，我今天就不會死。如果我死在這裡，孩子就不會出生，也不會寫下這本小說，現在就不存在了。」

三輛串聯行駛的卡車緩緩地開過了小木橋。河水已經乾涸了，河床上只剩下乾燥的泥土與化為白骨的野獸屍骸。

車子行駛了一陣子以後，似乎進入了荒郊野外，周圍全都變成了茶褐色。無論望向何方，看到的都是雞不生蛋、鳥不拉屎的荒地，一路延伸至地平線。

前頭的卡車捲起了大量砂礫，鹿康平必須不時啟動雨刷擦拭擋風玻璃才能確保視野。眼睛看不見的碎石子飛來，劈里啪啦地砸到車身上。

啪！清脆的破裂聲響起。

前頭的卡車倏然往右側傾斜，輪胎咿軋作響。或許是賴熊為了導正車身而臨時往左側打方向盤之故，車身搖晃，好幾個人被甩出了貨臺。

卡車在傾斜的狀態之下行駛了一會兒以後才停下來，沙塵就像積雨雲一樣湧起，隨風而去。除了引擎空轉聲和人們的呻吟聲以外，什麼也聽不見。

「別下車！」後方傳來闔門聲與賴龍的怒吼聲。「只是爆胎而已，沒事！」

前方卡車的左右車門打開了，老賴和賴熊同時下了車，並同樣對著農民大叫：

「待在原地，只是爆胎而已！」

「好了，下地獄的時間到了。」就在鹿康平如此喃喃說道，並將視線轉向副駕駛座時。

他發現鬼在笑。

依然低垂的土色臉龐彷彿裂開了一般，嘴角兩端高高吊起。

鹿康平背上發毛，瞥了後照鏡一眼，只見賴龍正僵著臉從後方逼近。

「臺灣人！你在蘑菇什麼，快下車！」

老賴和賴熊在擋風玻璃前頭窺探著他。

賴龍大步走來，從外頭拉開車門的瞬間，鹿康平從腰帶拔出了手槍，給了對方的胸口一顆子彈。

黑色手槍從被擊中的賴龍手上逃脫，鹿康平聽見了人生的轉轍器切換的莊嚴之聲。

這道如同教會鐘聲的清音按壓著他的胸口，讓為了情急之下採取的膚淺行動而遲疑後悔的他得以喘息。替蘇大方工作的這三年來，這是他頭一次能夠呼吸。他張開嘴巴大口吸氣，闔住他的鏡子房間頓時龜裂，無數的碎片連同無數的鏡像一起飛散而去。

未知的軌道散發著鈍光，無限延伸，速度之快令鹿康平頭暈目眩。新的軌道是導向新的結局抑或是新的破滅，不得而知；不過他有種感覺，這一切的一切都和那一夜曉在姑婆芋葉蔭底下仰望月亮的那張側臉有關。

無論如何，可以選擇的路只有一條。鹿康平不顧正在遲疑的老賴和賴熊，跳下卡車，在幾乎沒有瞄準的狀態之下連開兩槍。

「操你媽的！」

老賴怒吼，拿起手槍亂射一通。子彈打碎了擋風玻璃，射中了車門與車身，火花四濺。

鹿康平又開了一槍以後，扔掉了自己的手槍，撲向賴龍掉落的托卡列夫手槍。農民一起跳下貨臺，四處逃竄。發生了什麼事？發生了什麼事？他們一頭霧水，連滾帶爬又尖叫，不知該逃往何處。到底是怎麼一回事!?

連射聲傳來，鹿康平心下一驚，回頭一看，賴熊正一面大叫，一面拿著自動步槍掃射。那看起來像是蘇聯製的AK－47，不過也有可能是國內幾年前開始仿製的五六式自動步槍。

躲在卡車後頭的老賴對他喊話，但是氣血上衝的兒子完全沒聽進去。

「那個王八蛋對大哥開槍！」

彈道上沒有任何遮蔽物，鹿康平只好撲向地面，用雙臂護住頭部。子彈掠過身旁，在嘴裡留下了沙子味。

射完子彈的賴熊將彈匣拔出槍身，並從腰帶拿取香蕉型彈匣，而鹿康平保持冷靜，進行臥射。砰、砰！他開了兩槍，雖然距離約有二十公尺遠，但是一發打偏，另一發射中了脖子。

賴熊雙手高舉，往後倒下。

「你居然殺了我兒子！」老賴發出淒厲的叫聲，撲向自動步槍。「我要宰了你！我要宰了你！」

趁著敵人替自動步槍上膛之際，鹿康平壓低身子，跑向殿後的卡車。被流彈打中的男人痛得滿地打滾。救命啊！救命啊！

鹿康平跑過哭喊的男人身邊，暗想這下子自己在閻羅王的生死簿上又添了一條罪名。他拉開卡車車門的同時，子彈也打中了車門。

鹿康平躲到發熱的輪胎後方。

老賴果然是退伍軍人，不胡亂開槍，每次只射兩、三發子彈。如果那是AK－47，香蕉型彈匣裡應該有三十發子彈。

鹿康平俯視著賴龍的手槍。蘇聯製的托卡列夫手槍，裝彈數是八發，扣掉解決賴熊用的兩發，還剩下六發。不過，前提是子彈有裝滿。

「快出來，臺灣人！」老賴一面開槍，一面逼近。卡車的車頭燈碎裂了。「蘇大人絕不會放過你！」

鹿康平雙手捧著槍，用力吐了幾口氣鼓舞自己；接著他猛然站了起來，接連扣下三次扳機。

三發都沒打中，不過成功地將敵人趕到卡車後頭去了。

鹿康平跳上了駕駛座。連射聲震耳欲聾，擋風玻璃爆裂，四散的碎片迎面飛來。

「你什麼地方也去不了！」老賴瞪大眼睛大笑。「沒半點良心的小癟三！我要詛咒你祖宗十八代！」

引擎依然發動著。

鹿康平無暇關門，將排檔桿打到一檔，用力踩下油門。

子彈灑向車頭。老賴站在卡車前方，把槍架在腰間，火力全開。

鹿康平低下頭，打到二檔。

「你這個王八蛋！」

凶神惡煞的老賴以特寫出現於眼前。把人撞飛的衝擊竄過，鹿康平踩下了剎車。

卡車隨著輪胎滑動而停止，在濛濛沙塵之中安靜下來。

四周靜謐無聲。鹿康平眨了眨眼，試圖看清這種宛若某種前兆的寂靜的真面目。當他緩緩起身時，玻璃碎片紛紛掉落下來。他從敞開的車門探出頭來回顧後方。

農民聚集在老賴周圍，一面發抖一面窺探鹿康平。

鹿康平跳下卡車。他觸摸臉頰，手上沾了血，左眼底下也有割傷。他的臉上插了些碎片，他用手指將碎片拔出來。

農民立刻做鳥獸散。

「有炸彈！」鹿康平快步走上前，對著他們大叫：「快逃！快回家！」

接著，他俯視著血淋淋地躺在地上的老賴。

那雙無神的眼睛映出了陰天的雲層，嘴巴雖然在動，發出的卻只有呻吟聲和血沫。三顆牙齒連一顆也沒斷。這才是老賴。

鹿康平撿起自動步槍一看，果然是ＡＫ－47。他拆下彈匣確認殘彈之後，又裝回槍身，將步槍的背帶掛在肩上，轉身離去。

他緩緩地數到五之後，回過身來，而老賴正慢吞吞地從懷裡取出手槍。

老賴停下動作，露出染血的牙齒賊笑。

鹿康平幾乎快喜歡上那三顆牙齒了。簡直就像三塊墓碑，不是嗎？老賴和他兩個兒子的墓碑。而他有些同情那個盲眼的三男。就算想報仇，憑那副德行也無能為力。

鹿康平緩緩地舉起自動步槍，開了一槍。

子彈射中了老賴的腹部，使他的身體微微彈起。在槍聲的餘音消失之後，老賴依然動也不動。沒想到這麼容易。

鹿康平撿回死人的手槍，回到卡車，爬上駕駛座，將手槍和自動步槍扔到副駕駛座上。

農民又出現了，三三兩兩地圍繞著死者。

「我就說吧？」鹿康平推動排檔桿，發動車子。「今天有好戲可看。」副駕駛座上的鬼就像母雞孵蛋一樣，靜悄悄地坐在手槍和自動步槍上頭；雖然還是一樣死氣沉沉地垂著臉，但是已經失去笑容，一點也不開心了。

鹿康平把卡車扔在宅院前，持槍穿過了中門。

掛邊車旁的小孩停止玩耍，目送鹿康平的背影遠去。

他穿過儀門，走入庭院，看見幾個家僕正在柳樹下抽菸。早上打掃庭院的老人也在場。他們一看見鹿康平，便立刻停止交談。

鹿康平並未亮出手槍，但是眼觀四面、耳聽八方，以便隨時開槍。平時在宅院裡打雜的家僕們一旦有事，就會抄起傢伙，化為蘇大方的私設民兵，加入打劫的行列。即使不住在宅院裡，他們依然在各地為蘇大方效力。

麻子彈掉菸蒂，沉著臉走上前來。這個男人也一樣，只在有事的時候造訪宅院，請示蘇大方的命令。

「別動，麻子。」鹿康平舉起槍口。「我現在很樂意殺了你。」

「瞧你臉色都變了，是怎麼了？兄弟。你是今天出任務吧？還順利嗎？」

「別叫我兄弟。」

「什麼？」麻子凶暴地掀起嘴角。「你剛才說什麼？」

「你是個人渣，我很後悔沒有早點殺了你。」鹿康平逐一掃視其他男人。「俗話說得好，物以類聚。」

眾人之間的氣氛倏然緊繃起來。

「你就比較特別嗎？」雖然認得長相卻不知其名的男人威嚇道：「你以為只有你是正人君子是吧？」

「如果救了兩百個人算得上是正人君子的話，今天的我的確是正人君子。」

「你說什麼……？」

「既然你都開口問了，我就告訴你。我把他們全放走了。」

「老賴呢？」

「你說呢？」

「你說你把百姓全放走了？」麻子推開同夥走上前來。「呸！你有這個膽子嗎？少吹牛啦！蘇大人沒下令，你連屁股都不敢擦……平時還敢用那種憐憫的目光看我們。」

「那是因為你們全都很可憐。」

「放屁！在操女人的時候也只有你裝出一副跟我無關的模樣。我敢打賭，要是蘇大人叫你操，你也會跟著操。沒錯吧？**兄弟**。」

男人們放聲大笑。

「你還記得你對我們說過什麼嗎?兄弟。」

鹿康平嘆了口氣。

「你是這麼說的:『我不能墮落到那種地步。』……別開玩笑了,那句話是我要說的。我才該早點宰了你。你以為你是誰啊?啊?要不是蘇大人賞識你——」

槍聲響起,鹿康平的手臂往上彈。

麻子俯視肚子中央的洞,露出難以置信的表情,將視線移回鹿康平身上,又再次打量肚子上正在冒煙的洞,接著便像圓木一樣倒了下來。

其他男人愣在原地,動也不動。

透過氣味,可以知道蘇大方就在附近。將麝香當成正月華服穿戴的腐臭味從廳堂飄了出來。

背後有動靜,鹿康平立刻轉過槍口。

從儀門背後現身的是孔雀。孔雀躡手躡腳地走進庭院,伸長脖子窺探情況,並抖動身軀,攤開羽毛威嚇。像扇子一樣展開的羽毛上有著宛若神明眼睛的圖案。孔雀當著大家的面繞起圈子來,接著又踢著腿走開了。

柳樹下的男人們俯視著倒在地上動也不動的麻子。

鹿康平爬上石階走進廳堂,而蘇大方帶著溫和的笑容迎接了他。兩人的視線交集,鹿康平搶在開口欲言的蘇大方之前說道:

「你的移居計畫失敗了。我要離開這裡。」

蘇大方點了點頭，令人難以捉摸的沉默流動著。

「我病了。」他的聲音一如平時，充滿了體貼。「應該是我作惡多端的報應吧！好了，康平，我們來整理一下狀況吧！這樣我們才能更加了解彼此。」

「生病不是作惡多端的報應，你也不會病死。」

「或許吧！不過，我的報應總有一天會來的，我已經做好心理準備了。如果你以為我每天晚上都是高枕無憂，那你未免——」

鹿康平朝著他的胸口開了兩槍。老人瞪大的眼睛裡頭一次閃過了似有若無的驚訝之色。能夠看到他這樣的眼神，鹿康平覺得這三年來的鬱悶似乎都獲得了宣洩。

「曉說的成真了。」

鹿康平把子彈用盡的托卡列夫手槍扔在仰臥在地的蘇大方身上。

就在他打算轉身離去時，似乎聽見有人在呼喚他，便停下了腳步。他環顧廳堂，視線與掛軸中的蘇大方眾祖先對上了。嘖嘖嘖！這道微小的聲音傳來，不是來自於外頭，雖然十分模糊，卻近在咫尺，就像是透過看不見的傳聲筒直接流進耳朵一樣。他循著傳聲筒垂下視線一看，發現死人胸口上的洞裡有東西在蠢動。有個像小石片的東西從子彈射入口冒了出來。

鹿康平吞了口口水，定睛凝視。蠢動的石片倏然縮進胸口，從另一個洞冒出來；它一下子出現，一下子消失，後來似乎又鎖定了另一個洞，從蘇大方的體內執拗地往上頂。

有東西想從洞裡跑出來。鹿康平想起了小時候聽過的死而復生的故事。鬼差粗心大意，誤將陽壽未盡的人帶往地府，而那個人後來被放回了陽間。思及此，他越看越覺得蘇大方隨時都可能緩緩地坐起身子，不禁毛骨悚然。不過，這樣的狀況並未發生。死人依然是死人，而當他看到一點一點地鑽出胸口的東西時，他整個人嚇得往後仰。

那不是石片，而是鳥喙。

從射入口探出無邪面孔的青鳥四下張望，局促地將身體推出洞外。牠啾啾叫著，在死人的胸膛上跳了幾次，鼓起羽毛，張開翅膀。遊走於童話故事間的鳥兒彷彿在道別似地尖聲啼叫之後，便從敞開的門口飛了出去。

鹿康平愣在原地好一陣子。不過，如果世上有鬼，那麼蘇大方這種壞人的胸口有青鳥，也沒什麼好不可思議的。再說，確實有人是託這個老爺子之福才得以活命的。沒錯，包含我在內。鹿康平如此暗想，收拾心緒，離開了廳堂。

那些男人已經不見了。即使如此，為了慎重起見，鹿康平還是拿起掛在肩上的自動步槍對著儀門射擊。門框迸裂，手上持刀的男人高聲尖叫，逃之夭夭。

他穿過儀門，走出中門，看見卡車正在熊熊燃燒。孩子們隔得遠遠地圍觀冒著黑煙燃燒的卡車。

鹿康平略微思考過後，轉過了腳，穿越兩道門，繞過庭院，來到了迴廊。

他對著眾門掃射，躲在門後的男人倒了下來。自動步槍的子彈也耗盡了，他當場扔掉步槍。

鹿康平緊握最後的手槍跑過迴廊。二樓傳來了槍聲，但他置之不理，奔向廚房。金剛鸚哥拍動翅膀，嘎嘎大叫；正在吃姑婆芋葉子的羊兒踩著噠噠作響的蹄聲逃走了。

所有廚娘都聚在廚房角落發抖，一見鹿康平衝進來，便抱頭蹲下來。

鹿康平咕咕噥噥地向她們道歉，從牆上的掛鉤拿下了掛邊車的鑰匙。

「你要走了？康平。」其中一個廚娘站了起來，戰戰兢兢地問道：「要回臺灣？」

「大概吧！」他回答：「謝謝妳們的照顧。」

女人躊躇了一會兒以後，將剛蒸好的窩窩頭放進一個大提袋裡，又塞了水、麵粉和火柴進去，遞給鹿康平。

「應該也需要杯子吧！」

鹿康平拿著袋口束起的提袋，不知該如何是好。「沒關係嗎？」

「遲早會發生的事現在發生了，就這樣。」說著，廚娘微微一笑。「祝你一路順風。」

鹿康平道了謝，背部抵著牆壁，窺探挑高的二樓。他豎耳傾聽，聽見了顯然異於羊兒腳步聲的咿軋聲。

他跳出廚房，對著腳步聲響起的位置開了兩槍。天花板被他打出了洞，手槍和男人的咒罵聲一起從上頭掉下來。

「你打中我的腳了！」掃庭院的老人從二樓欄杆探出身子。「你這個恩將仇報、狼心狗肺的畜生！」

鹿康平跑過迴廊，一面留意眾門背後與房間內，一面繞到庭院，再次穿越兩道門來到屋外。卡車在這時候爆炸了，孩子們為了爆炸聲而歡呼。

鹿康平拍掉落在身上的火星，跨上掛邊車，將提袋扔進邊車裡。坐墊多處燒焦破洞。他將鑰匙插進點火器，用力踢起腳踏，一如平時，一次就發動了引擎。

他回過頭來。

似乎沒有追兵。他踩下打檔桿，繞過燃燒的卡車。孩子們的視線全都追著他跑。

鹿康平繞到宅院後側，沿著黃土路而行。追過兩頭騾子拉的騾車以後，他便全力疾馳，掀起了一陣沙塵。

他一面加速，一面瞥了邊車一眼。他並沒有看見鬼的身影，但是那副陰沉沉的模樣早已烙印在他的眼底，因此他總覺得鬼似乎還在那兒。

「開心了吧？」他甚至不自覺地對鬼說話。「喂，你真的不在嗎？」

鬼不見蹤影，不知是被怪物召回去了，抑或只是沒有現形而已。這個世界有太多看不見的東西了。在昨天之前，我從未想過會有這樣的明天等著我。

所到之處盡是茫茫的荒野。

進入延伸於荒地間的道路後，鹿康平放慢速度，微微起身，瞇眼迎著風塵，一面眺望右側，一面行駛掛邊車。他用不掉像跑得快的狗一樣緊追而來的焦躁感。這不是因為他擔心追兵，也不是因為他煩惱該如何前往香港，完全不是。

當掠過灰色天空的青色影子閃過視野時，鹿康平還沒看見就知道那是什麼了。在遠方天空迴旋的果然是從蘇大方的胸口逃走的那隻青鳥。作惡多端的人就是這樣贖罪的。如果這是某人所寫的童話故事——他暗想。那隻鳥就是來告知尋找之物位於何方的。

而他料的果然沒錯。還能有其他理由嗎？前頭隱約可望見疑似焦黑白楊樹的物體。心臟撲通亂跳。他使勁按下剎車拉桿，掛邊車在輪胎滑動片刻過後停了下來。

「丁曉！」

從自己的口中發出的聲音是如此堅定又正確，令鹿康平感到困惑。就像穿越積雨雲後一望無際的藍天，全新的未來正橫亙於眼前。

鹿康平跳下了掛邊車，一面放聲大喊，一面跑上前去。妳還在嗎？曉——

參考文獻

柯旗化《臺灣監獄島：柯旗化回憶錄》（East Press，一九九二年）
陳紹英《一名白色恐怖受難者的手記》（秀英書房，二〇〇三年）
中村祐悅《新版　白團　打造臺灣軍的日本軍將校》（芙蓉書房出版，二〇〇六年）
加布列・賈西亞・馬奎斯《愛在瘟疫蔓延時》木村榮一譯（新潮社，二〇〇六年）
楊牧《奇萊前書》上田哲二譯（思潮社，二〇〇七年）
《世界傑作機特輯 Vol. 4　波音 B-17 空中堡壘》（文林堂，二〇〇七年）
馮客《毛澤東的大飢荒——1958-1962 年的中國浩劫史》中川治子譯（草思社，二〇一一年）
野嶋剛《最後的軍隊　蔣介石與日本軍人》（講談社，二〇一四年）

普利摩・李維《被淹沒與被拯救的》竹山博英譯（朝日新聞出版，二〇一四年）
沈麗文《黑貓中隊：七萬呎飛行紀事》（大塊文化，二〇一〇年）
王俊秀《黑蝙蝠之鏈》（聯經，二〇一一年）
黃文騄・李芝靜《飛越敵後3000浬：黑蝙蝠中隊與大時代的我們》（新銳文創，二〇一八年）

本作品自二〇二〇年五月二十日至二〇二一年六月十九日期間連載於北海道新聞、中日新聞、東京新聞、西日本新聞各報的晚報，自二〇二〇年八月二十五日至二〇二一年九月二十五日期間連載於河北新報晚報，並在集結成書時增訂修飾。

封面繪師：益村千鶴〈Invisible〉二〇一二年作

國家圖書館出版品預行編目資料

怪物 / 東山彰良作；王靜怡譯．-- 1 版．-- 臺北市：城邦文化事業股份有限公司尖端出版：英屬蓋曼群島商家庭傳媒股份有限公司城邦分公司尖端出版發行，2024.07
面；　公分
譯自：**怪物**
ISBN 978-626-377-952-5（平裝）

861.57　　113007328

逆思流

怪物
（原名：怪物）

著者／東山彰良
譯者／王靜怡
國際版權／高子甯、賴瑜妗
執行長／陳君平
美術總監／沙雲佩
文字校對／朱瑩倫
榮譽發行人／黃鎮隆
美術編輯／方品舒
內文排版／謝青秀
協理／洪琇菁
執行編輯／陳宣彤

出版／城邦文化事業股份有限公司 尖端出版
臺北市南港區昆陽街十六號八樓
電話：（〇二）二五〇〇－七六〇〇
傳真：（〇二）二五〇〇－二六八三
E-mail：7novels@mail2.spp.com.tw

發行／英屬蓋曼群島商家庭傳媒股份有限公司城邦分公司 尖端出版
臺北市南港區昆陽街十六號八樓
電話：（〇二）二五〇〇－七六〇〇（代表號）
傳真：（〇二）二五〇〇－一九七九

中彰投以北經銷／楨彥有限公司（含宜花東）
電話：（〇二）八九一九－三三六九
傳真：（〇二）八九一四－五五二四

雲嘉以南／智豐圖書有限公司
（嘉義公司）電話：（〇五）二三三－三八五二
傳真：（〇五）二三三－三八六三
（高雄公司）電話：（〇七）三七三－〇〇七九
傳真：（〇七）三七三－〇〇八七

香港經銷／城邦（香港）出版集團有限公司
香港灣仔駱克道一九三號東超商業中心一樓
電話：（八五二）二五〇八－六二三一
傳真：（八五二）二五七八－九三三七
E-mail：hkcite@biznetvigator.com

新馬經銷／城邦（馬新）出版集團 Cite（M）Sdn. Bhd.
E-mail：cite@cite.com.my

法律顧問／王子文律師　元禾法律事務所
臺北市羅斯福路三段三十七號十五樓

二〇二四年七月一版一刷

■中文版■

郵購注意事項：
1.填妥劃撥單資料：帳號：50003021戶名：英屬蓋曼群島商家庭傳媒(股)公司城邦分公司。2.通信欄內註明訂購書名與冊數。3.劃撥金額低於500元，請加附掛號郵資50元。如劃撥日起 10～14日，仍未收到書時，請洽劃撥組。劃撥專線TEL：(03)312-4212 ・ FAX：(03)322-4621。E-mail：marketing@spp.com.tw